FAMILIELEVEN

Viola Roggenkamp

Familieleven

Vertaald door Jan Gielkens

MOURIA

De auteur dankt ZURÜCKGEBEN, de stichting ter ondersteuning van joodse vrouwen in kunst en wetenschap.

ISBN 90 458 4992 5
NUR 302

www.mouria.nl

I

MIJN MOEDER KOMT DE NACHT AAN FLARDEN SCHEUREN.
Ik hoor haar gehaaste passen op de gang. Naast me ligt Vera, ze
is wakker en doet alsof ze diep slaapt, alsof haar nacht net pas is
begonnen. Dat doet mijn zus elke morgen. Ze wil niet dat het
dag wordt. Ik wil de dag, die zo vroeg in de ochtend helder en
stralend is, wel, ook al werpt Vera naast me er door haar geconcentreerd geslaap al een vertrouwde schaduw op. Al een
poosje lig ik met open ogen naast haar, stil en bewegingloos. In
onze kamer is het donker, hoewel buiten de zon schijnt. Vera
moet in een stikdonkere kamer slapen, alleen als het stikdonker
is kan ze in slaap vallen, alleen als ze ziet dat ze niets meer ziet
nadat wij het licht hebben uitgedaan en de duisternis een paar
seconden lang tegen haar geopende ogen slaat. Val me nu niet
meer lastig en houd je voeten stil, zegt ze, en ik vraag of ze haar
open nog open heeft, ik moet het vragen, en ze zegt niet ja en
niet nee, ze zegt alleen, laat me met rust. Ik weet nu dat ze haar
ogen stevig heeft dichtgeknepen, niets mag er meer in, en juist
dan doe ik mijn ogen wijdopen, ik laat de duisternis in me stromen. En dan komen grauwbruin onze kleerkast en onze twee
boekenkasten naar voren, Vera's kast en mijn kast, onze boeken
hebben we gescheiden, het tafeltje ook, en op de twee fauteuils
bloeien rode en gele rozen.

Elke avond hetzelfde toneelstukje. Zijn de luiken vanbinnen goed dicht, doe de stang ervoor zodat ze niet opengaan, er zit een spleet, ik kan niet slapen zolang de maan zo fel in mijn gezicht schijnt. Vera overdrijft altijd, mijn moeder rammelt aan de ijzeren stang zodat ze nog vaster zit en de ruiten rinkelen in de vermolmde kozijnen. Zo, zegt ze, nu kan niets en niemand naar binnen.

Volgens mij ademt ze helemaal niet, en als Vera niet ademt moet ik haar wekken. Adem je, Vera, je ademt helemaal niet. Ik til mijn hoofd op. Onder mij kraakt het bed. Ze zal me van woede aanvliegen nadat ik haar van de verstikkingsdood heb gered. Vera, praat toch, adem je, ik kan niet zien of je ademt, zeg gewoon dat je slaapt of zeg goedemorgen, of Fania, kijk eens of de zon schijnt. Ze trekt haar kussen over haar hoofd, dat is op zijn minst een teken van leven, en ik val achterover alsof iemand tegen mijn voorhoofd heeft getrapt. Ik wil naar buiten en ik lig vastgeketend. Niet met zware kettingen. Ze zullen breken zodra mijn moeder binnenkomt.

Ik zou er geen moeite mee hebben om 's ochtends door Vera te worden gewekt. 's Nachts wekt zij mij. Fania, word wakker, er zit een spin boven mijn bed. En hoewel het stikdonker is weet ze dat de spin er is. Ze zit boven haar bed, om precies te zijn boven ons bed, we liggen naast elkaar, maar de spin zit altijd aan Vera's kant, op de muur boven haar kussen. Ik voel waar mijn lamp is. Een leeslampje. Ik heb het op mijn verjaardag gekregen. Ik doe het licht aan en het wordt licht, en ik zie dat het waar is, er zit een spin boven Vera's kussen.

Maak haar dood, gilt ze, gauw, maak haar dood.

Zo snel gaat dat niet, ik heb een hard voorwerp nodig om haar dood te slaan. Ik hang uit mijn bed en grijp in het donkere water, ik hengel vanaf het vlot naar mijn pantoffel. Is ze er nog, roep ik ondersteboven naar Vera. In deze gevaarlijke houding overzie ik wat diep onder ons wegdrijft. Kartonnen dozen. Daarin liggen op watten mijn poppetjes. Ze zijn allemaal bloot en beschadigd. Ik weet niet van wie ze zijn. Ik vond ze op weg naar school. Stofvlokken zitten erop als algen op ronddrijvende wrakken. Verder achterin herken ik het boek dat Vera gisternacht heeft uitgelezen, *Suzie Wong*, een liefdesroman, zoiets lees ik niet, en daar is mijn slof.

Opschieten, gilt Vera.

Ik moet de spin met mijn slof op de muur platdrukken. Ik voel haar lichaam door de zool heen tot in mijn hand. Dan valt ze aan haar draad naar beneden en ontsnapt. Ik heb geaarzeld. Vera is woedend op me.

Je hebt haar laten ontsnappen.

Dat zou kunnen. Omdat het zo'n vreselijk geluid is, een hoopje geplet leven. De draad kwam uit haar lichaam en zijzelf daalde erlangs af, ze is ontsnapt zonder los te laten.

Wat klets je nou, maak haar dood, zegt Vera.

Ze zegt dat ze gek wordt als ik de spin niet meteen doodmaak. Ze is nu al gek. De spin is ergens onder het bed, waarschijnlijk onder Vera's bed, ze lijkt liever onder Vera's bed te zitten. Het kan onmogelijk steeds dezelfde spin zijn, ik heb er al zoveel doodgemaakt.

Ze zit waarschijnlijk onder jouw bed, Vera, zeg ik.

Mijn zus gelooft niet altijd alles van me, maar dit gelooft ze en ze springt vanaf het bed op het fauteuiltje, in de rozenbloesems. De spin kan overal vandaan vanonder het bed te voorschijn springen.

Doe alle lampen aan, roept Vera naar me, en haal Mami, gauw, gauw.

Mijn grootmoeder verschijnt in haar nachtjapon in de deuropening, mijn moeder komt en overziet slaapdronken meteen de situatie, ze doet het grote licht aan, ze haalt de bezem uit de keuken, samen trekken we het bed van de muur. Mijn moeder veegt met de bezem langs de plint. Ze weet waar je je kan verstoppen, en daar komt de spin naar buiten en rent voor haar leven. Vera schreeuwt, mijn grootmoeder perst haar handen tegen haar mond, ik sta achter mijn moeder, ik wil weten hoe ze het doet. Ze stoot met de haren van de bezem tegen het beest, telkens weer.

Nu is ze dood.

Laat zien, zegt Vera.

Mijn moeder tilt de bezem op en mijn zus staart naar de lange zwarte haren waartussen de spin ergens dood moet hangen.

Ik kan haar niet zien.

Wees blij, zegt mijn moeder.

Je liegt toch niet tegen me.

Ik zeg toch dat ze dood is.

We schuiven het bed tegen de muur, mijn moeder en mijn grootmoeder trekken de lakens strak, wit en overzichtelijk, geen vouwen. Ze is dood, ongetwijfeld. Mijn moeder houdt het dekbed op. Vera gaat liggen, ze staart naar de witte wolk die langzaam over haar heen zakt.

Soms word ik 's nachts wakker van haar gehuil. Slaap toch door, zegt Vera. Ik vecht tegen de moeë kracht die me de duisternis in trekt. Mijn zus huilt. Ze wil met rust gelaten worden en huilen, ze huilt vanwege de mannen op wie ze verliefd wordt en die ze niet kan krijgen, getrouwde mannen en mannen die veel te oud voor haar zijn, bijvoorbeeld die zanger uit Parijs. Mijn ouders hebben een paar platen van hem, en als ze een feestje geven dan horen we hem zingen, 's nachts tegen tweeën, dat is zijn tijd. Zijn stem steekt de gang over naar onze kamer, een accordeon begeleidt hem en het lachen van de gasten komt erachteraan. Ik wil hen graag ver van Vera houden, zij moet hem helemaal voor zichzelf hebben. De gasten zingen met hem mee, ze dansen bij zijn gezang, we horen hun voeten over de vloer slepen. Ik vind zijn stem niet prettig, meteen al niet toen Vera vreselijk verliefd op hem werd, juist op die stem, en in mijn gezicht naar een bevestiging zocht voor het feit dat zij het best bij hem paste, dat hij nu van haar was, toen beviel hij me al niet, met zijn strohoed scheef op zijn hoofd en zijn ontblote tanden. Het is vast een kunstgebit. Misschien is hij allang dood. Het was werkelijk volledig uitzichtloos, zij en die Fransman.

Ze werd woedend, ook zij ontblootte haar tanden, ze liep rood aan, en hoewel ik bang voor haar was observeerde ik hoe ze steeds meer op een roofdier ging lijken, op een tijger of een luipaard, niet op een leeuwin, daar is haar haar te donker voor. Haar ogen werden strepen. Als je genoeg afstand van haar houdt, dan overkomt je niets. Het is al goed, het is al goed, zei ik, en ze liet me alweer zien hoe ze lachte terwijl hij zong, hoe ze bezweek voor zijn stem, hoe ze haar haar voor hem kamde.

Het was een schellakplaat, *und so gab ich seiner Stimme meine Augen*. Om Vera een plezier te doen. We waren 's nachts opgestaan om zijn plaat op te zetten. Onze ouders waren in Bar Celona naar de mannen in vrouwenkleren gaan kijken. Het waren bijzondere mannen, anders waren mijn ouders niet gaan kijken, want eigenlijk ziet mijn vader mannen niet zitten en mijn moeder wantrouwt alle Duitsers.

Ik voel me zo onzeker vanwege die twee splitten voor en achter, zei mijn moeder, ze wrong zich in haar nieuwe avondjurk. Misschien zou één split ook voldoende zijn. Daar zouden vanavond de bijzondere mannen in Bar Celona over beslissen. De zwarte stof zat als een tweede huid om haar lichaam. Hoe vinden jullie je moeder, vroeg ze aan ons, en ze draaide zich naar mij toe. De naaister had de krappe jurk op haar lijf genaaid, hooggesloten met lange mouwen, met op de rug een diepe uitsnijding die daar waar haar wervelkolom eindigde in een kleine ritssluiting overging. Ik ging met mijn wijsvinger langs de ritssluiting over het midden van haar achterste. Mijn grootmoeder had haar geholpen bij het aantrekken van de glimmende huid, ik mocht de ritssluiting dichtmaken.

Vera wil mee naar de mannen in vrouwenkleren, ze is nog te jong, ze moet er eenentwintig voor zijn, over vier jaar is Vera zover. Ze lijdt eronder dat ze nog niet oud genoeg is. Ze is bang dat alles voorbij is als ze zover is.

Het was de opwinding van mijn moeder in haar strakke jurk die mijn zus en mij 's nachts liet opstaan. We slopen over de gang naar de woonkamer, in de kamer ernaast sliep mijn grootmoeder, Vera zette de plaat op. Ik ging in de oorfauteuil van mijn vader zitten, Vera danste en wierp me tedere blikken toe. Ik liet niet merken wat ik van die oude zwijmelaar vind, ik legde mijn linkervoet op mijn rechterknie, zo doen mannen die zeker zijn van hun zaak, mijn vader zit nooit zo. Vera wilde op onze moeder lijken, zo knap, zo verleidelijk wilde ze zijn. De oude Fransman zong Frans, ik begreep er niks van. Vera zegde zijn zinnen na, ze had iets met hem gemeenschappelijk en dat liet ze mij weten en bekijken.

Waar zingt hij over, vroeg ik. Niet dat het me werkelijk interesseerde, ik wilde haar een plezier doen en kreeg te horen dat hij over liefde zong en dat de vrouwen aan zijn voeten lagen. Dat ergerde me.

Daar begrijp jij toch niks van, Fania, zei Vera.

Je bent gemeen. Ik nam mijn mannenbeen van mijn knie. Ze hield op met dansen. Het was voorbij. We waren twee zussen en gingen naar ons tweepersoonsbed.

Veel te oud voor jou, zei mijn moeder toen ze Vera's toestand in de gaten kreeg, hij zou je opa kunnen zijn. Ze verscheurde Vera's droomweefsel. En ik heb 's nachts Vera's tranen in bed.

Mijn zus rende de kamer uit, ze gooide de deuren achter zich dicht, eerst de woonkamerdeur, waarvan het hout door de vochtigheid in huis is uitgezet, ze schuurt langzaam achter je aan. Je hebt geen reden je zo te gedragen. Jullie ouders doen alles voor je. Wat je met één klap achter je wilde laten komt je achterna gekropen. Verwijten tegen een van ons beiden werden gewoonlijk meteen over de beide dochters uitgesproken. Mijn ouders willen dat we elkaar steunen, ook tegenover hen, de hoofdzaak is dat mijn zus en ik elkaar steunen. De deur naar onze kamer, die wij de kinderkamer noemen, laat zich goed dichtgooien. Ze gaat met een knal dicht en trilt in haar scharnieren, en naast de deurpost achter het behang fluistert de vallende kalk.

Mijn moeder liep Vera achterna, jullie moeten niet zo met die deuren smijten, terwijl zij het net zo doet. Mijn zus lag dwars over ons echtelijk bed, de oude slaapbank van onze ouders. Vera snikte, haar voeten lagen op mijn helft en haar gezicht perste ze in mijn kussen. Hoe kon ze nou ademen. Ik zag dat mijn dekbed in de war was. Mijn moeder ging zachtjes bij haar zitten, ze streek over Vera's haar.

Nu zou ze eigenlijk wel eens kunnen komen. Wat doet ze eigenlijk zo lang op de gang, ze raapt de krant op van de mat. Wolfram legt het *Hamburger Abendblatt* elke ochtend bij onze deur voordat hij naar school gaat, hij bezorgt kranten. De familie Kupsch is arm en Wolfram is de jongste en moet al meeverdienen, ze wonen onder ons, in de kelder.

Ik houd van de dag en zijn licht, en mijn zus houdt van de

nacht en haar dromen. Ze kan zich elke droom die ze droomt herinneren. Ze kan een droom precies daar verder dromen waar ze onderbroken werd. Zelfs wanneer er een nieuwe dag tussen ligt kan ze zich 's nachts in de droom van de vorige nacht terug verplaatsen. Ze gaat zo liggen zoals ze lag toen ze droomde. Het was heel mooi, zegt ze wanneer ze weer wakker wordt. In al haar dromen is Vera de vrouw om wie alles draait. Bij mij gebeurt er 's nachts niets, ik glijd de slaap in en dwars door de slaap naar de volgende ochtend. Soms praat ik in mijn slaap. Vera vertelt het me 's ochtends, je lachte weer en praatte over hoge bomen. Meer niet, vraag ik. Meer niet, bevestigt ze. Ik kon niet alles verstaan.

Dat bevalt me wel. Ik heb geheimen waarvan zij en ik niets af weten.

Vera zou graag zien dat ik stil naast haar lag, alsof ik niet besta. Zo was het vier jaar lang, vóór mijn geboorte. Toen was ik iemand die er nog niet was. Ik strek mij uit in ongeleefde levens.

Vandaag is het maandag, afgelopen donderdag hebben we op school een opstel gemaakt, we moesten een plaatje beschrijven. Het ene plaatje beviel me niet, een oude man in een ridderharnas op een paard en naast hem een menselijk geraamte. Het andere was een Spaans meisje, net een pop, een grijsaardje met kinderogen. Vandaag krijgen we het opstel terug, de leraar zal langs de banken lopen en elke leerlinge haar schrift teruggeven. Ik zal mijn opstel opslaan en schrikken, hoewel ik weet wat me te wachten staat. Ik zal ontdekken en niet begrijpen dat alles wat ik in mijn handschrift heb verteld en met blauwe inkt in mijn schrift heb geschreven is doorkliefd met rode strepen. Niets zal zijn zoals het was en ik zal mijn schrift dichtslaan voordat de andere meisjes het zien. Annegret naast me zal vragen, wat heb jij voor een cijfer, Fania, dat doet ze telkens, ze weet dat ik niet schrijf zoals je behoort te schrijven, alle meisjes weten het, en de rode inkt zal uit mijn schrift spuiten, en ik zal zeggen, jij hebt het toch gezien. Zij zal mij haar hoge cijfer laten zien. Annegret schrijft altijd alles zoals het geschreven moet worden.

Met beide voeten trap ik tegen mijn dekbed. Wie weet gebeurt er een wonder. Dat zegt mijn grootmoeder. Als iets niet gelukt is en het anders ging, dan zegt zij, wie weet had het zijn goede kanten, alles heeft zo zijn eigen nut. Dat gelooft zij. Niets gebeurt zonder dat er iets was en zal zijn.

Door de grote luiken van de terrasdeur valt wit, fluitdun licht op de vloer. Buiten schijnt de zon. Vera jammert naast mij. Ik ga rechtop zitten in de lucht van de nieuwe dag, en nog vanuit de afgelopen nacht hoor ik Vera zeggen, jij bent meteen in slaap gevallen, Fania, ik heb nog lang wakker gelegen. Op de rand van mijn bed zittend zoek ik naar mijn bril. Heb jij iets gedroomd, vraag ik op dezelfde toon waarop mijn moeder aan mijn vader vraagt als hij de krant zit te lezen, staat er iets in, Paul. Vera gaat rechtop zitten.

Hoezo vraag je of ik gedroomd heb, heb je iets gemerkt, je hebt iets gemerkt.

Wat zou ik gemerkt moeten hebben, ik was diep in slaap, je was onrustig, zeg ik, daarmee doe ik haar een plezier, je lag te woelen. Dat is niet genoeg voor Vera. Het hele bed schudde.

Het gaat niet goed met me, zegt Vera dreigend, helemaal niet goed.

Ze probeert bij mij of ze overtuigend klinkt. Ik houd daar niet van, ik wil het licht in. We kijken elkaar zwijgend aan en herkennen in het gezicht van de ander onze moeder, we horen haar op de gang, ze ritselt met de krant, ze snelt de koppen, ze kan elk moment onze kamer binnenkomen.

Ik wil niet naar school, Fania, sist Vera. Voor overbodige woorden is geen tijd meer. Zeg tegen haar dat ik de hele nacht niet heb kunnen slapen. Ze valt terug in haar kussen en doet haar ogen dicht.

Wanneer Vera niet naar school wil maar ik wel ga, dan kan mijn moeder gemakkelijker besluiten Vera thuis te houden, dan gaat tenminste een van haar dochters naar school. Het excuus moet goed doordacht zijn, Vera en ik gaan naar dezelfde school, bij een bedorven maag of een besmettelijke ziekte zou ook ik moeten wegblijven. Ik draai mijn ogen weg, ze kijken als de ogen van de kleine ouwelijke Spaanse infante in mijn opstel. In die tijd had je de pest of de zwarte pokken. Uit Portugal komen mijn betovergrootouders, de overgrootouders van mijn moeder, die net de kamer binnenstormt met de krant onder haar arm. Vera trekt kreunend het dekbed over haar gezicht en ik geeuw en rek me uit. De ochtend is er, de nieuwe dag is aangeraakt.

Kinderen, ik heb me verslapen. Haar stem is vol van slaap en van de vele sigaretten die zij en mijn vader roken, meteen na de eerste kop koffie beginnen ze ermee, ze roken zelfs 's avonds in bed.

Dat ze zich verslapen heeft zegt mijn moeder elke ochtend, ze hoopt dat ze daarmee mijn zus sneller op gang kan krijgen, en hoewel ze elke ochtend het tegendeel meemaakt, verandert dat niets aan haar taktiek.

Vera heeft helemaal niet geslapen, zeg ik.

Heb jij wel geslapen, Fania, vraagt mijn moeder.

Ik geeuw en knik.

En hoe weet jij dan dat je grote zus niet heeft geslapen. Zo wuift ze mijn informatie over Vera's nacht weg. Jullie hebben te lang gelezen, vanavond gaan we vroeg naar bed. Ze loopt door naar de terrasdeur. Haar zwarte haren staan uit, het groene pyjamasje onder haar loshangende badjas wordt nog door één knoop bij elkaar gehouden, haar kleine borsten dansen, kleine borsten met grote, donkere knoppen. Wij hebben eruit gedronken. Mijn zus viel daarbij in slaap.

Vera krijgt nu zelf borsten, ze zijn nog klein en ik mag ze zien, ze heeft ze me laten zien. Vera vindt dat ze te weinig boezem heeft, net zo weinig als onze moeder. Onze grootmoeder heeft meer boezem, misschien krijg ik eens net zoveel boezem als zij. Te zien is er bij mij nog niets.

Mijn moeder haalt de ijzeren stang van de grijs geschilderde luiken en zet haar met een doffe klap in de hoek, ze vouwt met veel lawaai de tot op de vloer lopende luiken in elkaar en trekt daarbij onafgebroken aan een strakke reep woorden uit haar mond.

Opstaan, snel, ik heb de wekker niet gehoord, deze keer echt niet, het is zeven uur, zo meteen is het halfacht, jullie komen te laat. Vooruit kinderen, vooruit, ik heb me verslapen, Vera, opstaan, jullie moeten naar school.

Wit klettert het zonlicht de kamer in, Vera gooit zich kreunend op haar andere zij, met haar rug naar de terrasdeur. Ik wacht op mijn eerste ongesteldheid. Mijn laken is de afgelopen nacht weer wit gebleven. Vera was al ongesteld toen ze zo oud was als ik en de meisjes in mijn klas zijn het allemaal al. Ik niet. Maak je niet ongerust, zegt mijn moeder, op een dag gebeurt het, bij jou komt het gewoon wat later. Als ik niet ongesteld word kan ik ook geen kinderen krijgen, ik zou ze kunnen adopteren, tien of twaalf, ik zal een huishoudster nodig hebben en een kokkin en een secretaresse die voor mij correct Duits schrijft. Mijn moeder denkt dat het misschien een kleine ontwikkelingsstoornis is dat ik de Duitse taal niet goed kan schrijven en dat het later wel goed zal komen, en mijn vader vindt dat ik architecte moet worden, Fania gaat later huizen bouwen, ze speelde als klein kind al met Lego.

Vera houdt een dagboek bij. Dat doe ik niet, want ik schrijf alles verkeerd. Ikzelf merk het niet, maar Vera zou in mijn dagboek kunnen lezen en zich een bult lachen om mijn woorden, daarom moet ik alles in mijn hoofd noteren. Voor de eerste zin op de eerste bladzij van haar nieuwe dagboek ontwerpt Vera diverse soorten letters, de eerste bladzijde is een speciale bladzijde. Dagboek van Vera Schiefer. In schuinschrift. Twee keer onderstreept met het houten liniaal. Ze laat het me zien, we zijn het erover eens dat de rechterbladzijden in elk nieuw schrift zoete tanden zijn en de linker blauwachtige magere melk. Of, zegt Vera, misschien lief dagboek of mijn lief dagboek in plaats van mijn dagboek. Ze houdt haar hoofd scheef en zuigt haar speeksel op, ijsjes maken ons niet zo blij als onaangeroerd papier, nieuwe potloden en verse vlakgommen.

Mijn moeder staat bij de terrasdeur en houdt haar badjas voor haar buik bij elkaar. Jürgen, de zoon van mevrouw Menkel in het huis naast het onze helemaal boven, is al negentien, hij heeft een verrekijker van zijn vader gekregen, de vader heeft niemand ooit gezien. Zijn moeder hoeft geen geld te verdienen. Ze ligt op haar dakterras in de zon en wordt bruin, de boodschappen laat ze thuisbezorgen. Jürgen heeft een verrekijker en een vader die niet deugt.

Koud is de houten vloer, buiten is de lucht zacht, ze heeft een andere kleur dan nog in maart, in maart was ze koude as, dit jaar is april net zo warm als anders mei, en sinds een paar dagen mag ik kniekousen aantrekken. Ik zoek onder het bed naar mijn pantoffels, mijn moeder maakt de terrasdeur open, en meteen is de kamer vervuld van de stemmen van de vogels. Ze vallen binnen met hun nieuwtjes, die ze vanaf heel vroeg tegen onze vergrendelde deur hebben opgestapeld. Mussen zitten op de terrasbalustrade te kletsen, ze fladderen op. In de achtertuin vliegt een lijster met een metalen geluid diagonaal door de ochtendlucht, duiven koeren opdringerig en mijn moeder, die helemaal niet van duiven houdt, klapt in haar handen. Met piepend geklapwiek fladderen ze op en weg, langs het huis. De mussen blijven, tegen mussen heeft mijn moeder geen bezwaar.

Wat zie jij eruit, Fania.

Ik kan mijn pantoffels niet vinden, wolken van stofvlokken hangen aan mijn pyjama.

We moeten het huis eens goed schoonmaken, morgen misschien, morgen is Paul weg. Ze gaat bij Vera op de rand van het bed zitten. Mijn vader is elke week van maandag tot vrijdag weg, zo noemt mijn moeder het, weg van ons. Hij gaat op reis, hij is vertegenwoordiger, dat is zijn beroep, eigenlijk heeft hij helemaal geen beroep, hij kreeg de kans niet een beroep te leren, hij moest mijn moeder en haar moeder redden. Spullen kopen en verkopen is in de familie van mijn moeder het traditionele beroep, en daarom werd mijn vader vertegenwoordiger. Wanneer iemand ons vraagt wat onze vader is, dan moeten wij zakenman zeggen. Zeg niet dat je vader vertegenwoordiger is, de mensen begrijpen vertegenwoordiger niet zo goed, reizend zakenman klinkt goed, zeg maar zakenman, dat is eenvoudig en duidelijk, jullie vader koopt zaken en verkoopt ze weer, hij is een dubbele zakenman.

Vertegenwoordiger zijn is in de ogen van de mensen armoedig, leurders, marskramers, dan zijn tenslotte ook vertegenwoordigers, en in één adem met dergelijke mannen wil mijn moeder haar man niet genoemd horen. Haar man is een speciale man. Bij alle andere mannen kan een vrouw alleen maar bedrogen uitkomen. Jullie grootmoeder bijvoorbeeld, zegt mijn moeder, heeft helemaal geen sjoege van mannen. En daarmee bedoelt ze ook haar vader, die uit haar leven verdween.

Vroeger kocht mijn grootmoeder iets van elke marskramer die bij ons aanbelde. Het was vlak na de oorlog, na onze bevrijding. Ik was nog helemaal niet geboren, mijn moeder heeft het vaak verteld, en intussen herinner ik het me heel precies. Er wordt aangebeld, mijn grootmoeder doet de deur open. Buiten staat een vreemde man. Hij klapt zijn papier-maché koffer open en kijkt haar vol verwachting aan. Dat vindt ze wel leuk. Met een uitgestrekte nek bekijkt ze zijn waar zorgvuldig, en altijd kiest ze iets uit, iets kleins, een flessenborstel of een blikopener of tandenstokers die naar dennen ruiken. We hebben toch al twee blikopeners, zegt mijn moeder, ze scheldt niet echt, een beetje maar, zodat we niet opeens vijf of zes blikopeners in de la hebben. Op een keer kocht ze een tube zilverpoetsmiddel van een arme oorlogsinvalide. Mijn moeder wond zich vreselijk op. Zilverpoetsmiddel van een arme oorlogsinvalide, je bent mesjogge, een paar jaar geleden zouden ze jou van hun voordeur hebben weggejaagd, kijk toch hoe ze eruitzien, precies hetzelfde ponem. En ik loop met mijn grootmoeder naar de voordeur en kijk naar de gezichten van die mannen. Ze hebben hoekige gezichten, ze zijn slecht geschoren en ze missen een of ander lichaamsdeel, een oog, een been, een arm of op zijn minst een paar vingers aan een hand. Ze dragen grijze lange jassen en leunen met hun grijze rugpanden tegen het gele behang van het trappenhuis. Ze vertellen dat ze het zo moeilijk hebben, in de oorlog en na de oorlog. Mijn grootmoeder glimlacht verlegen.

Ik hoop niet dat jullie dat van jullie grootmoeder hebben geërfd, zegt mijn moeder. Van mannen heeft ze geen sjoege. Maar voor de zekerheid gaat ze daar toch liever van uit, en Vera en ik weten dat ze elke mogelijke schoonzoon aan wie wij haar ooit zullen voorstellen nauwgezet zal keuren, of hij bij ons past, bij haar en bij onze familie.

In ons echtelijk bed ligt Vera aan haar kant, de kant waar mijn moeder heeft gelegen, mijn kant is de andere, de kant van mijn vader, de linkerkant van het bed. Ik lig bijna tegen de muur, er is maar een smalle strook vrijgehouden voor een krukje naast mijn kussen. Op de kruk staat mijn leeslampje, daarnaast ligt een stapel boeken, naast de boeken leg ik, voordat ik in slaap val, mijn bril, en in een van de boeken ligt mijn zaklamp, ze is niet groter dan een vulpen en net zo rond. Ik heb haar in een boek geklemd zodat ze niet van de kruk rolt, de vloer in onze kamer is een beetje verzakt. Soms valt de stroom uit, als het onweert bijvoorbeeld, en zelfs zonder onweer kan opeens de stroom uitvallen. Dan is het goed om te weten waar de zaklamp is.

Ik zou liever aan de andere kant van het bed liggen, de kant die op de kamer en de terrasdeur uitkijkt, naar buiten. Vera wil niet ruilen, en mijn ouders steunen haar. Je slaapt te onrustig, Fania. Ze hebben Vera tussen mij en de wereld gelegd. Zij is de oudste, de eerstgeborene, en zij zal degene zijn die van ons beiden als eerste vertrekt. Zo lang moet ik wachten, eerst trouwt Vera, heeft mijn moeder gezegd, en daarna trouw jij. Als ik als eerste zou vertrekken, zal het Vera misschien nooit lukken, misschien lukt het haar wel nooit, en ik zal er tot in alle eeuwigheid op wachten tot zij de weg naar buiten vindt zodat ik kan vertrekken. Dat denk ik soms. Wanneer ik haar lichaam daar zo toegedekt zie liggen, tussen mij en buiten, dan realiseer ik me dat die weg alleen via het terras en de ijzeren trap de tuin in voert, verder niet. Of Vera nu aan de ene of de andere kant van ons echtelijk bed ligt, ze verkeert in dezelfde situatie als ik, en ik vraag me af of het ons ooit zal lukken te vertrekken. Misschien alleen maar samen.

Mijn moeder buigt zich over Vera en haalt het dekbed voorzichtig weg, terwijl ze blijft doorpraten. Ga naar de keuken, Fania, en was je, het wordt vandaag een mooie dag.

Die laatste woorden zijn voor mijn zus bedoeld, die zich aan mijn dekbed vastklemt en haar ogen niet wil openen. Mijn moeder gaat met een zachte en veelbelovende stem praten. Een heel mooie dag, en als jullie uit school komen, dan heb ik het lente-eten gemaakt, zal ik het lente-eten maken, daar houd je toch zo van.

Het lente-eten bestaat uit hardgekookte eieren in een witte bieslooksaus, in de schil gekookte aardappels en groene sla. Die halen we op de markt, we moeten ze wassen, er zitten rupsen in, ze zijn net zo groen als de sla. We zouden alles in de tuin kunnen aanplanten, sla, aardappels, augurken. Kippen zouden we ook kunnen houden. Dan zouden we helemaal niet meer naar buiten hoeven.

Wat moet ik dan aantrekken, ik weet niet wat ik moet aantrekken, klaagt Vera. Ze voelt zich overal te dik in. Ze zit en leest en eet onderwijl brood met kaas, je beweegt te weinig, zegt mijn moeder, en als Vera het boek uit heeft gaat ze voor de spiegel staan en trekt haar kortste en krapste minirok aan, doet de brede lakceintuur een gaatje strakker en huilt. Natuurlijk wil ze van mij het tegendeel horen, maar ze neemt niks van me aan. Vera is een vrouw aan het worden, zegt iedereen. Ik zie Vera lijden. Zover wil ik nooit komen. Fania zou ook allang zover moeten zijn, hoor ik mijn moeder zeggen.

Ik loop op blote voeten naar de keuken om me te wassen. Op het linoleum zijn in het luspatroon vreemde passen en vreemde stemmen blijven hangen, ze hebben hier vóór ons gewoond, ze houden het linoleum bezet. Tegels zou mooi zijn, vindt mijn moeder, nog dit jaar wil ze het linoleum weghalen.

Daar hebben we geen geld voor, mijn vader haalt geen grote omzet en mijn moeder heeft geld van mijn grootmoeder geleend voor de huishoudpot. Ze heeft helemaal niets meer, mijn vader mag het niet weten, het mag hem niet nog meer bezwaren. Mijn zus heeft ook niets meer en heeft van mij geld geleend. Jij hebt toch vast en zeker nog iets, Fania, zei ze. Mijn grootmoeder en ik zijn degenen die altijd nog een beetje geld hebben. Kom, geef het maar, wees niet zo gierig.

Ik ben niet gierig, ik heb graag een kleine reserve, ik geef haar geld om haar te laten zien dat ik helemaal niet gierig ben, ik ga naar mijn boekenkast en pak de sigarendoos onder *Oliver Twist*, *David Copperfield* en het *Jungleboek* vandaan, Vera kijkt over mijn schouder mee of ik niet te veel achterhoud. Je krijgt het ook echt terug, Fania, erewoord. Ze slijmt met me zoals mijn moeder met mijn vader wanneer hij van zijn reis terugkomt en goed verdiend heeft. Ze slijmen allebei met hem en hij zit in zijn stoel en vindt het leuk en haalt de biljetten uit zijn portefeuille. Vera en ik krijgen extra zakgeld en mijn moeder houdt drie, vier, vijf of zelfs zes vijftigmarkbiljetten als een waaier voor haar gezicht, ze rolt met haar zwarte ogen voor hem, ze somt op wat je er allemaal voor kan kopen, iets lekkers om te eten, gerookte zalm, een fles cognac voor mijn vader, en misschien is er nog net genoeg voor de groene wikkelblouse die in de overdekte passage bij Gloria in de etalage ligt. Dan geeft hij haar nog een bankbiljet.

Wat ik Vera heb geleend zie ik nooit meer terug. Wees tevreden, zegt ze, zonder mij had je geen extra zakgeld gekregen. Ik schaam me omdat ik treur om mijn verdwenen geld. Ik staar haar aan, mijn tranen brengen haar scheve gezicht in beroering. We moeten elkaar niet haten, we moeten van elkaar houden, zodat onze ouders gerust kunnen zijn. Houd jij je geld bij elkaar en schaam je niet, troost mijn grootmoeder me. Vera grijnst minachtend en opeens ben ik net zo oud als mijn grootmoeder. Met mijn geld leg ik een spoor naar buiten, onder het hek door. Het spoor loopt tussen de vingers van mijn zus door.

In de keuken, in de gootsteen, staat een emaillen kom. Ik draai de twee kranen open, boven mij springen vonken in de gasboiler, een vlam flikkert op. Met beide handen schep ik het water en gooi het in mijn gezicht, zodat het tot op mijn voeten druppelt. Het gelige stuk zeep op het schoteltje naast me gebruik ik niet, er zitten overal spataderen in. Ik droog me af, poets mijn tanden en giet het water over de grote azalea die mijn grootmoeder naast de gootsteen heeft gezet. Water is kostbaar.

In haar nachtjapon schuifelt mijn zus de keuken in, ze laat zich op een keukenstoel vallen.

Volgens mij word ik ziek, kermt ze.

Zuchtend bindt mijn moeder haar badjas dicht, ze vult de fluitketel en zegt, het ruikt weer naar gas, ze draait de hoofdkraan open en dicht, ze wil voelen of hij open of dicht was voordat ze er vanochtend voor het eerst aan gedraaid heeft.

Jullie gebruiken het fornuis toch 's avonds niet meer.

Onzin, zegt Vera.

Dat is vanochtend haar entree in de dag, ze kijkt ontevreden de keuken in, mijn moeder zoekt naar lucifers, Vera kijkt wat ze doet, ze reikt haar een doosje aan dat op tafel lag. Ook mijn moeder haat het om vroeg te moeten opstaan, maar ze wil niet geloven dat wij, zonder door haar te worden gewekt, zonder haar goedemorgenkus, zonder haar ontbijt en zonder haar pauzeboterhammen het huis kunnen verlaten. Mijn grootmoeder zou het voor haar doen, laat mij opstaan, Alma, slaap jij maar uit, jij hebt je slaap nodig, en ik word 's ochtends toch vroeg wakker en kan de meisjes naar school helpen. Mijn moeder wil dat niet. Haar moeder zou met ons stiekem moeder en kind spelen. Wij zijn toch haar kinderen, ze had nooit gedacht dat ze ooit zelf kinderen zou kunnen hebben.

Mijn kinderen moeten niet alleen hoeven opstaan. Dat vindt mijn moeder belangrijk, en in haar stem is minachting te horen voor alle andere moeders wier kinderen zich vrij mogen bewegen.

Het is maar een idee, zegt mijn grootmoeder, ze trekt zich gekrenkt terug en ik zit ertussenin, er wordt fel om mij gestreden door twee vrouwen.

Er zijn meisjes die zonder pauzeboterhammen naar school komen, ze dragen een sleutel om hun nek, ik benijd hen om dit bewijs van hun onafhankelijkheid en ze benijden mij om mijn boterhammen, waarvan ik niets kan weggeven omdat mijn moeder ze met liefde heeft klaargemaakt.

Ik heb je afgelopen week nog thuisgehouden. Mijn moeder breekt een paar lucifers bij de poging de gasvlam aan te steken, gas stroomt weg, zo meteen vliegt de keuken de lucht in. Vera zit achter haar rug, ze heeft haar benen opgetrokken en haar hoofd op haar knieën gelegd.

Afgelopen week heb ik je thuisgehouden, toen had je gymnastiek. De blauwe vlammenkrans sist en lekt onder de ketel te voorschijn.

Ik voel me niet lekker, ik ben zo droevig. Vera huilt, niet veel, twee, drie tranen maar, ze speelt toneel. Mijn moeder en ik weten dat ze toneel speelt, Vera weet het en ze weet dat wij het weten, en toch nemen we haar drukkende droefgeestigheid serieus en slepen haar net als elke ochtend met ons mee door deze ochtend, omdat het nu eenmaal zo is dat ze het niet anders kan. Mijn moeder maakt de keukenkast open, ze zet kopjes en borden op tafel, boter, melk, jam, honing, ze loopt haastig heen en weer tussen tafel en keukenkast.

De keuken is een smalle, lange ruimte aan de korte kant waarvan net plaats genoeg is voor twee gootstenen en het gasfornuis. Aan de andere kant is een raam met een brede vensterbank. Ik duw de beide raamvleugels open, ze stoten bijna tegen de trapleuning, de leuning van de ijzeren trap die van het terras naar de achtertuin leidt.

Val niet uit het raam, zegt mijn moeder zonder zich om te draaien, je kan je nek breken.

Het is onmogelijk uit het raam te vallen, daarvoor zou ik op de hoge vensterbank moeten klimmen, die tot mijn buik komt, en zelfs dan zou ik nooit beneden aankomen maar in de traliestangen van de ijzeren trap blijven hangen, met een verdraaide nek en uitpuilende ogen. Wat een vreselijke dood op de vroege ochtend.

In de ketel kookt het water, druppels sissen in de vlammen. Mijn vader komt de keuken in, hij geeft zijn vrouw een liefkozend tikje op haar achterste, kust eerst Vera en vervolgens mij en begint koffie te zetten. Hij zette als klein kind al koffie voor zijn moeder en haar vriendinnen. Dames onder grote hoeden met fluwelen tasjes aan hun arm. Flinterdunne tasjes.

Mijn vader ruikt naar Yardley-zeep, hij staat bij het aanrecht, zet de porseleinen filter op de grote, dikke koffiepot, vouwt de onderkant van de papieren zak om, zodat die niet scheurt als het eerste water opgegoten wordt, stopt hem in de filter en giet er met de ketel een beetje heet water in, hij beweert dat daardoor de papiersmaak verdwijnt, bovendien wordt tegelijkertijd de pot warm omgespoeld. Wat hij doet wordt door hem iets bijzonders. Terwijl hij omzichtig koffiezet doet mijn moeder veel meer, bij alles wat ze doet is ze voortdurend onderweg. Ze kent geen rust. Als het broodmes niet meteen te vinden is, pakt ze snel een ander mes. Mijn vader let erop dat de theelepel waarmee hij de gemalen koffie in de filter doet telkens dezelfde is, deze lepel mag nooit afgewassen worden, het metaal is intussen bruinig verkleurd. De koffie smaakt niet als ik er mijn lepel niet voor gebruik, beweert hij, en mijn moeder noch mijn grootmoeder durven daartegenin te gaan.

Hij doet bonen uit het koffieblik in de elektrische koffiemolen, doet het deksel erop en trekt het witte snoer onder vaatdoeken en opengeslagen weekbladen te voorschijn, aan het eind ervan zit een bakelieten stekker, hij steekt hem in het stopcontact. In één klap worden we van elkaar gescheiden door een oorverdovend lawaai, alleen mijn moeder houdt taai de verbinding in stand en schreeuwt met een verwrongen gezicht tegen mijn zus, mijn vader staat bij het aanrecht, met beide handen, zijn lippen op elkaar geperst, houdt hij het heksenketeltje beet, waarin scherpe messen donkere koffiebonen aan stukjes hakken. Een paar seconden later breekt net zo plotseling de stilte aan.

Zo, mijn vader kijkt met een gekwelde glimlach over zijn schouder, nu kunnen jullie doorgaan met ruziemaken.

Hoezo ruziemaken, schreeuwt mijn moeder, ik kan haar niet om de andere dag thuishouden.

Schreeuw niet zo, de koffiemolen is uit, zegt mijn zus koel.

De geur van versgemalen koffie verspreidt zich in de stilte. Met zijn grote, dikke neus neemt mijn vader het aroma in zich op, met zijn lepel doet hij het maalsel in de filter. Hij laat zich door mijn moeder het zout aanreiken, ondertussen is zij met andere dingen bezig, hij neemt een snufje uit het houten vat en kruimelt de korrels op de gemalen koffie, van de cacao neemt hij een lepelpuntje en tipt het zorgvuldig op de donkerbruine poederheuvel, hij loopt naar het gasfornuis, waar het water op een laag pitje borrelt, het water moet doorkoken, dat is absoluut noodzakelijk voor het welslagen van zijn koffie, en zo meet mijn vader om de twee, drie minuten met omzichtige passen en naar buiten gekeerde voeten steeds weer de smalle keuken tussen aanrecht en fornuis af om het water op te gieten of de ketel weer op het vuur te zetten. Met zijn handen in zijn broekzakken wacht hij bij de koffiefilter tot het water bijna helemaal is doorgelopen, onderwijl neuriet hij zachtjes, hij loopt naar het fornuis, draagt de stomende ketel naar het aanrecht en giet op.

En omdat mijn moeder, terwijl ze blijft ruziemaken met Vera, in de keuken nu eens naar het fornuis, dan weer naar het aanrecht, de gootsteen, de koelkast of de afvalemmer onderweg is, danst ze achter haar man aan en spint trippelend een web rond zijn platvoetige passenpatronen.

Mijn vader is al aangekleed. Hij moet al vóór ons zijn opgestaan en via onze kamer naar de keuken zijn geslopen. De enige mogelijkheid om ons te wassen is de gootsteen in de keuken, en in de keuken kom je alleen via onze kamer of via de kamer van mijn grootmoeder, maar via de kamer van mijn grootmoeder zou mijn vader niet gaan. Mijn grootmoeder heeft al eeuwen geen man in pyjama meer op bezoek gehad. Het zou haar in verlegenheid brengen en hem ook. Vandaag, maandag, blijft mijn grootmoeder op haar kamer, ze zit in de kamer hiernaast op haar sofa, gewassen, helemaal aangekleed, gekamd, een weekblad uit de leesportefeuille op schoot. Maandag is de dag waarop mijn vader met zijn klantenbezoek begint, de dag waarop mijn ouders voor vijf dagen afscheid van elkaar moeten nemen. Tot vrijdag. Afgelopen week zat mijn grootmoeder op maandagochtend net als elke maandagochtend en alle andere ochtenden met ons aan de keukentafel, en opeens schreeuwde mijn moeder, wacht jij in je kamer tot mijn man vertrokken is.

Ik kan er niet tegen wanneer mijn moeder tegen haar moeder schreeuwt en haar naar haar kamer stuurt, niemand van ons kan dat verdragen, mijn moeder ook niet, toch doet ze het. Mijn grootmoeder is bang in haar stilte. 's Nachts staat ze op, ze sluipt door de keuken en zet onze kamerdeur op een kier, ze knikt ons toe, zwijgend, ze sluipt via de keuken terug naar haar kamer, ze zet ook haar deur op een kier, en 's ochtends komt ze, ik zie haar op het moment dat ik wakker word, ze zwaait naar me en heeft haar wijsvinger op haar lippen gelegd, ze sluit zachtjes de deur naar de keuken. Toen ik vanochtend uit mijn slaap ontwaakte dacht ik dat mijn grootmoeder Hedwig overleden was en dat ze me van daaruit toezwaaide. Ik wilde haar achterna, ik wilde haar vasthouden en was bang haar juist daardoor te verliezen. Toen hoorde ik het water in de waskom kletteren. Ze wast zich, zei ik tegen mezelf, dan kan ze niet dood zijn.

Er is een badkamer. Ze is in de kelder. We gebruiken haar niet. Wat zouden dat voor mensen zijn geweest, die hun badkamer in de kelder hadden. Gestoord of rijk. Waarschijnlijk rijk. Het hele huis zal één grote, samenhangende woning zijn geweest, gestoffeerd met dikke tapijten. Ik wist niet dat die badkamer er was. Ik ontdekte haar in de voortuin, bij het basement van de huismuur, een met planken gebarricadeerd raam dat een halve meter diep de grond in steekt. Mijn rubberen balletje was voor het raam in het keldergat gerold, het verdween door een ijzeren rooster de diepte in. Mijn vader hielp me bij het omhoogtrekken van het rooster en het omhooghalen van de bal met een hark. Zwarte, schimmelende bladeren bleven in de tanden hangen, ze roken naar rotting. Wat is daarachter, vroeg ik aan mijn vader.

Onze badkamer, zei hij terloops.

Wij hebben een badkamer, zei ik. Dat vond ik meteen nogal merkwaardig. Als wij een badkamer hebben, waarom gebruiken we haar dan niet. Iedereen heeft tegenwoordig een badkamer of op zijn minst een douche. Alleen wij niet, wij hebben alleen maar een grote, grijze zinken badkuip waarin ik met opgetrokken knieën kan zitten, in de keuken vullen wij hem met water en het water verhitten wij van tevoren in twee grote pannen op het gasfornuis. Zo hebben wij vroeger ook gebaad, zegt mijn moeder, wanneer Vera klaagt dat het toch een beetje primitief is.

We zouden door twee schuilkelders moeten om de badkamer te bereiken, verklaarde mijn vader, dat zou veel te gecompliceerd en ongezellig zijn, bovendien stond de badkamer tot aan het plafond vol met oude spullen.

Oude spullen van mevrouw Kupsch, vroeg ik, want de kelderkeuken inclusief de kelderruimten aan de voorkant hebben mijn ouders aan de familie Kupsch verhuurd, aan Elsa en Erich Kupsch, die met hun vier kinderen uit Breslau waren gekomen.

Nee, niets van de familie Kupsch. Dat hij lachte, vond ik gênant. De mensen van wie die spullen zijn kun jij helemaal niet kennen, zei hij, geen goede mensen, en het is echt zot dat jouw ouders spullen van vreemde mensen bewaren. Hij wilde me kalmeren, dat verontrustte me. We zijn er gewoon nog niet toe gekomen de spullen weg te gooien, Fania, niets speciaals dus, niets dat je zou moeten verontrusten. Ik liet mijn gummibal hard van de grond opspringen, hij vloog hoger dan het tuinhek en viel terug in de tuin. Ga lekker spelen, riep mijn vader.

Mijn moeder staat vóór haar man. Trek je manchetten naar buiten, zegt ze en gaat op haar tenen staan, ze fatsoeneert zijn hemdkraag. Mijn vader heeft een lichtgrijs kostuum aan, de zon schijnt op zijn golvende haar, dat hij nat achterovergekamd heeft. Mijn moeder is trots op haar man, ze stijft en strijkt zijn overhemden, niemand kan het zoals zij, haar man moet er goed uitzien, elegant en begerenswaard voor alle vrouwen, die hem nooit zullen krijgen, en voor zijn klanten moet hij als een heer verschijnen. Wanneer hij met zijn twee stalenkoffers bij hen de winkel inkomt moeten ze Paul Schiefer als een heer behandelen, bij die piekfijn geklede en gestreken man moeten ze een order plaatsen, en als hij zonder bestelling moet vertrekken, dan zullen het door haar gesteven overhemd en de degelijke stof van zijn kostuum hem goed houden, hij zal de winkel met een rechte rug verlaten.

Mijn vader schenkt koffie voor ons in, ik krijg het minste, ik mag alleen koffie met veel melk drinken, mijn zus krijgt net zoveel koffie als zijn vrouw en hijzelf, Vera is bijna volwassen. Bij het vijfde kopje legt hij twee klontjes suiker op de rand van het schoteltje, hij brengt het naar de kamer hiernaast, naar de kamer van zijn schoonmoeder. We zitten stil aan tafel. Het gaat niet goed met mijn moeder als mijn vader bezig is te vertrekken.

Mijn vader komt terug. Hou Vera toch thuis, zegt hij.

Jij wilt alleen maar in alle rust je koffie drinken, ik heb het gedoe met haar, jij bent er immers nooit, ze moet onder de mensen, wat moet er van haar terechtkomen, ze heeft geen vrienden, ze heeft niet eens een vriendin, ze zit in de stoel, ze leest, ze droomt, wat deed ik niet allemaal op haar leeftijd.

Wat dan, wat dan, hakt Vera ertussen.

Ik ging dansen.

En met wie dan, met wie.

Met je vader.

Zie je wel, zegt Vera en laat zich bitter glimlachend tegen de leuning van haar stoel vallen, met je man, iemand anders zou veel te gevaarlijk voor je zijn geweest, of het nu een vriend of een vriendin was.

Hoe kun je nou zoiets beweren, verzet mijn moeder zich, ik ging naar de bioscoop, ik weet helemaal niet hoe vaak ik in de bioscoop was, ik leefde zowat in de bioscoop, ik ging in het Orchideecafé naar de vijfuurthee, en toen de Gestapo kwam zijn wij in de chaos weggekomen, jullie vader en ik, over de tafels, ik op mijn pumps, we klommen uit het raam. Terwijl Paul toch zo snel duizelig wordt.

Mijn moeder staart naar Vera, haar blik brandt. Vera laat haar haren over haar ogen zakken. Mijn vader neuriet, hm, hm, hm zoemt hij.

Net als Vera heeft hij weinig zin om het huis te verlaten. Mijn moeder zou graag in zijn plaats op pad gaan, de klanten bezoeken. Ze heeft het gevoel dat haar zakelijke transacties beter zouden zijn dan de zijne, en hij heeft dat gevoel ook. Maar toch veranderen ze niets. Mijn vader reist van maandag tot vrijdag door de provincie en bezoekt met zijn stalenkoffers vol brillen de opticiens, en elke avond tussen zes en zeven belt hij zijn vrouw op, ondenkbaar dat hij een keer niet zou bellen, daarom is mijn moeder elke dag door de week vanaf halfzes thuis, zij wacht op het telefoontje van haar man. Tot halfzeven wacht ze tamelijk geduldig, wanneer hij pas tegen zeven uur of zelfs even na zevenen opbelt, dan heeft ze innerlijk haar man al diverse keren zwaar tot dodelijk laten verongelukken, omdat alleen het allerergste tot een dergelijke vertraging heeft kunnen leiden. De telefoon gaat, ze rent naar het ronde tafeltje, rukt de hoorn omhoog naar haar gezicht, naar haar oor, naar haar mond, het zwarte toestel valt, het valt niet helemaal want het blijft hangen, wat een zegen, het hangt aan het snoer en schommelt voor haar lichaam. De klank van zijn stem bereikt haar oor, haar gezicht ontspant en ze stopt lieve woordjes in de zwarte spreekschelp bij haar mond.

Mijn moeder staat op, loopt naar het aanrecht en maakt de broodtrommel open. Wat is er toch met je, Vera, je bent niet ziek, het is iets anders, vertel me nou wat het is. Ze pakt een hoekig brood uit de trommel en snijdt er plakken van af, haar ogen blijven op Vera gericht. Volgend jaar begint je laatste schooljaar, afgelopen jaar heb je al veel lessen gemist. Ze zullen je niet laten overgaan, je zult het jaar moeten overdoen, en jij, ze richt zich tot mijn vader, jij bent er niet, ik ga naar de ouderavond, Paul, ik moet daar aanhoren dat Vera Schiefer nooit met gymnastiek meedoet, nooit met muziek, dat ze bij scheikunde zit te dromen, bij wiskunde leest ze gedichten.

Wat wil jij erop, frambozengelei of aardbeienjam, ze bedoelt mij, ze smeert een boterham voor me, ik wil frambozengelei dik met boter. Ze knikt en smeert met stevige bewegingen boter op de snee brood die voor mij bedoeld is. Bij Elsa Kupsch hebben ze margarine, en ze perst het brood tussen haar borsten als ze er een snee van afsnijdt.

Ik wil weten hoe je margarine schrijft. Brood weet ik, dat kan ik wel goed onthouden, brood, dat kan nooit met een t.

Hoe zou jij het dan schrijven, vraagt mijn vader, hij is dankbaar dat hij iets anders hoort.

Magerine komt van mager, net als vermageren, ik vind dat logisch.

Vera zet het op een proesten. Haar somberheid is met één klap verdwenen.

Fania hoeft niet te weten hoe je margarine schrijft, mengt mijn moeder zich erin, bij ons is er alleen maar goede boter, margarine hebben ze in de gevangenis.

Ik kan in mijn schoenen niet lopen, zegt Vera, de hakken zijn te hoog, mijn rug doet pijn.

Hoezo te hoog, vraagt mijn moeder, voor wie te hoog, je hebt mooie benen, je hebt je schoenen zelf uitgezocht, ze hebben een lage hak, je kan daar goed op lopen, hoezo zouden ze te hoog zijn, ze zijn niet te hoog.

Omdat alle mannen kleiner zijn dan ik, en dat is jouw schuld, blaast Vera, ik word net zo lang als jouw man, ik blijf doorgroeien, alleen omdat jij per se met hem moest trouwen.

Je bedoelt je vader, mijn Paul, zegt mijn moeder en strijkt over zijn hand.

Bij elke hap van mijn brood met boter en frambozengelei concentreer ik me erop niets, geen lettergreep van het geklaag van mijn zus in te slikken, ik bijt en bekijk de afdruk van mijn tanden in de boterrand.

Waarom moest je met zo'n lange man trouwen, jammert Vera, een kleinere was goed genoeg voor jou geweest, nu vind ik er geen van mijn lengte, alle interessante mannen zijn kleiner dan ik of getrouwd.

Mijn moeder lacht, haar koffie zwalpt uit het kopje op het tafelkleed, ze is opgelucht dat haar dochter eindelijk in beweging is gekomen, en mijn zus barst in woedend gejammer uit. De jongens van mijn leeftijd stinken en hebben pukkels, ik wil een man die ouder is, net zo oud als Papi.

Mijn vader voelt zich gevleid, ja, mijn liefje, zegt hij, en deze keer bedoelt hij niet zijn vrouw.

Ik ga weg uit de keuken, ik wil me aankleden voor school, ik maak in onze kamer de kleerkast open, Vera's spullen hangen naast de mijne. Ik kijk naar haar schoenen, stomme kameraden die mij het lijdensverhaal van mijn zus vertellen, een paar met hoge hakken, de meeste zijn plat, net zo plat als balletschoenen. Vera zit sinds twee maanden op dansles.

Je bent een lange, knappe vrouw, hoor ik mijn moeder in de keuken zeggen, het is volstrekt zinloos dat ze op Vera inpraat, je hebt mooie benen, ik zou zelf graag een beetje langer zijn. Een beetje, ja, een beetje, mijn zus hapt naar het woord beetje, maar niet zo vreselijk lang als ik. Een meter en vierenzeventigeneenhalve centimeter, dat is gewoonweg prut voor een vrouw, dat kun jij helemaal niet beoordelen met je eenvijftig.

Ik ben een eenenzestig.

Ja, schreeuwt Vera, een eenenzestig, en Papi is een zesentachtig.

Ze houdt plotseling op met praten. Ze huilt. Ik hoor mijn vader zachtjes lachen, hij hoort graag over zijn lengte praten.

En daarom wil jij hier blijven zitten en dom worden en niet meer naar school gaan, schreeuwt mijn moeder. Je bent verliefd op je klassenleraar, en die is getrouwd en net zo lang als ik op mijn pumps.

28

Vera snikt, ze rent vanuit de keuken naar onze kamer, huilend valt ze op bed.

Pumps. Dat woord. De meest vererenswaardige, meest perfecte, meest begeerde vrouwelijkheid. Van die droomschoenen heeft mijn moeder een kast vol, een speciaal voor haar pumps gemaakte schoenenkast met een donkerrood gordijn, erbovenop een kaptafel met een driedelige spiegel. Het meubel staat in de slaapkamer van mijn ouders, naast het bureau van mijn vader. Als klein meisje stopte Vera haar voeten in deze pumps en slofte ermee door de kamer. Zulke schoenen als die van Mami zul je later zelf dragen, als je een vrouw bent, had mijn moeder toen beloofd, en ook ik hoorde achter mij deze zin, ik hoorde haar liefdevol lachen over mijn looppogingen. Jij ook, Fania, als je later een vrouw bent. Later. Van een prachtige zekerheid was deze belofte, ze zou waar worden, er was zoveel ruimte in die schoen, daar kon je ingroeien, we hadden nog tijd. Vera's voeten zijn intussen twee maten te groot, ze sleept haar jeugdige lichaam met zich mee en ik bekijk haar ongeluk. Op zekere ochtend begon ze zich te ontwikkelen, ze pakte zichzelf uit, ze liet mij haar borstjes zien en werd ongesteld. Dat zal ook ik binnenkort allemaal krijgen. In mijn klas zijn alle meisjes ongesteld en ze laten hun borsten wippen, en ik hobbel erachteraan. Het komt wel, Alma, zegt mijn grootmoeder tegen mijn moeder, die zich er zorgen over maakt, ik mag het niet horen, ik hoor het en ik zie dat ze allebei bedenkelijk met hun hoofd schudden.

Onder Vera's matras liggen liefdesromans, boeken waaruit ze me niet meer voorleest. Ze trekt zich erachter terug, weg van mij, en wanneer ik vraag of het spannend is, zomaar, is het spannend, hoewel ik het boek het liefst uit haar handen zou rukken en tegen de muur smijten, zegt ze, laat me met rust, soms huilt ze, dan gaat het erg goed met haar. Het zijn pockets op de omslagen waarvan jonge vrouwen met spitse neuzen en spitse schoenen glimlachend door een straat lopen, glimlachend achtervolgd door een man met net zo'n spitse neus, hij draagt een alpino en heeft een pijp in zijn mond, en zij draagt een handtas over haar schouder. *Lente in Parijs* heet een van de boeken of *Zij en hij* of

Monpti. Zij zijn mijn vijanden. Met hen zal Vera vertrekken, op zekere dag is het zover en ik blijf achter.

Afgelopen winter namen mijn ouders Vera voor het eerst 's avonds mee. Ze gingen naar een bal. Mijn grootmoeder en ik luisterden naar een hoorspel op de radio, mijn moeder had sneetjes met nepkaviaar en eiersalade voor ons klaargemaakt. Daarna ging ik naar bed, naar ons bed, zonder Vera. 's Nachts stond ik op, ik zocht in de boekenkast van mijn ouders naar gezelschap. Ik pakte een heel dik boek, het was kapotgelezen en groen ingebonden. Ik nam het boek mee naar bed en sloeg het in het midden open, ik zocht naar lichamen en ik vond woorden over lichamen die me opwarmden en verhitten en mijn lichaam lieten trillen. Ik legde het boek weg met een verhit hoofd en klamme vingers.

Kom toch mee naar school. Ik raak Vera's schouders aan, ze ligt en huilt. Het is even voor achten, ik kom nu al te laat en zij is niet eens aangekleed. Ze tilt haar opgezwollen gezicht van het kussen.

Jij zult ook groeien en langer worden, de jongere kinderen worden meestal een beetje langer dan de eerstgeborene, dat klopt. Van dergelijke voorspellingen houd ik niet, ik had het toch alleen maar goed bedoeld en dan wenst zij mij ongeluk toe. Ik besluit dat ik kleiner zal blijven dan zij. Misschien word ik langer, misschien niet, zeg ik, wie weet, je kan het niet weten, ik wil voorzichtig zijn, ik wil niets te hard roepen wat mijn toekomst aangaat. Ze hoort me helemaal niet, het is onbelangrijk wat ik zeg, ik kan drie meter lang worden, het zal haar niet troosten.

Misschien kun je een stuk uit je bovenbeen laten zagen, ze trekt haar nachtjapon omhoog, ze bekijkt haar mooie, lange benen en strijkt over haar gladde huid. Ik stap met mijn kortere benen snel in mijn blauwe rok met elastiek. Een zomerrok. De zomer zal komen, ik zal geen jas meer hoeven te dragen. Een windjak zou handig zijn, ik zal er nooit een krijgen, mijn moeder heeft dure popeline mantels voor ons gekocht, hoewel er op het ogenblik niet veel geld is. Een windjak zou je met één hand kunnen dichtmaken, een ritssluiting omhoog van de buik tot onder de kin en je bent op jezelf. Mijn moeder houdt niet van windjaks, ze houdt niet van windjaks en niet van groepen wandelaars, van kampvuren, volksliederen, rugzakken en blokfluiten. Vera bekijkt me van top tot teen. Meet je jezelf regelmatig, vraagt ze, en ik staar terug, we zetten onze blikken schrap tegen elkaar. We slaan elkaar nooit. We hebben één keer gedaan alsof. Klappen krijgen, slaan en geslagen worden. Dat was niet echt. Het deed niet eens pijn. Ze wil weten of ik 's nachts gegroeid ben. Ga bij de deurpost staan en trek een streep met een potlood. Ik leg mijn hand op mijn hoofd, daar waar mijn vingertoppen het kozijn raken maak ik een streep. Vera gaat rechtop zitten, je bewoog, je hand is naar beneden gegleden, je sjoemelt, meet nog eens, je bent op zijn minst twee centimeter langer geworden.

Ik trek mijn trui over mijn hoofd, ik wil nu gaan, zo snel mogelijk wil ik uit Vera's nabijheid weg, en misschien heb ik een tien voor mijn opstel, naar mijn gevoel zou ik een tien moeten hebben. Kom je nou mee, vraag ik, Vera valt terug in het kussen, ze schudt zwijgend haar hoofd. Mijn moeder brengt me mijn pauzeboterhammen, gewikkeld in grijswit boterhampapier, erbovenop ligt een reep melkchocolade. Ik stop het pakje in mijn tas. Je hebt geen schoenen aan, merkt ze op. Ik trek mijn klepperslippers aan, houten schoenen met een leren riem over de tenen, ze maken lawaai bij het lopen, ik heb ze van mijn grootmoeder cadeau gekregen, ik wilde ze per se hebben. Mijn moeder haat deze schoenen. Houten muilen, net als in het kamp. Alle meisjes in mijn klas hebben zulke schoenen, en ik moet in lage schoenen met smalle riempjes rondlopen.

In geen geval die slippers, protesteert ze, het is te koud, jij trekt je lage schoenen aan met kniekousen en daarmee basta. Mijn zus tilt haar hoofd van het kussen. Alsjeblieft, Fania, maak jij het me ook niet nog moeilijk, niet vanochtend. Ze laat me uit, ze maakt de voordeur voor me open, ze wil me een kus geven en verstrakt, op onze deurmat staat een groot pak, een kartonnen doos met Hebreeuwse letters, en zodat iedereen het lezen kan staat bovendien in Latijnse letters op de doos wat erin zit. Iets belangrijks. Matses staat daar, matses in het Hebreeuws en matses in het Duits. Matses koosjer met Pesach.

Gehaast duwt mijn moeder me opzij en trekt de doos onze woning in, op haar voorhoofd een steile rimpel, een dreigende vinger in de richting van de hemel, ze roept door de woning om haar moeder, ze vervloekt die mensen, of die mensen niet kunnen aanbellen, en mijn grootmoeder komt eraan, met opgeheven handen, Alma, wind je niet op, roept ze, maar mijn moeder windt zich op, ik heb je al honderd keer gezegd, schreeuwt ze, ze moeten die matses niet gewoon bij onze deur zetten, ik wil niet dat iemand in huis erover struikelt.

Het pak komt van de Joodse Gemeente, vanwege Pesach hebben ze de matses bezorgd en ik hoop dat alle bewoners van het huis er voor onze huisdeur over gestruikeld zijn, over elke Hebreeuwse letter ervan. Mijn moeder trekt met haar opgewonden handen aan de matsedoos, achter mijn grootmoeder komt mijn vader aanrennen, hij wil mijn moeder kalmeren, hij wil geen ruzie tussen zijn schoonmoeder en zijn vrouw, Alma moet eindelijk stil zijn, ze lijkt hem helemaal niet te horen, zo hard schreeuwt ze tegen haar moeder, het is telkens hetzelfde met die verdomde matses, schreeuwt ze, wie moet dat eigenlijk allemaal eten, veel te veel, en mijn grootmoeder trekt van de andere kant aan de doos, ze wil de matses naar haar kamer slepen, van de gang door onze kinderkamer en door de keuken tot in haar hol, veilig en buiten bereik van de kwade blikken van haar dochter.

Hemeltjelief, brult mijn vader, hij staat in de keukendeur, maak toch niet zo'n ophef, Alma, wat maakt dat nou uit, laat de mensen het toch zien. Vera is rechtop gaan zitten, ze bekijkt de strijd om de matses die het voeteneinde van ons bed heeft bereikt. Ik sta bij de deur, ik wil mijn moeder slaan en ik pers mijn schooltas tegen mijn borst.

Jij bemoeit je er niet mee, ze schreeuwt tegen hem, haar gezicht is rood, de aderen bij haar slapen zijn gezwollen, daar heb je niets mee te maken. Hij wordt bleek. Juist hiermee mag hij nu niets te maken hebben. Met het joodse. Mijn grootmoeder heeft de matsedoos losgelaten en kijkt bedremmeld naar haar schoonzoon. Mijn moeder trekt aan het pak, zo over de matses gebogen hoeft ze haar man niet aan te kijken, ze houdt zich vast aan de matsedoos. De koosjere geest heeft de kartonnen doos verlaten en staat tussen ons in. Wij staren naar haar, mijn moeder trekt aan iets doods. O god, Paul, nog steeds over de kist gebogen komt ze langzaam overeind, ik bedoelde het niet zo, en net zo langzaam praat hij en praten ze met één stem, en hij zegt, ik moet zo meteen weg.

2

'S MIDDAGS, TEGEN HALFTWEE, KOM IK NAAR HUIS, MIJN
rood doorkliefde opstel over de kleine infante zit in mijn schooltas, ik huppel snel de oprit op die langs onze voortuin loopt. Ik
moet, ik moet heel nodig plassen. Ik heb geschreven dat het niet
klopt. Hij zei dat de kleine infante haar dwerg bespot, voor haar
is hij slechts een speeltje. Dat klopt niet. Ik weet het. Zij weten niets. De last van mijn woorden. Mijn handen hangen tot
op mijn knieën. Ik ben de dwerg, hij draagt voor zijn kleine infante de schooltas naar huis, ik voel aan haar knieën, vandaar
een beetje hoger, een klein stukje nog, nog een klein stukje, de
hand tegen de vloed daarbinnen. Het helpt.

Zij weten niets. Ze deed alleen maar alsof, ze hield van hem,
terwijl ze niet van hem mocht houden. Zo was het. Zo heb ik
het opgeschreven, en zij lachten erom. Allemaal verkeerd opgeschreven. De leraar liet hen lachen, eerst lachte hij mee, toen
wilde hij dat het stil was. Annegret sloeg met haar schrift op het
tafelblad, er vielen allemaal negens uit. Zij krijgt altijd een negen, en ik nu eens een vijf en dan weer een drie, nu is het een
drie plus.

Ons huis ligt verscholen tussen bomen en struiken. Hier heerst
rust. Geen ander huis in deze straat is zo omringd, achter geen
raam van ons appartement op de bel-etage ben ik vanaf de straat

34

te zien. Te zien ben ik vanuit de ramen van het huis aan de overkant op de eerste en de tweede verdieping, en vanaf de zolder. Ik voel de ogen op me gericht. Mijn buikholte staat bol, een fonkelende waterbal, ik laat hem balanceren op de punt van mijn tong. Kunststukjes voor de infante. Dat is de wereld. Ze stijgt en daalt, dat zegt de kater in de heksenkeuken, Vera heeft me in bed *Faust* voorgelezen, van Goethe. Thuis zullen ze me niet straffen omdat mijn broek nat geworden is. Op school kan ik nooit meer naar de wc gaan, nooit meer naar die geel betegelde ruimte, door de deur met het melkglas, over zwarte voetsporen, de vloer is nat en glad, groene papieren handdoekjes liggen overal als proppen, het stinkt naar vloeibare zeep. Wc-potten zijn verstopt. Schel geschreeuw en knallende deuren. Zoals dat eruitziet, daar ga ik niet naar binnen, en zij dringen naar binnen, en de deur van het hokje knalt achter hen in het slot, drie meisjes naast me op de wc met alleen die dunne wand tussen ons. Ze smiespelen, ze komen eruit. De middagpauze is afgelopen, overal in het gebouw klinkt schel de bel, zelfs hier, op de wc, hebben ze er een boven de klapdeur geïnstalleerd.

Dat zijn de schoenen van Annegret, ze staat voor mijn deur, de andere schoenen ken ik niet. Ze giechelen en fluisteren. Ze moeten weggaan en mij met rust laten. Het zijn drie paar schoenen. Annegret en waarschijnlijk Gerda en een ander paar meisjesschoenen, aan de veters hangen bruine kwastjes. De drie paar schoenen staan naar elkaar toegekeerd, zo dicht dat ze elkaar bijna met hun punten aanraken. Ik zou kunnen doortrekken, ik zou iemand anders kunnen zijn, een leerlinge die klaar is en die even later snel de deur opendoet. Ze moeten schrikken en wegrennen, en dan kan ik weg.

Fania, zit jij daarbinnen, dat is Fania, Fania zit daar. Ze trappen tegen mijn deur. Wedden dat Fania daar zit. Het zijn hun stemmen, Annegret en Gerda, de derde ken ik niet. Ik loop leeg, mijn ogen lopen over, uit mijn mond druipt het speeksel en mijn lichaam trekt krom en loopt leeg. Ze zullen van boven naar me kijken, ze zullen me hier zien zitten, op de wc, waarom gaan ze niet terug naar de klas, de les begint zo meteen en ik heb pijn in mijn lijf, hun grinnikend gegiechel hangt boven me, het prikt in mijn gebogen nek, rond mijn kuiten hangt mijn broek.

Op het bord staan de woorden uit mijn opstel, er komen er steeds meer bij in het handschrift van mijn leraar, losse ledematen, lange en korte stukken van een lichaam dat iets te vertellen heeft, maar zo uit elkaar gerukt dat ook ik niet meer kan zeggen wat waar hoort, en ik schaam me dat dergelijke woorden in mij zitten, woorden die helemaal niet bestaan.

Wie moet dat nou lezen, wie moet dat nou begrijpen, zegt de leraar, hij gaat maar door met woorden op het bord schrijven, woorden zoals ik ze heb opgeschreven, en de meisjes gaan maar door met giechelen en fluisteren. Hij kijkt over de rand van zijn bril in mijn opstelschrift, hij houdt het in zijn hand. Hij is de leraar op wie mijn zus verliefd is, Wilhelm Bobbenberg. Ook Vera heeft Duits van hem, zij houdt van Duits, het is haar beste vak en mijn slechtste. Een bruine haarlok valt over zijn gezicht, ze strijkt langs mijn schrift.

Verbazingwekkend, zegt hij, verbazingwekkend, Fania, dat het jou gelukt is in het woord infante geen enkele fout te maken, volgens mij is het het enige woord dat je goed hebt geschreven.

Misschien omdat het niet Duits is, zeg ik, en hij houdt even op met schrijven, met zijn hand hoog bij het bord staart hij me aan.

Is dat als grap bedoeld, Fania, vraagt hij, en dan schrijft hij verder en kijkt in mijn schrift en naar het bord, hij veegt een letter uit, hij heeft mijn woord verkeerd opgeschreven, goed en niet goed fout, zoals het in mijn schrift staat. Dat ergert hem, ik maak het hem lastig, en hij herhaalt, zonder me aan te kijken, wat iedereen in de klas al gehoord heeft. Omdat het niet Duits is, Fania, dat is zeker als grap bedoeld.

Vera dweept met hem, bij het eten 's middags vertelt ze hoe goed ze met elkaar kunnen opschieten, Bobbi, zo noemt ze hem, Bobbi kan zo heerlijk ironisch zijn, zegt ze, ze maken grappen met elkaar in de les. Nee, geen grap, zeg ik, misschien kan ik alleen in het Duits alles fout doen, in het Engels schrijf ik alles goed.

36

Welke taal nog meer, vraagt hij en maakt zijn stem hard. Hij wil dat ik huil. Ik wil niet huilen, het is niet erg om te huilen, in tegendeel, mijn moeder zegt, in onze familie huilt iedereen, en jullie vader schaamt zich ook niet om te huilen, daar kunnen jullie trots op zijn, zo'n man als jullie vader is er niet nog een keer.

Spaans, zegt ik. Hebreeuws houd ik voor mezelf.

En, vraagt hij.

Ook, zeg ik. Mijn stem is nog te horen.

Ook wat, vraagt hij.

Alles goed, zeg ik, in het Spaans schrijf ik alles goed, en Spaans hebben we pas vier weken, altijd op woensdag het eerste uur, dat is toch hoopvol. Mijn stem geeft het op.

Hoopvol, hoopvol waarvoor, vraagt hij en schrijft ondertussen nog meer woorden uit mijn schrift op het bord, Duitse woorden, ik heb ze niet helemaal goed opgeschreven, er is maar één letter fout, nu eens een te weinig, dan weer een te veel, dan weer een van elders bij het schrijven ertussen gegleden, hoewel, dat weet ik precies, ik dacht bij het schrijven dat ik alles goed schreef, en bij het doorlezen achteraf, want ik had nog tijd om mijn opstel door te lezen omdat ik zo snel klaar was, ik hoefde niet lang na te denken, alleen maar opschrijven, ik weet alles over de geheime geschiedenis van de infante met haar dwerg, bij het overlezen, toen ik elk woord met mijn ogen beetpakte en aftastte, toen was ik er zeker van dat we er nu mee voor den dag konden komen, alles klopt, en het zal leesbaar zijn en ze zullen onder de indruk zijn van het verhaal en alles begrijpen.

Dat ik Spaans en Engels kan schrijven, zeg ik, dat is hoopvol. Ik vind echt dat het hoopvol is, hij luistert helemaal niet echt naar me. Als ik die andere talen kan schrijven zal ik misschien, en mijn stem komt weer tot leven, dan zal ik misschien ook eens Duits goed kunnen schrijven.

Dat hopen we allemaal, zegt hij. In de hoeken van de klas wordt gegiecheld.

Hij wijst naar het bord, naar mijn woorden in zijn handschrift. Lees voor.

Ik lees voor, het is merkwaardig om mijn woorden in zijn

handschrift te herkennen. Je zou bijna kunnen denken dat ze in zijn handschrift correct zijn, maar ze zetten mij voor schut. Zoals ze daar staan, dat kan niet. Ik schaam me, maar ik sta achter ze en ik geef ze mijn stem. Hardop lees ik ze voor. Spreken is het eerste woord, en dwerg komt er meteen achter, de dwerg die op de verjaardag van de kleine infante zoveel moet praten om haar te laten lachen, en desondanks kan zij niet lachen, en hij ook niet. Ik heb elk woord opgeschreven zoals het tegen me gezegd werd en zoals ik het gehoord heb, ik neem alles op wat ik hoor, ik neem het in me op en draag het bij me zoals het gezegd werd. En het kan er niet anders uit dan het erin gestopt werd.

Spel het woord eens voor ons. Wilhelm Bobbenberg praat tegen me en zijn mondhoeken trillen omdat hij zijn lach onderdrukt, letter voor letter, Fania, alsjeblieft.

Daar staan ze, letter voor letter. Ik moet het doen. Spreken. Ik trek ze een voor een te voorschijn en benoem ze: Es, Be, Er, Ee, Ee, Ka, Ee. Sbreeke. Het woord is klaar. Het komt los uit mijn mond. Achter mij in de klas is het stil, de stilte van tweeënveertig monden en vierentachtig ogen.

Je kan het vast ook anders schrijven, zeg ik voorzichtigheidshalve.

Een brullend gelach breekt los, het gorgelt en woedt, schallende klappen op mijn rug, mijn ogen vinden het te heet in mijn hersenen, ik kijk moeizaam op en zie dat mijn leraar grijnst, Vera houdt van dat gegrijns, ze zegt, als Bobbi zijn ene mondhoek omhoogtrekt en de andere naar beneden, dan vooral ziet hij er goed uit, erg mannelijk.

Zijn lippen zijn vochtig, hij kauwt op zijn speeksel. Sorry, Fania, ik heb zoiets nog nooit eerder meegemaakt, hoe komt het dat je grote zus bij Duits de beste van haar klas is, hij kijkt naar de meisjes achter me, dat is waar, Fania's zusje is op onze school de beste bij Duits, en jij, zegt hij tegen mij, en zijn ogen glinsteren van plezier, jij helemaal, totaal en volstrekt niet.

Dat hij Vera tussen mij en zichzelf plaatst, daar haat ik hem om, maar de andere meisjes mogen best weten dat mijn zus de beste bij Duits is.

Vera had met haar ogen gerold, o, Fania, je hebt Bobbi voor Duits, hij is zo tof, iedereen vindt hem tof, hij is gewoonweg briljant, anders dan de andere leraren, je zult het zien, hij is grappig, alle meisjes zijn verliefd op hem, ook de meeste leraressen.

Ik zie op het bord de woorden die van mij zijn, Wilhelm Bobbenberg geeft de blik erop vrij, hij is opzij gestapt, een enorm gelach breekt los, tweeënveertig opengesperde meisjesmonden met tot onder de neus ontblote snijtanden. Ik probeer met hen mee te lachen, ik glimlach, misschien is het ook wel echt grappig, ik weet niet hoe het gebeurt, ik kan het niet verklaren. Hij moet nog meer woorden uit mijn opstel opschrijven, zo ongelofelijk vindt hij wat ik geschreven heb. Twee maanden geleden ben ik in deze klas gekomen. Mijn moeder heeft voor mij gevochten, ze heeft doorgezet dat ik de toelatingstest mocht doen, hoewel men zegt dat ik niet kan schrijven. U moet Fania anders beoordelen dan de andere meisjes, legde mijn moeder aan de directrice uit. Haar manier van schrijven laat u gewoon weg bij de beoordeling. U kunt daarom niet haar toekomst bederven, misschien is het iets dat overgaat, het zou jammer zijn om haar die kans niet te geven.

Ik ben niet dom. Rekenen kon ik altijd al, en lezen leerde ik snel, sneller dan de anderen. Ik verveelde me tijdens de les. We leerden lezen van meester Timmler, in de tweede klas. Hij vroeg of ik verder wilde lezen waar een andere leerlinge was opgehouden, en ik zweeg. Ik was ergens anders. Dus zweeg ik. En hij ook. Ik was verder achter in het boek aan het lezen, daar waar de eerste korte verhaaltjes stonden. Ik keek op. Vóór mij, pal voor mijn bank, stond een groot grijs rotsblok, waarin helemaal boven, in een glimmende bal, twee waterblauwe ogen bewogen. Fania, nu jij, zei meester Timmler, en ik las voor wat daar stond waar ik niet moest zijn, waar de grootvader zijn kleindochter over vroeger vertelt, over moeilijke tijden, en toch was alles mooi op de boerderij in Silezië.

Stop! kwam het commando van boven uit het rotsblok, meester Timmler legde de punt van zijn aanwijsstok op de regels in mijn boek. Nu alles achterstevoren.

Ik aarzelde. Natuurlijk kun je ook achterstevoren lezen. Mijn zus kan achterstevoren praten. Ze leerde het me net, we hebben tegenover onze moeder een geheime taal nodig, zei ze bij het avondeten tegen me, waarop mijn moeder meteen verklaarde dat ze een geheime taal kende die zij als kind met andere kinderen had gesproken, en uit haar mond vielen lettergrepen, een woordensla die naar geraspte worteltjes smaakte.

Waar en met wie dan, vroeg ik wantrouwend, je hebt toch helemaal geen broers en zussen. Met wie zou ze anders een geheime taal gehad moeten hebben.

Natuurlijk met de andere kinderen op straat, antwoordde ze.

Mijn moeder was een straatkind, dat weet ik en vergeet ik steeds. En Vera en ik, wij zitten vast in de tuin. Mijn god, ik wil ook op straat spelen, zei ik. Jullie weten waarom we het niet goed kunnen vinden, zei mijn moeder. En mijn grootmoeder zei tegen mij, je moet niet god zeggen, zeg Adonaj als je hem bedoelt. Dat zou ook niets uithalen. Jij hebt je dochter op straat laten spelen, en hoe zit het met ons, verdomme nog aan toe, Adonaj, wij moeten in de tuin blijven en mogen er niet uit, anders hebben onze ouders het niet meer.

Zo zit dat, zei mijn moeder, en Vera en ik, wij keken elkaar aan en begonnen het achterstevoren praten te oefenen. Mijn moeder probeerde ons bij te houden, wij waren sneller. Vera werd Arev, Fania werd Ainaf. Andersom gelezen waren wij mannelijk geworden. Arev en Ainaf, twee namen die uit het Hebreeuwse gebedenboek van mijn grootmoeder leken te komen, Arev en Ainaf, twee van de tien mannen die in haar boek bij elkaar zijn om te bidden. Op zijn minst tien mannen moeten het zijn, zodat Adonaj luistert. Waarom tien, vroeg ik aan mijn grootmoeder. Waarom niet tien, vroeg zij. Daar wist ik geen antwoord op. Vragen die geen antwoord vinden keren terug in de aarde, in de goede, vette moederaarde, en groeien verder. Niets gaat verloren. En hoe zit het met de antwoorden, vroeg ik. Ze stijgen op naar de hemel, zei ze.

En als het antwoord fout is, informeerde Vera.

Dat ligt eraan of het met opzet fout is of uit onwetendheid, zei mijn grootmoeder.

Vera bloosde, mijn grote zus bloost zelden, ze is tamelijk geoefend in het sjoemelen, Vera wil een vriend hebben, ze heeft er geen, haar vriendinnen hebben al een vriend, in de tuin zal ze er geen vinden.

Toen mijn grootmoeder me voor het eerst haar boek liet zien was ik verbaasd dat ze het van achteren opensloeg en ik vroeg, hoezo van achteren, en zij zei, van achteren om met het begin te beginnen. Alles wat geweest is gaat terug tot het begin, het einde ligt voor ons, in de toekomst, zei ze. Mijn grootmoeder waste haar handen voordat ze het boek pakte en opensloeg, en het eerste wat ze las waren de woorden Seder netilat yadayim shel shacharit. Haar hoofd hield ze gebogen over het boek en ze keek me met opgetrokken wenkbrauwen boven haar bril aan. Een vreemde taal kwam uit haar, een taal die van haar was en van mij, ze was nu al net zo goed mijn bezit en ze was het altijd al, hoewel ik geen woord begreep.

Wat betekent dat, vroeg ik aandachtig.

Het gaat over het handenwassen, zei ze, een zegenbede die wij opzeggen als we onze handen wassen.

Ik was verrast om te horen dat dit betekenisvolle boek de lezer verzocht zijn handen te wassen voordat de vele bladzijden gelezen mochten worden. Fania, was je handen, heb je je handen gewassen, je moet van tevoren je handen wassen. Ik nam me voor het handenwassen in de toekomst als een belangwekkende taak te beschouwen.

Mijn grootmoeder legde haar wijsvinger onder elk woord, ze gleed langs de letters, het waren letters die hun armen en benen van rechts naar links gooiden, sommige rekten zich steil naar boven uit, alsof ze de hemel wilden likken, andere staken in de grond en door een bries in hun rug aangedreven werden ze vooruitgeduwd, verder, verder, eindeloos in de herhaling, Baroech Atah Adonaj, duizenden jaren geleden en nu en na nu.

Tot de Jongste Dag, zei mijn grootmoeder, wanneer de Masjiach komt.

Geen man voor Vera, Vera heeft nu een man nodig.

De laatste dag van de mensheid is de jongste dag van iets nieuws, elk begin is het einde van iets dat eraan voorafging, dat doorklinkt in het nieuwe. Ik kan logisch denken, ook al kan ik niet goed schrijven, en ik ben nog niet ongesteld, hoewel ik al dertien en een beetje ben. Ik verwacht mijn ongesteldheid elke dag. Het komt ongetwijfeld, zeggen ze tegen mij, mijn moeder en mijn grootmoeder. En misschien zal ik kunnen schrijven zodra ik ongesteld ben geworden, dat zou toch kunnen, het is afwachten geblazen, we zeggen het niet hardop om dit wonder niet te verhinderen.

Haar gebedenboek legde ze in mijn schoot, mijn grootmoeder observeerde mijn gestruikel van letter naar letter. Ik deed mijn best, ik wilde het heel erg graag, en ik was belangrijk omdat mijn grootmoeder mij belangrijk vond. Je zult het kunnen, zei ze, doe de deur dicht. Ik stond op en deed de deur dicht, ik ging weer bij haar zitten, waar het boek opengeslagen op me wachtte. Zwarte, sterke woorden.

Wie sloot ik buiten, wanneer het niet de buitenwereld was, ik sloot mijn moeder buiten, en ik sloot mijn vader buiten. Mijn moeder wil het joodse en ze wil het niet, niet te veel daarvan voor haar dochters, alleen wat ze controleren kan, en dat is zeer veel minder dan haar moeder weet. Want Hedwig Glitzer heeft de Israëlitische Meisjesschool bezocht. Zij weet hoe het moet. Mijn moeder weet dat niet zo goed, zij kent Jiddische woorden, de Hebreeuwse taal is voor haar een vreemde plek. Het is niet de joodse religie die mijn moeder afwijst, ze wijst God af.

Ik persoonlijk geloof niet in hem, zegt ze. Zij persoonlijk gelooft in de God van haar moeder noch in de God van haar man, die niet de joodse God is. Ze gelooft helemaal niet in God, ook haar vader geloofde niet in God en niet in zijn dochter Alma en niet in zijn vrouw Hedwig. Hij is op zekere dag uit hun leven verdwenen en niet meer opgedoken. Mijn moeder wil niet over God praten en ze wil ook niet over haar vader praten. Begrijp me niet verkeerd, zegt ze, en ze steekt met haar opgerookte sigaret een nieuwe aan, wat ze niet vaak doet, begrijp me niet verkeerd, ik ben er trots op jodin te zijn, maar laat me met dat gezwam over Onze-Lieve-Heer met rust. God en haar vader, daar wil ze het niet over hebben. Mijn vader is de enige man die mijn moeder niet bestrijdt.

Mijn grootmoeder is sinds vele jaren een vrouw zonder man,

een vrouw die in haar tas de gebeden van vrome mannen met zich meedraagt, net als haar premiespaarboekje van de Hamburger Sparkasse en haar pas, een flacon 4711, een zakdoek en een poederdoos en haar huissleutel. Ze draagt een wereld in zich waarin meer van de dood is dan van het leven.

Eén keer per maand komen haar zes vriendinnen bij ons op bezoek. Samen zijn het zeven vrouwen, met mij en Vera en mijn moeder erbij zouden het er tien zijn. Maar met vrouwen gaat dat niet, Adonaj luistert alleen naar mannen. Met vrouwen gaat dat anders. Mijn grootmoeder Hedwig en haar vriendinnen Ruchla, Olga, Emilie, Wilma, Betty en Lotti klagen, kreunen, eten, drinken likeur, kaarten, zingen, huilen en maken ruzie met elkaar. Geen van hen is boven de zeventig, en ze zien eruit als gestorven en herrezen. Tante Emilie draagt luiers in haar broek, tante Wilma heeft een rubberen ring om op te zitten, tante Ruchla is zwaar en vet en loopt op twee stokken, tante Betty heeft niets dan gouden tanden in haar mond, tante Olga is bijna kaal en tante Lotti heeft een juwelierswinkel op de Reeperbahn en een nummer op haar linkeronderarm, ze is broodmager en zweet altijd, daarom moet ze veel drinken. Ik zeg tante tegen hen allemaal.

Ze noemen zich het Theresienstadtkransje. Wanneer ze kaarten mag ik het geld in de pot tellen, allemaal willen ze dat ik naast hen zit, ik breng mazzel, ik ben met de helm geboren, zegt mijn moeder, ik ben er bijna in gestikt, desondanks wint meestal tante Lotti met het nummer en de juwelierswinkel, daar schudt tante Olga haar haarloze hoofd, tante Betty gaat met haar tong over haar gouden tanden en vraagt aan tante Lotti of zij haar wil aanraken, zodat er iets van de mazzel aan haar blijft hangen, tante Wilma schommelt op haar rubberen ring en zegt tegen tante Betty, jij hebt het zeker nodig, en de vette tante Ruchla zegt, dat verbaast me niets, want de duivel schijt altijd op de grootste hoop, mijn grootmoeder tikt met haar wijsvinger snel tegen de pot, zodat hij de volgende keer bij haar terechtkomt, tante Emilie haalt haar schouders op en mompelt, nou, nebbisj. Met een rustige hand schraapt tante Lotti onder aller ogen de berg munten in haar richting en haar diamanten ringen glinsteren. En nu geef onze kleine schnorrer nog een dubbeltje, zegt tante Ruchla. Die kleine schnorrer ben ik.

Dat haar dochter Alma weinig over het jodendom weet en weinig wil weten is voor mijn grootmoeder pijnlijk, en ze draagt die pijn voortdurend met zich mee. Haar kennis van het jodendom, die zij wil doorgeven, is van deze pijn doortrokken. Toen ze me haar boek liet zien, wilde ik voor haar een goede kleindochter zijn, een betere kleindochter dan haar dochter dochter is. Op die manier sloten we mijn moeder buiten. Dat ik mijn vader buitensloot was anders. Hij is niet joods. We hadden hem van niets hoeven buitensluiten. Hij hoort er niet bij. Het zou hem plezier hebben gedaan, hij zou geraakt en ontroerd zijn geweest als hij ons met het boek had gezien en zijn schoonmoeder Hebreeuws had horen lezen. We sloten hem niet buiten. Hij was buitengesloten. En daarom had ik hem bij me, en mijn moeder hield ik apart, zodat ik bij datgene kon wat ook van mij is.

Baroech Atah Adonaj, las mijn grootmoeder en ze las het nog een keer, Baroech Atah Adonaj Elohenoe Melech Ha-olam. De wind blies in haar stem, Baroeoeoech Ataaahhh Adonajiii, een wind die wist van de hitte van de woestijn en die een groot vuur kon doen ontbranden. Vertaald, zei mijn grootmoeder, betekent dat Zij geprezen, Jij, Eeuwige, Koning der Wereld. Dat was regen die van een dak druppelde.

Hup, Fania, achterstevoren lezen. Meester Timmler tikte met de aanwijsstok op mijn bank, en ik las achterstevoren, letter voor letter. Het was moeilijk, de Duitse taal is er niet voor gemaakt op deze wijze te worden gelezen, de consonanten verdrongen elkaar en struikelden, ze trapten op elkaars tenen en pletten de vocalen. Weer tikte de aanwijsstok van meester Timmler. Nu op mijn hoofd. Stop, tikte het. Er is niets van te verstaan.

Niemand mag op mijn hoofd tikken. Meester Timmler weet dat niet. Dat moet je je niet laten welgevallen, Fania, hoor je, als iemand op je hoofd slaat of in je gezicht, dan zeg je dat je moeder gezegd heeft dat dat verboden is, en dan vertel jij het me, en dan ga ik erheen en maak heibel en pak die vent bij zijn lurven.

Achterstevoren, Fania. Nu. Hup.

Ik keek op van het boek. Ik had toch gedaan wat hij van mij wilde, het was moeilijk genoeg geweest.

Zijn stok trommelde op mijn hoofd. Woord voor woord achterstevoren lezen moet je, en niet jouw koeterwaals.

Op zijn lippen zat gedroogd schuim, speekselbelletjes sproeiden uit zijn mond en vielen op de letters. Het volgende woord was kistrraah. Ik liet de letterfamilie str leven, daar ergens in het midden, als de knoop in de haarstrik. Rts zou misschien een heel andere taal zijn geworden, dacht ik.

Meester Timmler sloeg met zijn stok op de bank, ernaast lag mijn hand en vloog weg. Hij had ongetwijfeld precies gemikt en zou me niet geslagen hebben, ik was alleen maar geschrokken. Thuis niets vertellen, dacht ik. Anders laat ze me niet meer naar buiten. Of ze doet hem iets aan, en dan doet hij mij iets aan.

Schei uit, commandeerde hij. Je bent te dom, Fania. Hij richtte zich tot Annegret naast me. Lees jij maar, zei hij, Fania is te dom.

Annegret las en ik luisterde naar haar. Het was net zo erg als laatst in de bioscoop. Iemand had de film achterstevoren laten lopen. Een man zat aan tafel terwijl zijn vrouw met een leeg bord in haar hand met haar rug naar hem toe van de deur in zijn richting struikelde, het lege bord, een mes en een vork uit haar hand op tafel liet vallen, waarna hij er zich op stortte en met de vork stukken vlees uit zijn mond trok, hij ging met zijn mes door kapotgesneden vel tot er op zijn bord een dikke braadworst lag en hij tevreden grijnzend tegen de rugleuning van de stoel viel.

En nu jij, zei meester Timmler, zijn grauwe buikwelving was met hem weer naar het bord verdwenen. Ik luisterde, en terwijl ik las, elke zin achterstevoren, woord voor woord, was ik er zeker van dat iedereen me voor gek zou verklaren omdat ik niet in staat was geweest te doen wat zij meteen hadden begrepen toen hij het vroeg. Woord voor woord achterstevoren. Volstrekt zinloos. Vanaf dat moment, denk ik, kan ik niet meer schrijven.

Fania is een goede leerlinge, had mijn moeder tegen de directrice gezegd, ze kan alles, alleen niet Duits spellen, we weten niet waar het aan ligt, ze kan lezen en Engels kan ze spreken en lezen en schrijven zonder fouten, alleen Duits schrijven kan ze niet, ze kan rekenen, ze kan wiskunde, denkt u zich eens in, ze maakt voor haar oudere zus het wiskundehuiswerk. En op zijn laatst daar hief de directrice sussend haar hand en zei dat ze dat allemaal niet hoefde te weten, dat ze het zelf raadselachtig vonden en dat het misschien inderdaad een geboorteafwijking was.

Ja, zei mijn moeder, een geboorteafwijking, dat zal het zijn, ze kan er niets aan doen, je zou kunnen zeggen dat ik er iets aan kan doen, ik heb haar zo ter wereld gebracht.

Toen mijn moeder na haar gesprek met de schooldirectrice thuiskwam gingen we in de woonkamer zitten om te luisteren naar wat ze te vertellen had. Het was op een donderdag, mijn vader was de avond ervoor van zijn vertegenwoordigersreis teruggekomen, twee dagen eerder dan verwacht, de zaken waren slecht gegaan, nauwelijks bestellingen had hij deze keer gekregen, waarom zou hij zichzelf langer kwellen, hij was naar huis gekomen, hij had troost nodig.

Nou, zei mijn moeder, ze ging op de sofa zitten, sloeg haar benen over elkaar, nam een sigaret, stopte ze tussen haar rode lippen, liet zich door haar man vuur geven en zoog de eerste trek diep haar lichaam in, drie leraren zullen je testen, Fania, twee vrouwen en een man, ik zal van tevoren met hen praten, met de man, dat is geen probleem, maar die twee vrouwen, daar moet ik iets voor bedenken, de ene heet Nelli Kohn, ze geeft Engels in de hogere klassen.

Ik leunde tegen de commode, die geen commode is. Twee op elkaar gezette oude mahonie hutkoffers. Mijn vader heeft ze van zijn vader geërfd. Zo zien ze eruit. Je zou het kunnen geloven. Dat zeggen wij soms. Een oud erfstuk. De waarheid is dat mijn vader door zijn vader op straat werd gezet. Vanwege de jodin Alma Glitzer, op wie hij verliefd was geworden.

Ik leunde tegen het oude erfstuk dat er geen was en hield een bord in mijn hand, ik had kwark op roggebrood gesmeerd en de boterham in kleine stukjes gesneden. Ik at terwijl ze over me praatten.

Nelli Kohn, herhaalde mijn grootmoeder, met haar kun je nog open praten, Alma, onze misjpoche.

Daar ben ik niet zo zeker van, zei mijn moeder.

Natuurlijk, riep mijn grootmoeder, Kohn, wat zou Kohn anders moeten zijn dan Kohn.

Zeker, Mutti, schreeuw niet zo, overschreeuwde mijn moeder haar moeder, het raam staat open, moeten de buren het horen, vertel mij wat over onze misjpoche, ze zijn allemaal overgevoelig, niet alleen wij.

Mijn grootmoeder schommelde voor- en achteruit, nebbisj, en dat kind moet getest worden. Iedereen keek naar mij. Het zou weer niks worden. Het zou weer gebeuren. Alles had met alles te maken. Ik kende de woorden niet om alles met alles te benoemen.

Maak je geen zorgen, schatje, zei mijn moeder, jouw moeder zal zorgen dat alles in orde komt, dat beloof ik je, jij gaat naar de middelbare school, net als je zus, dat zul je zien.

Wie is die andere lerares, vroeg Vera.

Een juffrouw Von der Höhe, zei mijn moeder.

Gymnastiek en geschiedenis, zei Vera, knotje en crêpezolen.

Ik snap het, zei mijn moeder.

Die ken ik, zei ik.

Hoezo ken jij die, zei Vera, en ze klonk als mijn moeder. Zo snel wilden ze me niet loslaten.

Ik kauwde langzaam op mijn roggebrood met kwark en zei, juffrouw Von der Höhe, die heb ik ook, ze geeft gymnastiek. Ze gaat met ons zwemmen en wil me voortdurend leren zwemmen.

Mijn vader kan niet zwemmen, mijn moeder is een uitstekende zwemster. Ze heeft geprobeerd het me te leren, in een meer waar scherpe stenen op de bodem lagen. Ik was acht, ik kon niet staan, ik kon niet zwemmen, ik kon me niet aan haar overgeven en schreeuwde van angst dat ik onder water zou verdwijnen. Ze was teleurgesteld maar accepteerde het en bracht me naar de oever. Zij zwom en ik had mijn armen om haar buik. Ik was trots op haar omdat ze mij aan land kon brengen. Om zonder mijn moeder te kunnen zwemmen zou ik iemand anders moeten vinden. Vera kan zwemmen. Volgens mij kon ze het altijd al.

En waarom kun je het nog niet, vroeg mijn moeder.

Hoezo vroeg ze dat aan mij, mijn moeder zou dat toch moeten weten. Ik zeg tegen juffrouw Von der Höhe dat ik pas in het water mag als ik kan zwemmen, en dan laat ze me achter bij de rand van het water, en ik wacht daar tot de les om is.

Ze lachten. Ik kon er het grappige niet van inzien. Mijn moeder beet op haar lippen. Ik nam het laatste stuk kwarkbrood van mijn bord en gooide het naar haar. Ik raakte haar linkeroog. Ze zwegen allemaal. Met één oog keek mijn moeder me aan. Ik was bang voor haar uitbarsting, maar ik had niet het gevoel dat ik iets verkeerd had gedaan. Ik zweefde weg uit het raam en stond boven het huis, ik zat vast aan onzichtbare kettingen.

Mijn vader, de niet-zwemmer, haalde me weer naar binnen. Zijn lach richtte hij naar zijn vrouw, met zijn schallende tenorenstem bouwde hij een doorschijnende beschermwal om me heen, hij richtte verblindende fanfares tegen het ziende oog van zijn vrouw.

Alma, jouw dochter, net als jij, hij liet zijn woorden op zijn glimlach dansen, weet je nog, hoe vaak heb jij niet je verlovingsring naar mijn kop gegooid. Eén keer had hij haar er met opzet naar laten zoeken. Daarna heb je het nooit meer gedaan.

Schuld en liefde vlijden zich in het gezicht van mijn moeder aan elkaar. Vanonder het roggebroodlapje, dat ze van haar oog haalde, biggelden tranen.

Mijn vader sprong op, zijn glas viel om, rode wijn stroomde. Maakt niet uit, riep hij het glas achterna en boog over haar heen. Hij wilde haar kussen. Laat me met rust, zei ze en legde haar hoofd tegen zijn borst. Hij drukte zijn mond in haar haar.

Over vier weken zou ik weer zwemles hebben. Tot die tijd heb je het geleerd, beloofde mijn moeder me, zwemmen is gemakkelijk.

De volgende dag reden we 's middags met de tram naar het zwembad in de Kellinghusenstraße, de reuk van chloor sloeg ons tegemoet, op de rand van het bad stond de badmeester, een potige man met een enorme snor. Hij keurde me. Mijn moeder praatte. Vanaf het eerste ogenblik praatte ze en liet hem niet met rust. Ze praatte erover dat ze zelf als kind een waterrat was geweest en dat haar man helemaal niet kon zwemmen, en of het misschien mogelijk was op zijn leeftijd nog te leren zwemmen.

Bij mij altijd, zei de badmeester. Hij bekeek mijn moeder, die op hem inpraatte alsof hij van zijn buit moest worden afgeleid.

Ik wilde leren zwemmen, ik wilde het eindelijk ook kunnen, ik zou het kunnen, ik moest er alleen maar in slagen de man met de snor aandacht voor mij te laten krijgen.

Bij mijn man weet ik het niet, zei mijn moeder, stelt u zich eens voor, hij heeft het jarenlang voor mij geheimgehouden, we waren al verloofd en ik wist het niet, we gingen zwemmen en hij zei, ga jij maar het water in, ik kom zo meteen, hij kwam niet, hij lag in het zand en las de krant en beweerde dat hij zijn zwembroek vergeten was, en ik zei, Paul, je kan toch helemaal niet zwemmen, vertel het me eindelijk eens, hij zei, natuurlijk kan ik zwemmen, mijn broer kan zwemmen, mijn vader kon zwemmen, zelfs mijn grootvader, die zeeman was, en ik geloofde hem.

Haar gedachtegangen omcirkelden de man, en zijn snor trilde.

Nou, gaat u dan maar eens opzij, mevrouw, zei hij met een gerimpeld voorhoofd.

Mijn moeder tuitte haar lippen, ze knipoogde naar me. Omdat hij zich van haar afwendde, daarom knipoogde ze, omdat ze mij aan hem zou overlaten, omdat zijn aandacht nu mij gold. Ik wist alles over de getuite lippen van mijn moeder.

Hij bekeek me. Ik leer het iedereen, zei hij, jou ook, meiske. Hup, het water in. Hij pakte me achter in mijn rug aan mijn badpak beet en legde me in het diepe water, voor mijn neus hing een soort bezem, waaraan ik me vasthield. Als ik nu verdrink, dan is mijn moeder erbij, dacht ik. In de zesde les zwom ik al zonder bezem en na vier weken was ik klaar om onder het toezicht van juffrouw Von der Höhe voor mijn A-diploma te zwemmen.

Het grote zwembad was leeg, het wateroppervlak was glad en ondoordringbaar. Behalve juffrouw Von der Höhe, mijn moeder en ik was er niemand in het hele zwembad. Mijn moeder, die er per se bij wilde zijn wanneer haar dochter voor het A-diploma afzwom, en juffrouw Von der Höhe, die het daar niet mee eens was, en mijn moeder, die daar bezwaar tegen maakte, en juffrouw Von der Höhe, die op haar horloge keek en naar huis wilde, en ik, die het eindelijk allemaal achter de rug wilde hebben, wij gingen met zijn drieën bij de rand van het bad staan.

Je begint met springen, Fania, een duiksprong, zei de lerares.

Hoezo moet ze springen, vroeg mijn moeder, van springen was geen sprake.

Dat hoort bij het A-diploma, antwoordde juffrouw Von der Höhe, ze liep voor ons uit naar de korte kant van het bad, waar vier stenen sokkeltjes gemaakt waren met groenblauwe tegels en visversieringen. Ik had vaak toegekeken hoe kinderen zich van daaraf volstrekt onbekommerd in het water lieten vallen.

Moet dat, drong achter mij mijn moeder aan, ze haalde me in, ze gleed in een nauwsluitende jurk en met glibberige bad-slippers over de natte tegels in de richting van juffrouw Von der Höhe.

Dat hoort erbij, mevrouw Schiefer, dat stelt toch niks voor, een sprongetje, meer niet. Kom hier, Fania.

Ik verroerde me niet.

Kom je, zei juffrouw Von der Höhe ongeduldig, je zwemt nu voor je A-diploma, Fania, dat lukt je wel, wij allemaal willen dat je naar de middelbare school gaat, een duiksprong en je A-diploma heb je daarvoor nodig, hup, klim hierop, op de sokkel. En als je klaar bent krijg je van je moeder buiten bij de ijscoman een ijsje.

Ik ken die ijscoman, zei mijn moeder koel. Die staat daar al meer dan twintig jaar.

Op de borst van juffrouw Von der Höhe bungelde een fluit-je. Hup, hup. Je moeder zal trots op je zijn.

Nee, zei mijn moeder, hoezo moet ik er trots op zijn dat mijn dochter zich in het water stort, ze zal niet springen.

En waarom niet, vroeg juffrouw Von der Höhe, ze zette haar rechtervoet op de eerste van de vier sokkels.

In onze familie springt niemand, zei mijn moeder. Uit haar gezicht was iets de tijdloosheid in gevallen, en ik draag die aanblik in me.

Het gezicht waarin het gezicht van mijn moeder verandert zoekt houvast in de waanzin, nu eens hard, dan weer zachter, zonder te antwoorden, en ik vraag. Waar kom ik vandaan, waar ben ik en waar zal ik zijn als ik op pad ga. Ik verdwaal. Je wordt opgehaald. Ik word opgehaald. Je verdwaalt. Ik verdwaal. Jij weet hoe ik moet lopen. Ik weet hoe jij moet lopen. Zodat je niks overkomt. Zodat me niks overkomt. Langs het huis, de oude villa. Het Gestapohuis. De joodse villa. Niemand kent de straten die ik kwijtraak, die ik niet vind. Daar opgehaald. Vandaar te voet. Dat is je thuis, vandaar naar de Gestapo, geboeid door de straten, de dag loopt mee, de nacht licht op. Ik loop door straten die een lint vormen, ze zijn een sleuf tussen huizen van gisteren, daar wonen we nu. Vandaar twee uur. Dezelfde straten. Je koopt een ijsje, voor twee dubbeltjes een ijsje, in dezelfde straat. Het is niet mijn mond. Je wordt ontslagen, nog één keer naar huis voordat ze je ophalen. Niet ongesteld, maandenlang. Je haalt me op. Twee dubbeltjes voor een ijsje. Naar de Gestapoman, hoor ik, zei je, kan ik twintig pfennig voor de tram lenen ik kan niet lopen kijkt u eens mijn voeten en mijn benen helemaal opgezwollen toen ik opgesloten was zo kan ik niet naar huis lopen dat zijn twee uur te voet het geld krijgt u terug echt waar. Echt waar. Jij wacht daar. Ik haal je op. Echt waar. Hij geeft twee dubbeltjes, hij zegt joodse gotspe. Voor de tram. Jij loopt, en ik ga te voet door de straten, dat zijn plekken van gisteren, ik loop door mijn plekloze tijd. In mij zijn er straten die de weg weten. Mijn moeder voor twee dubbeltjes. Je mooie haar. Van de Gestapo naar huis. Een ijsje voor twee dubbeltjes. Te voet voor een leven, voor een ijsje. Met vijfhonderd vrouwen in een zaal. Je haar vol luizen. Mijn mooie haar. Niet ongesteld, maandenlang. En je loopt. En ik loop. Onder mijn voeten haar leven ginds. De straat confronteert me met de straat. Ik verwacht de passen van de ontwrichte naaste die hier liep, die wist de weg. Onder mijn voeten haar spoor, haar leven. Ik wil haar mijn leven niet geven. Het was heet. Het is heet. Dezelfde straat, dezelfde man. Hij geeft een ijsje van twee dubbeltjes.

Mijn lerares nam haar voet van de sokkel en zei met samengetrokken lippen, ga via de trap, Fania. Ik ging via de trap, ik ging het water in, tree voor tree, en ik zwom. Misschien was springen net vliegen, als springen net vliegen was, dan had ik het gekund. Langs de rand van het bad liepen de twee vrouwen achter elkaar, voorop juffrouw Von der Höhe, die naar me riep, het lukt, en achter haar aan liep mijn moeder en riep, o, schatje, Fania, lukt het, lukt het, en precies daartussenin lukte het me.

De klok snerpt. De school siddert. De deur naar de wc-ruimte zwaait open en weer dicht. De drie meisjes voor mijn deur zijn eindelijk vertrokken. Ik blijf alleen op de wc achter. Buiten worden de stemmen van vijfhonderd leerlingen zachter. Ze gaan naar hun klassen. Ik wacht, mijn van angst vervulde lijf trekt krom, de pijn stroomt weldadig door mijn knieholten, speeksel verzamelt zich onder mijn tong, tussen mijn benen klopt nog een hart, trilt nog een mond, die wit vocht in warme golven naar buiten perst, ik maak schuim, ik ben er en mijn zuchten liefkozen de betegelde wanden.

De les is allang weer begonnen. Ik loop de lange gang af. Tot de deur van mijn klas. Erachter is het stil. Gewoon verder over de gang en langs de conciërge en de straat op en naar huis. Ik zou het kunnen doen en kan het niet, ik kan niet op dezelfde tijd op twee plekken zijn, op school en thuis, en als ik er net tussenin ben en ze missen me hier en bellen daar op, dan word ik gek en zij sterft van angst, of ik sterf en zij wordt gek.

Nooit met anderen meegaan, en niet met jullie tante Mimi. Wanneer tante Mimi bij de school staat en zegt dat ze jullie komt ophalen om met jullie een ijsje te gaan eten of om jullie naar huis te brengen, dan zeggen jullie nee, we wachten hier op Mami, Mami haalt ons hier op, en zelfs wanneer tante Mimi zegt dat ze dat zo met Mami heeft afgesproken, dan gaan jullie niet mee, want zoiets zou ik nooit doen zonder jullie van tevoren te zeggen dat tante Mimi jullie vandaag bij uitzondering komt op-halen, hebben jullie dat begrepen, dat moeten jullie mij belo-ven, ik word anders gek van angst. Tante Mimi heeft geklaagd bij mijn vader, wie ben ik dan, ik ben toch geen crimineel, ik ben je zuster, en jullie dochters zijn mijn nichtjes. Mijn vader haalde zijn schouders op, dat moet je begrijpen, zei hij tegen zijn zuster, onze kinderen zijn alles voor ons, ze zijn het kost-baarste dat we bezitten.

Zonder eerst aan te kloppen maak ik de deur van de klas open. Alle hoofden zijn gebogen. Ze lezen stil. Wilhelm Bobbenberg zit aan zijn lessenaar, mijn woorden zijn uitgeveegd, hij kijkt ontstemd op, hij wil iets tegen me zeggen. Ik draai me om, ik heb hem niets te melden, ik ga naar mijn plek, pak mijn school-tas, stop er mijn schrift in, ik verlaat de klas. Het moet lukken. Ik ga naar huis.

Aan de ene kant wordt de smalle oprit begrensd door een manshoge heg, als gemetseld zo netjes. Aan onze kant maakt in de zomer jasmijngeur de lucht zwaar met zijn zoete last, en tak-ken, dik bedekt met bloesem, hangen laag over het verroeste tuinhek. Regelmatig klagen de buren bij de huisbaas over de bladeren die over hun autodak schuren, en mevrouw Schmal-stück beweert dat we alles laten verwilderen en dat ze in onze oprit overvallen kan worden, en dat niemand dat zou merken.

Daar is niks aan verloren, zegt mijn moeder, desondanks ha-len we de oude schildertrap uit de kelder en zetten hem met gespreide poten op de oprit. Mijn moeder, in een strakke rok en met een brandende Golddollar in een mondhoek en een gro-te heggenschaar in haar hand, beklimt de smalle sporten aan de ene kant tot helemaal boven, ik houd aan de andere kant de trap vast, ik wil doen wat zij doet en klim op de eerste, de tweede en de derde sport.

Jij moet beneden blijven, Fania. Ze geeft me haar sigaret. Hier, houd eens vast. De ene bloeiende tak na de andere ruist om-laag, ik roep ze allemaal achterna: niet afsnijden. Waarom die. Die niet. Mijn moeder kleppert met de tuinschaar. De mooiste takken verzamelt mijn grootmoeder voor de donkergroene vloervaas. In deze vloervaas hebben mijn zus en ik eens gepiest.

Het was kattenkwaad. Niet eens. Mijn zus had in een van haar liefdesromans eens het woord wellustig gevonden, en wij probeerden een mogelijkheid te vinden het te voelen. Dat was het. Vanuit de vloervaas begon het te stinken en mijn moeder en mijn grootmoeder maakten ruzie over wie van hen vergeten was het oude bloemenwater weg te gieten.

Ogen vanuit het huis duwen me vooruit, ik word geobserveerd. Ik kan geen stap zetten zonder te worden bekeken. Ik zou daar kunnen hurken of daar. Misschien doe ik het. In één klap zouden alle ramen van het huis openspringen.

Ik glip het koele trappenhuis in. Rechts gaat het naar beneden, de donkere kelder in. De deur naar de keldertrap staat open, de smalle houten treden zijn in het midden afgetrapt en uitgesleten. De familie Kupsch is rond dit tijdstip niet thuis, rond dit tijdstip werkt Erich Kupsch in de haven op de werf, hij gaat 's ochtends om vijf uur weg en komt tegen vieren 's middags thuis. Elsa Kupsch maakt bij andere mensen schoon, haar zonen Kurt en Michael zijn bouwvakkers, Elisabeth gaat met haar moeder schoonmaken en Wolfram heeft waarschijnlijk gespijbeld en zwerft ergens rond.

Links gaan de traptreden naar de appartementen omhoog, op de eerste overloop, achter de gesloten deur, is onze wc. Vandaar zijn het zeven treden naar boven naar ons appartement, rechts daarnaast leidt de trap in een boog verder naar de andere appartementen boven ons. Op de eerste verdieping wonen Hermann en Eva Hainichen. Van hem is het huis, hij heeft een transportbedrijf, Van Huis tot Huis met Hainichen staat op de gele dekzeilen van zijn dertig vrachtauto's. Als hij met een van deze enorme vervoermiddelen in onze straat parkeert, kan geen andere auto erlangs en de mensen moeten met hun auto over de stoep uitwijken of toeteren en zolang wachten tot Hermann Hainichen naar beneden komt met zijn witte overhemd open, zijn handen veegt hij tijdens het lopen af aan zijn bruine ribbroek. Hij is groot en breed en heeft een borstkas als een geile doffer, hij klimt in de cabine en start de motor. Puffend, snaterend en trillend komt de reusachtige auto onder hem in beweging, Hainichen manoeuveert hem achteruit van de straat onze smalle oprit in, takken worden afgerukt, die van de acacia het eerst, ze versplinteren met een krakend geluid en zijn vrachtwagen schuift naar binnen. Hainichen hangt uit het zijraam, hij grijnst en roept, dat is niet dood, dat groeit weer aan. Eva Hainichen, zijn vrouw, heeft goudblond haar. Nooit eerder heb ik bij een vrouw zulk goudblond haar gezien. Of die vrouw een prinses is, vroeg ik aan mijn grootmoeder, aan wier hand ik over de oprit struikelde, ik leerde lopen, dat kon ik toen ik twee was aanzienlijk slechter dan praten. Mevrouw Hainichen kwam ons tegemoet, groette en liep snel door. Ik wist niet dat dat mevrouw Hainichen was, ik wist niet dat ze in hetzelfde huis woonde als wij, waar ik twee jaar eerder was geboren, en dat het niet ons huis was maar het hare. Ze had zich niet naar mij voorovergebogen om me te bekijken en me te aaien, dat was merkwaardig. Mij keken ze stralend aan, ze droegen me rond, men zwaaide me door de lucht, omhelsde me en kuste me, ik was zo dik dat ik het leren lopen tot de laatste weken van mijn tweede levensjaar moest uitstellen, zoals me later werd verteld.

De onveranderlijke terughoudendheid van mevrouw Hainichen is er nog steeds. Vriendelijk en ontoegankelijk glijdt ze door haar jaren. Hij bedriegt haar, zegt mijn moeder, Hainichen gaat vreemd, maar jullie vader gaat niet vreemd, en ook Vera en ik gaan niet vreemd, wij zijn trouw aan onze moeder. Dat moet ze steeds weer controleren, ze moet weten hoe het op die verjaardag was, of de andere moeder het net zo mooi gemaakt had als zij. Nee, leuk, niet mooi, niet zo mooi.

Wij zeggen Mami tegen onze moeder, mijn zus en ik. In mijn klas zegt geen enkel meisje Mami tegen haar moeder. Waarschijnlijk is er in de hele school onder de vijfhonderd meisjes niet één andere dochter die tegen haar moeder Mami zegt. Ze zeggen ma of moeder of mama. We maken ons regelmatig belachelijk zodra we Mami zeggen en iemand vanbuiten het hoort, en natuurlijk zeggen we Papi, want we zeggen ook Mami. Als we ma of moeder of mama zouden zeggen, zou mijn moeder gekrenkt zijn, ze zou het gevoel hebben dat we niet meer van haar houden, niet meer met de onvoorwaardelijke overgave van vroeger, toen we haar baby waren. En hoewel mijn moeder zelf Mutti tegen haar moeder zegt, wil ze, wat haar dochters betreft, per se dat we Mami zeggen.

Mevrouw Hainichen is een klatergoudengel, vindt mijn moeder, haar haar is geverfd, dat geef ik je op een briefje, maar netjes goedendag zeggen, hoor je, en jij moet een kniebuiging maken, op jouw leeftijd maken meisjes nog een kniebuiging voor volwassenen. Vera maakt geen kniebuiging meer, en de volwassenen zeggen de laatste tijd juffrouw Vera tegen haar en soms zelfs al juffrouw Schiefer. Of mogen we nog Vera zeggen? Want we kenden u al toen u nog zo klein was. Zo klein waren we nooit, in elk geval niet buiten de buik van onze moeder.

Boven Hainichen woont op de tweede verdieping onder het dak mevrouw Schmalstück, een oorlogsweduwe, iets jonger dan mijn grootmoeder, die op 6 juni haar vijfenzestigste verjaardag zal vieren. Mevrouw Schmalstück heeft een onderhuurder die Sturmius Fraasch heet, een lange, magere man die zelfs iets langer is dan mijn vader, een oude nazi maar een arme sloeber, zegt mijn moeder. Sturmius Fraasch is journalist en heeft een houten been, hij drinkt en krijgt regelmatig heren op bezoek, een van die heren heeft rose gelakte vingernagels, die mannenhand lag op de trapleuning van ons trappenhuis, mijn grootmoeder trok me erlangs en groette kort. De roze nagellak maakte de mannenhand grof, de man die eraan vastzat wierp ons een angstige blik toe. Mijn grootmoeder kan voor niemand gevaarlijk worden, in haar huid zit angst geweven.

Het is stil in het trappenhuis. Het zou helpen wanneer er iemand kwam, mijn blaas zou van schrik krimpen. Er komt niemand, en ik sta voor onze huisdeur en kan niet aanbellen. Mijn linkerhand moet blijven waar ze is en met de andere houd ik me vast aan mijn schooltas. Ik zal hier moeten trippelen en wachten totdat ze me binnen missen, totdat mijn moeder de deur openrukt om op straat in grote staat van opwinding naar me te zoeken, ze zal naar buiten schieten en om me heen rennen, en ik zal barsten als een waterbom.

Sinds acht weken mag ik alleen van school naar huis komen,

zonder mijn zus. Meestal gaan mijn zus en ik samen, ik heb Vera vandaag helemaal niet op school gezien, ze zal dus thuis zijn gebleven. Het is geen lange weg, het zijn tien minuten te voet. Treuzelen kan niet, en bij kruidenier Finke voor tien pfennig frambozensnoepjes kopen gaat op weg naar huis al helemaal niet, want bij meneer Finke duurt het even voordat hij tussen de vele snoeppotten de goede gevonden heeft en met het zilveren blikken schepje in een spits zakje zeven frambozensnoepjes heeft geteld en gewogen. Hij is klein en heeft een bochel, en we moeten allebei op onze tenen gaan staan, hij aan de ene en ik aan de andere kant van de toonbank, om, over de daar opgestapelde waren heen, elkaar het zakje en de tienpfennigmunt te geven. Het zijn steeds zeven snoepjes voor tien pfennig, als het er maar zes zijn, wat ik buiten, op straat, met één blik in het zakje kan zien, dan heeft hij me bedrogen. Ik controleer het niet in de winkel of het zeven snoepjes zijn, hij bedriegt me maar, maar voor zijn ogen wil ik niet de bedrogene zijn. Bij kruidenier Finke iets kopen gaat alleen 's ochtends op weg naar school, op weg naar huis gaat dat niet, liever te laat op school komen dan te laat thuis, als ik eenmaal thuis ben kan ik niet meer uit onze tuin.

Annegret en Gerda vinden me mesjogge, zij zeggen gestoord, jij bent helemaal gestoord, kom nu mee, je moeder zal je heus niet vermoorden. Natuurlijk vermoordt mijn moeder mij niet. Mijn moeder pleegt zelfmoord. Dat begrijpen ze niet, ze werpen elkaar blikken toe en gaan bij kruidenier Finke naar binnen, en ik loop alleen door, sneller dan daarvoor. Ze moeten me niet kunnen inhalen. Ik moet naar huis. Ik heb geen horloge nodig, ik voel dat ik een paar minuten over tijd ben.

Met mijn schooltas in mijn rechterhand probeer ik bij de belknop te komen, de hoekige aktetas slaat tegen de muur, bijna was ik overgelopen als een schuin neergezet soepbord. Op de plaats trippelend laat ik mijn ogen door het trappenhuis rollen. De kelder. Naar beneden sluipen, daar beneden in een van de donkere hoeken plassen, bij de kolenkelder of achter de ijzeren deur naar de schuilkelder. Van de Kupschen kan me rond dit tijdstip daar beneden niemand verrassen. Tot in mijn mond stijgt het vocht, mijn tong baadt, mijn lippen glanzen. Losgelaten en lichtvoetig draai ik me om. Elk moment kan achter me mijn moeder onze huisdeur opentrekken, ik wil in de donkere kelder toegeven aan het gekriebel binnen in me, ik wil in een donkere hoek hurken en vanuit een onderbroekspijp iets verbodens doen.

Langzaam gaat de voordeur beneden open. In een zwarte jas en met een zwarte hoed op haar hoofd schuift, op haar stok leunend, mevrouw Schmalstück naar binnen. Klein en mager, een verhongerde rat. Ondanks de lentewarmte is ze gekleed als in elk jaargetijde, ik ken haar niet anders dan in het zwart. Bij haar aanblik verkrampt mijn lijf. Ze komt de trap op, haar stok houdt ze in haar linkerhand, met haar rechterhand houdt ze zich aan de trapleuning vast, haar zwarte handtas slaat bij elke stap tegen haar been. Ik blijf zwijgend voor onze huisdeur staan en zie haar in mijn richting klimmen. Met mijn linkerhand wrijf ik over mijn gezicht. Ik ruik mijn urine. Nog twee treden en ze heeft mijn hoogte bereikt, ik stap een beetje opzij, maak een kniebuiging en zeg goedendag, mevrouw Schmalstück, en ze zegt niets, zoals altijd, ze knikt met een schok van haar hoofd, en op haar dunne haar knikt haar zwarte hoedje. Stijf trekt ze langs, zodra ze de bocht naar de volgende trap achter zich heeft druk ik op onze belknop.

Mijn grootmoeder doet de huisdeur open, dat betekent dat mijn moeder er niet is, waar is ze, hoezo weet ik niet dat ze er niet is, als ze er zou zijn, zou niemand haar op weg naar de voordeur hebben kunnen inhalen.

Is Mami er niet, vraag ik.

Jawel hoor, antwoordt mijn grootmoeder, Alma is er.

Ik kus haar op haar wang, onderwijl werpt ze een blik langs me naar mevrouw Schmalstück. Dat was toch mevrouw Schmalstück.

Ja, zeg ik.

Kom binnen.

Ik moet plassen. Geef me de sleutel.

Ze geeft me de enorme sleutel voor de wc, hij zit met de sleutel van onze voordeur aan een klos.

Fania, je hebt het weer de hele tijd op school opgehouden, dat is niet gezond.

Ik laat woordloos mijn schooltas op de grond vallen, smijt de voordeur achter me dicht en spring de trap af naar de wc, een kleine ruimte met onder het raam de asemmers. Nu moet alles goed gaan. De sleutel in het slot. Omdraaien. Eruit trekken. Deur openrukken. Naar binnen. Deur dichtmaken. Haakje vastmaken. Deksel omhoog, rok omhoog, broek omlaag. Mij kan niets meer gebeuren. Het stroomt. Mijn armen leg ik gekruist over mijn knieën en mijn hoofd op mijn armen. De grote wastafel voor me gaat weg, daar komt mijn bed, en in de andere hoek mijn boekenplank en daarvoor, een beetje scheef staand, ook het poppenbed met Paula en mijn oude beer en de andere Steiffdieren, hier naast me, waar ik zit, komt een rond tafeltje, eronder een kleedje en ernaast een schommelstoel met een lampje en in het raam twee kaarsen. Waarom doet mijn moeder niet open, er moet iets gebeurd zijn.

Ze zitten in de keuken aan tafel, mijn moeder, mijn grootmoeder en Vera, ze heeft haar nachtjapon nog aan. Nog steeds staat het vaatwerk van 's ochtends op tafel.

Kom eens bij ons zitten, zegt mijn moeder, ze houdt een opengevouwen brief vast, dit is een belangrijke kwestie, die we zorgvuldig willen voorbereiden.

We moeten Papi ompraten. Vera weet alles al.

Wil jij chocolademelk, vraagt mijn moeder, en voordat ik kan antwoorden zegt ze tegen mijn grootmoeder, maak eens een kopje cacao voor Fania. Ze praat alsof ik mijn vader ben, voor wie mijn grootmoeder een glas cognac moet inschenken. Vera bijt in een broodje met goudgele chesterkaas, ze voelt zich al uren prima.

Deze brief, mijn moeder wijst met haar vinger naar het keukenplafond, waar boven ons Hainichen met zijn vrouw woont, deze brief is van hem boven.

Moeten we hier weg, wil ik weten.

We hoeven helemaal niet weg. Ze schommelt op haar keukenstoel. Hainichen wil het huis verkopen, onze oude villa, en omdat wij zijn huurders zijn moet hij het ons het eerst aanbieden. Met huurders erin is het huis goedkoper dan wanneer het leeg zou staan. Wanneer niemand van ons het koopt, zal hij ons er zo snel mogelijk uit willen hebben, zodat hij een betere prijs kan vragen. Hij wil zesenvijftigduizend mark voor het huis met de grond, de twee grote tuinen. We hebben het geld niet, dat is duidelijk, in elk geval niet contant en niet meteen, en het huis is in een slechte staat. Mijn moeder test haar argumenten op mij. Echt in een ontzettend slechte staat, zegt ze nadrukkelijk, het vocht kruipt langs de muren omhoog, je ziet het aan het behang, we moeten een paar keer per jaar onze kleren luchten. Dat is waar, ze overdrijft niet, onze spullen ruiken naar rotting. In de kelder kunnen we niets opslaan, overal komt schimmel op. Erich Kupsch heeft de muren beneden, in de kelder, geïsoleerd. Geholpen heeft het niet. Daar zou een vakman voor moeten komen. In elke kamer van ons appartement laat ergens wel het behang los, heel erg is het in de woonkamer. Bij ons in de kinderkamer kunnen we het behang van de muur aftrekken, zegt Vera, en bij mijn grootmoeder achter de kleerkast bloeit de schimmel.

Daar dus ook. Mijn moeder maakt rekensommen. Als huiseigenaar zou je moeten renoveren, radicaal. Zesenvijftigduizend mark is veel geld, voor de grond is de prijs niet te hoog, en de waarde ervan zal snel stijgen, dit is een goede wijk, zodra we het huis hebben gekocht zullen we het voorlopig zo laten, en als het dreigt in te storten zien we wel verder, we gooien mevrouw Schmalstück eruit, en de Hainichens gaan in elk geval weg, hij wil met zijn transportonderneming naar Berlijn, schrijft hij, daar betaalt hij minder belasting, dat schrijft hij natuurlijk niet, Sturmius Fraasch mag wat mij betreft boven blijven wonen, misschien willen de Kupschen het appartement van Hainichen overnemen, dat zullen we allemaal wel zien, we moeten het geld lenen, misschien kunnen we bij de bank een hypotheek op de grond nemen, misschien krijgen we het bedrag privé bij elkaar. Dat moeten we allemaal met Paul bespreken, we moeten ervoor zorgen dat hij niet meteen terugdeinst.

Mijn moeder gloeit van energie. Het huis met de twee grote tuinen zou van ons zijn, zegt ze, voor altijd zouden we hier kunnen leven.

Dus, kinderen, ze springt op, het zou, en haar stem jubelt, het zou zo mooi zijn, te mooi om waar te zijn, we hebben het verdiend, echt waar, dat hebben we. Ze staat in de keuken en perst haar handen tegen haar wangen, ze lijkt uit elkaar te springen van vreugde en van een pijn die tevoorschijn komt omdat alles zo krachtig in haar zit. Ook wij staan op, mijn grootmoeder en Vera en ik, en mijn moeder omarmt ons alle drie tegelijk.

Ik kan toch, zegt mijn grootmoeder, misschien bij het kransje vragen, Lotti, die heeft net goed gebeurd van de herstelbetaling, en Ruchla en Wilma, misschien schieten zij ons iets voor, en wat ik op mijn spaarbankboekje heb kan hij allemaal van me hebben, die goeierd, mijn goeierd, hij is zo'n goede schoonzoon, mijn schoonzoon.

Mijn moeder maakt haar ogen droog, nu maken we het hele huis goed schoon, we veranderen de woonkamer, we zouden biefstuk kunnen braden als Paul vrijdag naar huis komt, dat gaat snel, met uien en aardappels, dat eet hij graag, en mijn grootmoeder stelt voor, wat hij nog liever eet is gesmoorde runderrollade, mooi, met grote uien, een beetje knoflook en jonge groene bonen erbij, gesauteerd in boter, en als toetje vanillepudding, mijn vader is gek op vanillepudding met chocoladesaus. Geweldig idee, zegt mijn moeder, maak dat maar, Mami. Mijn grootmoeder knikt en verheugt zich van top tot teen.

Er is nog een probleempje, mijn moeder zet het serviesgoed bij elkaar, het rinkelt en kleppert, en mijn grootmoeder zegt, je hebt geen geld.

Mijn moeder wordt een beetje verlegen, een beetje bedeesd, ze vleit haar moeder, en mijn grootmoeder klakt misprijzend met haar tong, maar ze is ook blij dat haar dochter haar nodig heeft, ze staat van haar keukenstoel op, ze gaat naar haar kamer, de deur laat ze op een kier openstaan.

Moet ik je helpen zoeken, Mutti, roept mijn moeder. Opeens is ze een van ons, een dochter.

Nee, gilt mijn grootmoeder vanuit haar kamer, blijf waar je bent, Peter.

Waarom zegt ze Peter tegen jou, vraagt Vera.

Ach, mijn moeder veegt met haar hand over de tafel en veegt de Peter bij de andere broodkruimels, zo noemden ze me af en toe, vroeger, mijn grootouders en zij.

Ze schuift een plak salami in haar mond. Achter de deur horen we haar moeder lawaai maken. Mijn grootmoeder heeft op enkele plekken in haar kamer kleine reserves voor noodgevallen.

Had je een jongen moeten worden, vraagt Vera.

Nee, mijn moeder is meteen verontwaardigd, alleen maar een jongen die er geen geworden is.

Mijn grootmoeder komt terug met glimmende ogen, ze legt omzichtig en ernstig vier bankbiljetten voor haar dochter op tafel, twee groene van twintig en twee blauwe van tien, ze zien er als nieuw uit, glad en uitgerust.

Hoezo heb je niet genoeg geld voor het huishouden, Paul geeft je toch genoeg geld.

Vraag iets gemakkelijkers, Mutti, zegt mijn moeder, vertel me liever voor wie je je geld op je kamer verstopt, toch niet voor mij, je eigen dochter, en onderwijl pakt ze de biljetten, vouwt ze een paar keer dubbel en stopt ze onder haar voet in een schoen. Het bevalt Vera hoe ze dat doet. Mijn grootmoeder bevalt het niet, haar mooie biljetten. Ja, raak het maar kwijt, Alma, scheldt ze, juist om dit ongeluk te voorkomen, wat geef je nou voor een voorbeeld aan je kinderen, hoe ga je met je geld om, waar heb je je portemonnee.

Mijn moeder lacht, brutaal springt haar lach door de keuken en over het hek, over ons tuinhek.

Ik verstop mijn geld niet onder het vloerkleed.

Mijn grootmoeder bloost, zojuist werd haar geraffineerde schuilplaats voor noodgevallen ontdekt. Met een verontruste verliefdheid kijkt ze naar haar dochter, een zekere Peter, die naar het aanrecht slentert, daar een papiertje en een potlood pakt en terugkomt naar de tafel. Ik kan het je pas volgende maand teruggeven. Precies deze toon ken ik van Vera.

Hoeft niet, Alma. Dit is mijn bijdrage aan het plan. Mijn grootmoeder veegt met haar hand over de tafel, waar zojuist glad en deftig haar bankbiljetten lagen, nu zit haar spaargeld diverse keren gevouwen onder de warme voet van haar dochter. Moge het lukken. Het klinkt als een zegenspreuk.

Mijn moeder begint een boodschappenlijstje te maken. Hebben we nog schuurzand, boenwas is er nog genoeg, de keuken doen we het laatst, we beginnen met onze slaapkamer, dan de veranda en de woonkamer. Moeten we jullie kinderkamer veranderen, vraagt mijn moeder, of ze nieuwe gordijnen voor de keuken moet naaien, stelt mijn grootmoeder voor, er wordt aangebeld. We verstijven.

Werd er aangebeld, vraagt mijn grootmoeder, en mijn moeder zegt, er werd aangebeld. Hun gedempte stemmen gaan over elkaar heen liggen. Vera en ik, wij bewegen niet, wij gaan nooit naar de deur als er wordt aangebeld.

Mijn moeder springt op. Ik ga. De woorden schieten uit haar mond, ze is al onderweg.

Als er wordt aangebeld gaat er een elektrische schok door haar lichaam. Of ze nu leest of slaapt of eet of dat iemand haar iets vertelt, de deurbel of de telefoon rukken mijn moeder meteen weg uit het ene leven naar een ander leven, waar ogenblikkelijk alle ruimte aan gegeven moet worden, een leven dat al achter de rug is en waar ze maar in blijft storten. Wat er ook komt, zij moet het meteen weten.

Vera, mijn grootmoeder en ik, wij blijven roerloos achter, onze monden halfopen, onze oren bij de hielen van mijn moeder.

Ach, het is mevrouw Kupsch, mijn grootmoeder staat op, pakt een schoon kopje uit de servieskast en zet het op tafel. Wij ademen verder.

Mijn moeder duwt de dikke Elsa Kupsch voor zich uit de keuken in, mevrouw Kupsch maakt verlegen afwerende gebaren, ze verzekert dat ze niet wil storen, ze wil niet gaan zitten, en drinken wil ze al helemaal niets.

U stoort helemaal niet, mevrouw Kupsch, verzekert mijn moeder telkens weer, en vervolgens met een betekenisvolle blik

in onze richting, mevrouw Kupsch heeft namelijk ook een dergelijke brief gekregen, van hem boven, van Hainichen.

Klopt, zegt Elsa Kupsch, namelijk mijn man, hier staat het,
de heer Erich Kupsch, en ik zei tegen Erich, Erich, zei ik, dat
zou toch te mooi zijn, als meneer Schiefer het huis zou kunnen
kopen.

3

WELDRA ZULLEN WE DEZE OUDE VILLA BEZITTEN, HET IS
het sjofelste huis van de straat, de prachtige gevel ervan is ver-
vallen, vanuit de kelder stijgt vocht langs de muren omhoog, en
bij de eerste vorst barsten de waterleidingen, maar ze staat in een
goede Hamburgse wijk, in de buurt van de Alster, we wonen
op de bel-etage met een veranda aan de voorkant en een terras
aan de achterkant en met twee grote tuinen. Voor mijn ouders
is dat zoiets als compenserende gerechtigheid. Na alles wat er
gebeurd is, wie had dat gedacht, zegt mijn moeder, wat er niet
allemaal in een leven past, en hoeveel levens passen er in een
bepaalde tijd, we hebben niet genoeg lucht om het te vertellen,
geen stem om alles hoorbaar te maken. Maar er is niet in elke
kamer een kachel, alleen in de woonkamer en in de kamer van
mijn grootmoeder, de wc is een halve trap omlaag en na elke
eerste leidingbreuk zetten we in de winter een straalkachel naast
de wc-pot. Vooral in de winter klaagt mijn moeder over de om-
standigheden, ze houdt niet van kou, ze hoort in het zuiden
thuis, waar de zon haar huid donkerbruin kleurt, zij heeft geen
last van de hitte. Mijn vader houdt van de Hamburgse regen,
zijn huid wordt rood en vervelt in de zon. Daarom zijn we gebleven. We zouden in Amerika kunnen zijn of in Israël, daar
zouden we kunnen wonen. Mijn moeder vertelt ons hoe we

daar zouden leven, in Amerika zou ze een winkel hebben, speelgoed of kleding of stoffen of leer, ze kan met alles handelen.

Je kan toch helemaal geen Engels praten, zegt Vera.

Dan leer ik toch Engels, Paul kan Engels.

Maar we zijn hier. In Israël zou mijn moeder een restaurant openen, in het begin een kleine gaarkeuken, en als de zaken dan goed gaan, en de zaken van mijn moeder gaan altijd goed, dan wordt haar onderneming uitgebreid tot een restaurant.

Voor mijn kippenbouillon, zegt mijn moeder, zullen de mensen in de rij staan.

Kippenbouillon maken in Israël alle vrouwen, beweert Vera. En mijn moeder antwoordt dat haar kippenbouillon beter is. Het recept van haar kippenbouillon heeft ze van haar grootmoeder overgenomen, van Marianne Nehemias, zij was getrouwd met een Wasserstrahl, en wij krijgen het van haar. Ook in Israël brandt de zon. Mijn moeder kan zich haar man niet in de woestijn voorstellen. En daarom blijven we hier.

In de winter slapen we in onze onverwarmde kamer, voor onze voeten is er een warme tegel, als we in bed willen lezen zetten we mutsen op en trekken we wollen handschoenen aan. In de zomer is het in huis aangenaam koel en in de tuin spuiten we elkaar nat met de slang, we hebben een pingpongtafel, behalve wij heeft niemand in de buurt een pingpongtafel, vaak zijn er wel twintig kinderen, mijn zus en ik kennen de meeste meisjes en jongens niet, Wolfram brengt hen vanbuiten mee.

Waarom sleep je vreemde meiden hiernaartoe, zegt Elsa Kupsch en slaat haar zoon met haar vlakke hand tegen zijn achterhoofd.

Mijn moeder maakt bezwaar. Integendeel, mevrouw Kupsch, wij vinden het leuk als Wolfram kinderen meebrengt naar de tuin.

Maar wij willen naar buiten. Vera en ik moeten het met Wolfram doen, hij is onze hulpbroer, onze verbinding naar buiten, hij brengt ons het nieuws uit de wereld achter het tuinhek. Het is eenlettergrepig nieuws dat uit zijn mond struikelt, niet voldoende voor mijn zus en mij. Wij willen in de winter weten of de Alster al dichtgevroren is, en Wolfram zegt ja of neu. Dat is voor ons niet genoeg. Kun je op het ijs lopen, breekt het, waar zijn de eenden en de zwanen, zitten ze vast, ze zullen op de oever zitten, je moet voor hen een wak in het ijs maken zodat ze kunnen duiken en weer bovenkomen. Ga toch zelf kijken, zegt Wolfram, het is maar vijf minuten, op het eind van de achtertuin de oprit naar het Britse consulaat af naar de Harvestehuder Weg en dan ben je er al, het is niet ver, ik breng jullie er wel heen, jullie kunnen jullie huis van daarbeneden zien, jullie moeder merkt er niets van, jullie zijn meteen weer terug.

Je kan ons dus van daarbeneden, vanaf de Alster zien, ons huis, en wij zien niks, ook niet de mensen die ons huis zien. De muur om onze achtertuin is hoog, ze is het einde van onze wereld. Wolfram is onze onderhuurder en daarom zegt hij ons huis, hoewel ons huis helemaal niet van ons is. Hij is het armste kind van de straat, en omdat hij bij ons woont heeft hij vrije toegang tot ons paradijs, geen ander kind vanbuiten mag komen en gaan zoals hij dat mag. Wij zijn voor hem iets bijzonders. In zijn kapotgewassen korte broek staat hij voor ons, tegen het hek geleund. Nu nog binnen, zo meteen buiten. Hij krijgt geen hoogte van ons, achter zijn hoekige voorhoofd wordt er gepeinsd, een kleine grijns speelt rond zijn vieze mond, misschien is onze bijzonderheid helemaal niets goeds, hij bijvoorbeeld durft zoveel en hij krijgt slaag van zijn vader en oorvijgen van zijn moeder, dat is helemaal niets bijzonders, en wij worden nooit geslagen en durven niets, niet eens die paar passen de oprit af naar de Alster.

Jullie moeder heeft er ongetwijfeld geen bezwaar tegen, dat is hem zojuist te binnen geschoten en daar zit veel waars in. Wolfram heeft iets gemeen met Alma Schiefer, het zijn allebei straatkinderen, mijn moeder zou het precies zo hebben gedaan, hij had haar niet hoeven over te halen. Hoe moeten wij hem uitleggen wat ons gevangenhoudt, aan niemand kunnen we dat uitleggen, aan niemand vanbuiten. We mogen onze bijzonderheid voor hem niet kwijtraken, we hebben hem nog nodig. Jullie zijn toch geen baby's meer, zegt hij. Zo mag hij ons niet zien. We moeten hem van ons vandaan leiden, welke kleur heeft de Alster, maakt ze geluiden, Wolfram haalt zijn schouders op, dat is te veel voor hem, ik weet niet, dergelijke vragen maken hem verlegen, de Alster slobbert, schiet hem ten slotte te binnen. Ja, Vera en ik zijn met die informatie tevreden, daar kunnen we ons iets bij voorstellen, soms stinkt ze, weet hij nog te vertellen, nu komt hij goed op dreef. Wanneer ze stink, stinkt ze vreselijk naar rotte eieren. We willen dat Wolfram ons vertelt of het moeilijk is te schaatsen en te rolschaatsen, en Wolfram zegt ja en grijnst, en dan zegt hij neu. Vera en ik weten dat we onze botten zouden breken als we zouden schaatsen of rolschaatsen, en we weten, zonder haar gezien te hebben, hoe de Alster eruitziet en hoe ze klinkt, in de zomer fluistert ze tegen de oevers en in de winter knerpt haar ijzige huid.

Wolfram klimt over het tuinhek, tabé. We gaan naar de zandbak, we horen zijn voetstappen achter de struiken, hij trapt tegen steentjes, hij breekt van de andere kant een tak uit onze tuinheg, we roepen tabé naar hem, hij moet weten dat wij hem horen, dat we niet uit de wereld verdwenen zijn. De zandbak is klein en Vera en ik zijn er allang uit gegroeid, we gaan op de rand zitten en zetten onze voeten in het gele zand, heb je wel eens van Orlando gehoord, vraagt Vera.

Ik heb nog nooit van Orlando gehoord.

Orlando is een vrouw, geloof ik, Vera weet het niet helemaal precies, in elk geval schaatsen ze op een meer in Engeland, van het meer loopt een rivier het land in, verder en steeds verder. Ik maak zandgolven met mijn vingers.

We geven Wolfram onze oude kranten, mijn grootmoeder bewaart ze in een kartonnen doos op de gang. Wolfram vertelt ons hoeveel pfennig de oudpapierhandelaar voor een kilo krantenpapier geeft, dat vindt hij interessant, hij verdient er zijn zakgeld mee. Wij krijgen zakgeld van onze ouders, mijn zus iets meer dan ik, want ze is ouder, en één keer per maand krijgen we allebei tien mark herstelbetalingsgeld van mijn grootmoeder. Ze krijgt op de eerste van elke maand een klein bedrag dat haar is toegekend door het Herstelbetalingsbureau. Op het officiële papier staat compensatie voor Hedwig Glitzer-Wasserstrahl, vanwege vervolging, detentievergoeding, beroepsziekte, deze woorden vliegen bij ons door het huis als spaarzegels. Na elke

ronde boodschappen gaat mijn grootmoeder aan de keukentafel zitten, ze tilt met beide handen haar hoedje van haar hoofd,
legt het op de stoel naast zich, niet op tafel, een hoed op tafel
brengt ruzie. Ze plakt spaarzegels in een boekje.

Ongetwijfeld krijgt mevrouw Schmalstück een beter pensioen
dan jij, mijn moeder weet dat zeker, omdat meneer Schmalstück
in de oorlog gesneuveld is, aan het oostfront. We weten het van
haar onderhuurder, Sturmius Fraasch heeft het aan mijn vader
verteld, en ook dat hij zelf zijn been helemaal niet aan het front
is kwijtgeraakt maar op de hoek van de straat, iemand is eroverheen gereden tijdens zijn verlof, en dat hij dat onprettig vindt.

Mijn moeder heeft schol gebakken en voor mij een zeetong,
want ik houd niet van schol. Tante Mimi, de zuster van mijn
vader, eet met ons mee. Op zondag is haar vriend bij zijn vrouw,
hij heet Hubert Arnold Zinselmayer en is ingenieur, tante Mimi schrijft brieven voor hem en bovendien is ze zijn minnares,
meer kan ze niet worden, want zijn vrouw is rijk. Ik kan hem
begrijpen, legt mijn tante ons uit, moet hij dan die erfenis laten
lopen, hij heeft het al zo lang bij die taart uitgehouden, eigenlijk zou ze al dood moeten zijn, ze heeft kanker.

Maar ze gaat niet dood, mijn moeder spuugt graten op haar
vork en mijn tante zegt, Alma, je verwent dat kind, zeetong
voor Fania, zo'n dure vis. Waarom, vraagt mijn moeder zich af,
en een fijne gratenwaaier schuift tussen haar lippen naar buiten,
waarom moet Fania schol eten als ze niet van schol houdt, maar
van zeetong houdt ze wel, en ik wil dat ze vis eet, want vis is
gezond. Als Fania zeetong eet is zij tevreden en ben ik tevreden, dan zijn we dus allebei tevreden. Mijn tante ziet er niet tevreden uit. De man op de radio noemt de waterstanden van de
Elbe, de Saale en de Weser, zo dadelijk komt het kinderpro-
gramma, het tweede deel van een hoorspel. Dat willen Vera en
ik horen, de verhalen over Hubert Arnold Zinselmayer kennen
we al. Hij betaalt het appartement waarin mijn tante woont en
de meubels daar zijn ook van hem. Allemaal oude erfstukken,
zegt tante Mimi met nadruk. Daarmee maakt ze geen indruk op
mijn moeder, want mijn moeder heeft gezien hoe spullen uit
huizen werden gesleept en op straat geveild, midden op straat,

heel goedkoop, meubels, tapijten, schilderijen, tafelzilver. Mijn tante wil indruk maken op mijn moeder, er schiet haar nog iets te binnen.

Hubert Arnold Zinselmayers oudere broer is in Rusland gebleven, zegt ze. Mijn moeder kijkt kort op, dat spijt me, haar voorhoofd heeft rimpels. Dat vindt tante Mimi niet voldoende. Hij is gesneuveld en niet teruggekomen.

Hoe kan hij nou terugkomen als hij gesneuveld is, giechelt Vera. Mijn vader legt zijn hand op de hand van zijn zuster. Je moet Vera niet serieus nemen, zegt hij snel. Maar tante Mimi wil Vera serieus nemen, ze windt zich op, ze zwelt op van verontwaardiging, wat zijn wij toch slecht opgevoed, zonder respect voor het leed van andere mensen, en mijn moeder doet wat mierikswortelroom op haar met goudgele botersaus overgoten aardappel, heel rustig zegt ze, speel hier niet de treurende weduwe, je hebt die broer toch helemaal niet gekend, en mijn vader pakt de wijnfles op en tante Mimi houdt hem zijn glas voor.

Van ons zijn er ook niet teruggekomen. Selma met haar dochters. Ze hebben Selma aan haar haren getrokken, en er waren laarzen en stemmen bij. Dat mogen jullie nooit doen, niet aan haren trekken en niet in het gezicht slaan, jullie moeten van elkaar houden. De geboden van mijn moeder. Vera en ik kennen Selma alleen van de foto, een vrouw in een lijstje op de vitrine in de kamer van mijn grootmoeder. Ze zit aan een tafel, een kleine, dikke vrouw met een enorme boezem waar een witte kanten kraag op ligt, ze steunt met haar hoofd op haar hand en kijkt naar haar dochters, en ik kijk haar aan. Selma was de jongste, net als ik, ze was de jongere zuster van mijn grootmoeder, en Selma's jongste kind, de driejarige Paula, ligt op de schoot van de oudste dochter, Lilly, negentien jaar oud, Margarete en Edith dragen strikken in hun haar. Vanuit de Falkenried op vrijdagavond om zes uur, 15 mei 1942, de avond voor sjabbes, Selma en haar dochters Lilly, Margarete, Edith en Paula, per persoon een koffer en niet meer dan twintig kilo, Edith en Paula waren te klein voor twintig kilo, slechts twee in plaats van vijf koffers à twintig kilo, te voet van de Falkenried naar de Moorweide, ik zou helemaal niet weten hoe je van de Falkenried naar de Moorweide komt, waar is eigenlijk de Falkenried, een straat ergens hier in de buurt, en vandaar naar het station en in de trein naar Riga.

We zaten in de trein. Op weg naar Sylt, dwars door de zee, mijn vader wilde in het weekeinde nakomen, de golven kwamen tot bij de wagons, mijn grootmoeder zat bij het raam, en de conducteur kwam, en zij wilde iets drinken, en mijn moeder wilde haar de thermosfles geven en vond de kaartjes niet, en mijn grootmoeder kreeg rode vlekken in haar gezicht, en meteen wond mijn moeder zich op omdat haar moeder zich opwond, wind je niet op, Mutti, zei ze, en toen vond ze eindelijk de kaartjes in haar handtas tussen haar lippenstift en het doosje rouge en de poederdoos met de kleine spiegel erin, de conducteur controleerde de kaartjes, jullie moeten naar de wielen luisteren, zei mijn moeder tegen Vera en mij, die fluisteren iets, snel en steeds sneller, Vera en ik wisten wat er komen ging, maar we deden verrast. *Ick heff kejn Tiet, ick mut noch wiet, ick heff kejn Tiet, ick mut noch wiet.* Ze lachte naar ons, we namen van haar lippen de woorden die de trein ratelde en steeds weer haalden we ze terug in onze monden, en toen was ze alweer verdwenen om haar moeder te halen, die verdwaald was.

De foto van Selma en haar dochters had Selma laten maken om aan haar man in Palestina te sturen, en een afdruk ervan had ze aan Hedwig cadeau gedaan. Zomaar, van zuster tot zuster, wil je er een, vind je het een leuke foto, ik heb een afdruk voor je laten maken. Leon was al weg, naar Palestina, om daar alles voor te bereiden voor de familie, Selma en Lilly, Margarete en Edith zouden nakomen. Zo was het afgesproken. Paula was er nog niet, Paula werd in 1939 geboren, ze kon niet meer van Leon zijn. Op de foto lijkt het alsof Paula het kind van Lilly is. Ook Leon in Palestina zou zich dat hebben kunnen afvragen.

Zo zag jullie moeder er als klein kind uit, mijn grootmoeder wijst naar Paula. Mijn grootmoeder vertelt over Paula en haar zusters, en ik herhaal hun namen, Lilly, Margarete en Edith met th, het is allemaal zo belangrijk wat er van hen overgebleven is, zelfs de kleine h na de t. Meer is er niet te vertellen. Misschien hebben Paula en Mami dezelfde vader, zegt Vera later tegen mij, dat zou wat zijn.

Wie zijn eigenlijk tante Fanny en oom Robert, vraag ik.

Tante Fanny is mijn tante, zegt mijn moeder, ze is de zuster van mijn vader, en oom Robert is haar man.

En hoe heten ze eigenlijk van achteren.

Mijn moeder kijkt me verrast aan, en omdat mijn moeder niet verrast kan zijn zonder wantrouwig te worden kijk ze me verrast en wantrouwig aan. Eigenlijk zou je dat kunnen weten, Fania, waarom vraag je dat.

Zomaar.

Tante Fanny en oom Robert heten Freundlich, dat weet je toch.

Ik weet het, uiteraard weet ik het, ik moet dat toch weten, natuurlijk, Freundlich.

Net als Rosa.

Welke Rosa.

Welke Rosa, Rosa Freundlich, mijn nichtje, de dochter van tante Fanny en oom Robert. Je weet toch wie Rosa is, ze komt af en toe bij ons op bezoek, ik zou haar eens kunnen opbellen, ze heeft al een tijdje niets van zich laten horen. Ze praat over Rosa tegen haar moeder, en dat zij altijd moet opbellen en dat Rosa zich nooit meldt, en ik schrik en ik begrijp voor de eerste keer in mijn leven dat Rosa de dochter is van ouders die niet zijn teruggekomen. Mijn vader zwijgt. Hij heeft geen plek in deze verhalen.

Wij joden geloven dat de ziel van een vermoorde jood onder de levenden blijft tot zijn voorbestemde tijd is verstreken. Dat weet ik van mijn grootmoeder. Een geheime, een krachtige magie. Ondergedoken in donker water, mijn gezicht van diep beneden naar de oppervlakte gekeerd, vraag ik wat Rosa van mij is.

Je achternicht, zegt mijn moeder, ze is blij dat ze een achternicht voor mij gevonden heeft, haar gezicht zweeft boven het donkere water en verdwijnt in trillingen, haar mondhoeken slingeren op en neer. Mijn moeder houdt van Rosa als van een zus, maar ze is bang voor haar.

Bij Wolfram hebben ze op school een tand uit zijn mond geslagen, en bijna was zijn linkeroog leeggelopen, nu kan hij er niet meer goed mee zien. We binden in de tuin kranten bij elkaar en maken de bij elkaar gebonden pakken in het midden zwaarder met platte stenen. Wolfram laadt alles in een klein wagentje dat hij achter zijn fiets heeft gehangen. Een zware vracht.

Hij rijdt weg, de oprit af en weg, ik kijk naar zijn kuiten, naar zijn voeten in de gymschoenen met gaten. Aan het einde van de oprit, daar waar de straat begint en hij de hoek omgaat, is Weg. Vera en ik hangen over de gesloten tuinpoort. Hij breekt door een geluidsbarrière, die ons weer opsluit. We wachten. Plotseling is Wolfram terug, we weten niets over de route die hij heen en terug nam.

De oudpapierhandelaar heeft ons bedrog met de stenen tussen de kranten niet opgemerkt, wij triomferen. Een mark tachtig.

Dat delen we, zegt Wolfram. Wij willen dat niet. Hij accepteert het met dank en vraagt of we in plaats daarvan de Tarzan willen hebben. Dat willen wij. Hij brengt Tarzan in zwart-wit en Mickey Mouse in kleur. De boekjes ruiken muf en zijn kapotgelezen, ze zijn al door veel kinderhanden gegaan. Mijn moeder vindt ze onder mijn kussen en gooit ze in de grote asemmer naast de huisdeur, ik mag de tekstballonnetjes in deze boekjes niet lezen. Je schrijft al slecht genoeg, Fania.

Wolfram bevrijdt Tarzan en Jane uit de asemmer en geeft ze me in de kolenkelder weer terug. Ik ben naar beneden gegaan om de in het voorjaar goedkoop geleverde briketten op te stapelen. Je moet beter oppassen, bromt hij onheilspellend. Mijn moeder had tegen zijn moeder gezegd dat Wolfram niet, en zijn moeder had tegen hem gezegd, nog één keer, en dan, en zijn vader had zijn riem uit zijn broek gehaald en hem afgeranseld.

Ik zit op de stapel briketten in de kolenkelder, een peertje hangt aan het schuine plafond, ik blader de boekjes door en zie Tarzan met zijn zwarte lok, hij komt uit het oerwoud en nadert voorzichtig een door mensen bewoond dorp. Tarzan heeft spieren, overal, hij draagt een lendendoek van luipaardvel. Meer heeft hij niet aan, en hoewel hij de gevaarlijkste sprongen waagt, is er nooit iets te zien van wat zijn luipaardvel bedekt en wat ik bij Wolfram heb gezien, ik heb in zijn broekspijp gekeken, hij zat in de zandbak en ik kon bekijken wat er aan zijn been hing, en hij merkte niets. Ik denk dat het mij zou storen, zei ik later tegen Vera.

Vanbuiten verblindt het felle zonlicht.

Wolfram heeft met andere jongens onze pingpongtafel opgezet. De groene houten platen zijn op vier schragen gelegd, het net is gespannen, de tuin is vol kinderen, de batjes worden getest, of de handgreep goed in de hand ligt, of het rubber goed geplakt is. Wolfram staat in de kelderkeuken bij het fornuis en kookt in borrelend water twee gedeukte pingpongballen uit. Hij is de beste pingpongspeler van ons allemaal. Wij zijn met zijn negentienen en rennen rond de pingpongtafel, we slaan de bal over het net, wie een fout maakt is af, totdat er twee overblijven die om een punt spelen. Dat spel noemen wij Chinees. Ik ben de kleinste en doe het goed in de wedstrijd, Wolfram heeft me geleerd de bal te smashen of effect te geven.

Elsa Kupsch bekijkt, met verlegen trots op haar gezicht, haar jongste zoon. Ze staat achter het kelderraam in haar huisjapon, haar dikke armen heeft ze onder haar zware borsten geschoven.

Komt u toch naar de tuin, mevrouw Kupsch, roept mijn moeder, die een rieten stoel de terrastrap af draagt, en Elsa Kupsch komt, maar ze wil in geen geval in een van de leunstoelen gaan zitten en niet in de rieten stoel, ze draagt haar eigen houten kruk naar buiten.

Mijn moeder en mijn grootmoeder brengen sap in drie grote karaffen en zelfgebakken koekjes op een dienblad vanuit de keuken naar buiten. Wij onderbreken het spel, pakken iets te drinken en grijpen met onze bezwete handen naar de koekjes, de andere kinderen zeggen netjes dankuwel, de meisjes maken een kniebuiging, de jongens buigen. Dezelfde kinderen die grappen maken over mijn zus en mij omdat wij zulke overbezorgde ouders hebben zijn nu graag bij ons, zo mooi kan het bij ons zijn, en wij laten hen meedoen. Annegret en Gerda staan bij het hek, buiten op de oprit, en ik ga naar hen toe. Of ze binnen mogen komen, vraagt Annegret, en Gerda zegt niets, Gerda zegt meestal niets. Ik zet de tuinpoort een beetje open, ze glippen naar binnen.

Gooi ze eruit, fluistert Vera me toe, ze staat achter me, waarom heb je hen eigenlijk naar binnen gelaten.

Op het schoolplein pas ik op dat Vera hun niets aandoet, als Vera zich ermee bemoeit wordt het alleen maar erger voor mij. Ik moet me alles laten welgevallen. Alleen zo kan ik controleren wat ze me willen aandoen. Ik loop de terrastreden op en de keuken in, daar dompel ik mijn verhitte gezicht tot over mijn oren in koud water, ik duik diep onder en hoor het meer rondom me klokken. Zo blijven. Op mijn schouder gaat de hand van mijn grootmoeder liggen, ze staat naast me. Ze denkt dat het mogelijk is in een wasbak te verdrinken. Ik denk ook dat het mogelijk is. Gisteren heeft ze kaddisj met me gelezen, gisteren was de dag dat haar zuster met haar dochters werd opgehaald. Een kaars brandde in haar kamer, deze dag en deze nacht tot in eeuwigheid en eeuwigheid der eeuwigheden.

In de tuin zijn ze zonder mij begonnen, ze rennen om de pingpongtafel en schreeuwen, ik spring de treden af, ik ben te laat. Volgende ronde, roept Wolfram naar mij. Ik wil meespelen. Dit is onze tuin, hier hebben wij het voor het zeggen, en Annegret en Gerda rennen ook mee. En mijn moeder.

Jullie zijn gemeen, roep ik.

Laat dat meisje meedoen, roept mijn moeder al rennende, ze stoot de woorden in de lucht, ze rent voor het punt dat ze wil scoren, ze doet mee met het spel, ze vindt het spel geweldig. Ik bijt op mijn lippen, ik wil niet in het bijzijn van de anderen haar 'meisje' zijn, nu niet gaan huilen, in godsnaam geen tranen waar Annegret en Gerda bij zijn. Mijn moeder verliest de witte bal een ogenblik uit het oog, ze kijkt naar mij en geeft een kushand, ik probeer te glimlachen, ze mag niet zien dat ik huil, ze rent rond de pingpongtafel, de meeste jongens zijn al groter dan zij, en tijdens het lopen slaat een van hen met zijn batje op haar achterste, ze moet op het spel letten, bijna had ze de bal gemist die op haar afkomt. Ze schreeuwt, slaat de bal over het net en draait zich om, achter haar loopt de blonde Hansjürgen. Vera laat hem wiskunde aan haar uitleggen. Langs mij zoeft mijn moe-

75

der, Hansjürgen achter haar aan, ze wenkt me de omloop in, ik schud van nee, net door het water afgekoeld begin ik weer te gloeien. In geen geval wil ik nu meespelen, dat zou me nog kleiner maken, ze moet weggaan, waar is mijn zus, Vera speelt goed, ze speelt rustig, Vera doet helemaal niet meer mee, mijn moeder speelt, wij staan toe te kijken en zij rent mee, ze is een van hen, een kind vanbuiten, een meisje dat in het stadspark schaatste en bij de stoeprand knikkerde. Vera en ik hebben geen idee of er veel straten tussen het stadspark en onze straat liggen, of we naar rechts of naar links zouden moeten gaan en welke tram de goede zou zijn. Het is dezelfde stad en een andere.

Waar was dat eigenlijk dat jij op straat speelde, vraag ik, en mijn moeder somt heel rap de straten op die het snelst van hier naar daar lopen, toen en nu, dezelfde stad en een andere, zij heeft de straten tot haar beschikking, wij niet, via de Mittelweg en de Rothenbaumchaussee, Grindel, Schlump en Fruchtallee, of je kan via de Osterstraße gaan, ze is vergeten dat ik dat niet mag, of beter nog de Gärtnerstraße, Unnastraße, Heußweg, Am Weiher, daar woonde dokter Braun, onze huisarts, toen de nazi's zijn villa wilden kapotslaan in maart drieëndertig, dokter Braun was toen met zijn vrouw op wintersport, ze kon prachtig pianospelen, en zijn patiënten verdedigden zijn villa, ze gingen ervoor staan, arbeiders uit Eimsbüttel, ze hebben de nazi's op de vlucht gejaagd, hij behandelde je gratis als je geen geld had, of hij ruilde werk tegen werk, hij en zijn vrouw zijn op tijd naar Palestina vertrokken.

Het spel is afgelopen, mijn moeder heeft het punt behaald, ze juicht, van de blonde Hansjürgen heeft ze gewonnen, hij is de oudste van de kinderen in de tuin, hij is al bijna een jongeman en draagt een lange broek, mijn zus stopte hij, toen hij de tuin in kwam, een briefje toe dat een paar keer was dichtgevouwen. Hij pakt mij vast, mijn linkerhand en mijn linkervoet, en draait met mij steeds sneller en sneller rond. Ik doe mijn ogen open, de tuin cirkelt rond mijn hoofd, een smalle strook waar alles aan vastplakt, het huis, de bomen, de kinderen en het bezorgde gezicht van mijn moeder. Mijn moeder heeft veel hoofden.

Vraag aan Wolfram waar Hansjürgen is, zegt Vera. Het is weer pingpongtijd. En ik vraag aan Wolfram, waar is Hansjürgen, waarom komt hij niet meer, en Wolfram haalt zijn schouders op. Geen idee. Breng iemand anders mee, zeg ik tegen Wolfram, hij brengt er meteen twee mee, twee broers. Jij mag de jongste, zegt Vera. Haar interesseert alleen de oudste. Nu ze het zegt vind ik de oudste ook leuker, nu is hij van mijn zus. Jullie hebben niets te klagen, zegt mijn moeder, de tuin is altijd vol kinderen. We zijn vaak alleen in de tuin, mijn zus en ik, we lezen boeken, ook boeken die we kennen, dat zijn onze verhalen, die we elkaar steeds weer vertellen.

's Nachts word ik wakker van Vera's gehuil. Wat is er, vraag ik, terwijl ik weet wat er is.

Ik haat haar, snottert Vera.

Ik vraag niet. Ze bedoelt onze moeder, er hangt een zwarte sleep aan haar in de plooien waarvan het verhaal van haar overleven is geschreven. Ik ga via de spleet tussen onze matrassen snel bij Vera in bed liggen, onder haar dekbed, ze moet ophouden met huilen, zo ongeremd, zo bitterlijk, ze lost op, ze stroomt weg, ik probeer haar te grijpen, haar lichaam, haar botten, haar harde witte botten. We hebben in de biologieles de botten geteld, ellepijp en spaakbeen, borstbeen en ribboog, ik ga over Vera's zachte buik en leg mijn hand tussen haar benen, op haar schaambeen, venusheuvel noemt mijn moeder dat, ik wrijf mijn voet langs haar pijpbeen, haar dijbeenbot, Grieks skelos, waar de naam skelet vandaan komt, zo staat het in het schoolboek *De Mens*. Het totaal aantal botten bedraagt tweehonderdveertig inclusief tweeëndertig tanden en de zes gehoorbeentjes. Het huilen onder me wordt minder, mijn vingers plakken, haar bovenbeen plakt. Vera begint te praten, ze perst lettergrepen door haar ingeslikte tranen, haar stem slaat tegen haar strot.

Als ze maar eenmaal allemaal dood zijn.

Dat heb ik zelf ook al gedacht. Als ze dood zijn, hoeven ze geen angst meer om ons te hebben, en wij kunnen vertrekken. Als ze dood zijn, ben ik vrij. Er is geen andere mogelijkheid.

Vera duwt mij van zich weg. Het kan me niets schelen of ze angst hebben om ons of niet, ik wil hier weg, ik heb lak aan hun angst om ons. Die gaan nergens dood van. Ze lacht, haar mond trilt.

Onze poppen brachten we in een doodsslaap voordat we op vakantie gingen. Ze mochten niet zonder ons doodsangsten uit-staan, ze mochten niet weten dat we zonder hen vertrokken. Onze terugkeer blies weer leven in hen.

Ik ben bang dat ik achterblijf. Vera mag niet zonder mij ver-trekken, ze is zo vastbesloten, en nu heeft ze al schijt aan de angst van onze ouders. Laat me niet alleen, zeg ik. Onzin, Fa-nia, en ik hoor dat ze met haar gedachten al ergens anders is, ik hang aan haar en maak haar zwaar, ik trek haar omlaag en te-rug achter de heg, ze mag niet zonder mij weggaan, al is het maar in gedachten. Ook Vera wil door mij naar buiten worden getrokken en meegesleept, ik ken haar gewicht, en ik ken mijn kracht, die onder haar haar best doet. Deze keer ben ik zwaar-der dan zij, ik heb mijn moeder bij me.

Vera leunde tegen de paal van de waslijn en onze moeder smashte de bal en maakte het punt tegen Hansjürgen, die glim-lachend een buiging voor haar maakte. Voor deze grote jongen was ze een bijzondere moeder, zo'n moeder had hij niet, geen van de kinderen.

Opeens legde ze het batje terug op de pingpongtafel. U moet verder spelen, mevrouw Schiefer, riepen de meisjes en jongens. Ze keek naar Vera. Mijn vader lag in de leunstoel en keek dro-merig naar de blauwe hemel. Ze ging naar hem toe. Dat heeft Vera van mijn moeder, hoorde ik haar tegen mijn vader zeg-gen, als ik een keer een pleziertje wilde hebben was mijn moe-der beledigd en begon ze te huilen. Mijn vader tuitte zijn lip-pen voor een kus. Zijn schoonmoeder zat op het gras in de rieten stoel naast Elsa Kupsch en breide aan een rode wollen deken. Zijn oudste dochter leunde tegen de paal van de waslijn, Vera, een jong meisje, net zo oud als Alma toen hij haar leerde ken-nen. Vera wierp haatblikken naar onze moeder, hij keek naar mij, hij stuurde me met zijn blikken naar Vera, hij wilde rust hebben. Speel jij toch eens pingpong met je dochters, Paul, zei mijn moeder. Ik keek naar zijn in de leunstoel doorhangende achterste, hij trok zijn vrouw bij zich op schoot, zij probeerde zich te bevrijden, hij hield haar vast, ze lachten allebei, hun stemmen kropen door een sleutelgat. Nu is het genoeg, Paul, hoorde ik haar zeggen. Wat heb je toch, zei hij.

Op een bepaald moment was iedereen vertrokken. Vera had de hele tijd tegen de waspaal geleund, ze had met smalle lippen geglimlacht en tegen haar tranen gevochten. Die druppelden in het donker op mijn gezicht. We beloofden elkaar plechtig nooit uit elkaar te gaan, wij blijven bij elkaar, en als ze allemaal dood zijn maken we een wereldreis.

Die nacht verlaat ik stiekem het huis. Zonder Vera. Er is in de achtertuin achter de aalbessenstruiken een gat in de heg. Wolfram heeft het me laten zien. Ik heb mijn kartonnen koffertje bij me. Hoe komt dat opeens in mijn hand. Ik wist helemaal niet dat ik het nog had. Het lag waarschijnlijk jarenlang in de kelder. Ik maak het open en bekijk mijn schatten, vers geslepen potloden, een rode vlakgom, papier, onbeschreven, een pop. Het is Paula Twee. Haar zachte lijf is met gele watten gevuld, haar hoofd is van koel porselein, haar blauwe ogen zijn van glas en haar kleine, halfgeopende lippen zijn net zo kersrood als de vingernagels van mijn moeder. Ik noem haar Paula omdat ik geen andere naam voor haar weet. Vera heeft een pop met die naam, ze lijkt heel veel op mijn Paula, je zou haast kunnen zeggen dat ze op elkaar lijken als de kleine Paula van Selma en de kleine Alma van Hedwig. Als die dezelfde vader hadden, welke echtgenoot was dat dan, en als het die van Hedwig was en niet die van Selma, maar Vera onderbreekt me, ze wil weten welke naam ik mijn pop heb gegeven, Paula, zeg ik, ze heet Paula. Dat kan niet, je kan je pop niet Paula noemen, want de mijne heet zo. Bedenk een andere naam. Ik wil haar niet Lilly en ook niet Margarete of Edith met th noemen, ze moet Paula heten, ze is mijn jongste. Vanuit mijn ogen lopen druppels in mijn oren. Je kan haar toch Paula Twee noemen, zegt Vera edelmoedig. Ik haal Paula Twee uit het blauwe koffertje en kus haar op haar nagellakrode mond, ik klim met haar door het gat in de heg.

4

IN DE KEUKEN VULT MIJN GROOTMOEDER TWEE EMMERS met water, ze doet er verpulverde groene zeep in en roert het sop met een lange houten lepel om, ik draag de emmers over de gang en door de kamers naar mijn moeder, die op het bureau van mijn vader staat om de gordijnen af te halen. Van haar lange nagels is de rode lak afgebladderd, haar zwarte lokken heeft ze onder een doek naar achteren gebonden.

Wat gebeurt er als mevrouw Schmalstück het huis koopt, vraagt Vera zich af, wat gebeurt er dan.

Ze zal het huis niet kopen, zegt mijn moeder, dan maak ik haar eigenhandig koud.

We spelen huishoudschool, zodat het poetsen niet saai wordt, mijn moeder is de strenge directrice van de school, maar ze wil tegelijkertijd de populaire lerares zijn die het vertrouwen van haar leerlingen geniet, de scholieren zijn tenslotte haar dochters. De populaire lerares kan oma toch zijn, stelt Vera voor, natuurlijk kan oma haar zijn, antwoordt mijn moeder, en omdat Vera samen met mij de strenge directrice over de hekel haalt, wat een stom rund, heb je gezien wat ze voor schoenen aanheeft, rijgschoenen met crêpezolen, en omdat Vera steeds meer te binnen schiet, heeft mijn moeder helemaal geen zin meer om huishoudschool te spelen, ze wil een sigaret roken.

We gaan naar de keuken, waar mijn grootmoeder bezig is beddengoed en meterslange vitrage in de zinken kuip te weken, op het fornuis staat een grote grijze pan waarin het ondergoed van de afgelopen week kookt.

Mijn moeder gaat met haar sigaret op de vensterbank zitten, buiten is de ijzeren trap en daartussen de afgrond waar ik misschien mijn nek kan breken, ze trekt haar voeten op en gaat gemakkelijk zitten. We hebben de tijd tot vrijdagmiddag, totdat Paul terugkomt, tegen die tijd hebben we vier kamers, de veranda en de keuken klaar. We hebben vandaag dus, telt ze, dat is nog maar een halve dag, plus dinsdag, woensdag, donderdag en de halve vrijdag, laat in de middag wil Paul terug zijn, dat zijn vier dagen, dan zouden we eigenlijk de grote kamer opnieuw kunnen behangen, het oude behang is beschimmeld en ruikt naar kelder, Fania, ga straks eens naar beneden, naar Elsa Kupsch, en vraag wanneer Erich naar huis komt.

We zijn vervuld van kracht. Wij vier vrouwen zullen dat klaarspelen, mijn moeder gelooft dat stellig, het huis zal van ons zijn. Mijn grootmoeder vindt het onwaarschijnlijk en hoopt op een wonder dat toch misschien wel zal kunnen gebeuren om haar dochter en haar schoonzoon aan deze slooprijpe villa te helpen, waar zij dan ook voordeel van zou hebben, in geen geval wil ze naar het joodse bejaardentehuis, waar haar vriendinnen wonen, hier in huis is plaats genoeg, ook voor haar.

Dit huis is allang ons huis, zegt mijn moeder, wie zou het zo op zijn waarde kunnen schatten als wij, en zodra we het bezitten, op papier, met stempel en alles, zullen we het uitmesten, eerste roken we mevrouw Schmalstück eruit. Mijn moeder vindt het belangrijk ons wat haar haat betreft op één lijn te krijgen, de lucht die wij verspreiden moet met die van haar overeenstemmen, vooral als het gaat om zaken die met vroeger te maken hebben.

Vroeger, toen jullie vader en ik niet eens mochten wagen te hopen op kinderen. Ze wil me beetpakken, en ik geef toe voordat ik haar buit kan worden, ik houd me koest en stuur mijn ziel erop uit om toe te kijken. Mijn moeder is weg. Ik zie haar zonder taal. Hoe lang. Een tijdje. Ik beweeg mijn handen, mijn lippen.

En dan de badkamer, zeg ik.

De badkamer, herhaalt mijn moeder verbaasd.

Ja, de badkamer in de kelder. Na mevrouw Schmalstück mesten we de badkamer uit, achter de schuilkelderdeuren, die oude archiefspullen die in de badkuip liggen, ik wil weten wat daar beneden in het huis is wanneer ik slaap.

Wat weet jij van die archiefspullen, vraagt mijn grootmoeder, en meteen valt mijn moeder haar in de rede, o, dat bedoel je, die troep in de badkamer, dat gaat er ook uit. Ze klimt van de vensterbank, pakt de volle asbak, loopt naar de afvalemmer en gooit de peuken op de aardappelschillen van gisteren, vandaag niet, zegt ze, de volgende keer. De ijzeren deur zwaait dicht. Luchtdicht afgesloten.

Vera komt de keuken in. Hainichen is in de voortuin, zegt ze.

We sluipen tussen hoog opgestapelde meubels, opgerolde tapijten en emmers vol dweilwater naar de veranda, die ons zonder gordijnen en met naakte vensters prijsgeeft aan alle blikken vanbuiten. Goed dat mijn vader niet bij ons is, hij zit in zijn auto en rijdt over een landweg, hij heeft geen spieren zoals Hainichen, zelfs het vet van Hainichen is van hard rubber.

We staan tegen de muur gedrukt, we loeren door een spleet in de verandadeur, ze is dicht maar toch niet echt dicht, het dunne hout is uitgezet. Stenen treden leiden naar de voortuin, ik ben er vaak vanaf gesprongen. Omdat Hainichen in de tuin is, zijn ze niet meer van ons. Hij stampt met zijn zwarte rubberen laarzen door het hoge gras, zijn broekspijpen heeft hij in de laarzen gestopt, hij draagt over zijn schouder een groot houten bord aan een lange paal en in zijn linkerhand een spade. Hij loopt naar de tuinheg. Mijn moeder zou de verandadeur kunnen openrukken en iets naar buiten roepen. We bekijken hem zwijgend. Hij dringt in de dichte wirwar van het struikgewas en wij bekijken hem, van hem zijn het huis en de tuin, wij hebben geen rechten, hij trapt met zijn laarzen in de takken zodat ze met veel lawaai breken, jasmijn, seringen, klapbessenstruiken duwt hij uit elkaar, ze slaan achter hem weer in elkaar, de boomkruinen van esdoorn en acacia bewegen, hoewel er buiten geen wind is. We staren zwijgend door de naakte verandaramen naar de groene takken, naar hun onnatuurlijke beweging. We horen schurende, schrapende geluiden.

Wat doen jullie daar, vraagt mijn grootmoeder.

Hainichen ramt de spade de grond in, hij splijt wortels, boven hem trillen bladeren die hem bedekken, ze zullen voortijdig oud worden en over een paar dagen afvallen, Hainichen graaft tussen de struiken bij de heg een gat voor zijn bord. Mijn moeder zwijgt en kijkt en neemt een trek van haar sigaret, ze zuigt haar wangen naar binnen, haalt de rook diep haar buik in en laat hem uit haar mond en neus stromen. Er zal haar iets te binnen schieten dat we tegen de man daarbuiten kunnen doen.

Mag ik er ook een, zegt Vera.

Dat heeft Vera nog nooit gezegd.

Mijn moeder houdt haar zwijgend sigaretten en lucifers voor. Vera rookt stiekem, nog niet zo lang. Ik weet het, ik ben haar deelgenoot. Ze bloost van plezier, ze is trots dat ze met haar moeder in onze aanwezigheid mag roken, en ik ben geen deelgenoot meer, iets van ons heeft Vera weggegeven. Opeens voel ik me leeg en vroegtijdig oud geworden, net als de bladeren van de struiken die Hainichen bij hun strot vasthoudt, die niet meer zullen verwelken maar verdrogen in hun groen, oud geworden als mijn grootmoeder, haar gezicht bleef bestaan toen ze ophield in deze stad te leven, toen ze in de grond verdween.

Mijn moeder noemt Hainichen een oorlogswoekeraar en zijn lange, donkere laarzen noemt ze ss-laarzen. Vertrekken zullen we hier niet, om de dooie dood niet, ze praat hard met een doordringende stem, de deuren en ramen van het huis staan open, zodat het stof dat we uit de gestoffeerde meubels en de matrassen kloppen naar buiten kan. Ze geniet ervan haar mening te verkondigen. Ook mijn vader geniet ervan zijn mening te verkondigen, hij heeft er niet vaak de gelegenheid voor. Als mijn ouders vrienden op bezoek hebben, dan mag mijn vader niet over politiek praten, alsjeblieft, Paul, praat vanavond eens niet over politiek met onze gasten. Laat hem toch, zegt Vera dan, en mijn moeder springt op, bemoei je er niet mee. Vera maakt er alles nog erger mee, dat weet ze, en ze doet het toch,

ze is moediger dan ik, ik ben bang dat het mijn moeder ver-
scheurt. Wind je niet zo op, brult mijn vader, dat is niet te verdragen, hij wil op zijn minst in zijn eigen huis zijn mening kunnen zeggen, mijn moeder schreeuwt terug, doe dan van tevoren
de ramen dicht en denk erover na wie je uitnodigt, vertel me
wie we werkelijk kunnen vertrouwen van onze vrienden, wie.
Mijn vader zet zijn bril af en en bedekt zijn gezicht met zijn
grote witte zakdoek, waarin hij zijn grote, vlezige neus legt, hij
snuit uitgebreid, waarschijnlijk denkt hij na, waarschijnlijk zoekt
hij naar twee, drie onschuldige namen, en waarschijnlijk schieten ze hem niet te binnen.

Wie, vertel het me, wie. Bitter triomferend danst mijn moeder rond op haar woorden. Niemand, niemand.

Dan hadden we dus moeten vertrekken.

Ja, knikt ze. Nu is ze rustig geworden.

Waarom nodigen jullie niet eens een paar vriendinnen uit.
We zaten met elkaar op de veranda, en mijn moeder zei tegen
Vera, jullie moeten je meer aansluiten bij de anderen, ga naar
de anderen toe, spreek hen aan, sommige meisjes hebben broers,
hoe wil je anders een man vinden, zo zul je nooit een man vinden. Dat was voor Vera bedoeld. Ik ben nog niet zover. Vera
ging meteen huilen, en meteen somde mijn moeder Vera's goede kanten op, je ziet er goed uit, je bent slim, jullie mogen jullie vrienden mee naar huis brengen, jullie moeten je niet schamen voor jullie ouders, nodig je vriendinnen uit, ik maak alles
klaar, wat wil je, alles wat je wilt.

Laat me met rust, siste Vera.

Mijn moeder deinsde terug. Ik begrijp je niet, begrijp jij je
zus, Fania. En ik zei ja, ik begrijp haar.

Nou, dan zie je maar hoe je het redt. Ze ging beledigd naar
buiten. We keken elkaar aan. We wisten dat we het niet zouden redden. Misschien Dörte Lückenhausen met de pukkelhuid,
zei Vera, die zou ik kunnen uitnodigen, in de klas legt ze haar
borsten op de schoolbank, veel boezem heeft ze, je zult het wel
zien. Ja, nodig haar maar uit, zei ik. En Freigart Bölitz en Monika Meyer, Freigart is vet en groot, groter dan ik, Vera zag er
tevreden uit, haar vader is een oude nazi, en Monika Meyer

draagt een dikke bril en heeft haar met roos, maar ze is wel iets kleiner dan ik.

Mijn moeder maakt zich zorgen over hoe het met haar dochters verder moet, ze sluit ons op, ze past op ons, ze haalt ons op, en ze is bang dat ze ons nooit kwijtraakt. Neem een voorbeeld aan mij, kijk naar jullie moeder, zegt ze, ik heb er geen moeite mee om op andere mensen af te stappen. Je moet die andere mensen voor haar waarschuwen, ze glimlacht tegen hen en wantrouwt hen, ze stapt op hen af, klaar voor de aanval of voor de vlucht.

Vera nodigde de meisjes uit, mijn moeder had petitfours gekocht en mijn grootmoeder had strudel gebakken, thee en sap was er, het mocht aan niets ontbreken. Mijn moeder had vijf kopjes neergezet, niet vier.

Hoezo vijf, vroeg Vera.

Voor Fania, antwoordde mijn moeder.

Waarom moet Fania erbij zijn, vroeg Vera.

Waarom zou ze er niet bij zijn, zei mijn moeder, Fania is je zusje, jullie moeten alles samen doen. Vera trok een gezicht en ik voelde me als mijn grootmoeder, die er altijd bij wil zijn wanneer mijn ouders een feestje vieren, die uit het leven van haar dochter zuigt wat haar in haar vrouwenleven werd onthouden.

Mijn moeder was teleurgesteld door Vera's keuze, ze verscheen op de veranda, ze was alleen maar gekomen, zei ze, om te kijken of er nog iets ontbrak. Ze kwam om zich te laten zien aan de vreemde dochters van andere moeders, ze had zich mooi gemaakt voor deze dochters, die ze met u aansprak en die daarom van plezier bloosden en nadrukkelijk vroegen of mevrouw Schiefer jij wilde zeggen. Mijn moeder bleef u zeggen, nee, nee, dat vond ze zo horen, zij had het als jong meisje vreselijk gevonden nog steeds met jij te worden aangesproken. Nog steeds, zei ze, en ze was het jonge meisje. Ze keek naar Vera, waarom moest haar dochter deze drie pukkelige, grofgebouwde, typisch Germaanse trutten hierheen halen. Ze hoeven toch niet bij jou in de smaak te vallen, zei Vera later.

Na de begroeting verdween mijn moeder. Bij een goed optreden hoort een goede afgang. Ze zeilde, betoverend glimlachend, weg en liet verhitte, zwetende jonge meisjes achter.

Tof, jouw moeder, dweepte Dörte Lückenhausen met een golvende boezem, chic, zei Freigart Bölitz, en Vera schudde haar haar en trok aan haar rok en stond op en schonk nog een keer thee in en probeerde bij elke beweging chic te zijn.

Vera en haar vriendinnen begonnen over tongzoenen te praten, hun ogen lichtten begerig op en hun lippen werden vochtig. Ik zat erbij en speelde het kleine zusje dat van niks wist, ik keek met plezier naar hun zwellende lichamen. Zo lelijk als Vera ze beschreven had waren ze helemaal niet. Ik weet wat kussen is en zijn, ik ken ze in alle soorten en maten, ze zwerven bij ons door het huis als kleingeld. We beginnen er meteen 's ochtends mee, nog voor het ontbijt, er zijn kussen die door de lucht worden gegooid, ter kalmering, ten teken van het ergens mee eens zijn en om uit de verlatenheid te raken, mijn ouders voeden ons met kussen, en wij voeden hen, we likken hun onrust uit hun gezicht. Kussen van mijn moeder vind ik als lippenstiftafdruk op het boterhampapier waarin ze mijn twaalfuurtje inpakt, zonder kussen kan niemand van ons het huis uit, ze zijn de stempel op een geldige laissez-passer, kom hier, ik heb nog helemaal geen kus van je gekregen, en al in de geopende voordeur valt alles uit je hand, schooltas, boodschappenmand, paraplu, handtas, autosleutels, we omarmen elkaar, en één kus worden veel kussen, een regenbui van kussen, ongeacht het feit dat je er over een dik uur weer bent. Wat kun je weten en wat weet je, juist een snel gegeven kus zou onheil kunnen provoceren, daarom moet de kus precies op de goede plek zitten en stevig zijn. Je moet me fatsoenlijk kussen, op mijn mond, zo, en nu kun je gaan. Wanneer mijn vader van zijn reis terugkomt, wanneer hij de oprit inrijdt, dan horen wij binnen zijn claxon, hij geeft ons een signaal, we weten dat hij komt, want het is vrijdag, en bovendien heeft mijn moeder sinds twee uur het gevoel dat hij nog eerder zal terugkeren dan hij 's avonds tevoren aan de telefoon heeft aangekondigd, daar komt hij, hij rijdt de achtertuin in, de poort hebben wij voor hem opengedaan, alleen als hij terugkomt staat ze open, mijn moeder vliegt hem tegemoet, hij stapt uit zijn auto, ze roept zijn naam, hij staat naast de geopende autodeur met uitgespreide armen, en dan hangt ze al om zijn nek,

ze kussen elkaar, en op het terras staan mijn zus, mijn grootmoeder en ik, we zien het happy end van de week. Daarna rennen wij naar hem toe, Vera en ik lopen om het hardst, en ik
win, mijn zus is bang voor de ijzeren trap, ik kan met grote stappen van de treden afspringen, ik doe het niet meer. Intussen blijf
ik achter, Vera is duidelijk de tweede vrouw na mijn moeder
geworden, ze loopt naar mijn vader toe, glimlachend, rustig, niet
zo stormachtig als zijn vrouw, ze toont hem de andere vrouw,
de vrouw die zijn langzaamheid in zich heeft. Ik loop om zijn
auto heen totdat ze klaar zijn. Als laatste komt mijn grootmoeder, want wie denk je dat hij van ons tweeën het eerst wil zien,
heeft mijn moeder tegen haar moeder gezegd. Mijn grootmoeder en ik tillen zijn stalenkoffer uit de auto, mijn zus pakt zijn
jas en draagt hem alsof hij haar droeg, ik neem zijn aktetas met
zijn opdrachtformulieren, zijn folders en de verkoopovereen-
komsten die hopelijk tot stand zijn gekomen. Voor ons lopen
mijn vader en mijn moeder innig omstrengeld de terrastrap op
en het huis in. Wat ben ik blij dat ik weer bij jullie ben, hij
schudt met het stof vanbuiten de vreemde geur van zich af.
Mijn moeder draait zich naar mij om, maak de poort dicht, Fania.

De tuin via de poort echt verlaten kan alleen mijn vader in
zijn auto. Voor hem maken we de poort open en achter hem
sluiten we haar weer, om haar na vijf dagen en vier nachten
weer open te maken. Ik schuif de twee vleugels van de tuinpoort in elkaar, twee vermolmende houten lijsten, bespannen
met verroestend draadgaas. De poort hangt in het bovenste
scharnier, de onderste pin is afgebroken, bij het open- en dicht-
schuiven schraapt de balk een nauwkeurige kwartcirkel in het
grijsgele zand, een greppeltje waarin de regen zal wegsijpelen
om vervolgens naar diepere bronnen te zakken, onder de heg
door de wereld in. Bij het omspitten van de rozenperken in de
voortuin raakte ik het nest van een grote mierenfamilie en pook-
te erin, ze renden en bleven abrupt staan, ze kusten elkaar en
renden verder, ze maakten elkaar duidelijk dat ze het overleefd
hadden. Net als wij. Diep boog ik naar hen en knikte hen toe,
het spijt me, ik wilde alleen maar eens zien hoe dat eruitziet.

Kom hier, Fania, zei Vera, ik ging naast haar zitten, ze had-den het nog steeds over tongzoenen, je tong in zijn mond stoppen dus, herhaalde Vera. Dörte, Freigart en Monika giechelden. Vera legde haar hand op mijn schouders en draaide me naar zich toe, ze perste haar mond op mijn mond, stopte haar tong tussen mijn lippen, mijn tanden gingen voor haar uit elkaar, zonder mijn mond los te laten loenste ze naar haar vriendinnen en vroeg zo goed en zo kwaad als het ging of het zo goed was en of dat alles was, en toen zei ze nog, kwijl niet zo, Fania.

Ze kan over mijn mond beschikken, ik laat haar zonder tegenspraak binnen, we zijn op elkaar aangewezen, wat we onderzoeken ontdekken we bij elkaar. Maar nooit heeft iemand vanbuiten daarbij mogen toekijken. Daarom ben ik boos op Vera. Het gebeurde zonder een door haar verzonnen verhaal. Anders waren we op een feest, we dansten met elkaar, we waren omringd door vreemde stemmen en gelach en champagne, en ik was degene met de rare glimlach onder een snor, en zij was degene die door iedereen werd begeerd en die alleen door hem wil worden begeerd. Nu had ze niet haar hoofd in haar nek gegooid, zoals mijn moeder wanneer ze danst, en ik had me niet over haar mogen buigen. Ik was alleen maar een mond-holte waarin Vera rondpookte, en Dörte, Freigart en Monika gilden opgewonden, ze slopen met hun blikken rond dat wat Vera met mij deed, Monika riep dat Vera met haar tong moest roeren en Freigart wilde dat ze op en neer ging met haar tong. Vera probeerde alles in mij uit. Ze liet mijn schouders los en deelde de andere meisjes mee dat het niets bijzonders was geweest, zij gaf informatie en ik veegde ons beider speeksel van mijn kin.

Vera heeft me nodig. Als ze ergens voor een verjaardag is uit-genodigd, neemt ze mij mee. Telkens maken mijn moeder en Vera van tevoren dezelfde ruzie. Vera wil er niet heen, ze zou zich maar vervelen, ze wist helemaal niet wat ze daar moest, ze zou zich vreemd voelen en overbodig, en bovendien was ze te dik en haar haar was vet, en mijn moeder staat voor Vera en windt zich op en bezweert haar dochter naar de verjaardag te gaan, je zult nooit iemand leren kennen als je alleen maar leest en alleen maar achter je boeken droomt, Vera huilt, zo kan ze niet gaan, haar neus is rood en glimt, haar ogen zijn opgezwollen. Vanzelfsprekend wil ze niet vanwege een verjaardag waar ze helemaal geen zin in heeft voor eeuwig haar kansen vergooien om haar toekomstige echtgenoot te vinden, die ergens achter de andere meisjes verborgen is, van de andere kant zal het een heel groot wonder zijn mocht ze hem vinden, want hij moet ongeveer zijn zoals mijn vader, en zo'n man is er niet nog eens. Maar Vera mag niet opgeven, we kunnen niet eeuwig in de tuin leven, mijn moeder wil veel kleinkinderen. Elke uitnodiging voor een verjaardag is een volgende ongemakkelijke etappe op Vera's weg naar haar toekomstige leven zonder ons en met een vreemde man.

Tandenknarsend en in tranen stemt ze toe en stelt twee voorwaarden: de ene is dat mijn moeder een boek koopt dat Vera nog niet kent, ze wil het, voordat ze het cadeau geeft, snel doorlezen, en de tweede voorwaarde is dat Fania mee moet. Hoewel ik niet ben uitgenodigd, neemt Vera me mee, en mijn moeder verwacht van mij dat ik bij Vera ben, met Vera meega, Vera begeleid, we moeten elkaar trouw zijn, net als onze ouders. Ik ga mee, ik verheug me er zelfs een beetje op. Er zal taart zijn en slagroom. Als mijn vader thuis is, brengt hij ons met de auto. Voor de vreemde huisdeur zegt hij, ik haal jullie vanavond om zeven uur op, hij drukt op de bel, de jarige doet de deur open en begroet mijn zus en mij en krijgt van mij meteen het onverwachte, extra geschenk aangereikt, vanuit de woonkamer komt de moeder van het meisje snel aangelopen, ze is enthousiast over de charme van mijn vader en ze vindt het heel lief dat Vera haar kleine zusje overal mee naartoe sleept, en of meneer Schiefer niet even binnenkomt voor een kop koffie met een stuk verjaardagstaart, maar mijn vader heeft helemaal geen tijd, hij moet terug naar zijn vrouw. Bordje en kopje gaan weer terug de glazen kast in. Voor mij wordt er ander servies gehaald, niet het goede, dat is voor de volwassenen.

Ik zit aan de koffietafel, voor mijn bord staat een kaartje dat op de steel van een roos in schoonschrift de naam Vera draagt. Mijn zus staat voor de boekenkast van de vreemde ouders. Vera houdt niet van taart, alleen van de chocoladetaart die mijn moeder of mijn grootmoeder voor haar verjaardag bakt. Ze bladert in een boek, ze gedraagt zich volstrekt kalm om de vreemde mensen te intimideren, die werkelijk geen enkel bezwaar maken, hoewel ze het niet goedvinden dat Vera met een peinzend gezicht de rugtitels van hun boeken afloopt. De oudere meisjes naast me slaan geen acht op me, ze praten over een proefwerk dat ze nog niet teruggekregen hebben. 's Avonds zal Vera me in bed vertellen wat ze gelezen heeft, dat is onze afspraak.

Naar de verjaardagen van andere kinderen komen altijd veel volwassenen, vroeger vroeg ik me af wat die vreemde mensen op een kinderverjaardag willen, intussen weet ik dat ze allemaal bij de familie horen. Ze zaten aan een andere tafel in een andere kamer en maakten meer lawaai dan wij kinderen. Een paar volwassenen gaven geld cadeau, en ik telde dat geld, ik tel graag geld, de moeder van de jarige hield me in de gaten.

Honderdvijftig mark, vertelde ik later aan mijn moeder, zoveel geld. Ze lachte, ze streek door mijn haar, ze streek door haar eigen haar, volwassenen horen niet op een kinderverjaardag, zei ze, ook al is het leuk om geld cadeau te krijgen. Een kinderverjaardag is een feest voor kinderen, waar volwassenen niets te zoeken hebben.

Met deze verklaring ging ik naar de achtertuin en trok dikke trossen klapbessen van de struiken, ik liet de kleine, witte, ronde vruchten voor me op de grond vallen, ik trapte ze in het zand kapot en ze knapten onder mijn schoenzolen uit elkaar, ik vulde de zakken van mijn rok en ik woelde erin rond, zoveel geld, heel veel zilveren glanzende munten van vijftig pfennig en gouden dubbeltjes, zelfs een paar vijfmarkstukken, ze rinkelden in mijn handen onder de ogen van de verjaardagsmoeder, ze telde na, ik had niets weggepakt. Ik zou het graag hebben gedaan. Hoeveel zou het niet bij elkaar worden wanneer op mijn verjaardag niet slechts een paar meisjes en Wolfram van beneden maar al onze verwanten zouden komen. Mijn grootmoeder en tante Mimi dus, de zusters van mijn vader, en ook Rosa, het nichtje van mijn moeder, meer schieten me er niet te binnen, mijn vader heeft een oudere broer, hij is getrouwd met een vrouw die we niet aardig vinden, ze hebben twee zoons. Mijn vader wil niets met hen te maken hebben, en maar af en toe zegt mijn moeder, hij is toch je broer, Paul.

Uit mijn twee rokzakken liet ik de klapbessen rollen, een wit glimmend druppelspoor, voetje voor voetje balanceerde ik erop in de richting van de cirkelronde horizon, zonlicht werd duisternis. Hier mocht ik niet zijn, hier werd ik heen getrokken, in de gang naast het huis, naar het prikkeldraad. Daarachter daalden traptreden af naar een kelderdeur. Ik gooide met klapbessen. Ze sprongen en rolden de trap af. De kelderdeur werd opengerukt. Een man. Zijn gezicht was smerig, hij hield een spade bij de steel vast. Hij staarde naar me. Ik kon niet weg. Hij rende de trap op en vloekte. De witte vruchten rolden uit mijn hand voor zijn voeten. Hij sloeg met het metaal van de schep tegen het prikkeldraad. Ik rende met trillende knieën door de donkere gang naar het lichtgroene licht, de linde in de voortuin. Van ver hoorde ik mijn moeder roepen, Fania, Fania, waar ben je. Ze riep de achtertuin in en ik stond in de voortuin en durfde niet door de donkere gang terug te lopen om haar gerust te stellen. Ik was daar, ik was hier, ik bestond, hoewel ze me niet zag. Ik rende de treden naar de verandadeur op. De deur was dicht. 's Nachts in mijn slaap sprong ze vanzelf open, ik probeerde haar te sluiten, het kozijn verging onder mijn handen, het hout loste op tot een brij. Ik rende weer rond het huis, naar de zijpoort die naar de oprit leidde, haar ijzeren tralies zijn bedekt met roest. Ik stond ervoor en zag mezelf over de poort op de oprit springen, vandaar het trappenhuis in, naar de huisdeur, aanbellen, en mijn moeder zou naar de deur rennen, en ik zou haar kunnen kalmeren, stelde ik me voor. Er was een hangslot. Deze poort moet dichtblijven, hoor je, horen jullie, jullie zouden de oprit in kunnen lopen, we zouden de oprit in kunnen lopen en aan niets slechts denken, aan helemaal niets slechts, en uitgerekend dan komt die auto waardoor Vera en ik voortdurend worden overreden, daarom blijft de sleutel van het hangslot in de bureaula van mijn vader. Mijn moeder riep me, ik riep niet terug, ik wilde voor haar verbergen dat ik door de donkere gang was gelopen, dat ik de man gezien had, ik zette mijn voet op de dwarsstang en probeerde over de zijpoort te klimmen, Fania, waar ben je, in godsnaam, Fania, Mama, Fania is weg, Mama, ze riep Mama, niet Mutti, Mama, Mama, heb je Fania gezien. Ik kreeg tranen in mijn ogen, ik huilde met haar over haar verloren kind en mijn angst om mezelf maakte me zo zwaar dat ik er niet in slaagde over de poort te klimmen, in de tuin terugviel en een gat in mijn knie viel. Ik moest nog een keer door de gang om haar te redden, het ging niet anders, die vreselijke man, ik was bang voor hem, hij moest achteruit, wilt u mij niet tegenhouden, mijn moeder overleeft het niet, hij zou brommend de keldertreden af sluipen, ik rende terug, en toen rukte mijn moeder de verandadeur open, ze was van achteren, van de keuken, via de gang door de woning naar voren gerend, ze sprong de trappen af en zonk voor me op de knieën, ze sloeg haar armen om me heen, ze huilde en stamelde, waar was je, waar ben je geweest, jullie mogen niet in de gang lopen, ik kan jullie daar niet zien.

Hebben wij behalve tante Mimi nog meer tantes, vroeg ik en ik liet de laatste klapbessen uit mijn rokzak vallen. Een oom, zei ze, de oudste broer van jullie vader, hij is getrouwd. Die nodigen we binnenkort een keer uit.

Luister, Alma, fluistert mijn grootmoeder, ik vind het niet goed, je laat Vera roken, dat is niet goed. Vera gooit haar haar achterover, vanuit haar ooghoeken kijkt ze naar mijn moeder, zoals ik naar Vera kijk, mijn onberekenbare vertrouwelinge, die mij haar goedkeuring kan geven en onthouden.

Moet ze dan stiekem roken, is het niet beter zo, mijn moeder wendt haar blik niet af van de plek waar Hainichen uit de struiken moet opduiken. Vera gaat op mijn voet staan, ik mag niet verraden dat ze al stiekem rookt. Hoe kan Vera denken dat ik haar zou verraden, ik ben gekrenkt en ik wil erom huilen dat Vera zich een klein beetje van mij heeft losgemaakt. We hebben altijd dezelfde stoffen beesten cadeau gekregen zodat er geen jaloezie zou zijn tussen ons, alleen Vera en ik konden ze van elkaar onderscheiden. Nu rookt zij en ik nog niet.

We staren nog steeds uit het raam naar het dichte struikgewas, waar Hainichen, uit ons zicht, rondstruint, ik haat hem opeens zo erg dat ik er beroerd van word. Voor Vera ben ik niet meer zo belangrijk, haar gezichtsuitdrukking en hoe ze nu haar sigaret vasthoudt, ze doet onze moeder in alles na, zo zal het haar lukken, ik zal alleen achterblijven.

Wat doet hij daar, Alma, vraagt mijn grootmoeder.

Hij zet zijn bord neer, Mutti, dat zie je toch, mijn moeder staart naar de bomen, te koop zal hij erop hebben geschilderd, laat hem zijn bord maar neerzetten, vanavond, zodra het donker is, laten we zijn bord omvallen.

Vera blaast de blauwe rook uit haar lichaam tegen het vensterglas.

Inhaleer jij al zo diep, vraagt mijn moeder, Vera zwijgt, ze kijkt naar Hainichen, die zonder bord en met de spade over zijn schouder door de tuin in de richting van ons huis loopt en op ons afkomt. We staan bij het raam en verroeren ons niet. Hij groet mijn moeder, hij houdt zijn rechterhand bij zijn voorhoofd en slaat de hakken van zijn laarzen tegen elkaar, en zij knikt met een koele glimlach. Hij grijnst en doet hetzelfde nog een keer voor Vera, en Vera is gevleid.

Tot laat in de avond maken we de slaapkamer en de veranda in orde, we doen eerst de slaapkamer van mijn ouders. Mijn moeder vindt het belangrijk dat deze ruimte meteen na haar opheffing weer aanwezig is. Bloesemwitte gordijnen hangen tot op de vloer, mijn grootmoeder heeft ze gestreken, de bedden zijn verschoond, de vloer is geboend, de kleerkast opgeruimd, en Vera heeft met overgave de toilettafel van mijn moeder onder handen genomen, de driedelige spiegel glimmend gewreven en op de glazen plaat alles opnieuw uitgestald, nagellakflesjes, parfummonsters, lippenstiften, zalfpotjes, haarspelden, mascara, oogschaduw, krulspelden, kam, borstel, en in de laden heeft ze de nepsieraden opgepoetst en gesorteerd, nylonkousen opgerold en ten slotte eronder, achter het donkerrode gordijntje, de pumps tevoorschijn gehaald, die opwindende schoenen, rode lak, zwart, zacht suède, smalle riempjes, gepoetst en in een rij naast elkaar gezet. Als we tegen middernacht in bed zinken zegt Vera, we zijn Hainichens bord vergeten, en mijn moeder geeuwt, dat doen we volgende week, het is goed om het niet meteen te doen, Hainichen zal het in het begin controleren.

Als mijn vader op reis is, slapen mijn zus en ik bij mijn moeder in het echtelijk bed. Ze kan niet alleen slapen, ze is het niet gewend alleen te liggen. Als kind sliep ze met haar moeder in het echtelijk bed, aan de kant van de verdwenen echtgenoot. Later lag ze daar met haar minnaar, Paul Schiefer, ze was jong, net zo oud als Vera nu is, en hij was maar vijf jaar ouder. Mijn grootmoeder gaf hun twee gouden ringen cadeau en stelde hun haar echtelijk bed ter beschikking om de relatie tussen haar joodse dochter en de jonge goj goed en achtbaar te maken in haar ogen. Trouwen mochten ze niet meer. Dat heette rasschennis. Hedwig Glitzer sliep voortaan op de sofa in de keuken. Haar dochter Alma, die in het echtelijk bed van haar ouders opeens in plaats van haar moeder een man naast zich zag liggen, ging op de andere helft liggen, in het bed van haar moeder, want haar minnaar mocht niet daar liggen waar haar moeder had gelegen, maar daar vanwaar haar vader langgeleden was opgestaan om nooit terug te keren.

Wanneer mijn vader van maandag tot vrijdag met zijn stalenkoffers op reis is, gaat mijn moeder 's avonds in zijn bed liggen, mijn zus gaat in het bed van mijn moeder liggen en ik lig tussen hen in op de met wollen dekens volgestopte gleuf. Vera wil morgen niet naar school gaan, weer niet, ze heeft het me toegefluisterd, boven ons zweeft het gezicht van mijn moeder die haar avondkussen wil uitdelen, ze gaat met haar lichaam over me heen liggen om Vera te kussen, en dan kust ze mij, ze verduistert met een rode sjaal haar bedlampje en pakt haar boek, na een paar minuten vallen haar ogen dicht en het boek in haar handen gaat heen en weer.

Ik kan niet slapen zolang ik niet weet wat er morgen met school gebeurt, fluistert Vera, mijn moeder slaat haar zware oogleden op, ze heeft alles gehoord, in haar slaap, jullie mogen thuisblijven en verder helpen met schoonmaken. Vera juicht, ik verheug me ook, pas als het donker is, als de slaap naderbij sluipt, begin ik onrustig te worden en vraag me af of het misschien niet goed is ook binnen te blijven wanneer ze me eruit moeten laten zodat ik naar school kan.

De volgende ochtend verschijnt Erich Kupsch met een lange schildersladder over zijn schouder en zijn bierbuik over zijn broeksband. Met mijn moeder loopt hij langs de wanden van de grote kamer die onze woonkamer is, drie meter en vijftig centimeter hoog, boven de plinten, waar we de meubels hebben weggehaald, staan zijdefijne, grijze schimmelharen van de muur af, ze woekeren aan de randen van groen-bruine vochtige plekken. Nicotine en kolenstof hebben het plafond bruin gekleurd. Op elk klopteken tegen het behang antwoordt het huis met een ritselend gebrokkel.

Dat moet er allemaal af, bromt Erich Kupsch.

Mijn moeder staat naast hem en schudt haar hoofd, dat kan niet, meneer Kupsch, het huis wordt door het behang bij elkaar gehouden, en zolang het niet van ons is, willen we niet te veel investeren.

Erich Kupsch laat instemmend zijn hoofd een keer naar voren vallen, hij kauwt op zijn sigarettenpeuk, goed, goed, mevrouw Schiefer, als dat zo is, dan witten we het gewoon.

Hij vertrekt en komt terug met drie emmers melkig dekwit, 's avonds is het werk gedaan. De grote kamer, waar het leven van onze familie zich afspeelt, laat zijn binnenste zien, het lijkt op een bedorven maag. De muren zien er nu groen uit.

Erich Kupsch neemt afscheid, dat moet eerst drogen, spierwit wordt het, u zult het zien.

Mijn moeder knikt, het bankbiljet dat zij hem wil geven neemt hij niet aan, hoeft niet, bromt hij, alleen de twee pakjes Golddollar die mijn grootmoeder hem aanreikt neemt hij mee, en uit het bierkrat de laatste fles. Hij knipoogt ondeugend, voor Elsa, en tegen mijn moeder, die, onder de verf, voor hem staat, zegt hij, laat u maar zitten, mevrouw Schiefer, als meneer Schiefer er is, dan praten we erover, en hij wijst met zijn hoofd naar boven.

Hainichen, u bedoelt Hainichen, zegt mijn moeder, en weer laat Erich Kupsch instemmend zijn hoofd naar voren vallen. Ze pakt zijn hand in haar beide handen, we hoeven alleen nog mijn man over te halen, meneer Kupsch, dringend, smekend haast praat ze met hem, misschien kan deze Opper-Silezische drinker en handwerksman helpen het moeilijkste, misschien wel onoplosbare probleem op te lossen, namelijk haar man tot de aankoop van het huis over te halen. Erich Kupsch sloft de kamer uit met de bierfles in zijn broekzak.

Het is laat. We dweilen de vloer, doen er boenwas op, smeren het donkergroene linoleum in en wrijven het glimmend met de zware boender, we wassen de ramen, die vanbuiten zijn afgedekt met zwarte nacht, de klok gaat in de richting van middernacht, we slepen de meubels naar de kamer, zojuist is het laatste programma van de derde zender van de Norddeutsche Rundfunk afgelopen, iemand las iets voor dat we niet meer gehoord hebben, de gelijkmatig stromende stem hield ons in beweging, op onze huid plakt de smerigheid van het huis, we wensen u een goede nachtrust zegt een mannenstem in de radio, we kijken naar wat we gepresteerd hebben, de kamer ruikt naar verf en boenwas, uit de luidspreker komt een hoge, aanhoudende toon, ik draai de rechterknop naar links, de radio verstomt.

Vera vindt dat het overgeverfde behang eruitziet alsof het gekotst is.

Mijn moeder lacht, ze houdt haar buik vast van het lachen, ze buigt dubbel, ze zakt naar de grond, we zakken naast haar neer en buigen dubbel in hinnikend gelach, we zijn uitgeput, we hurken in de ingewanden van dit huis, we kijken naar zijn zweren en zijn ervan overtuigd dat we moeten blijven om het huis te redden, om deze plek voor ons te behouden, want wij kunnen ons geen mooiere voorstellen. De kinderkamer moet nog, de kamer van mijn grootmoeder nog, de keuken nog. Allemaal morgen, morgen is het woensdag.

De woensdag maakt de week van mijn moeder lang, elke woensdag zegt ze, deze week wil maar niet voorbijgaan, bijna drie dagen nog tot Paul terug is. Maar de woensdag is ook de dag waarop 's ochtends om acht uur Elsa Kupsch bij ons komt om schoon te maken, deze week maken wij schoon, Elsa Kupsch moet vandaag strijken, beddengoed, tafellakens, vaatdoeken. Eerst ontbijten we. Mijn grootmoeder maakt roereieren, er is zelfgemaakte frambozenjam en kaas, mijn moeder maakt koninginnencacao, cacao met slagroom.

Als klein meisje heb ik vaak bij Elsa Kupsch op schoot geze-

ten, op haar enorme dijen, mijn hoofd legde ik tegen haar grote, zachte borsten, ik kon horen hoe binnen in haar haar stem
trilde terwijl ze over de buren vertelde, breed stromend en ke-
lig vochtig Silezisch, elke ü een i, elke ö een e, elke a een klank
tussen u en o, net als in het Jiddisch.

Nu gaan we eerst eens ontbijten, mevrouw Kupsch, zegt mijn
moeder, ze wil horen wat er voor nieuws is over de mensen in
onze straat. Elsa Kupsch wil, voordat ze gaat zitten, eerst nog de
huur betalen, vandaag is het de helft van de maand, ze houdt
een blauw schriftje vast en een tienmarkbiljet. Mevrouw Kupsch
vult het bedrag zelf in, haar hand is niet geoefend in het schrijven, ze buigt diep over het schrift en snuift, met de punt van
haar tong raakt ze het potloodstompje aan, nat van haar spuug
schrijft het lila getallen die je niet kan uitgummen. Mijn moeder tekent akkoord voor het bedrag, Elsa Kupsch maakt de bovenste knopen van haar huisjapon los en bedt het huurschriftje
aan de zijkant van haar linkerborst, heel even wordt oranjeroze
stof zichtbaar, de enorme zakken van de bustehouder van Elsa
Kupsch. Dan glijdt de donkere huisjapon over de schat.

Elsa Kupsch is een ijverige vrouw, aan haar is alles rond, haar
gezicht, haar handen, haar zware lichaam. Ze staat elke ochtend
om halfvijf op, want haar man moet om halfzes in de haven op
de werf zijn, vier dagen in de week gaat ze 's ochtends en 's
middags schoonmaken en wassen, vrijdags en zaterdags doet ze
het huishouden en zondags gaat Elsa Kupsch 's ochtends naar
de katholieke kerk, voor het middageten maakt ze knoedels en
voor de namiddag bakt ze een taart.

Op zekere ochtend, de oorlog was voorbij, mijn moeder was
uit haar schuilplaats gekomen en zag eruit als een uitgehonger-
de kat, toen werd er aangebeld. Of mevrouw Schiefer een hulp
in de huishouding nodig had. Mijn moeder had hulp nodig, ze
liet Elsa Kupsch binnen en vroeg haar het hemd van het lijf, ze
vond alles interessant wat met de familie Kupsch te maken had
en Elsa Kupsch vertelde. Dat ze uit Breslau gevlucht was, dat ze
geen verblijfsvergunning voor Hamburg had, 's nachts verstopte
ze zich in ruïnes van huizen, ze zocht niet alleen werk maar ook
een woning, maar zonder verblijfsvergunning geen vast werk, en

geen vast werk zonder woning, en geen woning zonder verblijfsvergunning, haar man zat met de kinderen aan de andere kant van de grens, ze wachtten op een bericht van haar.

Mijn moeder ging met Elsa Kupsch naar de kelder en liet haar drie kamers zien en de grote kelderkeuken. Hier kunt u wonen, als u wilt, zei ze.

Nog iets, bekende mevrouw Kupsch, we zijn katholiek.

Nou en, vroeg mijn moeder.

Omdat iedereen hier protestant is, zei mevrouw Kupsch.

Ja, ja, natuurlijk, antwoordde mijn moeder, katholiek of protestant, het is mij om het even, ik ben het een noch het ander, als u daartegen kunt, mevrouw Kupsch, dan bent u welkom.

Mevrouw Kupsch leek het niet helemaal om het even te zijn, maar de kelderwoning gaf de doorslag en daarom gingen de twee vrouwen de volgende dag naar het gemeentehuis. Mijn moeder stelde Elsa Kupsch aan de ambtenaar voor als haar huishoudelijke hulp. Formulieren, stempels, handtekeningen. De man achter het bureau had een mesmond en een messcheiding. Elsa Kupsch draaide in dierlijke angst met haar ogen.

Ik laat me daar niet door imponeren, zei mijn moeder, ik ken ze, die bakkesen. Dit zal ik altijd onthouden, mevrouw Schiefer, nooit zal ik dit vergeten, ze huilde en kuste de handen van mijn moeder, ze ging snel naar haar kerk, waar ze een kaars aanstak voor de moeder van haar god. Een week later kwamen Erich Kupsch en de kinderen na, Kurt, Michael en Elisabeth. Wolfram was nog niet geboren, en Vera en ik ook nog niet.

In onze buurt wonen welgestelde mensen, die kunnen zich een paar keer per week een huishoudelijke hulp permitteren. Dat is goed voor mevrouw Kupsch. Ik bemoei me er natuurlijk niet mee, zegt Elsa Kupsch, want zo begint ze altijd, mijn moeder knikt instemmend, mijn grootmoeder, Vera en ik concentreren ons op het roerei zodat mevrouw Kupsch ongegeneerd over onze buren kan zeggen waar ze zich niet mee wil bemoeien.

Waar ik gisteren was, bij mevrouw Stierich, om haar was te doen, weer knikt mijn moeder langzaam, om aan te geven dat ze op de hoogte is, Magda Stierich, echtgenote van admiraal b.d.

Friedhelm Stierich, brengt haar dagen en nachten door met het door haar rijk ingerichte woning slepen van haar stramme lichaam.

Elsa Kupsch neemt wat brood en duwt het door de piepkleine opening van haar mond, haar lippen doet ze nauwelijks van elkaar, zo gênant is het om met ons te eten.

Laat uw roerei niet koud worden, mevrouw Kupsch, zegt mijn moeder met volle mond en ze schuift met haar vork roerei naar binnen, Vera en ik leggen het bestek weg en eten het roerei en het brood met onze vingers, mijn grootmoeder sopt haar met boter besmeerde broodje in haar koffie, en nu is Ella Kupsch de enige vrouw aan tafel die als een onberispelijk opgevoed persoon met mes en vork eet en na elke hap haar mond heel netjes met haar servet dept.

Was hij eigenlijk bij haar aan de overkant, vraagt mijn moeder, en dat maakt de tong van Elsa Kupsch los.

Admiraal b.d. Friedhelm Stierich, een drinker sinds hij de oorlog verloren heeft, brengt zijn dagen en nachten al pendelend van de ene naar de andere kant van de straat door, tussen zijn vrouw Magda en zijn minnares Katjenka Nohke, die uit Rusland komt en met een zekere Alfred Nohke getrouwd was, Nohke van de Gebrs. Nohke en Co., de kledingwinkel in de Mönckebergstraße, vroeger Silbermann. Het is voorgekomen dat de huisvrouwen 's ochtends op hun weg naar de melkboer de admiraal b.d. vonden, 's nachts gestrand in de goot, zijn hoofd gebed op zijn netjes opgevouwen colbertje, diep in slaap.

Maar nee, mevrouw Schiefer, nou ja, toch wel, ik was net bezig zijn onderbroeken te wassen, komt hij van mevrouw Nohke naar huis, naar zijn Magda, en die gaf hem toch een pak slaag, brullen deed ze naar hem, met woorden, die durf ik helemaal niet uit te spreken, niet te denken zelfs.

Mijn grootmoeder zuigt elk woord in zich op, hoe durft die man, onaangenaam voor die vrouw, zeg. Meteen valt mijn moeder haar moeder in de rede, hoezo voor die vrouw, ik begrijp hem wel dat hij die taart bedriegt, maar Katjenka, dat zij met hem, dat Katjenka Nohke, daar snap ik niks van, jaren al, hoe durft ze, ze is Russisch, hoe kan ze nou met die vent, hoe kan dat nou, maar vertelt u verder, mevrouw Kupsch, mijn moeder stopt elk ander woord weer terug onder haar tong.

Hoezo hoe durft ze, Vera wil in dit soort aangelegenheden nu meepraten, ze zou tenslotte net zo goed met Nohke, en dat is ook een, jajaja, ontneemt mijn moeder haar dochter meteen het woord voordat het eruit is, mevrouw Kupsch mag niet horen dat Friedhelm Stierich en Alfred Nohke in onze ogen nazi's zijn, Stierich was admiraal bij Hitler, en Nohke was boekhouder bij de firma Silbermann. Hij heeft de kledingzaak in de Mönckebergstraße voor een fractie van haar waarde overgenomen. Dat weten we, dat weet ik, mijn moeder vertelt het ons telkens weer wanneer ze met ons de stad ingaat en we door de Mönckebergstraße lopen. Ik denk aan de firma Silbermann zodra ik Alfred Nohke op straat zie en een kniebuiging maak. De confectionair Solomon Silbermann en zijn zuster Sidonie hadden passagebiljetten voor Argentinië, wat ze aan meubels, schilderijen, servies, kleding en juwelen meenamen, daarvoor moesten ze de tegenwaarde in goud aan de Duitse staat betalen, ze moesten al hun bezittingen nog een keer kopen, voor een veelvoud van de waarde. Silbermann stond er boven de winkel in schuinschrift, en geen enkele etalageruit werd kapotgegooid. Alfred Nohke persoonlijk was ervoor gaan staan om zijn toekomstige eigendom te beschermen.

En hoever is mevrouw Schulze-Edel, het wordt waarschijnlijk een zevenmaandskindje, informeert mijn grootmoeder.

Het schijnt, het schijnt, knikt Elsa Kupsch. Ze heeft intussen haar roerei op en veegt met een snee brood haar bord schoon. Het zevenmaandskindje van mevrouw Schulze-Edel, die tegen de veertig is, haar overhaaste huwelijk met meneer Schulze, het zorgt niet meer voor de goede stemming in onze keuken. Mevrouw Kupsch gaat maar door met het schoonvegen van haar bord.

En bij Küting, was u al bij Küting, vraagt mijn moeder. De Kütings wonen in de villa naast ons, het huis is van hen, aan hun huis kun je zien dat ons huis eens mooi moet zijn geweest, het is net zo gebouwd, in spiegelbeeld, rechts de erker met het balkon erop en, aansluitend aan de erker, links de veranda. Tussen de Kütings en ons loopt de oprit vanaf de straat tot de achterpoort van het Britse consulaat. Professor Werner Küting is een bekende kankerspecialist, Ada Küting is binnenhuisarchitecte en verzamelt elke zondag in de zomer een grote hoeveelheid kleinkinderen om zich heen, aan wie ze bij goed weer in de tuin voorleest. Daarbij zit ze in een gemakkelijke tuinstoel, een boek van Astrid Lindgren voor zich of van Charles Dickens, van Mark Twain of van Edith Nesbit, een glas sherry naast zich, meisjes en jongens van de wijdvertakte familie Küting zitten aan haar zij en bij haar voeten, twee uur lang volstrekt zwijgend en diep verzonken.

Voordat Adolfine Küting begint voor te lezen, roept ze met een sonore alt over haar netjes geknipte heg en de oprit en ons verwilderde struikgewas heen in onze richting, mevrouw Schiefer, als uw dochters willen, ik lees nu voor. Vera en ik, wij schuiven vanuit onze tuin de oprit op, tot straks, roept mijn moeder, wees voorzichtig, ik maak iets speciaals voor het avondeten. Zodat we naar haar terugkeren. We steken de oprit over, we verlaten onze wereld en kruipen door een gat in de wereld van de grote familie. Zodra we in de andere tuin zijn aangekomen, en nu gescheiden door een tien meter brede oprit, stuurt mijn vader zijn stralende tenorstem door de lucht, of alles in orde is, en wij roepen terug, jahaa, zodat hij weet dat we veilig zijn aangekomen. Hij doet dat voor zijn vrouw, en hij roept ons achterna voor zijn eigen bestwil. Hij is bij haar gebleven, en wij moeten hem ook niet in de steek laten.

Meneer de professor heeft kanker, zegt Elsa Kupsch.

Nebbisj, mijn grootmoeder schudt verdrietig haar hoofd, en weet hij het.

Hij is toch kankerspecialist, antwoordt mijn moeder.

Dat is het nou juist, zegt mevrouw Kupsch, hij wil het niet weten.

We zijn getroffen door deze tragische wending in het leven van professor Küting. En hij groet altijd zo beleefd, zegt mijn grootmoeder, altijd tilt hij zijn hoed op.

Als Elsa Kupsch 's middags met haar strijkwerk klaar is, klopt ze op de openstaande deur.

Mevrouw Schiefer, er is nog iets.

Wat is er, mevrouw Kupsch, zegt mijn moeder, is er iets mis met uw kinderen.

Het gezicht van Elsa Kupsch is vlekkerig en mijn moeder gaat met haar naar de slaapkamer, ze doet de deur op slot. Na een poosje horen we haar verontwaardigde stem. Intussen huilt Elsa Kupsch.

Dat hoeft u zich niet te laten welgevallen, mevrouw Kupsch, roept mijn moeder opgewonden, ik zal hem de waarheid zeggen, ik ga met u mee. De deur van de slaapkamer vliegt open, mijn moeder gloeit van strijdlust, achter haar komt mevrouw Kupsch naar buiten, bang, verontrust en toch vol hoop.

Wanneer heeft u die afspraak, vraagt mijn moeder, en Elsa Kupsch zegt, vandaag over twee weken heeft de dokter gezegd.

Over twee weken pas, niet eerder, hoe eerder, hoe beter voor u, ik bel wel op.

Elsa Kupsch loopt naar de deur, zo verlegen en ontdaan heb ik haar nog nooit gezien, ze gaat zachtjes naar buiten en is verdwenen, en wij staan daar en doorzoeken de lucht naar het geluid van de dichtgaande deur. Is ze nu al vertrokken of is ze nog op de gang, Vera gaat kijken, mevrouw Kupsch is weg.

Mijn moeder heft met opgetrokken wenkbrauwen haar handen, mijn grootmoeder klakt met haar tong, en Vera knikt wijs. Ik begrijp helemaal niets, ik voel me verstoten, ik weet niet wat zij weten, ik drijf af van mijn moeder, van mijn zus van mijn grootmoeder drijf ik af en onder de tuinpoort door, mijn lichaam trekt van mij weg, ik word naar buiten gezogen, ze raken me kwijt, ik wil naar binnen, ik klamp me vast aan de streng, ik laat niet los. Voor mij hangt mijn bestaan af van mijn hier staan. Vera en mijn grootmoeder zwijgen en kijken naar mijn moeder, ze moet beslissen of ik het mag weten.

Ik wil het weten, jullie weten het, waarom mag ik het niet weten, dat kunnen jullie me niet aandoen, ik krijg een schreeuwkramp, dreig ik. Ze moeten het me laten weten, meteen, al het andere is verraad.

Mijn moeder kijkt me onderzoekend aan, ze legt haar hand op mijn voorhoofd, Fania, heb je koorts, kalmeer, je krijgt anders koorts, het is niets ergs, ze pakt me bij mijn hand, we gaan zitten. Je mag er met niemand over praten, dat zou mevrouw Kupsch niet willen, mevrouw Kupsch verwacht een baby.

Owatfijn, zeg ik zonder innerlijke emotie, ik zie nog voor me dat mevrouw Kupsch er niet gelukkig uitzag, ik zeg owatfijn, omdat dat is wat ik gewend ben te horen van mijn moeder zodra ze een zwangere vrouw ziet. Ze was graag zwanger. De bevalling maakte haar niets uit, zei ze, belangrijk was dat het er eindelijk kon zijn.

Mooi is het, wanneer een vrouw een baby verwacht. Haar gezicht straalt deze keer niet van geluk. Mevrouw Kupsch heeft al vier kinderen, Kurt, Michael en Elisabeth zijn volwassen, en Wolfram zit nog op school, en je weet, Fania, de benen van mevrouw Kupsch zien er vreselijk uit, de dikke spataderen, op veel plekken zijn ze open. Mevrouw Kupsch draagt huisjaponnen, donkerblauw, donkergrijs en met kleine patroontjes, zodat je de vlekken niet ziet, omdat ze te vaak zijn uitgekookt vallen de huisjaponnen snel uit elkaar, ze zijn van voren dichtgeknoopt, de stof spant over de dikke bovenbenen van mevrouw Kupsch.

Het kind in haar buik is nog piepklein, mijn moeder trekt een gezicht alsof het al dood is, stel je voor, het valt uit het nest als een jonge vogel die nog niet kan zien.

Ik wil me helemaal niets voorstellen. Je moet me de waarheid vertellen, schreeuw ik tegen haar, vertel me de waarheid, vertel me alles, ik wil alles weten. En ze blijft rustig, ze schreeuwt niet terug.

Alma, smeekt mijn grootmoeder, schei uit, het is te veel voor Fania.

Het is nog geen echt mens, Fania, het is er nog niet echt, praat mijn moeder verder, het moet afgedreven worden, dat is beter voor mevrouw Kupsch, het wordt uit haar buik gehaald nog voordat het werkelijk leeft en een mens kan zijn, daarover mag je met niemand praten.

Ik knik gehaast, ze moet verder praten, ze mag niet ophouden, te veel voor mij, dat ken ik. Ze zullen mevrouw Kupsch opensnijden. Op de keukentafel lag een gans met gespreide bouten, ik stond op een krukje om naar binnen te kunnen kijken, en mijn moeder ging met haar hand het geopende lijf in. Hier, kijk eens, dat zijn de darmen, daar stropen we voorzichtig het vet af en maken er reuzel van. Vera en ik keken in het opengesneden lijf van de gans. Mijn moeder trok er een ei uit, groter dan een dikke wijndruif, de dooier omhuld door een stevige huid, glibberig glanzend en nog zonder schaal. O, een baby, riepen Vera en ik dramatisch, en mijn moeder zei, nebbisj, en liet het in de klaarstaande vuilnisemmer vallen, toen volgden de maag en het hart, zij kwamen in de soep terecht, de lever werd voor ons in boter gebakken.

Mevrouw Kupsch wordt niet opengesneden, hoor ik mijn moeder zeggen, het is een miskraam, het komt eruit, alleen verliest ze het niet per ongeluk maar een arts helpt haar erbij, en het is dan al dood. Maar nu nog niet, zeg ik, nu nog niet, bevestigt ze. Maar dan, zeg ik, maar dan, knikt zij. De dood heeft iets kalmerends, hij brengt iets onverdraaglijks tot rust tot in eeuwigheid en eeuwigheid der eeuwigheden.

Met mevrouw Kupsch zal het daarna beter gaan. Mijn moeder moet me nu met rust laten. Het is genoeg zo.

Wat vinden jullie, moeten we de meubels anders neerzetten, met haar ogen gaat mijn moeder snel de kamer rond, misschien de sofa met de rug naar de veranda, help eens even. Vera, mijn grootmoeder en ik verplaatsen de sofa. Als we de sofa verplaatsen, kan de commode niet blijven waar ze is. Alles komt in beweging, waar we aan gewend waren verdwijnt, meubels komen van de muur af, draaien hun ruggen naar elkaar en staan in de weg, we trekken ons terug op de sofa, we overdenken van daaruit de omzetting. Mijn grootmoeder loopt naar de keuken en brengt op een dienblad hete groentesoep met griesmeelballetjes en brood. We bivakkeren en eten op de sofa en op de grond, we zijn vreemdelingen die in een rotsachtige omgeving op een open plek kamperen en hun soep slurpen, ik eet twaalf griesmeelballetjes en van mijn grootmoeder krijg ik er nog twee van haar bord bij.

De fauteuil van Paul zou daarginds in de hoek kunnen, vindt mijn grootmoeder. De meubels vinden een nieuwe ordening en brengen andere standpunten in ons leven, intieme groeperingen van fauteuils, bijzettafeltjes en het schilderij met het Zuid-Franse landschap, van het groene zitje en de gele vaaslamp met de radio en de pick-up. We testen hoe het er van die kant uitziet, van daar en dan van ginds. De ronde eettafel komt onder de grote spiegel en tegen de muur daarnaast de commode, ertegenover de grote boekenkast, we moeten ze helemaal leeghalen om ze te kunnen verplaatsen, bergen boeken torenen op de grond, mijn moeder en ik ordenen ze, alfabetisch de romanschrijvers, de detectives bij elkaar op de onderste planken, een stuk of dertig rood-zwart gestreepte pockets op de rug waarvan staat dat het onmogelijk is niet in de ban te raken van Edgar Wallace.

Mijn moeder kan dat heel vlug. Onder haar handen gaan de boeken rechtop staan, ze nemen de houding aan van attente toehoorders die gesloten zwijgen terwijl ze toch zelf iets te vertellen hebben. Wil je ons daaruit voorlezen, vraagt ze en geeft Vera vanaf de ladder een kapotgelezen boek, we zijn bij de M aanbeland, M van *Buddenbrooks* en van *Gejaagd door de wind*, ik zet Margaret Mitchell in de kast en Vera trekt zich met Thomas Mann terug in de fauteuil op zijn nieuwe plek. Terwijl wij doorgaan met zachtjes inruimen loopt Tony Buddenbrook door de Mengstraße naar het raadhuis, ze wil weten of haar broer tot senator is gekozen, het zou na de voorbije mislukkingen zo belangrijk zijn voor het aanzien van de familie.

Over iets minder dan twee dagen komt mijn vader terug. We staan dicht bij elkaar in de kamerdeur, het ziet er allemaal anders uit, terwijl wij deze plek niet hebben verlaten.

Vera en ik doen onze kamer zelf, terwijl mijn moeder en mijn grootmoeder de keuken schoonmaken, de meeste tijd hebben we nodig voor onze boeken, we hurken allebei voor onze eigen boekenkast. Hoe orden jij ze. Deze steeds terugkerende overweging is de toegang tot een toverkring, we zitten op de grond en gooien elkaar nieuws uit onze boeken toe, dingen die we vergeten zijn en dingen die we ons herinneren en die we vaak citeren. Ik kijk naar mijn boeken, ik ben tot barstens toe gevuld met voorpret over wat ik ken en steeds en steeds opnieuw kan krijgen, in elk boek een ander leven. Ik zal zeven boeken uitkiezen en op een speciale plank boven mijn bed zetten. Vera vindt dat een uitstekend idee.

Donderdagavond zijn we klaar, de gang zijn we vergeten. Meestal vergeten we de gang. Daar gaat het naar buiten, de gang is donker, de lamp die hem verlicht is zwak. Op zijn minst de vingerafdrukken wegvegen, zegt mijn grootmoeder, en ze neemt een lapje met zeepsop, wringt het uit, veegt het gelakte hout schoon en doet de ketting op de deur. Klaar.

Vrijdagochtend gaan mijn zus en ik naar school, hoewel Vera protesteert en beweert dat het ongeloofwaardig is wanneer ze niet ook op vrijdag en op zaterdag en tijdens het mooie weekeinde ziek is geweest. Ik verheug me onderweg naar school op school, ik heb het gevoel dat ik van een reis terugkeer en iets te vertellen heb.

De vreemdheid wacht me op in de klas. Hier heb ik iets nagelaten. Ik heb nagelaten mijn plek te bezetten. Annegret en Gerda kijken me aan en doen verrast dat ik nog besta. Ze praten niet met me, Annegret pakt mijn nieuwe vlakgom, ik zit met haar op een tweepersoonsbank, ze maakt zich breed, haar elleboog steekt diep mijn bankhelft in.

Om halfeen kom ik alleen thuis van school, Vera heeft vandaag les tot twee uur, mijn moeder maakt de deur open, haar haar is nat, ze is in haar badjas. Op blote voeten rent ze voor me uit naar haar net schoongemaakte slaapkamer, daar staat de zinken badkuip waar maandag de was in werd gewassen, nu baadt ze erin, naast haar staat op een krukje een bord met dunne schijven komkommer, ze legt ze op haar decolleté, op haar gezicht en op het laatst twee schijven op haar gesloten oogleden.

Ik moet nadenken, zegt ze, over hoe ik Paul dat van dat huis vertel. Laat me nu maar alleen.

5

MIJN GROOTMOEDER LEGT ZES RUNDERROLLADEN IN EEN ijzeren stoofpan, ze snijdt vijf grote uien in vier stukken, doet ze in de pan, ook vijf gepelde knoflooktenen en een paar jeneverbessen en peperkorrels, de laurier doet ze er niet in, ze schuift de droge bladeren opzij. Ik bekijk haar, je haar was vroeger zwart, vraag ik. Ze kijkt op alsof ik haar bij iets heb betrapt. Ze blijft in de pan roeren. Dat weet je toch.

Ik heb je nooit met zwart haar gezien, toen ik erbij kwam was je al wit. Ik merk dat ik dat niet precies weet en voel een wilde pijn, ik heb veel niet opgemerkt, ik heb geleefd en er niets van onthouden, wat kan ik er nou later van vertellen. Ik weet zo weinig van mijn grootmoeder. Hoe was je als klein meisje. Ze lacht niet. Ze antwoordt, serieus, ik was heel serieus.

Mijn grootmoeder zal eerder sterven dan ik. Ze staat bij het fornuis, ze roert de tijd door het eten, ik kijk naar mijn horloge, twee minuten zijn voorbij. Ze doet de oven open. Ik denk dat ze aan mij zag dat ik aan haar dood dacht. Ik wilde niet aan haar levenstijd komen.

We leerden veel gedichten, hoor ik haar in de oven praten, ze steekt met een lucifer de vlammenkrans aan en brandt haar vingers. Hoe heet het gedicht dat jij moet leren, vraagt ze.

Een ballade, volgende week moet ik die voor de klas opzeggen. Drie wraakgodinnen komen erin voor, die vind ik wel leuk. Heel erge misdaden wreken ze onverbiddelijk. Mooi, zegt mijn grootmoeder. Het is een tamelijk lange ballade, ik heb haar uitgekozen vanwege de drie Erinyen. Ze heten Tisiphone, dat betekent die-de-moord-straft, Alecto, de nooit-ophoudende, en Megaera, de afkeurende.

Zijn dat joden, vroeg een meisje in de klas. Merkwaardige vraag, zei de leraar. Ik was meteen geëlektriseerd. Het woord. Daar was het. Eindelijk. En ik moest erop letten wat ze ermee deden. Ik had de opdracht van mijn moeder alles te verhinderen. Het woord. Ik keek om me heen. Ik zag lege meisjesgezichten. Mijn moeder keek uit met mijn ogen. Ze waren haar en mijn vijanden. Met mijn moeder in me was ik niet bang voor hen. Eindelijk maakte ook ik het mee. Onze leraar zweeg. Ook de meisjes zwegen. Als ze zo bleven zwijgen, zou het woord oplossen en verdwijnen. Alsof het er nooit geweest was. Alsof dat woord nooit had bestaan. Jood. Joden. Het woord verdampte boven de meisjeshoofden, een halve minuut nog en de leraar zou kunnen overgaan tot de orde van de dag. Mijn hart klopte onder mijn tong. Woorden stonden in me op, een opstand van woorden. Ik hoorde mezelf een paar keer. Ik praatte. Ik hoorde mijn moeder. Joden. Wraak. Toen kwam zijn stem ertussen, hoezo bemoeide hij zich ermee. Momentje, Fania, zei hij. Waarom moest hij ons onderbreken, wij konden informatie verstrekken, wij wisten, ik wist. Waar moest ik beginnen, hoe kon ik zo beginnen dat ze naar me luisterden, dat ze eindelijk begrepen. Wat waren ze saai en dom zoals ze daar zaten en voor zich uit staarden, wij waren speciaal, ik was speciaal, en ik haatte hen, ik kon hen vernietigen met alles wat ik over hen wist, ik, de dochter van Alma Schiefer, kleindochter van Hedwig Glitzer, achterkleindochter van Marianne Wasserstrahl-Nehemias. Zijn haarlok lag op het boek met de gedichten, zo diep boog hij eroverheen. Hij verborg zijn gezicht voor me. Hij keek op. Ritselende bladzijden om me heen. Wat deden ze, waarom ritselden ze. Ze praatten over een zekere Otto Ernst en een zekere Nis Randers. Vreemde Duitse mannen.

Jullie moeten 'Nis Randers' van Otto Ernst lezen, hoorde ik

de leraar over de gebogen meisjeshoofden heen zeggen, het is een kort gedicht, en Fania doet 'De ooievaars van Ibycus' van Schiller. Hij knikte naar me, hij grijnsde, zijn linkermondhoek trok hij naar boven, de rechter naar beneden, stoelpoten schoven over het linoleum. Ik liep langs hem. Hij was achter zijn lessenaar blijven zitten, hij zei, tot maandag. Alsof hij mijn arm even had aangeraakt.

Het ritme van de regels ken ik al. Tadam, tadam, tadam, tadam, van Friedrich von Schiller. 'Naar 't Isthmusfeest, waar dichterkoren / Zich mede zouden laten hooren, / Toog, als vele andren, eensgezind, / Ook Ibycus, der goden vrind.'

Duister getrommel, het slepende gesleep van de zware stoffen, de dans van de Erinyen. Vera zegt dat je tegen het ritme in moet praten om te kunnen horen wat de tekst vertelt. Ze interesseert zich nu voor toneel, ze wil actrice worden, mijn ouders vonden dat ze eerst de school moest afmaken en daarna steno en typen leren, zodat ze later ook haar brood kan verdienen als ze geen carrière op het toneel maakt. Vera sprak niet tegen, en mijn moeder zei, mij kun je niets wijsmaken, je vader misschien, maar mij niet. Mijn moeder zou graag zelf naar het toneel zijn gegaan. Ze zou danseres zijn geworden. Euritmische danseres.

Ik leg mijn hand op de bladzijde en kijk omhoog naar de muur tegenover me, de eerste regels zie ik voor me, ik doe mijn mond open, mijn moeder stormt de kamer in. Die onbeschofte vlegel, net in het trappenhuis, Hainichen, die zal er nog van lusten, ik hoor de begeerte in haar stem schommelen, ze loopt naar het fornuis en kijkt in de stoofpan, beweert die vent toch echt, heb ik net opgezet, zegt mijn grootmoeder en rent van de tafel naar de pan om het goede eten te redden uit de handen van haar woedende dochter. Mijn moeder draait zich om van de pan naar de tafel, ze vraagt, is dat de rest, en kijkt naar de munten op een schoteltje, de rest van het geld dat mijn grootmoeder van de markt heeft teruggebracht, ze tilt haar rok op, schuift hem over haar linkerknie en haar bovenbeen, daar waar haar kous ophoudt, ze pakt een vijftigpfennigmunt voor de aan haar jarretelgordel ontbrekende knop en schuift de munt onder haar kous en de jarretel over de munt.

Mevrouw Schmalstück heeft een bod gedaan bij Hainichen, zestigduizend wil die taart hem voor het huis geven, mijn moeder kijkt naar mij, naar de keukentafel, naar mijn grootmoeder, haar vingers onder haar rok weten wat ze te doen hebben. Dat moet hij mij maar laten zien, dat wil ik op schrift. Vrijgegeven door haar hand glijdt de rok langs het been omlaag. Mijn grootmoeder schilt aardappels, mijn moeder begint de sperziebonen schoon te maken, opeens staat mijn vader in de opening van de keukendeur, Vera staat naast hem, en zijn naam komt uit mijn moeder, het lijkt een profetische verkondiging, Paul.

Zonet nog was hij een vreemde, ik zag hem in de deuropening staan toen hij er nog niet was, die vrij rondlopende man, die vrolijk de hoek om hijgt, op weg naar het Isthmusfeest. We hebben nog helemaal niet op je gerekend, zegt mijn moeder. Op Vera wel, op Vera allang, om precies te zijn al drie uur, Vera was om twee uur klaar op school en nu is het vijf uur, en het lijkt alsof ze met haar vader onderweg is geweest en samen met hem thuiskomt.

Ik heb goed verkocht, mijn vader straalt, mijn moeder slaat haar armen rond zijn nek, door zijn kus gaat een van haar voeten achterwaarts omhoog, een droompaar, een droomvrouw met haar droomman. Waar was je, wil ik Vera vragen, ze kijkt naar mijn mond en geeft een teken dat ik stil moet zijn.

Twee uur later zitten we te eten, voor het eerst in de veranderde woonkamer aan de vertrouwde tafel. Alles is een beetje van zijn plek. Mijn vader bewondert wat we volbracht hebben. Hij zoekt naar zijn fauteuil en zegt verontrust, die staat ergens anders. Vind je het leuk, wil mijn moeder weten, en hij gaat erin zitten en test hoe wij van daaruit bekeken kunnen worden. Hoe hebben jullie dat zo snel gedaan, hij maakt zijn hoofd los van de rugleuning. Mijn grootmoeder steekt twee kaarsen aan, mijn moeder zet de barches die ze gebakken heeft op tafel. We nemen plaats, mijn vader maakt een fles rode wijn open en schenkt in, ook ik krijg een half glas, hij ruikt aan de wijn, hij ruikt aan het brood, hij maakt zijn boordknoopje los en zucht tevreden.

Smaakt het, vraagt mijn moeder, haar ogen rollen bezorgd

over onze borden. We hebben de eerste hap nog niet doorge-
slikt. Mijn vader zit gebogen over zijn gevulde vork, hij slaat
zijn ogen op naar zijn vrouw en zoemt diepe klanken van wel-
behagen vanuit zijn borstkas, Vera en ik knikken instemmend,
mijn moeder is een uitstekende kokkin, en mijn grootmoeder
prijst de saus van de rollade die ze zelf heeft gemaakt, ze lacht,
die heb ik toch gemaakt, klopt, zegt mijn moeder, Mutti heeft
alles gekookt, ook jij bent een uitstekende kokkin, mijn vader
strijkt over de hand van zijn schoonmoeder. Hij kauwt langzaam.

Plotseling is het stil. Als een lege pagina midden in een boek.
Mijn moeder zoekt in haar hersenen iets dat ze vertellen kan.
Wat haar werkelijk bezighoudt, het kopen van het huis, wil ze
nog niet naar buiten laten, het zou te vroeg zijn voor haar man,
hij moet eerst in rust gegeten hebben. Onze monden zijn gesloten, we kauwen, we slikken, gangen voor eigen gedachten
gaan open, mijn moeder wil mee, heb ik jullie eigenlijk al verteld, zegt ze, en hij zegt in één adem met haar mee, nou vertel
eindelijk, jullie verbergen iets voor me. Ook hij hield het niet
meer uit.

Mijn vader heft zijn glas naar zijn mond.

Gut sjabbes, zegt mijn grootmoeder.

Ik hoef Hedwig alleen maar aan te kijken, er is iets, waar gaat
het om, wat is het, toe nou, Alma. Hij drinkt.

Mijn grootmoeder bedekt haar blozende gezicht met haar servet. Onder zijn blikken wordt ze een jong meisje. Ze draagt een
geheim bij zich. Dat was altijd heel erg duidelijk, en op straat
overal Duitsers, mannen, vrouwen, uniformen, dat Mutti zich
verspreekt, hoor ik de stem van mijn moeder, dat was een van
mijn grootste angsten, daar moet je tegen liegen, ook als ze er
schoon en netjes uitzien.

Eet eerst maar eens je rollade, mijn moeder krult haar kersrood gekleurde lippenstiftmond. Mijn vader is dol op het witte, een beetje zoetig smakende gevlochten brood, hij veegt er
de saus mee op, de barches hoort bij de vrijdagavond als de kaarsen en als het praten, wat was er afgelopen week, wat was goed,
wat was slecht, we hebben hem niet gezien, hij was weg, wat

heeft hij meegemaakt, wat hebben wij meegemaakt, dat allemaal bij elkaar brengen, totdat alles wat vreemd is en vanbuiten komt besnuffeld en verslonden is. Dat is onze sjabbes.

Vera verkondigt dat ze een negen voor haar opstel over *Iphigenia* van Goethe heeft gekregen, mooi, zegt mijn vader, en een onvoldoende voor wiskunde, vult mijn moeder aan, nou ja, het is maar wiskunde, zegt mijn zus, en mijn vader vindt ook dat mooi, hij vindt alles mooi, hij wil rust, hij wil geen discussie, niet tijdens het eten, hij streelt Vera's hand, wiskunde kon ik ook nooit, ze zit rechts van hem, links zit mijn grootmoeder, dan kom ik, en tussen mij en Vera zit mijn moeder, mijn ouders zitten tegenover elkaar aan de ronde tafel.

Vera vertelt over Iphigenia. Artemis, de godin van de jacht, wilde dat Iphigenia de jonge mannen die haar in de tempel bezochten doodde. Artemis had Iphigenia uit de dood opgewekt, ze had haar het leven teruggegeven, nu verlangde zij van haar dat ze voor altijd haar tempeldienares bleef. Nooit mocht een man Iphigenia bezitten. Vera kijkt verontwaardigd rond. Mijn moeder, die aan zesenvijftigduizend mark denkt, trekt, als ze Vera's verontwaardigingstoon hoort, meteen haar wenkbrauwen op, terwijl mijn vader zijn rollade in wagenwielen snijdt. Er komen twee jonge krijgers, en Iphigenia ziet dat de een haar broeder Orestes is, natuurlijk wil ze hem niet aan de godin offeren.

Waarom kijk je daarbij zo naar mij, zegt mijn moeder, ze halveert een groene boon met mes en vork.

Ik kijk toch helemaal niet naar je, zegt Vera verontwaardigd en kijkt haar moeder aan.

Natuurlijk, zegt mijn vader, natuurlijk niet, ik bedoel, waarom zou een zus haar broer willen offeren, maar, kinderen, wat smaakt het eten heerlijk.

Daarover wil zijn vrouw nu niets weten, ze vouwt haar servet op, ze is nog niet klaar met eten, ze klaagt aan. Het was eerst de vader die zijn dochter Iphigenia wilde afslachten, in elk geval heb ik het zo op het toneel gezien, en ik moet zeggen, als dat mijn man zou zijn geweest, dan zou ik hem. Zonder nadere gegevens weten wij wat mijn moeder hem zou. Mijn vader moet zijn gevoelige maag redden, hij lacht voorzichtigheidshalve, hij wil nu geen ruzie over de problemen van dode Griekse families, hij wil haar hand, de geschiedenis van de Grieken zou heel anders zijn gelopen, gnuift hij, geen strijd om Troje, Alma.

Laat me met rust, zegt ze. Mijn moeder kan het niet verdragen wanneer ze niet verder weet, ze moet op de hoogte zijn, op alle gebieden, ze is niet bang om over iets te praten waar ze weinig van af weet, en elke tegenspraak van iemand anders geeft haar de kans stiekem kennis te verzamelen en op te slaan, misschien is dat typisch joods, denk ik, misschien is het dat wat de anderen als typisch joods beschouwen.

Mijn moeder zoekt een naam, wat was die naam ook alweer, van wie, vraagt Vera, Agamemnon, suggereert mijn vader, die arme Agamemnon, nee, mijn moeder schudt van nee, Paul mag nu geen grappen maken, ze is woedend, die bedoel ik niet, niet Agamemnon, Menelaos misschien, roept hij, Agamemnons broer, die arme Menelaos, die moest gaan vechten vanwege zijn mooie Helena, mijn vader probeert de arme Menelaos te zijn, en het lukt hem meteen, ik wil hem zo niet zien, weer probeert hij de hand van zijn mooie Helena te pakken, laat me nou, Paul, zegt ze, ik bedoel de dochter, ik bedoel Iphigenia, de actrice, wie speelde dat, we waren samen in de schouwburg, haar stem wordt harder, afgelopen jaar, en jij was erbij, Vera, of was het het jaar daarvoor, en ook Vera's stem wordt harder, Agamemnon heeft zijn dochter helemaal niet afgeslacht, schreeuwt mijn zus, ze bijt in de vork, maar hij wilde het wel, gilt mijn moeder, dat wilde hij niet, gilt Vera, snap het toch eindelijk eens, hij wist helemaal niet, hij wist helemaal niet dat zij hem als eerste tegemoet zou lopen, Vera perst elk woord in het gezicht van mijn moeder.

Maar hij had het kunnen weten, en opeens zegt ze met rustige stem, volgens mij heette ze Maria, heette ze niet Maria, ze schuift een stuk vlees tussen haar tanden, Maria, Maria, en verder, haar achternaam, zij was Iphigenia, ze wilde haar vader altijd als eerste begroeten wanneer hij van zijn reis thuiskwam, en zij liep hem telkens tegemoet, als eerste. Mijn moeder knikt bij haar eigen woorden. Vera heeft tranen in haar ogen. Ze wilde haar vader verlossen, zegt mijn zus, tranen verstikken haar stem, ze praat verder, wij moeten haar door tranen verstikte stem verdragen, ze legt het familiegeheim voor ons neer, de vader van Iphigenia heeft een eed gezworen zodat Zeus hem naar huis liet terugkeren, hij wilde niet sterven, alleen vanwege Helena.

Mijn moeder halveert de rollade op haar bord. Mijn kinderen zouden voor mij belangrijker zijn dan de een of andere god, dergelijke onzin heb ik niet nodig, zulke familieverhoudingen wijs ik af, hij heeft zijn dochter geofferd, en die godin heeft zijn dochter nog net van het mes gehaald. Je bedoelt Artemis, Vera laat de naam uit haar strakke mond ontsnappen. Dat zeg ik toch, zegt mijn moeder. Niemand eet. Zij eet verder, zij kan eten, een bewijs voor de waarheid van haar woorden, haar bestek krast over haar bord. Ze werkt de stukken vlees met veel moeite weg. Vera bekijkt haar woedend, en opeens ontspant haar streepmond. Becker, zegt ze, Maria Becker speelde Iphigenia.

Dank je wel, mijn moeder glimlacht, ze legt het mes weg en steekt haar hand naar Vera uit, dank je wel, dat zat me zo dwars.

Jij mij ook, Vera neemt haar hand niet aan, ze praat verder. De dochter wilde haar vader van zijn eed verlossen, hij zou anders in zee zijn verdronken, hij had tegenover Zeus gezworen dat hij het eerste en liefste wat hij, zodra hij aan land was, zou tegenkomen, aan hem zou offeren wanneer Zeus hem levend naar huis liet terugkeren. Vera kijkt haar vader aan, hij moet naar haar kijken als naar het eerste en liefste. Mijn vader kijkt wel uit, hij richt al zijn aandacht op zijn rollade en zijn aardappels. Hij kauwt en slikt.

Nou dan, zegt mijn moeder triomfantelijk, heeft hij daarbij aan zijn dochter gedacht, was hij bereid haar te offeren, ja of nee, ja.

Vera gilt, ze zwaait met haar mes, het had ook zijn vrouw kunnen zijn.

Mijn moeder lacht, zij kende manlief, en was Iphigenia dan niet menselijk tegenover haar broer, menselijker dan haar vader, en heeft ze zich dan niet verzet tegen de godin, maar haar vader heeft haar afgeslacht, alleen maar omdat hij een eed had gezworen, zijn eigen dochter.

Het smaakt voortreffelijk, zegt mijn vader, hij laat zijn vrouw een tweede stuk rollade op zijn bord leggen.

Dat is mooi, in de stem van mijn moeder galmt de triomf over de overwinning na, behaald op haar dochter en op Agamemnon.

Ik weet helemaal niet waarom je je zo opwindt, zegt Vera.

Waarom mag ik me niet opwinden, windt mijn moeder zich op, jij windt je toch ook op, jij windt je al de hele avond over alles op, wat is er aan de hand met jou, waar was je eigenlijk de hele tijd na school, dat wil ik nu wel eens graag weten.

Ik kijk Vera aan, dat zou ik ook graag weten, ze heeft me een teken gegeven, net in de keuken, dat ik niet vragen mag waar ze geweest is, een teken, een belofte dat ze me later alles zal vertellen.

Ik kom er wel achter, dreigt mijn moeder, ze glimlacht erbij, Vera moet nu ophouden, Vera kan niet ophouden, ze moet de gloed in haar moeder opnieuw aanwakkeren. Dat vaders hun kinderen slachten, zegt ze, omdat de een of andere god dat wil, dat komt niet alleen bij de oude Grieken voor, Abraham was bereid zijn zoon af te slachten omdat hij een bevel van God kreeg.

Mijn grootmoeder krimpt ineen, ze bedekt de barches met haar servet, een aangesneden sjabbesbrood, wit en zacht, ze moet het beschermen, maak geen ruzie, drukt ze haar dochter op het hart. Haar mooie eten, de mooie sjabbes.

Mijn moeder lacht. En jij gelooft dat jouw moeder Abraham zal verontschuldigen alleen maar omdat hij een jood is. Als ik Sarah geweest was, dan had ik mijn man buiten de deur gezet, geloof dat maar, voordat hij een vinger naar mijn zoon had kunnen uitsteken, met een dergelijke man zou ik niet eens getrouwd zijn. Mijn moeder werpt priemende blikken, ze cirkelen boven de kring rond de tafel, wij trekken onze hoofden in.

Mijn vader richt zijn blik op mij. Ik ben aan de beurt. Hij weet anders niet wat hij moet doen. Met mijn gehavende tekst over de kleine infante en haar nog kleinere dwerg verstik ik het vuur aan tafel. Ik heb ook een opstel geschreven, en deze keer heb ik geen drie gekregen, maar een drie plus. Ze lachen opgelucht, ze pakken mijn slechte cijfer met beide handen aan.

Drie plus, hoe kan dat nou, mijn moeder schudt haar hoofd, wat moet dat, wat een onzin. Typisch Bobbi, doet Vera vergenoegd. En ik zie hem voor me, hij praat lovend over mijn zus, terwijl hij mijn roodgestreepte tekst in zijn hand houdt. Dat vertel ik niet, dat breekt me in stukken. De hand van mijn moeder ligt op mijn hand, ze vertelt over mijn wiskundeproefwerk, waar ik een negen voor had. Algebra en geometrie zijn stabiele systemen, daarin kan ik me vrij bewegen. Mijn vader knikt langzaam met zijn hoofd, goedkeurend trekt hij zijn mondhoeken voor me naar beneden. Ik vind dat niks.

Dat heeft Fania van Julius, zegt mijn grootmoeder, trotse vreugde vlamt in haar ogen op.

Er zit nog een tweede man aan onze tafel, en ik heb iets goeds met hem gemeen. Wie is Julius, wil ik weten.

Als dat alles is, kunnen we dankbaar zijn, mijn moeder lacht bitter. Mijn grootmoeder zwijgt. Ze heeft de klap geïncasseerd, en met haar ook ik, maar ik weet niet waarvoor.

Mijn vader eet, hij vult zichzelf langzaam en gestaag met voedsel, hij mag zich niet opwinden, anders klapt zijn maag dicht, hij heeft zijn kracht nodig om in rust door te eten, zijn vrouwen zijn druk bezig, ik heb hen van hem afgenomen, bedachtzaam prakt hij zijn aardappels, een goudgeel bed ontstaat op zijn bord, netjes gehakt, hij giet er donkerbruine rolladesaus overheen.

Vertel haar nou eindelijk wie Julius is, zegt mijn moeder tegen haar moeder. Onverwacht grijnst ze daarbij, ze grijnst net zo als daarstraks over Hainichen, die brutale vlerk, en nu grijnst ook mijn zus, en mijn grootmoeder geeft dit brutale gegrijns aan tafel vleugels, ze gaat net zitten, ze haalt daarbij met haar linkerhand het servet weer van het sjabbesbrood en zegt met vrolijk blozende wangetjes, Julius is Alma's vader.

Je voormalige man, zegt mijn moeder tegen haar moeder, alsof ze er iets aan moest corrigeren. Mijn grootmoeder wordt een beetje boos, de korte vreugde over het feit dat haar man aan onze tafel verschijnt moet ze door haar dochter laten bederven. Ja, Alma, je vader, ja, Julius Glitzer. Mijn grootmoeder presenteert hem aan ons in haar opgeheven handen.

We hebben een grootvader, zegt Vera, waar is hij dan. Dat weten we niet, zegt mijn moeder snel, voordat haar moeder een antwoord geven kan.

Vermoord dus, zegt Vera. Hoe ze dat zegt, hoe dat uit haar mond komt, gewoon zo, alsof het maar om Agamemnon gaat en niet om de vader van haar moeder.

Dat weet ik niet, zegt Hedwig Glitzer, mijn grootmoeder is opeens een echtgenote, en voor het eerst valt me op dat ze geen trouwring draagt, die zou ze toch kunnen dragen. Hij is weg, constateert mijn moeder, hij was al eerder weg. Ze bedoelt haar vader, en ik vraag niet meer naar de ring.

En jij hebt dus een drie plus gekregen, zegt mijn vader, hij glimlacht naar me, volgens mij is dat beter dan een onvoldoende.

Geen idee, antwoord ik, ik vind het een slechte grap van Wilhelm Bobbenberg, dat had hij ook kunnen laten. Vera wordt meteen in de richting van haar Bobbi getrokken, ze wil hem tegen mij in bescherming nemen. Dat is toch net de clou, roept ze, je hebt Bobbi niet begrepen, Fania, en ik proef de vernedering die ze me doet ondergaan. Hij heeft je een drie plus gegeven omdat jouw opstel enerzijds boven elke soort van puntentelling staat, ik bedoel, zoals jij schrijft, Fania, dat weet je toch zelf, dat is toch erger dan een onvoldoende.

Hallo, kan het wat minder, zegt mijn moeder verontwaardigd, ze legt beschermend haar hand op mijn arm, en een zoute regen wil vanuit mijn ogen over de aardappelwoestijn vallen die mijn vader net op zijn bord aan het bewerken is, ik wil niet huilen, mijn moeder en mijn zus werpen elkaar bezwerende blikken toe. Zo slecht schrijft Fania niet, de plus bij de drie betekent dat het helemaal niet zo vreselijk slecht is, zegt mijn moeder, ze graaft naar vertrouwen en Vera staat opeens helemaal aan haar kant, dat bedoel ik toch, als je me zou laten uitpraten, mijn zus verzadigt zich voor de wonden die haar zijn toegebracht, het tafelblad wiebelt, ik ben ver weg, een kameel draagt ons door de woestijn, bij elke stap spreiden zijn platte poten zich over myriaden zandkorrels, zijn dikke lippen pakken groene bonen uit de aardappelwoestijn, zijn dicht bewimperde ogen werpen zijwaartse blikken op de cirkelende horizon, ik bedoel eigenlijk dat Fania in-houdelijk ergens geniaal is, roept Vera naar mij, dat wilde Bob-bi daarmee zeggen, dat het onmogelijk is, Fania, een punt voor jouw opstel te bedenken, net zo onmogelijk als een drie plus ei-genlijk is, natuurlijk is die plus positief bedoeld.

Nou, dan is alles toch in orde, zegt mijn vader pardoes in de brandend hete woestijnzon, hij is klaar, hij leunt achterover, hij veegt met zijn servet zijn mond af, zijn bord is leeg.

Plus of min, we moeten weer eens dictee oefenen. Mijn moe-der kijkt moedeloos, en jij, Paul, haar oogleden trillen, jij hebt een goede omzet gedraaid, zei je, dat kunnen we goed gebruiken.

Het is zover. Mijn moeder heeft het gordijn weggetrokken, ze wil haar huizenkoopplan niet langer voor hem hoeven ver-bergen. Maar mijn vader heeft nooit haast om achter een ge-heim te komen, van de ene kant wel, van de andere kant hoort hij een geheim vroeg genoeg, in elk geval naar zijn eigen me-ning, wat het ook is, zijn vrouw zal iets van hem vragen, op zijn minst energie en in de meeste gevallen ook geld.

Heb je plannen, vraagt hij, krijgen we bezoek of wil je graag uitgaan, hij legt zijn bestek bij elkaar en pakt zijn sigarettenetui uit zijn broekzak, mijn moeder trekt snel een glimlach aan, o ja, Paul, laten we nog eens uitgaan, naar Bar Celona, om naar Ché-rie Grell te gaan kijken, we zijn hem een paar dagen geleden toevallig tegengekomen, Fania en ik.

Heb jij Chérie Grell gezien, schreeuwt Vera, hoezo jij en niet ik, en ze zuigt zich met haar ogen aan mijn gezicht vast om res-ten op te zuigen van wat van de blik van deze vreemde man nog op me zou kunnen rusten, Chérie Grell, de artiest, de tra-vestiet uit het keldercafé, ik heb hem gezien, ze neemt mij in zijn plaats, de man in vrouwenkleren.

Chérie, daar loopt Chérie Grell, riep mijn moeder, we ston-den in de viswinkel van Herta Tolle, ze was van haar nek tot haar klompen in wit rubber gehuld, haar natte gezicht was met schubben bedekt, achter haar kromme rug zwommen grote dik-ke en kleine dunne vissen heen en weer in vier waterbakken met gele tegels, net zo geel als het dunne haar van Herta Tolle.

Wat zal het zijn, mevrouw Schiefer, zei Herta Tolle met een

vochtige mond, het grote buikopensnijmes had ze in haar hand, achter haar sloeg een vis met zijn staart, waterdruppels sprongen door de lucht. De klanten schrokken, Herta Tolle niet. Spuit maar niet zo, hier komt iedereen aan de beurt, zei ze.

Ze wilde, zei mijn moeder, gehaast opeens en opgewonden, twintig haringen om te braden en te marineren, niet te vet, zodat mevrouw Tolle alvast kon beginnen de schubben van de vissen te halen, en mij pakte ze bij de hand, ze riep over haar schouder, ik kom zo meteen weer terug, en buiten viel ze een vreemde man om de hals. Binnen, in de winkel, waren de vrouwen naar het raam gelopen om te kijken.

De man had een kaal hoofd, een dikke buik en een verlegen glimlach. Ik bekeek hem wantrouwend. Mijn moeder stelde me aan hem voor. Zijn ogen lichtten op. Mijn jongste dochter, legde ze aan hem uit, en tegen mij, Fania, je weet toch, we hebben jullie toch over de nachtclub verteld, Bar Celona, dit is Chérie, Chérie Grell, ja, Chérie, neem me niet kwalijk, ik bedoel, neemt u me niet kwalijk, ik weet uw echte naam helemaal niet. En de zwetende kale man legde zijn zachte grote hand in mijn hand en noemde met een zachte en dunne stem zijn naam. Arthur Pampuschke, zei hij. Ik maakte een kniebuiging.

Vera zwemt in verlangen, ik wil eindelijk iets meemaken, neem me eindelijk mee naar Bar Celona.

O Vera, schatje, bezweert mijn moeder haar, jullie ouders willen jullie niets onthouden, jullie moeten alles kunnen meemaken wat je wilt meemaken, we houden immers van julie, maar je moet op zijn minst twee jaar ouder zijn. Mijn moeder pakt een sigaret uit het etui van haar man, je bent nog zo jong, Vera, ze strijkt een lucifer af en laat de rook voor zich opstijgen, je hebt nog een leven voor je.

Mijn leven moet nu beginnen. Beloof me dat je achteraf precies vertelt hoe het was in Bar Celona, beloof het.

Ik vertel jullie altijd alles heel precies, zegt mijn moeder.

Vera trekt een gezicht en ze pakt een sigaret, ook zij doet een greep in het etui van mijn vader. Hij merkt het helemaal niet.

Weet je vader eigenlijk wel dat je al rookt. Mijn moeder lacht geschrokken.

Het mag van Mami, verraadt Vera.

Dan moeten we je zakgeld verhogen, zegt mijn vader.

Fania's zakgeld ook, mijn moeder haalt mij erbij, en als we het daar toch over hebben, Paul, ik heb niks meer, Mutti heeft ons zestig mark cadeau gedaan.

Mijn grootmoeder brengt de vanillepudding en de chocoladesaus. Voor jou, Paul, zegt ze. Mijn vader is gek op pudding. Hij vult een kommetje en staat op van tafel, hij houdt zijn broek vast, die hij onder de tafel los heeft gemaakt, zijn maag doet pijn, hij loopt met de pudding naar zijn fauteuil. Van daaruit komt zijn stem naar ons terug, dun en als een schaduw.

Wat is er aan de hand, Alma. Met zijn rug naar ons toe verdraagt hij geen moment uitstel meer.

Mijn moeder staat op van de eettafel en loopt naar hem toe.

Goedslecht, Paul, Hainichen wil het huis verkopen.

Dat dacht ik al, zegt mijn vader, die altijd alles al weet, hij verslindt de eerste lepel pudding. Ik zag het bord buiten. Hij is een ontzettend schrikachtig iemand en dus kan niets hem verrassen.

Zie je wel, zegt mijn grootmoeder vanaf de tafel tegen haar dochter.

Wat, zie je wel, zegt mijn moeder verontwaardigd, jij hebt zeker wel aan dat bord gedacht.

Hoeveel vraagt hij.

Zesenvijftigduizend, intussen schijnt het iets meer te zijn, dat krijg ik wel weer omlaag.

Het bedrag is genoemd, het neemt een plek in in onze woonkamer. Mijn vader haalt zijn schouders op, in zijn handen houdt hij het puddingkommetje. Geen slechte prijs, Paul, de grond zal binnenkort veel meer waard zijn. Het zou mooi zijn, zucht mijn vader, ik heb het geld niet, als ik het had zou ik het voor je kopen, Alma. Hij legt zijn glimlach neer voor zijn vrouw, ze kan geen stap meer doen en draait zich ontdaan om. Paul, zegt ze langzaam en indringend, Paul, ik vind dat we het moeten kopen. Haar stem is die van een profetes die voorziet dat haar raad niet zal worden opgevolgd.

Met wie hebben jullie erover gepraat, wil hij nog weten.

Met niemand, Erich en Elsa Kupsch spraken me erover aan, ze willen ons geld lenen.

Hoeveel, vraagt hij, hij weet elk bedrag, en geen enkel bedrag zal voldoende zijn.

Misschien tienduizend, zegt ze, we kunnen met de bank praten, we zouden een hypotheek kunnen nemen, Mutti kan ons iets lenen. Misschien Lotti, roept mijn grootmoeder. Lotti misschien helemaal niet, zegt mijn moeder, die is te gierig, maar Olga of Betty of Wilma, Ruchla heeft, nebbisj, zelf nauwelijks iets, in elk geval zouden we alles moeten proberen, we moeten snel beslissen, anders is het te laat. Anders. Het woord graaft een gang door de kamer en trekt een voor achter zich.

Hainichen beweert dat mevrouw Schmalstück hem zestigduizend heeft geboden, volgens mij wil hij alleen maar druk uitoefenen, maar het is mogelijk, vertelt mijn moeder.

Met Hainichen heb je ook al gepraat, onderbreekt mijn vader haar.

Paul, wat heb je toch, ja, hij heeft me daarstraks, voordat je kwam, in het trappenhuis staande gehouden.

Daarstraks, herhaalt Vera, die weer dicht bij haar vader gaat staan, wanneer daarstraks.

Mijn god, daarstraks, mijn moeder zuigt de sigarettenrook naar binnen, daarstraks gewoon, voordat jullie kwamen, je was er nog helemaal niet, Vera, je was nog ergens anders, wat heb jij er dus mee te maken wanneer ik met Hainichen heb gesproken. Wind je niet zo op. Vera is bleek geworden, mijn moeder schudt haar van zich af, niet belangrijk, belangrijk is nu haar man vast te houden, een zware steen die naar de rust van de afgrond verlangt.

En de onkosten daarna dan, Alma, zegt mijn vader, deze mooie villa is een ruïne, we zullen er een hoop geld in moeten stoppen.

Mijn moeder verzet zich, Hainichen stopt er helemaal geen geld in en int toch onze huur. Hij legt zijn hoofd achterover, hij sleept zijn woorden vasthoudend uit zijn lijf, vergeet niet de kosten daarna, zucht hij, die zal ik niet meer kunnen opbrengen.

We zijn stil.

Zijn glimlach lekt omhoog. Dat lukt me niet.

Met gefronst voorhoofd kijkt mijn moeder naar ons. Dat heeft nu geen nut. Geen druk op hem uitoefenen. Niet nu. En ze laat haar hoofd zakken vanwege zijn naaktheid.

Mijn grootmoeder staat op van de tafel, zachtjes begint ze het vaatwerk af te ruimen, Vera en ik helpen haar. Wij drieën gaan de keuken in en blijven daar, mijn grootmoeder wast af, Vera en ik drogen af, we zetten het servies in de kast, leggen het bestek in de la, de pannen blijven op het fornuis staan. We gaan aan de keukentafel zitten.

Volgens mij kan hij het niet, zegt mijn grootmoeder, hij zal het niet aandurven, misschien kan Alma hem nog ompraten, ik denk het niet. Indertijd zei ik tegen haar, hij is te zwak, je kan hem niet meekrijgen, je brengt ons in gevaar. Ze veegt met een vochtige doek over de tafel. Hij heeft zijn krachten opgebruikt, deze keer gaat het om veel minder, en nu kan hij niet meer, jammer is dat, het huis, de grond zou een goede belegging zijn.

We besluiten naar bed te gaan en de twee in de woonkamer alleen te laten. Morgen kunnen we uitslapen, om de week hoeven Vera en ik op zaterdag niet naar school, op zeker moment zal niemand meer op zaterdag naar school hoeven, zegt Vera, maar dat zullen we niet meer meemaken.

Zodra ik in bed lig, val ik in slaap.

Ik drijf weg op de echo van onbekende herinneringen. Er komt een prins naar me toe die niet ik is en die nog een keer de kus van de zee wil. Bladeren van de herfst stromen naderbij vanuit het westen en ze huilen over de lente van hun laatste dagen. Dan verheft de boom zich en ontwortelt de aarde. Maar ik lig in het bed van mijn ouders, mijn voetzolen heb ik opengehaald bij het rennen, mijn vlees is gekloofd, ik zie er allerlei dingen in die ik erin gelopen heb, het zijn hazelnoten die op de weg lagen, ze springen niet open, ze blijven dicht, het zijn tanden van mijn kam die wormen worden, mijn voet doet pijn, mijn arme voet, ik dwaal door het haar van de nacht en kom bij in mijn slaap, ik herken mezelf en ik struikel en val voor het bord waarop het geschreven staat. Als ik wakker word, zijn de woorden uit mij verdwenen.

Bij het ontbijt op de veranda verschijnen mijn ouders verliefd en overmoedig, en wij scheppen nieuwe moed. De beide tuinen zijn felgroen, bomen en struiken hebben hun bladeren royaal ontvouwd, de vlierbes herinnert er met groene schermen aan dat de tijd van zijn bloei aanstaande is. We willen nooit van hier weg moeten.

Hoe zijn jullie eigenlijk, vraagt Vera en bijt met veel lawaai in haar geroosterde broodje, indertijd in dit huis terechtgekomen. Op de lage koffietafel ligt een roze linnen tafelkleed met een ajourzoom, door mij zelf gemaakt, van Gminder linnen, een overzichtelijk gestructureerde stof. Wij leerlingen hadden bij de handwerkles allemaal een reepje Gminder linnen als proefstukje gekregen, daarvan moest iedereen voor de volgende les drie meter meebrengen. Thuis kauwde mijn moeder op het woord. Gminder linnen, oer-Duits. Ze overdreef en ik lachte erom, zoals zij graag en ik niet wilde. Ze reed met mij naar de stad, waar op de stoffenafdeling van een groot warenhuis een verkoopster een paar rollen Gminder linnen met grove en fijne structuur voor ons uitspreidde, ik koos fijn roze uit. Handig gooide de verkoopster de zware rol van zich af en mat snel vier meter vijftig af, want ik wilde nog servetten naaien die bij het twee bij drie meter grote tafelkleed pasten.

Heb je je niet te veel voorgenomen, schatje, vroeg mijn moeder aan me. De verkoopster hield haar brede schaar afwachtend in de aanslag.

Nee, dat lukt me wel. Ik probeerde er onschuldig uit te zien, terloops, op de een of andere manier normaal. Ik was onrustig. Dat kwam door de manier waarop mijn moeder haar neus ophaalde voor de twee woorden: Gminder linnen.

Dan moet het zo maar, knikte ze, en de verkoopster nam de el nog een keer, mat en knipte.

Ik ben helemaal niet goed in handwerken, hoorde ik mijn moeder zeggen. De verkoopster lette niet op haar. Mijn moeder was vasthoudend. Houdt u van handwerken, ik word nerveus van dat geprik. De verkoopster liet geen vriendelijke verkoopstersglimlach los. Nou ja, praatte mijn moeder verder, u werkt hier, dan is het iets anders, mijn dochter moet het voor school doen, ze zegt dat ze het leuk vindt, nietwaar, Fania, jij wilt het graag doen. Ik knikte. Of doe je het alleen maar omdat de handwerkjuf het wil, dat is geen goede reden, als je niet wilt, moet je het niet doen.

Maar ik wil wel.

Gminder linnen, mijn moeder kauwde op het woord, jij zegt dat je de stof mooi vindt, Fania, en dat is de hoofdzaak, maar hoe duur is hij per meter, en bij hoeveel geeft u korting, nou, we zien wel.

Met afhangende mondhoeken en met opzet zwijgend gaf de verkoopster de stof en de bon voor de kassa aan mijn moeder en wendde zich af, ze liet ons de schaduw van haar minachtende glimlach zien.

Deze verkoopster praat niet met ons, merkte mijn moeder op, hard genoeg voor alle klanten in onze buurt. Dank u wel, juffrouw, slingerde ze over drie tafels heen. Ik pakte haar arm beet. Ik wilde haar wegleiden. Ze rukte zich los. Mies ponem. Dat zei ze. Ze zei het luid. Wie behalve wij zou begrijpen wat mies ponem betekende. Niemand.

Anders nog iets, de verkoopster draaide zich om.

Laat maar, smeekte ik.

Laat me met rust, siste ze, laat me, Fania, houd me niet vast, dat hoeft jouw moeder nu niet meer te pikken.

Vreemde vrouwen wierpen begerige blikken onze kant op.

Dan wil ik de stof niet meer. Ik hoopte dat ik mijn moeder daarmee kon tegenhouden. De verkoopster kwam terug.

Wat een onzin, Fania, je hebt je er zo op verheugd. Geen van haar woorden was werkelijk voor mij bedoeld. Ze concentreerde zich op de verkoopster, ze zag dat andere verkoopsters en klanten in een wigvorm naderbij kwamen. Ze had zin in een gevecht, de aanleiding stelde niks voor en haar vijand ook niet.

De verkoopster had weer achter de kniptafel plaatsgenomen. Wat riep u me daar achterna, wat ben ik, dat woord, ik heb dat woord precies verstaan.

Dat kent u helemaal niet, dat woord, antwoordde mijn moeder en trok daarbij zo'n brutaal gezicht dat ik er een ogenblik lang enthousiast van werd.

Voor vieze Polin hebt u me uitgescholden, gilde de verkoopster, ik heb het precies gehoord, vieze Polin, dat hoef ik me niet te laten welgevallen, niet van u.

Dan zou u nog dankbaar kunnen zijn, maar als het u geruststelt, ik heb niet Polin gezegd maar ponem. Nu pakte ze mijn arm beet, nu wilde ze vertrekken. Nu was volgens haar alles opgehelderd, ze had een beetje stoom afgeblazen.

En wat betekent dat, vertelt u me dat maar eens, daar ben ik nu wel nieuwsgierig naar, wond de verkoopster zich op. Ze keek naar de andere vrouwen. Waarom zegt u het dan niet. Zegt u het woord dan, als het geen scheldwoord is. En hoewel ik riep, gezicht betekent het, het betekent gezicht, beweerde mijn moeder met een strak gezicht, dat weet mijn dochter helemaal niet.

Joods, zei iemand. Dat is Jiddisch. Ergens vandaan kwam die stem gevlogen. Iemand die op de hoogte was. Het bijbehorende gezicht kon ik niet ontdekken. Deze stem vond Jiddisch walgelijk. Maar het deed mij plezier het woord te horen uit een andere mond dan de onze. Eindelijk kwam het me vanbuiten tegemoet en klom boven me uit tot in de hoge koepel van het warenhuis. Het raakte mijn moeder als een steen. Ze had zelf als verkoopster gewerkt, gilde ze, en ik was graag verkoopster, in tegenstelling tot u, wij gingen met onze klanten anders om, en de mensen kwamen graag naar ons toe, neemt u dat van me aan, en ze vertrokken tevreden, dat was toen dit warenhuis nog van de familie was die het opgericht heeft en van wie het ook nu nog zou zijn als het hun niet was afgenomen, en dat weet u. Mijn moeder had zich tot iedereen gericht. Ze was zonder angst, hoewel haar stem trilde. Het vrouwenfront zweeg.

Kunnen we nu gaan, zei ik zachtjes. Mijn moeder knikte.

Korting, zei de verkoopster. Korting wilde ze. We zijn hier toch niet op een bazaar. De vrouwen mompelden instemmend. We zijn in Duitsland en niet tussen oplichters en boeven.

Mijn moeder draaide zich om. Bazaar, zei u bazaar.

Haar stem was donker geworden. Deze vrouwen, die ze eigenlijk helemaal niet belangrijk vond, hoorden bij een hevige pijn. Ik durfde mijn moeder niet aan te kijken. Ik pakte haar hand vast. Haastig gingen we naar de kassa. Ze konden ons aanvallen, van achteren, ik voelde hen in onze nek, de bekrompen gezichten, de grote scharen op de stofrollen. Ik nam een groen bankbiljet uit de portemonnee van mijn moeder en gaf het aan de caissière. Nog in de taxi trilde haar gezicht. Hebben we nu de stof laten liggen, zei ze opeens geschrokken. Nee, ik had hem bij me. Ze kneep in mijn hand en draaide haar gezicht snel naar het zijraampje, ik mocht haar tranen niet zien, ik zag haar trillende lippen.

En waar gaat de reis heen, vroeg de taxichauffeur.

Doe jij maar, snikte ze en kneep in mijn hand. Ik noemde onze straat. Dat deed ik voor het eerst in een taxi. En plotseling begreep ik dat ik wist waar ik was, en ik wist de weg terug.

Bij de stof passende roze naaizijde vond mijn grootmoeder in haar naaimand, ze legde het klosje garen in mijn hand. Mooi spul, prees ze, Gminder linnen, goed geweven, stof voor handwerken, dat nam ik vroeger ook vaak, zelfs een keer voor een schortje voor Alma toen ze voor het eerst naar school ging, weet je nog, Alma, dat had je zo graag aan, kom, Fania, kijk eens, zo trek je de draad eruit. Er moesten draden over de hele breedte en lengte van de stof van twee bij drie meter uit worden getrokken, een gevoel van grote voldoening stroomde door me heen. Er liepen kaarsrechte wegen door het fijngeweven linnen, smalle paden met dicht bij elkaar liggende dwarsdraden. Vervolgens nam ik met naald en roze draad telkens drie van deze dunne weefdraden bij elkaar om ze met een lus tot een klein boeket samen te binden tot een drievingerige sjien. De Hebreeuwse letter. Drie vlammen, ze waren het teken voor het getal driehonderd. Drie draden oppakken, draad eromheen, lus maken, voorzichtig aantrekken, na de derde keer had ik al het getal negenhonderd bij elkaar, en op die manier ging het verder, langs het smalle draadpad, achttienhonderd, eenentwintighonderd, drieduizendzeshonderd, negenduizendnegenhonderd, vijftienduizenddriehonderd. Ik wilde rijk worden, ik wilde later honderdduizend mark op de bank hebben, van de rente zou ik kunnen leven, bescheiden maar heel aardig, dat wist ik van de rekenles op de lagere school. De onderwijzeres, mevrouw Löblich, stralend en met lachkuiltjes, had het ons meisjes uitgelegd, een vrouw moet met geld kunnen omgaan, had ze gezegd, de procenten werden behandeld, we zaten in onze banken, met zijn tweeën, met zijn vieren, Annegret had haar handen gevouwen, alle kinderen moesten altijd hun handen op tafel gevouwen hebben, ik weigerde dat te doen, het leek op bidden in de kerk, bij het bord stond juffrouw Löblich. En als je deze honderdduizend mark op je spaarrekening zet en daarvoor een goede rente krijgt, laten we zeggen zevenenhalf procent per maand, ze trok met krijt een streep en schreef het getal eronder op het bord, dan levert dat de aangename som van zevenduizendvijfhonderd mark op.

Daarvan kon ik mijn familie en mezelf onderhouden, mijn ouders, mijn grootmoeder, mijn zus, dat zag ik meteen en ook dat het niet nodig was om te trouwen, een vrouw kon werken en haar geld verdienen, en als ze een beetje uitkeek kon ze in de loop van een paar jaar honderdduizend mark bij elkaar sparen om comfortabel en aangenaam van de rente te leven.

Deze overpeinzingen borduurde ik in het tafelkleed en gaf ze samen met zeven servetten aan mijn moeder cadeau voor haar verjaardag. Ze was blij, en ik maakte hetzelfde tafelkleed en de zeven servetten met opengewerkte zoom nog een keer in het wit. Dat heeft mijn dochter voor mij gemaakt, zei ze telkens wanneer de gelegenheid zich voordeed, tegen tante Mimi en tegen tante Mimi's vrijer, tegen Rosa Freundlich, tegen groenteman Bohn, die zijn waar bij ons thuis kwam afleveren, tegen buurvrouw Küting, die op de thee kwam. Elsa Kupsch waste en streek deze twee tafelkleden met speciale zorg, en altijd werd een van de kleden voor het Theresienstadtkransje gebruikt, inclusief de zeven servetten. Lotti, Wilma, Betty, Emilie, Olga en Ruchla bevoelden de stof met kundige vingers. Gminder linnen, knikten ze tevreden en keurden met zeer verziend geworden ogen de piepkleine ajourranden. Jouw dochter heeft dat gemaakt, Alma, echt waar, terwijl ze toch zo'n wild kind is. Ben ik wild. Daar weet ik niks van. Ik heb het alleen vaak zo warm.

Op deze zaterdagochtend ligt het roze linnen kleed op de tafel in de veranda, we hebben met het rozenservies gedekt, mijn grootmoeder heeft het het afgelopen jaar haar dochter en haar schoonzoon met de kerst cadeau gedaan, gebaksbordjes, hoge kopjes, ook een forse koffiepot, buikig en met een rozenknop op het deksel. We hebben een kleine tafel en bij gebrek aan nog meer bijzettafeltjes hebben we er de twee krukken, bedekt met witte servetten, bij gezet, op de kleine eettafel is niet genoeg plek voor alle lekkernijen, gekookte eieren, meerdere soorten kaas, een groot stuk kalfsleverworst met kleine stukjes lever er-in, garnalensalade, een paar soorten jam, afgelopen nazomer in-gemaakt, frambozengelei, aardbeienjam, kersen- en appelgelei, ook honing en een goudgeel stuk boter uit het vat, bovendien geroosterde broodjes, pompernikkel en de aangebroken barches van de dag ervoor.

Mijn grootmoeder en ik zijn al aangekleed, mijn grootmoe-der zou nooit in haar nachtjapon aan tafel gaan zitten, en ik wil na het ontbijt de tuin in, ik wil graven, vandaag heb ik ontzet-tende zin in graven, ik wil met mijn handen in de grond wroe-ten. Mijn zus heeft zichzelf in een wollen deken gewikkeld, mijn ouders zitten er in hun badjassen bij, vanochtend zitten ze naast elkaar. De zon speelt door het raam. De schaduwpatronen van de bladeren maken van haar licht een bewegend kantwerkje.

Hoe was dat toen, hoe kwamen jullie eigenlijk aan dit huis, vraagt Vera. Haar vraag is geen vraag, het is de ons vertrouwde sleutel naar het verhaal van onze ouders, hoe ze alles overleefd hebben, een prachtig verhaal, waar Vera's en mijn levensge-schiedenis nooit aan zullen tippen, in vergelijking daarmee zul-len wij nooit echt geleefd hebben.

Dat hebben we jullie toch al zo vaak verteld, begint mijn moeder. Dat we in deze mooie villa met die mooie tuinen wo-nen, daaraan ging zoveel en zoveel ongelofelijks vooraf. Ze pakt de hand van haar man beet.

Het begon ermee, zegt mijn vader en kijkt daarbij naar zijn schoonmoeder, dat ik bij jou als onderhuurder introk, ik was twintig, mijn moeder was net gestorven, en ik vond je meteen aardig.

Mijn grootmoeder knikt naar hem. Ze blijft vaak zwijgen. Ze lijkt zonder taal te zijn vóór de herinnering. Zonder haar doch-ter en haar schoonzoon zou ze het niet gehaald hebben, zonder haar zou het voor die twee gemakkelijker zijn geweest. Dat belast mijn grootmoeder. Dat sleept ze met zich mee.

Op de kleerkast vonden we het partij-insigne van de vroegere huurder, die raakten we nauwelijks kwijt, toen kwam jij hier wonen, vertelt mijn moeder, haar ogen rusten op haar man, we wisten niets over jou, of je eventueel net zoals die anderen was, en ik wist niets over jullie, voegt mijn vader eraan toe, ik zat in mijn kamer en zong, vaak met het raam open, en, zegt mijn moeder, de buren belden bij Mutti aan, naar welke zender ze luisterde, wilden ze weten, terwijl we toch helemaal geen radio meer hadden, we moesten hem inleveren.

Als ik naar hen luister, raak ik mijn vragen kwijt. Waar moesten ze hun radio naartoe brengen, wie zat daar en nam hem hun af. Hoezo geloofden hun buren dat bij de Glitzers nog steeds een radio te horen was. De mensen dachten er niet bij na, natuurlijk wisten ze dat wij joden zijn, ze dachten er niet bij na. Ik luister naar het verhaal van mijn ouders. Aan elke vraag laten zij hun antwoord voorafgaan. We vertellen jullie alles.

Ich küsse Ihre Hand, Madame, und träum', es war Ihr Mund. Mijn vader zingt, de ruiten van de veranda trillen. Richard Tauber, zegt mijn grootmoeder dromerig. Hij zong beter dan Richard Tauber, zegt mijn moeder. Die ook, zegt mijn grootmoeder, die ook, vraagt mijn moeder, ja, zegt mijn vader, die ook, wist ik helemaal niet dat die ook, zegt mijn moeder, klopt dat echt, maar natuurlijk, zegt mijn grootmoeder, die ook, als ik het je toch vertel, hoezo ook, hoezo ook, zegt Vera knarsetandend en zenuwachtig, ze kan het niet uitstaan wanneer het verhaal onverwacht hapert, jood, zeg ik, ach, zegt Vera en laat haar met boter en garnalensalade belegde broodje voor haar geopende mond zweven, Richard Tauber joods, hoe weet jij dat dan, Fania, en ik zeg, als ze zo praten, wat moet hij dan anders zijn.

Dat is een dochter van mij, roept mijn moeder enthousiast, ze strekt haar hand, met de handpalm naar boven, door de lucht in mijn richting, en ik bloos, ik bloos van trots. Dat was joods, ik was joods, ik ben joods, mijn moeder heeft mij als joods herkend, ik heb weliswaar geen zwarte lokken zoals zij, en toch ben ik joods, het kwam gewoon uit me, het zit in mij zoals in haar, het zit ook in mij. Ik ben het door haar. Ik wil helemaal niet joodser zijn dan Vera, ik wil het alleen maar zijn, ik heb Vera nodig, ik mag haar niet verliezen, ik moet dicht bij haar blijven zodat we 's nachts naast elkaar kunnen slapen. Mijn zus was er het eerst. Zij wil en ik moet de andere kant op kijken wanneer zij met haar moeder vecht, niemand mag onze moeder nog iets aandoen, hoewel ze zo sterk is en bang voor niemand, het zou haar dood zijn of de mijne of de onze. Vera lijkt het niets te kunnen schelen dat ik geheel en al de joodse dochter van onze moeder moet zijn. Van dit geschenk van mijn moeder aan mij kan ik niets aan Vera geven, en als ik het zou kunnen zou ik het niet willen, ik heb alles voor mijzelf nodig, de woorden van mijn moeder stralen rondom me als robijnrode druppels van granaatappels, ik ben haar joodse dochter, ik wil juichen en blij zijn en niet nadenken over mijn zus in de schaduw.

Je was verliefd op mij geworden, zegt mijn moeder.

Ja, zegt mijn vader, hij huilt, zoekt naar haar hand. Mijn moeder huilt en valt over haar oogranden heen voor hem neer. Dat hij dat voor haar heeft gedaan. Dat zij dat samen met hem heeft gedaan. Liefde en schuld verenigd waar geen plek meer is.

Mijn grootmoeder huilt en zegt wat ze anders nooit zegt, o god, zegt ze, o god, de kinderen.

Vera en ik zijn afhankelijk, afhankelijk van dit verhaal, we zullen ervan getuigen, alle dagen van onze eenzaamheid.

Mijn moeder lacht, wij huilen omdat we zo gelukkig zijn, zegt mijn vader.

Vera en ik zitten voor hen en we huilen en we lachen alsof we ervoor betaald worden, zo vermoeiend is het. Het is steeds dezelfde film. Mijn moeder vertelt. Het is een groot verhaal, dat niemand geloven kan, dat kan toch niet waar zijn, zeggen de mensen, zegt mijn moeder, wanneer ze het verhaal van jullie ouders horen. Dat zouden jullie eens aan iemand moeten vertellen die daar een film van maakt, dat zou een grote Hollywoodfilm worden, net zo mooi als *Gejaagd door de wind*, misschien nog mooier, vult mijn vader aan, want bij ons krijgen ze elkaar op het eind. Moge God ons behoeden, zegt mijn grootmoeder. Alsof het toch nog eens anders zou kunnen lopen. In werkelijkheid praten onze ouders er met niemand over.

Wij mochten niet trouwen.

Waarom niet.

Vanwege de rassenwetten.

Dat weer.

Dat we niet mochten trouwen, dat wist je niet. Nee, dat wist ik niet. Ik was bang het je te vertellen. Ja. Dat je me in de steek laat. En dan kwam ik naar huis uit de winkel, Gezusters Diamant, speelgoed en kinderwagens, Sonja en Anita Diamant, ik was graag daar in de winkel, ze lieten me vrij, de andere verkoopsters waren volwassen vrouwen, ongetrouwde vrouwen, en ik was nog een half kind.

Mijn moeder, de beste scholiere zonder diploma, mijn moeder, het jongste winkelmeisje, richt de etalage in, mijn moeder verkoopt de oudste winkeldochters, mijn moeder geeft beschadigd speelgoed weg aan arme kinderen in de wijk, mijn moeder geeft advies aan echtparen, de jonge vrouw, zwanger al, die mochten dat. U moet niet die moderne sportieve wagen nemen, die is toch te duur, u moet die kinderwagen uit de collectie van afgelopen jaar nemen, u mag hem voor de halve prijs meenemen. Mijn moeder, de populairste verkoopster bij de klanten, mijn moeder met haar ontslagbrief in haar hand, mijn moeder brengt de gezusters Diamant naar het station. Wegens overname door arische eigenaren tijdelijk gesloten, staat op de winkeldeur.

Ik belde aan en jij deed open, anders Mutti altijd, opeens jij, en ik schrok me dood, ik dacht, ze hebben hen opgehaald, en jij nam me in je armen, je mocht er niets van merken, ik wilde naar de keuken, ik moest toch weten of Mutti opgehaald was, en jij zei, ik zei, kleintje, nu weet ik het allemaal. Ik was uit mijn kamer gekomen en naar de keuken gegaan, ik zei, mevrouw Glitzer, ik houd van uw dochter, en uw dochter houdt van mij, wat is er aan de hand, waarom wil uw dochter niet met mij trouwen, vertelt u mij de waarheid. Toen heb je het me verteld, zegt mijn vader tegen zijn schoonmoeder.

Wat dan, wat dan. Ik wil het woord horen. Het erge. Het speciale. Het kostbare.

Dat we joden zijn, zegt mijn grootmoeder, en haar dochter huilt.

Zet nog eens verse koffie, Paul.

Hoe laat is het.

Moeten we niet nog boodschappen doen.

De winkels gaan zo meteen dicht.

We hebben alles toch.

Het is zo gezellig.

Jullie moeten doorgaan met vertellen.

Zet jij verse koffie, Paul, en breng ook sigaretten mee.

Volgens mij zijn ze op.

Doe me dat nu niet aan.

Ik heb chocola nodig. Ik heb twee broodjes en een ei en kalfsleverworst op barches gegeten, kruidige vleessmaak op mild brood, daar drie sneeën van, eigenlijk wilde ik na het ontbijt de tuin in en gaan spitten, nu zit ik hier. Alles zal terugkomen, alles zal zich herhalen, ik zal trillend afwachten en loeren of er iets gebeurt dat hun nooit overkomt in het verhaal dat ze ons vertellen, ik zal er bang voor zijn, ik zal het koortsig afwachten, zodat het eindelijk ophoudt. Als het komt, zal ik het weten. Ik zal niets meer willen weten en niets meer moeten weten, en ik zal eindelijk weten waar mijn leven begint, waar ik begin.

Mijn vader gaat naar de keuken om koffie te zetten, mijn grootmoeder gaat met hem mee. Ook Vera staat op en gaat naar buiten.

Mijn moeder en ik blijven achter op de veranda. Ik bekijk haar. Haar ogen jagen over mijn gezicht, ze zoekt mij niet. Ik doorzoek haar. Mijn moeder jaagt door woekerende herinneringen, ze sluiten zich boven haar, ze zal haar weg vinden, het is steeds dezelfde weg waar ze moet opruimen en aan de kant zetten voordat ze met een rechte rug voor haar dochters kan verschijnen. Ze merkt me op en glimlacht. Ik heb haar bij haar voorbereidingen betrapt. Nu weet ze dat ik in haar heb rondgesnuffeld.

Ik glimlach terug. Ze wil niet dat ik de weg zie. Ze gaat met haar hand door haar haar, door haar zwarte lokken, ik kom vanonder haar rok tevoorschijn, we zijn niet meer alleen.

Mijn grootmoeder verschijnt op de veranda, ze draagt een pan met water, en in het schort dat ze heeft omgedaan heeft ze aardappels die ze voor ons middageten wil schillen. Ze gaat in haar stoel zitten, ze schuift hem een beetje meer in de zon.

Mijn zus komt en legt een tablet melkchocolade in mijn schoot, waar heb je dat vandaan, vraag ik verbijsterd, en in deze verbijstering ligt mijn dankbaarheid, waar ze die chocola vandaan heeft kan me niets schelen, ik heb hem nodig. Heb ik voor je bewaard, zegt ze. Ik scheur het papier gulzig open, ik bijt, harde brokken prikken in mijn tong en tegen mijn verhemelte, mijn wangen puilen uit, niemand let erop, het is niet belangrijk, tussen mijn moeizaam samengeperste lippen komt speeksel tevoorschijn, zoetigheid balsemt mijn mondholte.

Vera legt sigaretten op tafel, twee ongeopende pakjes met elk vierentwintig sigaretten. Van jou, vraagt mijn moeder. Vera knikt. Mijn vader komt binnen met koffie en zonder sigaretten. Ach, dat is mooi, zegt mijn moeder, dat we er een rookster bij hebben in onze familie, en mijn vader kijkt naar Vera's sigarettenpakjes, wat een zegen.

Heb jij ooit gerookt, vraagt Vera aan mijn grootmoeder, en zij knikt en is opeens twintig jaar jonger. Ik ben ermee gestopt vanwege die twee, zegt ze. Voor haar dochter en haar schoonzoon.

Sigaretten, zegt mijn moeder, waren zo duur, en de sigaretten die we niet tegen eten ruilden waren voor Paul, mag ik een trekje, Paul.

Het gordijn gaat weer open, mijn zus en ik zitten vol verwachting klaar, Vera met een sigaret, ik met chocola. We zijn gescheiden en bij elkaar. We kijken elkaar niet aan. Op dit ogenblik hoeft niemand iets voor de ander te zijn. We zullen deze toestand niet lang kunnen volhouden. Dat weten we allebei. Zonder de vrees de ander te hebben beroofd, zonder de vrees te moeten doden of te sterven is ieder voor zich. Daarom kijken we elkaar niet aan. We bewegen niet. We ademen zachtjes. Misschien is het een soort dood, dat wat wij voor leven verslijten. Alles in orde, zou ik Vera willen vragen, we zitten naast elkaar in knisterende rieten stoelen op de veranda, de zon schijnt, jij bent er, adem je goed, klopt je hart, groeit je haar, ik verslik me in de chocolade, de suiker bijt in mijn keel.

En toen alles voorbij was, zegt mijn moeder, twee asbakken zijn mudjevol, het is tegen halfdrie 's middags, het laatste stukje melkchocolade heb ik op, toen ging jullie vader met mij bij dit huis staan en vroeg, wil je hier wonen, in deze mooie villa, en ik zei, Paul, je bent mesjogge, hoe wil je dat doen, in deze chique buurt, en dat moet je je dochters nu maar vertellen, Paul, hoe laat is het eigenlijk, vijf uur zitten we hier al te vertellen, dat moeten we nog snel even vertellen. Nou, mevrouw Schmalstück dus, die jullie ouders vanwege rasschennis had aangegeven, die woonde hier, en jullie vader heeft ervoor gezorgd dat ze gearresteerd werd, en wij kregen deze woning door de Engelsen toegewezen, als hoofdhuurders.

Wat een overwinning, wat een triomf, veel te bondig verteld, veel te snel. Mijn moeder heeft een beetje last van migraine, mijn vader van maagpijn, mijn grootmoeder heeft een beetje ademnood, Vera en ik zijn totaal uitgeput, mijn ledematen zijn loodzwaar, mijn hoofd is leeg. Ik weet nog dat ik een vraag wilde stellen die ik belangrijk vond, waarschijnlijk was ze helemaal niet belangrijk, als ze belangrijk was geweest zou ik haar vast nog weten, ik kan toch geen antwoord meer verdragen. Vera kan haar mond nog opendoen en de woorden struikelen over haar lippen. Schmalstück, zegt Vera, mijn moeder kijkt op, er zit een schaduw rond haar linkeroog, je kan nu niets meer van haar vergen, en zeker geen vraag over mevrouw Schmalstück, dat ziet Vera, ze doet alsof ze het niet ziet, ze neemt de gekwelde gezichtsuitdrukking van mijn moeder over, het is geen optisch bedrog, het is eerder een vermomming waarin Vera dichter bij mijn moeder kan komen zonder dat ze per abuis door haar voor een vijand wordt versleten. Allebei duwen ze hun voetzolen tegen het lage tafelblad, allebei zijn ze in hun stoel naar achteren gegleden.

Waarom woont mevrouw Schmalstück dan weer hier, vraagt Vera, ze schuift elk woord tussen haar lippen naar buiten zonder haar onderkaak te bewegen. Mijn moeder antwoordt. Wij zijn de hoofdhuurders, zegt ze, wij hebben dat zwart op wit, Hainichen heeft het huis geërfd, hij heeft de zolderetage aan mevrouw Schmalstück verhuurd.

Ik dacht dat ze gearresteerd was, zegt Vera.

Voorzichtig, zodat haar hoofd er niet af valt, knikt mijn moeder. De volgende dag was ze weer vrij, er waren zogenaamd geen bewijzen.

Het is genoeg, zegt mijn vader, ga in bed liggen, Alma, hij is bezorgd om haar, ik verduister de kamer, nee, huilt ze, ik wil niet alleen zijn, en hij buigt zich over haar heen, haar man, een moederlijke vader, hij legt zijn hand op haar voorhoofd, ze steekt haar voeten naar hem uit opdat hij haar voetzolen masseert, mijn grootmoeder brengt haar dochter twee migrainepillen en een glas water. Die zijn zo groot en zo bitter, jammert ze, hij praat zachtjes op haar in, hij houdt de pillen in zijn hand, hij moet ze eerst kleinmaken, hij snijdt ze in vieren met een mes, ze bekijkt hem, nu zal ze acht keer moeten slikken in plaats van twee, een bekommerd kind dat zijn kommer rekt omdat het onmetelijk veel troost nodig heeft.

's Avonds in bed, we hebben onze leeslampjes uitgedaan, vraag ik Vera waar ze gisteren na school was.

Je moet me beloven dat je er met niemand over praat. Ik beloof het. Vera wil mijn groot erewoord met alles erop en eraan. Ze krijgt het. Zwijgen tussen ons, de lucht gonst in blauwzwarte spanning.

Bij Hainichen, zegt ze met stoffige stem.

Bij Hainichen. Hoe kan Vera bij hem geweest zijn, waarom, met welk doel.

Zal ik het licht aandoen, Fania, ben je geschrokken, ik had het je niet moeten verklappen.

Geen licht, zeg ik.

Waarom was Vera bij Hainichen. Omdat we het huis willen kopen, was het daarom.

Ja, ook, zegt Vera. Het klinkt loom. Ze neemt niet de moeite om tegen me te liegen. Hainichen stond laatst met zijn vrachtauto voor de school toen ik naar buiten kwam. Ze zwijgt.

En wat wilde hij van jou, ik klink bruusk en wond, mijn moeder vraagt via mij, het is in elk geval haar stem waarmee ik vraag, scherp, wantrouwig en wond.

Vera lacht zachtjes, een opgewonden lach. Ik houd niet van die lach, ze wil me met die lach ergens medeplichtig aan maken.

Ja, weet je, Hainichen flirt al een tijdje met me, natuurlijk ben ik er niet op ingegaan.

Natuurlijk, zeg ik, andermaal slaat mijn moeder in me naar mijn zus. Vera moet ophouden, ik wil dat niet moeten verdragen, maar weten moet ik het. Vera kan ons in het ongeluk storten. Het is donker, ik lig onder mijn dekbed, ik ben verlamd, boven mij cirkelt de stem van Vera, een dansende luchtslang waarvan ik de kop moet afbijten. Ze zwijgt. Denkt ze na over wat ze me kan vertellen en wat niet. Ik moet alles weten, ze mag niets voor mij verbergen, ze hoeft me helemaal niets meer te vertellen, ik weet alles. Ik moet doen alsof, ze moet verder praten, ze mag mijn enorme woede niet in mijn stem horen. Twee woorden slechts laat ik los uit mijn mond.

Hoe dan, vraag ik, het klinkt onschuldig, mijn verlamming wordt minder, op deze manier kan ik verder praten, mijn haat is niet te horen.

Wat, vraagt Vera.

Ik bedoel, hoe dan. Hij met jou. Ik walg van alles wat met Hainichen te maken heeft. Dat spekkige glimmende nazi-varken. Dat zou Vera toch net zo moeten voelen.

Lieve hemel, Fania, hoe gaat dat, flirten, dat kan ik helemaal niet zo precies beschrijven, zegt ze, terwijl ze helemaal niet kan wachten alles precies voor mij te beschrijven, nu heeft ze iets beleefd, nu kan ze vertellen, ze gaat op haar zij liggen met haar gezicht naar mij toe, ik kan haar adem voelen, ik mag niet wegdraaien, ze zal mijn haat ontdekken. Ik ruik Hainichen uit haar mond, hij pakt haar grijnzend vast, hij moet mijn zus loslaten, Vera vindt het leuk, ik kan het goed zien, ze gloeit en ze laat zich door hem kussen, hij buigt haar ver naar achteren en nu vallen ze om, dat dacht ik al, hij is te vet om mijn zus elegant naar achteren te kunnen buigen, hij rukt Vera de kleren van het lijf, hij moet ophouden, hij scheurt haar in stukken, hij scheurt

Vera in stukken, mijn hoofd valt opzij, wat doe ik, wat doen ze met mij, ik wil niet moeten toekijken, hij is over haar heen gevallen, hij heeft haar onder zich begraven, waar is Vera, ik kan haar niet meer zien, daar is een voet van haar, tussen zijn dikke kuiten, leeft ze nog, ze kreunt, ik weet hoe zij steunt, ze zit op zijn behaarde spekbuik, hij is een borstelzwijn, ik weet alles, alles weet ik al, en Vera is pas bij het geflirt, wat zal ik nog moeten verdragen. Ze zegt dat het in het trappenhuis was, dat kan toch helemaal niet, in het trappenhuis gaan voortdurend mensen trap op en trap af, daar komt mevrouw Schmalstück, eindelijk eens op het goede moment, en daar haar onderhuurder Sturmius Fraasch met zijn houten been, tik-boem, tik-boem, hard, nog harder, ik wil niets horen, alleen maar dit tik-boem, dat is mijn hart, mijn moeder komt niet, in geen geval, dat kan ik haar niet aandoen. Vera zegt dat ze vóór hem de trap op liep, hoe ver, vertel het, tot bij onze deur of meteen met hem mee naar boven, dat zal ik niet vragen, ik zal stil zijn en afwachten en haar niet onderbreken, was zijn vrouw er niet, maar Fania, ik ben toch niet met hem naar boven gegaan. Ze liegt, ze wil me sparen, te laat, ik ben door zorgen getekend, ik kan niets doen. Vera kan best gewoon een beetje met hem hebben gekletst, dat is toch niet erg.

Ze vertelt nog steeds, ze is nog altijd niet klaar, ze was hem een keer op straat tegengekomen, ook toevallig, op weg naar dansles, hij stond achter een aanplakzuil en kwam plotseling op haar af. Ik schrok behoorlijk, ze lacht even. Hoe kan ze nou lachen, dat was een overval en geen toeval. Na de dansles heeft hij mij naar huis gebracht, luister je nog wel, Fania. Was je wel op dansles, vraag ik, en Vera giechelt alsof ze gekieteld wordt, eerlijk gezegd niet, maar zeg het niet tegen Mami, je mag helemaal niets tegen Mami zeggen. In mij weet mijn moeder het al, ze luistert mee, ik kan het helemaal niet verhinderen, en dat mag ik Vera niet verraden, want wie moet Vera anders in vertrouwen nemen. Waar waren jullie, wil ik weten, als ze niet op de dansles was.

We zijn heel chic gaan eten.

Uit mijn ooghoeken lopen tranen, het is donker, ze kan het

niet zien, ze zou het op zijn hoogst aan mijn stem kunnen horen. Ik hoef niets meer te zeggen. Vera praat. Ze houdt helemaal niet meer op. Ze waren in een Frans restaurant in de Rappstraße, dat is bij de Grindelhof, ze begint de weg te kennen, in de buurt waar tante Mimi woont, ze weet de weg al heel goed. En hoe zit het dan met Bobbi, vraag ik, hoezo Bobbi, zegt Vera ontzet, ze was net bezig op te sommen wat Hainichen voor gerechten bestelde. Mijn menukaart had geen prijzen, Fania, ik kreeg de menukaart voor dames, en Hainichen kan echt Frans. Onbegrijpelijk, zo'n boerenkinkel. Ben je niet meer verliefd op Bobbi, ik zeg met opzet Bobbi en niet meneer Bobbenberg. Ach, Bobbi, zegt Vera, Bobbi is mijn leraar Duits, dat is iets anders, iets heel anders, ik vind hem heel aardig en wij waarderen elkaar, ik ben zijn lievelingetje, meer niet, met Hermann, met Hainichen, dat is anders. Ze wil me laten weten dat ze hem al tutoyeert. Zeg je jij tegen hem, zeg ik. Mijn stem zou verontwaardigder kunnen zijn, ik ben moe, waar is mijn enorme woede gebleven. Ach jeetje, Fania, we hebben broederschap gedronken, hij zei natuurlijk eerst u tegen me. Hebben jullie gezoend, ik moet het vragen, en dat ze broederschap gedronken hebben maakt de vraag gemakkelijker, het zou alleen maar een wangkus geweest kunnen zijn. Vera is op de een of andere manier anders. Niet zoals ze is wanneer ze tussen de pagina's van haar liefdesromannetjes verdwijnt. Ze heeft echt iets meegemaakt, iets dat verboden is. Maar waarom met hem, uitgerekend met dat varken, dat ze ons dat moet aandoen.

Ik schommel een rivier af in een ovalen rubberboot, de wanden van de boot zijn zo mooi gezwollen en Vera heeft me een duwtje gegeven, haar stem klotst vanbuiten tegen mijn boot, op wie moeten we dan verliefd worden, waar zijn de joodse mannen dan, we zijn niet eens lid van de Gemeente omdat Mami dat niet wil, daar zouden wij hen kunnen leren kennen, Vera heeft gelijk, heeft ze niet gelijk, waar moeten wij joden leren kennen, andere joden, niet alleen tante Lotti, tante Wilma, tante Betty, tante Ruchla, tante Olga en tante Emilie, jonge joden, joodse meisjes en joodse jongens, zijn ze eigenlijk wel in onze omgeving, Esther Fingerhut heb je en haar zusje Miriam, in het witte huis aan het einde van de oprit, ze zijn vertrokken, Esther zat op school naast me tot in de derde klas, en toen vertrokken ze. Zij vierden de feestdagen, omdat Esther dat wilde aten ze allemaal koosjer, Esther nam alles serieus, ze lachte alleen uit verlegenheid. We huilden allebei toen ze ons van elkaar scheidden. Sindsdien zijn er behalve Vera en mij geen joodse kinderen in onze tuin.

Of moeten we helemaal geen joden leren kennen, moeten we vergeten dat we joden zijn, ik loop naar de telefoon, mijn wijsvinger is te groot voor de gaten in de zwarte draaischijf, ik pers hem in de twee en krijg hem er niet meer uit, ik bloed, vier, vier, drie, nul, zes, twee, dat is ons nummer. Mijn moeder neemt op. Schiefer klinkt eigenlijk net zo als Glitzer. Mijn moeder verstaat me niet. Schiefer klinkt net zo als Glitzer, herhaal ik. Mijn moeder heeft de hoorn laten vallen, ik bungel met mijn hoofd naar beneden tussen hemel en aarde. Ik zoek naar mijn naam, ik ga met mijn wijsvinger tussen rollen papier, ze glijden uit elkaar. Geen woord kan ik lezen, ik ken ze allemaal. Ik pak mijn tas, ik wil vertrekken, ze is licht, ik mis iets, ik kijk om me heen, daar staat mijn tas nog een keer, ik pak haar en voeg de twee tassen samen, het gewicht ken ik, waar is Esther. Je praat in je slaap, zegt Vera, ja, met Esther, mompel ik, ze veegt over mijn voorhoofd, er waren grote bomen, heel hoog, en haar voeten stonden in vochtige bladeren, daar groef ik, en onder de grond vond ik een kamer in grijs licht, een grote kamer, laag het plafond en ruw de wanden, beton allemaal, de zware deuren en geen ramen, waar kwam dat grijze licht vandaan.

Slaap lekker, zegt Vera. Ik voel haar lippen op mijn gesloten ogen. Ze rollen weg.

6

WE STAAN OP HET TERRAS EN ZWAAIEN, MIJN MOEDER, mijn grootmoeder, Vera en ik, de tuinpoort staat open, allebei de vleugels. De oude, bouwvallige poort ziet er verontrustend uit. Als ze dicht is zie je dat iemand vanbuiten moeiteloos naar binnen zou kunnen, honden bijvoorbeeld, straathonden, ik zou graag een hond aan mijn zijde hebben, hij is groot en knort en port met zijn snuit in mijn knieholte. Vanuit de houten schuur rijdt mijn vader in zijn auto onder ons langs, de tuinpoort uit, hij toetert ten afscheid, wij zwaaien, hij remt, stapt uit en is er weer. Zojuist vond de scheiding plaats, en nu is ze alweer voorbij. Het was een generale repetitie. Mijn vader sluit de tuinpoort, zijn beide handen steekt hij door het kapotte draadgaas om de vleugels van de poort met een kort, dik stuk touw aan elkaar te binden zodat ze niet uit elkaar vallen. Wij kijken toe hoe hij ons opsluit, hij glimlacht naar ons. De motor draait, de auto trilt zachtjes. Hij richt zich op en werpt ons vanbuiten kushandjes toe, over het hek, het terras op, ook wij werpen hem kushandjes toe, kushandjes fladderen heen en weer, voor vier kushandjes van hem komen er zestien naar hem terug. Wij roepen tot ziens, rij voorzichtig, blijf gezond, nooit zou hij of zouden wij nu adieu roepen of tabee of zelfs aju, zelfs een slordig uitgesproken tot ziens zou voor mijn vader het voorteken zijn van een naderend verlies. Tot ziens. T-o-t z-i-e-n-s. Dat is een plechtige belofte, daarmee wordt de eed afgelegd op nog niet geleefd leven, opdat we het beleven kunnen, samen. We zullen elkaar na een overzienbare periode van gescheiden zijn weerzien, we zullen voor elkaar weer verrijzen, we kunnen de almachtige machten beïnvloeden door letter voor letter t-o-t z-i-e-n-s te zeggen. Als we elkaar aan het einde van de week niet zouden weerzien, zouden we toch alles gezegd hebben wat er te zeggen was, t-o-t z-i-e-n-s, en we zouden elkaar ergens terugvinden. Een verder leven zonder weerzien zou geen gestorven zijn zijn, het zou verscheurdheid zijn, je zou niet meer zijn wie je was, je zou een afgerukte rest zijn die nergens bij hoorde, een onherkenbaar beschadigd woord, een hiaat in een zin. Mijn vader schreef het met zijn vinger in mijn huid, ik voel hoe de drie kootjes van zijn pink zich rond mijn pols persen, ik ben te groot voor hem geworden, vroeger, zegt hij, hield ik je zo vast, heel stevig. Mijn kleine hand verdween in zijn grote, hij legde ook nog zijn pink rond mijn pols om de kleine, mollige meisjesarm van zijn jongste dochter. Voor de zekerheid gevangen. Hij had zijn grendel dichtgeschoven. De pijn hoorde erbij, bij het eindelijk loslaten van zijn hand, bij het van hem weglopen, ik jammerde, ik wreef over mijn pols.

Paul, niet zo stevig, zei mijn moeder, Fania is nog zo klein. Hij was meteen erg verdrietig, hij haalde me in met twee van zijn lange passen, liet van heel hoog zijn bekommerde gezicht naar mij zakken en verontschuldigde zich, Papi doet dat alleen maar omdat hij heel veel van zijn Fania houdt, en met mijn moeder maakte hij er ruzie over dat het helemaal niet te stevig was geweest, hij paste wel op, Fania is zo wild, een wildebras, net als jij, je kan haar niet opsluiten, net zomin als jou. Hij moest op me passen, zei hij, hij zag me gebroken, kwijt, kapot, vernietigd, beschadigd, ik liep over de wei naar de zandbak, uitstekende graspollen brachten me ten val, geen ongeluk, een valletje slechts, een vertraging op weg naar de grote vreugde, ik kroop overeind, sprong en struikelde verder, naar voren getrokken door het gewicht van mijn zware hoofd, daar lag de grote vreugde klaar. De zandbak. Is ze niet schattig, ons kleintje met haar dikke kontje, zei ze tegen hem, ik ben zo blij dat ze eindelijk kan lopen, en hij zei, ik kan er helemaal niet naar kijken, ze zou voorover in de zandbak kunnen vallen en haar nek breken.

Toen, ik weet niet meer wanneer, vond ik ergens de eerste pop, zo groot als een wijsvinger, ze was naakt, haar hoofd was gedeukt, ze miste een been, de geschilderde blauwe ogen staarden de grond in. Ik pakte haar op en bedde haar op gras en bladeren. Ze is toch kapot, Fania, zei mijn moeder, je hebt toch je mooie poppen, zei mijn grootmoeder. Ik gaf niet op eer mijn moeder me een van die kartonnen doosjes gaf die mijn vader met de post krijgt wanneer een klant hem een brilmontuur stuurt dat gerepareerd moet worden. Daarin legde ik, op watten, de kapotte naamloze en schoof haar onder mijn bed, het waren watten uit een zak die op de kaptafel van mijn moeder ligt, watten die mijn moeder gebruikt wanneer ze ongesteld is, Fania, ik heb die watten voor mezelf nodig, je kan dat kapotte poppetje op papier leggen. Haar watten moesten het zijn in zijn kartonnen doosjes. Er volgden nog meer poppen, een klein veldhospitaal met zwaargewonde, naakte wezens, ik vond ze onder de struiken bij het hek, in de donkere gang tussen ons huis en dat van de buren. Als ze niet vanuit de grond naar boven aan het licht waren gekomen, dan moest iemand ze daar hebben neergelegd. Ik speelde nooit met ze, ze moesten gespaard worden.

Pas goed op jezelf, roepen we, en mijn vader knikt, jullie ook, blijf gezond, ik bel vanavond op. En dat is natuurlijk helemaal geen nieuwtje, hij belt elke dag van onderweg op.

Wanneer bel je, mijn moeder leunt over de balustrade van het terras.

Tegen zessen, tussen zes en zeven, belooft hij.

Mijn moeder knikt, is goed, Paul, roept ze, tot ziens, lieveling, ga nu maar, nu kan ze er niet meer tegen dat hij nog steeds niet zover is, hij moet nu wegrijden, nu moet het gebeuren, de wekelijkse kleine scheuring.

Zodra het gebeurd is zal hij alleen zijn en onderweg, aan het stuur van zijn auto, en wij zullen ook alleen zijn, met elkaar, en terugkeren naar de keuken, waar in de echo van de stilte is wat er zojuist was, brood eten, koffiedrinken, waar onze toekomst met kleine passen binnenkomt, samen met de dagelijkse taken, om te herinneren aan wat het nu van ons wil.

Vooruit dan, roept hij, tot ziens, hij kijkt ons aan, we staan op een rijtje bij de balustrade van het terras, hij kijkt zijn vrouw aan, haar eerst, dan ons vieren, en wij kijken hem aan, wij kijken gevieren naar hem, mijn ogen glijden van hem weg naar zijn auto, zijn metalen doos, de mogelijkheid om alleen en tegelijkertijd onderweg te kunnen zijn. Dit is het moment, de scheiding is een feit, wij roepen met zijn vieren door elkaar tot ziens, het is een in enkele lagen op elkaar gestapelde vrouwenstemmenecho die hem naar buiten draagt, nu wendt hij zijn ogen van ons af, nu legt hij zijn hand op de klink van het autoportier, hij opent het, stapt in, gaat zitten, zit ongemakkelijk en perst zijn onderlijf tegen het stuur, hij tilt zijn lichaam op om gemakkelijker te gaan zitten. Dat wil ik niet zien en bekijk het telkens weer. Hij trekt zijn broekspijpen een beetje op zodat zijn broek niet spant, hij legt zijn rechterhand op vertrouwde zaken, daar zijn ze, sigaretten, pepermuntjes, druivensuiker, van binnenuit trekt zijn linkerhand het autoportier met een krachtige ruk dicht. Mijn handen liggen op de balustrade van het terras, helemaal alleen. Achter het zijraampje zweeft het profiel van zijn hoofd, hij kijkt vooruit en ik bekijk hem terwijl hij naar buiten verdwijnt, iets dat ik niet zien mag. Hij kijkt naar rechts en naar links en ontsnapt in de oprit, kleine gele zandwolkjes stuiven achter hem op. We halen onze zwaaiende handen uit de lucht. Hij is niet meer te zien, het geluid van de banden die in het zand de bocht om knerpen is vervlogen.

Zo, zegt mijn moeder.

Hij is weg, wij zijn er nog en wel zonder hem, mijn grootmoeder zegt, en in haar ogen staan tranen, het hek moet dringend worden gerepareerd, de poort valt bijna uit haar hengsels, ze gaat naar haar kamer en laat de deur achter zich open, dat is toch geen gezicht, wat moeten de buren van ons denken hoor ik haar in zichzelf zeggen. Omdat het nog vroeg in de ochtend is, gaan Vera, mijn moeder en ik aan de keukentafel zitten, de tijd tot zijn terugkeer begint korter te worden, nu is ze nog lang, mijn moeder ontvouwt haar plannen voor de komende week, wat ze doen moet, het huis moet gekocht worden, mevrouw Kupsch moet haar abortus laten uitvoeren, de boekhouding moet worden gedaan, ze is maanden achter, zegt ze, gelukkig heeft Paul het nog niet gemerkt, en terwijl ze dat zegt valt haar blik op mij, we moeten oefenen, Fania, een halfuur maar, geef me nog eens je opstel, dan bekijk ik je woorden eens. Dat zegt ze nu, voordat ik naar school moet, hoe moet ik nou op school komen als ik die krombenige platvoetige woorden achter me aan sleep.

Je hebt nog helemaal geen handtekening onder mijn opstel gezet.

Geef maar, ze slaat mijn schrift open, ze ondertekent mijn drie plus met haar naam, Alma Schiefer, elke letter staat recht overeind.

Wij zijn de achterblijvers, mijn vader had zin om op pad te gaan. Hij schonk koffie met melk in zijn thermosfles, hij nam het pakje boterhammen, twee met ham, twee met oude Hollandse kaas, hij stopte ze in zijn boterhammendoos, de thermosfles en zijn brooddoos stouwde hij in zijn aktetas. Ik bekeek zijn handen, zijn vingers, hoe hij zichzelf verzorgde, langzaam, geroutineerd, zorgvuldig, met elke beweging nam hij een beetje meer afstand van ons, op het laatst klonk de klik van de metalen sloten van zijn aktetas. Zijn proviand, zijn eten en drinken, daarmee gaat hij elke maandag weg en in zijn auto op reis. De stalenkoffers met de brillen waren al in de auto gezet. We hebben gisteren nog alle monturen met zachte leren doeken schoongemaakt, elk scharniertje opgewreven tot het blonk, dames- en herenmonturen. Voor mevrouw vlinderachtige vleugelvormen met stras, voor meneer correcte vierkante monturen, zakelijk, rechthoekig, donker, en aan elke beugel een heel klein prijskaartje. We zaten op de grond in de grote kamer, de geopende collectiekoffers om ons heen. In de oven knapte het vuur. Mijn moeder vond het koud in huis.

Carola wil langskomen om een bril uit te zoeken, ze hoeft er niets voor te betalen, zei mijn vader.

Hoezo hoeft ze niets voor die bril te betalen, vroeg mijn moeder, ze verdient goed, ze is een hardwerkende zakenvrouw, vijf-tig mark kunnen we er wel voor vragen.

Die bril is drie keer zoveel waard, antwoordde mijn vader, maar Carola is een vriendin, ze is de dochter van Ruchla, ik wil er niets voor hebben.

Honderdvijftig, honderdvijftig, proefde mijn moeder het be-drag, Carola zal blij zijn dat ze zo'n duur montuur zo goedkoop van jou krijgt. Heeft ze onze dochter wel eens sieraden cadeau gedaan of mij een potje gezichtscrème of Mutti een pakje bad-zout, ook al hebben we geen badkuip. Jij bent altijd te goed-geefs, zij hebben allemaal compensatie gekregen en wij hebben helemaal niets gekregen, Mutti alleen, en veel was het niet, Ruchla heeft met haar familie ergere dingen moeten meemaken dan wij, ons is veel bespaard gebleven, daar ben ik dankbaar voor, maar ik snap niet waarom jij Carola die bril voor niets wilt geven.

Mijn vader zweeg, hij zweeg en poetste zijn bril en slikte en schraapte zijn keel.

Waar heeft Carola dat allemaal vandaan, vroeg Vera, sieraden en make-up en badzout en zo, en mijn moeder viel haar in de rede terwijl ze die spullen weggooide, wat maakt dat nou uit, uit Israël.

Israël, herhaalde Vera verbaasd.

Ja, Israël, waarom niet.

Vera keek mij aan. Zij was strijdlustig, ik niet. Ik boog me over de vele brillen zonder glazen.

Carola koopt sieraden en make-up in Israël, ging mijn moe-der door, ze paste een paar damesmonturen, ze tilde ze met spit-se vingers uit zacht gecapitonneerde bedjes, rechthoekige vak-ken, viermaal vijf vakken op een tableau, daarvan zaten er drie boven elkaar, in totaal zestig brillen in een collectiekoffer. Ze zette een bril op, bekeek haar gezicht in een handspiegel, pre-senteerde haar gezicht aan ons, zette de bril af en legde hem weer terug, mijn vader pakte de bril weer uit het vak, vouwde een van de beugels uit en wreef hem op met een zacht leren doekje, hij vouwde de andere beugel uit, tuitte zijn lippen, ademde over het metaal, wreef nog een keer, vouwde de uitgevouwen beugels dicht en bedde het montuur weer in het rechthoekige vak op het tableau.

Carola verkoopt die spullen in Duitsland, de Duitsers rukken het uit haar handen, ze denken dat het Arabische sieraden zijn, het zijn sieraden die gemaakt zijn door Jemenitische joden, dat verklapt ze natuurlijk niet.

Gaat ze vaak naar Israël, vroeg Vera. Mijn moeder zweeg. Wij moeten ook eens naar Israël gaan, zei Vera.

Wat moeten we daar, zei mijn moeder te hard.

Jij bent een leuke, zei Vera verontwaardigd, jouw dochters zouden er bijvoorbeeld andere joden kunnen leren kennen.

We gingen door met wrijven. Damesmonturen en herenmodellen.

Wil jij in een kibboets wonen, wil jij kippen fokken, mijn moeder zette haar veren overeind, wil jij de woestijn water geven, jij kan toch nog niet eens de bladeren in de tuin bij elkaar harken.

Wat heb jij tegen joden, vroeg Vera, jij als joodse.

Helemaal niks. Ik heb toch zeker geen last van risjes.

We wreven brillen op. Zwijgend. Bij mijn moeder werkte iets vanbinnen. Haar gezicht bewoog. Innerlijk maakte ze nog steeds ruzie. Waarom zou Carola niet iets voor haar bril betalen, dat wil er bij mij niet in. We mochten weer meeluisteren. Vijftig mark is toch nog voor twee derde cadeau gedaan. Alleen omdat ze joods is en in het kamp was wil je geen geld van haar aannemen.

Mijn vader perste zijn lippen op elkaar, zij praatte er snel overheen. Het is precies zoals ik zeg, en dat ergert me, je bedoelt het goed, Paul, ik weet het, je bedoelt het te goed, ze zullen denken dat die bril voor jou niets waard is.

Ik wil haar die bril niet cadeau doen omdat ze in het kamp was, ik wil hem haar cadeau doen om haar en mezelf een plezier te doen. Hij bekeek zijn dochters, hij zocht bij ons het geloof in zijn goede bedoeling en vond onze twijfels.

Wat een lariekoek, Paul, lachte mijn moeder, doe haar een plezier en doe jezelf een plezier, laat haar vijftig mark betalen, denk eens aan die gouden armband die ze laatst droeg, zo breed als een rupsband, massief goud, ik mocht hem ook even om, zwaar als een boei was hij. Ze verwacht niet dat jij haar die bril cadeau doet, ze zou het van haar kant ook niet doen, zaken zijn zaken, wat is daar nou vreemd aan.

Mijn vader poetste zwijgend de brillen.

Afgezien daarvan was Carola altijd al gierig, mijn moeder inspecteerde bij elke bril het prijskaartje. Als kind al wilde Carola van anderen altijd hebben en nooit geven. Dat is niet pas sinds het kamp. Hij zweeg. Zij spartelde.

Kun je een paar modellen niet wat duurder maken, Paul. Ik bedoel, we hebben nu toch geld nodig voor het huis, we willen het toch kopen.

Nee, dat kan ik niet doen, mijn vader schudde zijn hoofd, zijn gezicht was diep over zijn snel wrijvende hand gebogen, hij schraapte zijn keel.

Ik weet het, ging mijn moeder verder, Ketteler legt de prijzen vast, je zou er een beetje bij kunnen doen en de opticiens dan korting geven, ze zullen meer kopen en denken dat ze het voordelig krijgen, en klopt het niet, wat dan nog.

Ketteler is niet te vertrouwen, zei mijn vader, Ketteler heeft overal zijn spionnen, hij is de fabrikant. Als hij het hoort, Alma, dan ben ik de klos, dan raak ik mijn contract kwijt en moet boete betalen en heb bovendien een proces aan mijn broek.

Laat hem met rust, Mami, siste Vera, door jou komt Papi nog in de gevangenis. Tranen liepen uit haar buitenste ooghoeken.

Door mij, gilde mijn moeder, jouw vader, in de gevangenis, door mij.

Mijn vader legde zijn hand op Vera's hand. Ik bekeek de hand. Mijn zus vond die kalmerende hand prettig, ik zou haar hebben afgeschud. Laat die twee daar maar eendrachtig zitten en brillen poetsen, ik liet stiekem de auto voorrijden. Als mijn vader met Vera vanwege Ketteler in de gevangenis zit, kunnen mijn moeder en ik onze vertegenwoordigersreis maken. Wij verdienen bergen geld, wij kopen het huis, wij breiden de zaak uit, Carola wordt onze vertegenwoordigster in Israël, we rijden in de zon onder bomen door, ik zit aan het stuur, nee, mijn moeder zit aan het stuur, ze kan helemaal niet autorijden maar ze

rijdt goed, ze stopt, we stappen uit, we picknicken in een wei-
land, zij ziet overal slangen, servies rinkelt, ik pak de deken snel
op, we gooien alles haastig in de auto, we trekken de portieren
van binnenuit dicht, ze wijst gillend naar de ruitenwissers, slangen zitten eromheen, ik zet de ruitenwissers aan.

In Israël zijn geen slangen.

Hoe kom je daarbij, zei Vera, natuurlijk, Fania, zijn daar slangen, zandadders, die zijn heel erg giftig.

Spinnen ook, vulde mijn moeder aan, vogelspinnen.

Nou goed, kinderen, dan blijven we maar hier, in Hamburg
zijn geen vogelspinnen en geen slangen. Mijn vader wilde de
discussie sluiten en mijn moeder wilde hem dat plezier doen,
maar ze wilde in ruil daarvoor nog een kleinigheid opmerken.

Paul, je moet een nieuwe fabrikant zoeken, hij belazert jou
en ons, en als hij ons belazert, dan kunnen wij hem ook bela-
zeren.

Mijn vader lachte zijn alles opwrijvende zilverlach en noemde zijn vrouw een klein joodje en zij trok achter een met stras
versierde vlinderbril haar koket ondeugende joodjesgezicht voor
hem, en hij kuste haar.

Vera vertrok woedend haar gezicht.

Wat heb je, vroeg mijn moeder.

Niks, zei Vera.

Je zou mijn moeder haar gang moeten laten gaan. Mijn vader wil niet doen wat hij moet doen, hij kan het maar half zo
goed als zijn vrouw het zou kunnen. Verkopen. Nog nooit heeft
zij gevraagd om het in zijn plaats te doen. Vera en ik zijn soms
bang dat ze het gaat zeggen, dan zou hij het niet meer kunnen,
en soms hopen we dat zij het zal zeggen, want we zijn bang dat
hij het allang niet meer kan. Maar zij denkt dat het goed voor
hem is regelmatig op stap te zijn, weg van haar en weg van ons.
Dat houdt de liefde fris, vindt zij.

Als hij terugkomt van zijn reizen gooit hij eruit wat hij bij
zijn klanten heeft moeten slikken. Anekdotes over bijeenkom-
sten van voormalige soldaten en dat het de joden alweer veel te
goed gaat. Mijn moeder windt zich op, hij windt zich op, wat
hij dan doen moet, vraagt hij, hij moet toch geld verdienen. Ik

begrijp hem, ik laat me door Annegret treiteren zodat ze mij niet lastigvalt, ze valt me toch lastig, misschien zou ze me anders nog meer lastigvallen.

Dan hadden we maar moeten emigreren, zegt mijn vader, alsof dat een kleinigheid zou zijn geweest, die we voor altijd hadden verspeeld, en Vera zegt, ja, bijvoorbeeld naar Israël.

Mijn moeder wilde nooit naar Israël. Ze wilden ooit naar Israël, toen ze niet wisten waar ze heen moesten. Na de bevrijding. In Amerika hadden ze de grenzen dichtgegooid, er waren daar al zoveel joden. Naar Israël dus. Maar naar Israël mogen alleen joden, en mijn vader is geen jood. Als mijn moeder met een jood was getrouwd zou het voor ons, voor Vera en mij, gemakkelijker zijn geweest. Nu hebben we een halve scheiding vanbinnen, een halve scheiding van haar en een halve scheiding van hem, als ik moest kiezen zou ik altijd haar kant kiezen, joods te zijn is beter dan niet joods te zijn, vooral als je Duits bent, en dat zijn wij ook. Vera en ik bestaan uit drie delen, zo gecompliceerd zijn wij, joods, niet-joods en Duits.

Mijn vader begrijpt de joden die hem niet in hun land willen hebben. Dat maakt mijn moeder razend, ze vuurt haar woorden af zoals ze het toen tegen die man van de joodse hulporganisatie deed die mijn vader niet wilde binnenlaten, zo vuurde ze tussen de gekookte aardappels op onze borden. We zaten te eten. Dat was ik mezelf altijd, altijd, zei ze, altijd kwalijk blijven nemen, als ik bij de Joodse Gemeente was gebleven. Mijn moeder zegde haar lidmaatschap van de Joodse Gemeente op. Ze deed het voor haar man. Maar dat ze eruit stapte laat haar niet los. Vera en ik, hoewel we van huis uit geoefend zijn in het tegelijkertijd eten en discuteren, konden onder de beschieting van mijn moeder onze monden niet openen om een stuk aardappel of een hap kalfslever met gefruite uitjes op onze vork tussen onze lippen te schuiven. Aan haar geliefde man hadden zij en haar moeder hun leven te danken, en nu eiste een jood van haar dat ze hem achterliet, haar man, die zijn leven op elk moment voor haar en uit liefde voor haar, steeds weer, zijn leven, daarvoor werd hij gearresteerd, zij natuurlijk ook, zij en haar moeder, maar zij waren tenslotte joden, maar hij, mijn moeder kauwde en wurgde en slikte, haar mes ging door de lever, roze vleessap drupte op haar bord. Hij had in de gevangenis gezeten vanwege haar, hij had het helemaal niet hoeven doen, maandenlang alleen opgesloten, gefolterd en gekweld door de Gestapo, hij moest voor de rechter, hij werd vernederd, en mijn vader ving met zijn hand haar gesticulerende hand met het mes, het is goed, lief, ik wilde het zo, zei hij, ze maakt zich los uit zijn greep, ach, Paul, eet maar door, je lever wordt koud, smaakt ze je niet, die goede kalfslever, ik heb speciaal voor jou kalfslever gekocht, je hebt er nog helemaal niets van gegeten, en nooit heb je aan scheiden gedacht.

Nee, zei hij.

Nou, ik zou je ook, ze dreigde, en mijn vader lachte en bloosde. Als je me werkelijk in de steek zou hebben gelaten, zei ze, dat was je dood voor me geweest, ik zou geen poging hebben gedaan je terug te krijgen. Hij hing aan de tafelrand. Nu redde ze hem. Je bent bij ons gebleven, je hebt ons gered, en daarom ben ik uit de Joodse Gemeente gestapt. Jullie zijn niet beter dan de nazi's, had ze de man van de joodse hulporganisatie toegeschreeuwd, en ze schreeuwde tussen de kalfslever en de gekookte aardappels, het woord rasschennis ratelde en siste uit haar mond. Niet beter dan de nazi's. Die zin deed haar pijn. Maakt u mijn papieren in orde, had ze tegen hem gezegd. Hij had zwijgend haar aanval over zich heen laten gaan, en geïrriteerd door de formulering dat hij nu meteen haar papieren, welke papieren dan, in orde moest maken, had hij mijn moeder nieuwsgierig gevraagd, dus wilt u toch naar Eretz Israel.

Ik bedoelde natuurlijk, mijn moeder keek glimlachend van haar kalfslever op, dat hij mijn papieren voor de opzegging van het lidmaatschap van de Joodse Gemeente in orde moest maken, en hij dacht dat ik die voor Israël bedoelde. Ik ben er toen uit gestapt, zo is jullie moeder, ik had een punt bereikt, een bepaald punt, als dat bereikt is, dan is alles over en voorbij.

Elk woord deed haar pijn, ons liet ze de pijn voelen. Wij moeten haar steunen, wij zijn haar dochters, haar en hem moeten we steunen. Er is geen andere mogelijkheid. Anders is het over en voorbij. Ze hebben alles goed gedaan, ze hebben het overleefd. Opeens schoot mijn moeder iets te binnen, in haar onrustige gezicht kwam kalmte. Maar jullie grootmoeder is lid gebleven, en ze draaide zich in de richting van haar moeder, jij bent lid van de Joodse Gemeente, Mutti.

Ja, ik ben er niet uit gestapt. Het was jouw beslissing, Alma.

Ik ben er blij om dat jij er niet uit gestapt bent, zegt mijn vader tegen zijn schoonmoeder. Ze knikte naar hem, en jij bent niet overgegaan. Precies, zei hij tevreden. Die twee begrepen elkaar.

En hoe zit het met ons, vroeg Vera, zijn wij lid, Fania en ik.

Nee, antwoordde mijn moeder, want ik ben geen lid meer.

En zouden wij lid kunnen worden zonder jou.

Ja, zegt mijn grootmoeder, jullie zijn joods, vanwege jullie moeder.

Ik tel niet mee. Mijn vader lachte. Dat is niet erg, dat begrijp ik.

Ik zou dus morgen lid kunnen worden, vroeg Vera.

Waarom zou jij lid willen worden, wond mijn moeder zich op, jij hebt toch helemaal geen idee van het jodendom.

Omdat jij dat niet wilt, hebben jouw dochters geen idee. Onze grootmoeder weet alles, ze heeft het geleerd op de Israëlitische Meisjesschool. Laat het je moeder toch doen, gilde Vera, we zouden de joodse feesten regelmatig kunnen vieren, we doen soms Pesach en soms niet, waarom soms niet.

Ga jij maar naar de synagoge, gilde mijn moeder, ga maar benschen, eet maar koosjer, voor mijn part kunnen we joods Nieuwjaar en Jom Kieppoer vieren, maar mijn kerst laat ik me niet afpakken, zo mooi als wij Kerstmis vieren, viert niemand Kerstmis, toch, Paul. Ik ben joods. Ik ben het. Ik hoef daarvoor niet in een gemeente te zijn en kan me mijn garnalensalade laten smaken wanneer ik dat wil. Kan ik er iets aan doen dat garnalen niet koosjer zijn. Ik heb niets tegen garnalen. Dan zijn ze maar treife. Ik vind ze lekker.

Vera perste haar lippen op elkaar. Mijn vader mompelde dat we aan zijn maag moesten denken. Schei uit met ruziemaken, zei mijn grootmoeder, Pauls maag.

Na het eten ruimden we de tafel af, mijn moeder bleef zit-

ten en vroeg haar man naar zijn maag, of ze een natte maag-
wikkel voor hem moest maken. Hij wilde naar bed, hij wilde
een lang middagdutje doen, en zij moest mee. Niet vóór vijf
uur wekken, zei hij ook nog. Toen verdwenen ze met zijn
tweeën in de slaapkamer.

Mijn grootmoeder, Vera en ik gingen naar de keuken. Onder het afwassen vroeg Vera, hebben wij eigenlijk familie in Israël. Mijn grootmoeder, met haar armen tot haar ellebogen in
het water, zei, jullie moeder wil niet dat ik daarover praat.

We hebben er recht op, antwoordde Vera.

Jullie moeten beloven me niet te verraden.

Hoe heet hij, vroeg Vera. Ze ging er gewoon van uit dat het
een man was, en inderdaad.

Leon Wasserstrahl, zei mijn grootmoeder.

Wasserstrahl is haar meisjesnaam. Hedwig Glitzer-Wasserstrahl.

Hij is de man van mijn gestorven zuster Selma, mijn neef, zei
mijn grootmoeder.

Dat is dichtbij, een familielid als echtgenoot, de man moet
toch vanbuiten de familie zijn. Mag dat, vroeg Vera.

Dat moet, zei mijn grootmoeder, als er niet genoeg joodse
mannen in de stad voorhanden zijn, in de buurt. Selma trouw-
de een jaar eerder dan ik, mijn grootmoeder keek ons betekenisvol aan, Selma was twee jaar jonger dan ik.

Ik keek Vera niet aan. Vera stapelde de afgedroogde borden
op elkaar, ik zette ze in de servieskast, we hadden het allebei gehoord, de jongere kon eerder trouwen dan de oudere.

We vonden hem allebei aardig, vertelde mijn grootmoeder
verder, maar Leon nam Selma, en ze kregen samen drie dochters, Lilly, de oudste, twee jaar later Margarete, en tien jaar na
haar kwam Edith, een jaar voordat hij indertijd naar Palestina
ging, en de vierde, de kleine Paula, was niet van hem, toen was
hij al drie jaar weg. Lilly zou nu ongeveer net zo oud zijn als jullie moeder, vier jaar ouder.

De dode Lilly net zo oud als onze moeder. Dat verraste ons.

Die doden, die zo ver weg zijn in de tijd en wier leven afgerukt is, ik kan ze me op geen enkele leeftijd voorstellen, dat

Paula maar drie geworden is, misschien zelfs vier, misschien heeft ze nog een jaar geleefd nadat ze opgehaald werd, ze zou nu een jonge vrouw van achtentwintig zijn, en Edith was net zeven, de leeftijd dat ze voor het eerst naar school ging, in mij zijn ze vroeg oud geworden, kindachtige oeroude gestalten, je kan niet eens zeggen dat ze stierven, ze zijn er niet meer.

Lilly, onze tante Lilly, we zouden toch tante tegen haar hebben gezegd, vroeg Vera voorzichtig, en mijn grootmoeder knikte, en Vera probeerde voorzichtig haar goede recht uit haar onze tante Lilly te mogen noemen, tante Lilly had een zoon kunnen hebben van onze leeftijd, misschien een beetje ouder, en ik had met hem kunnen trouwen, zoals Selma met jullie neef Leon.

Dat had gekund, beaamde mijn grootmoeder, jullie zouden ver genoeg uit elkaar zijn geweest in de familie. Leon heet nu Silon van achteren, en Silon betekent in het Hebreeuws waterstraal.

We hebben een familielid in Israël, Vera was euforisch.

Ik niet. Wat hebben we aan een familielid in Israël als mijn moeder hem niet wil zien.

Hij woont in Jeruzalem en heeft daar een winkeltje, rookwaren en tijdschriften, vertelde mijn grootmoeder. Leon wilde Selma en de dochters laten overkomen, toen hij het geld bij elkaar had was het te laat, ze waren al opgehaald. Haar stem stokte, ze moest zich vermannen om verder te kunnen praten. Ze praatte verder. Leon had veel geld betaald voor een gids die Selma en de vier meisjes naar Sicilië en vandaar op een boot naar Haifa moest brengen.

Hoezo heeft Mami het nooit over Leon gehad, vroeg Vera, waarom gaan we niet bij oom Leon op bezoek, waarom komt hij niet eens naar Hamburg.

Ze zei oom Leon, alsof ze al als klein meisje op zijn knie had gezeten. We hoorden dat ze op zijn schoot had gezeten, hij was hier, in ons huis, Vera en ik waren nog heel klein, ik nog geen jaar oud, hij had op de veranda gezeten, gekookte ham gegeten en over Israël verteld, hij had ontzettende trek in ham gehad, na meer dan twintig jaar zonder ham. Leon had Vera's goudblonde lokken gekust. Vera en ik, wij keken elkaar aan. Wat waren we onwetend.

Jullie moeder kan het hem niet vergeven dat hij ons niet geholpen heeft nadat Selma en haar dochters verdwenen waren, zei mijn grootmoeder.

En jij, vroeg Vera, had jij verwacht dat hij jullie zou laten komen.

Nou, vanuit Palestina, wat kon hij doen, het was al te laat. Alma's vader had ons kunnen helpen, misschien, we waren allang gescheiden, hij was verdwenen, we hebben nooit meer iets van hem gehoord.

Hebben jullie hem gezocht, vroeg Vera.

Mijn grootmoeder wrong de vaatdoek uit, ze wreef met de rug van haar hand waterdruppels uit haar gezicht. Je probeerde veel om te overleven en andere dingen liet je achterwege. Fanny heeft hem nog eens gezien voordat ze werden opgehaald, Fanny Freundlich, de moeder van Rosa, Alma's nichtje, jullie achternicht. Mijn grootmoeder benoemde de familieleden, het deed haar goed ze na te tellen. Rosa heeft het overleefd, jullie kennen Rosa. Ze komt naar mijn vijfenzestigste verjaardag, ik heb haar uitgenodigd, ik moet nog met Alma bespreken wie ik zal uitnodigen. Ze draaide zich om naar het gasfornuis, haar rug was krom, ze veegde de vetspatten van de gietijzeren randen. Ze had het gordijn voor haar geschiedenis dichtgetrokken.

Rosa zou naar de verjaardag van mijn grootmoeder komen. Ik nam me voor goed op Rosa te letten. Misschien wist zij de weg naar Leon Wasserstrahl.

In onze kamer zit Vera met gestrekte benen op de grond, ze zet er een schoenendoos tussen en bedekt die met papieren servetten. Ze zet er twee kaarsen op en legt er een dik boek naast. Ze steekt de kaarsen aan en pakt het boek, ik ken het boek niet.

Ik zal je nu voorlezen over Jozef en zijn broers, zegt ze, ga aan de andere kant zitten.

Je moet van tevoren je handen wassen.

Hoezo, vraagt ze.

Joden moeten dat.

Hoe weet jij dat. Vera zet mij tegen de muur, ze fouilleert

me, of ik nog meer bij me heb. Ik antwoord niet, ik breng haar in de emaillen kom lauwwarm water en houd de droogdoek over mijn arm voor haar gereed. Deze gave kalmeert haar, betekenisvol doopt ze haar handen in het water, ze laat ze uitdruppen en pakt de doek, vervolgens pakt ze het boek.

Het is niet de Thora, zegt ze, Thomas Mann heeft het boek geschreven, maar het is hetzelfde verhaal, het verhaal van Jozef en zijn broers.

Geen van de tien mannen uit het gebedenboek van mijn grootmoeder zou Vera's schoenendoos en dat wat wij hier doen als joods ritueel erkennen. Maar dat maakt niets uit.

Ik begin gewoon middenin, zegt Vera, Jozef, een fijngebouwde, knappe, verstandige jongeling, al bijna een man, en zijn kleine broer Benjamin, die van zijn grote broer houdt en hem bewondert, ze zitten bij elkaar en Jozef vertelt Benjamin wat hij gedroomd heeft, Jozef droomt veel en net zo fantasievol als ik. Vera kijkt me aan, ik protesteer niet, ik neem de rol van Benjamin op me, die ook niet geprotesteerd zou hebben. Ik wil de bladzijde van het boek weten, op welke bladzijde staat dat.

Hoezo.

Zomaar.

Bladzijde driehonderdnegenendertig. 'Der Himmelstraum' heet het hoofdstuk.

Drie keer drie is negen, keer negen is eenentachtig, acht min een is zeven, zeven is een goed getal, zeg ik.

Dat zegt Jozef ook ergens, Vera kijkt in het boek en dan kijkt ze nog eens op om mij iets belangrijks mee te delen.

Jozef en Benjamin zeggen overigens ook Mami.

Ik geloof het niet, Vera moet me het woord laten zien. Ze draait het dikke zware boek naar mij toe en houdt het boven de schoenendoos tussen de twee kaarsen. Mami's wangen waren heel zacht, staat daar.

En een paar regels verder staat alweer Mami. Maar ik weet dat het Mami is van wie hij in mij houdt.

Dat zegt Jozef over zijn vader Jacob, die Israël genoemd wordt. Misschien geldt dat ook voor mij en mijn vader, dat hij van Ma-

mi in mij houdt. Hoewel ik de jongere ben en niet de eerstgeborene, Jozef was eigenlijk ook niet de allereerstgeborene, er
waren broers vóór hem, geboren uit Lea, de oudere zuster van
Rachel, Jacobs eerste en niet meest beminde vrouw, ook Vera
is niet de allereerstgeborene, er waren miskramen vóór haar tijdens de onderduik, in de tijd van de vervolging.

Ik droomde, begon Jozef, begint Vera voor te lezen, en rondom ons is alles in slaap gevallen, mijn grootmoeder in haar kamer, mijn ouders in hun slaapkamer, de anderen zijn dood, we
kennen er nu maar twee die nog leven, Rosa en dan nog die
Leon, Leon Silon. Achttien jaar leeft Vera al en ik dertien, en
langzamerhand beginnen we een overzicht te krijgen van onze
joodse familieleden, wie bij ons hoort en bij ons is zonder met
ons samen te zijn, zonder ons te kennen, zonder dat wij hen
kennen, dood of levend. Een berg verhalen. Ik graaf de lagen
af. Mijn moeder is een verhalenvertelster, ze schildert taferelen
in mijn oor. Ik zet mijn hart stil om het hare te horen kloppen,
ik ga op de tast en geluidloos door haar heimelijke leven.

Hij heeft misschien wel iemand gedood, mijn oom Leon, hij
heeft bij de Engelsen in Afrika tegen de Duitsers gevochten, en
daarna heeft hij in Palestina tegen de Engelsen gevochten, en nu
verkoopt hij in Jeruzalem rookwaren en tijdschriften. Mijn vader was geen soldaat, hij beweerde dat hij maagzweren had, met
maagzweren wilden ze hem niet, nu heeft hij ze. Uit liefde voor
zijn vrouw zou hij kunnen doden. Niet voor een vaderland, zegt
hij. Ik ging met hem wandelen, Vera en mijn moeder haten
wandelingen, ik ging met hem mee om hem voor me alleen te
hebben. We liepen naast elkaar. Ik moest een paar weken in de
strafcompagnie, vertelde hij, voordat ze me afkeurden, dat deden ze om te treiteren.

Erg, zei ik. We liepen onze straat linksom tot het einde en
weer links tot de Alster, langs de naakte vrouw die met afhangende armen en een strak gezicht op een grasveld geknield zit,
daar de hoek om en de Harvestehuder Weg af, langs het Britse
consulaat, wij met zijn tweeën, hij had zijn handen op zijn rug
gelegd, zijn handpalmen halfopen.

Hij keek me aan. Erg, ja, maar je ziet dat je vader niets is

overkomen, en ik heb nog geluk gehad, anderen moesten ergere dingen verdragen.

Hoe erg. Ik wilde het precies weten. Het kwelde me dat ik
niet precies wist hoe erg, en hij had zijn kwelling achter de rug,
mij kwelde het nu hoe erg het was, vertel het me precies, ik
drong aan, mijn stem kwelde hem, en mij kwelde het dat ik
hem kwelde. Zeg nou. Ik trapte tegen een steen. Behoedzaam
begon hij te praten, zorgvuldig afgemeten voor mij. Urenlang
had hij in een cel gestaan, en steeds weer had hij zijn geweer
moeten presenteren. Op en af met dat geweer. Ik deed mijn
best het vreselijk te vinden, het geweer telkens omhoog en weer
omlaag. Na een tijdje was hij ingestort en flauwgevallen, en de
homo's in de strafcompagnie hadden hem water gegeven en zijn
gemaltraiteerde lichaam gemasseerd en hem weer op de been
gebracht. Ze waren zijn beste kameraden geweest, de homo's
in de strafcompagnie.

Sturmius Fraasch in ons huis boven, de onderhuurder van mevrouw Schmalstück, die is ook homo, schoot me te binnen, en
hij was een nazi.

Sturmius Fraasch, die arme sloeber, zei mijn vader, ja, hij is
homo, en bij de nazi's was hij niet de enige homo. Mensen zijn
niet het een of het ander, Fania.

Ik wilde alles begrijpen wat hij zei, ik wilde zijn dochter zijn
die veel begreep, net zoals Vera en toch een beetje anders, en
ik voelde me naast hem en zijn passen heel belangrijk. Nu vond
ik zijn langzaamheid en zijn platvoetpassen prettig.

Er kwamen ons auto's tegemoet, meer dan anders. Het was
zondagmiddag laat, veel mensen gingen aan de andere kant van
de straat in het Alsterpark wandelen. Mijn vader en ik, wij gingen daar niet heen, wij liepen alleen met elkaar op de stoep door
de straat, langs de tuinen waar achterin de villa's lagen, onder
de schaduw van hoge bomen.

Veel van deze villa's waren van joden, hoorde ik mijn vader
zeggen, nu zit daar de belastingdienst in en daar het Forensisch
Instituut of ook families, andere families, en als je hier steeds
rechtdoor loopt, de Harvestehuder Weg af, dan kom je bij de
villa die van Salomon Heine was, de oom van Heinrich Heine.

Ik zou er met je naartoe kunnen lopen. Mijn vader keek op zijn polshorloge. Mami wacht op ons. Een andere keer.

Onze schoenen droegen ons langs de huizen. Een andere keer. Ik zou nooit zo ver komen.

Mocht Alma vóór mij sterven, zei hij, dat duurt nog lang, Fania, je hoeft niet bang te zijn, ik bedoel als we oud zijn, als we heel oud zijn, mocht ze vóór mij doodgaan, dan maak ik een eind aan mijn leven, dat begrijp je toch.

En als jij vóór haar doodgaat, vroeg ik.

Tja, zuchtte hij, ik zou het het liefst zien dat zij vóór mij doodgaat, op het einde van een lang en mooi leven, dat ze vóór mij sterft, zodat ik weet dat ze veilig is.

En meteen daarna zou je er een eind aan maken, vroeg ik.

Ja, zei hij.

De stoep werd te smal voor ons tweeën naast elkaar, ik liet hem voorgaan, ik keek in zijn halfopen handpalmen, hij hield ze op zijn rug op elkaar, ik zag zijn afhangende schouders, we liepen met voorovergebogen lichamen door de smalle Milchstraße.

Maar als ik, ging hij verder, vóór haar zou sterven, en ik dacht bij mezelf, dan schiet hij haar dood, maar hij zei, dan wil ik ervan opaan kunnen, en hij draaide zich naar mij om, dat jij voor haar zorgt, Fania, dat beloof je me, toch.

En ik beloofde het hem, hij moest rustig dood kunnen zijn, ik werd miljoenen mieren en sleepte zijn zware lichaam langs mij en mijn moeder om hem te kunnen laten zien hoe goed ik op haar paste, ik droeg hem langzaam verder, soms wezen zijn platvoeten naar voren en soms zijn hoofd met de grote neus. We kwamen langs het conservatorium. Die villa ook, vroeg ik. Hij wist het niet. Misschien is het beter wanneer niet alles van joden is geweest. We gingen bij de brievenbus de hoek om en keerden naast elkaar terug in onze straat.

De omfloerste glimlach die mijn vader op de ochtend van zijn vertrek over mijn hoofd legde moest mij doen geloven dat het droevig en pijnlijk was te moeten vertrekken. Voor hem is dat het geval en toch niet alleen maar. Hij rook naar eau de cologne, de gesteven manchetten van zijn overhemd waren spierwit, het witte zakdoekje dat mijn moeder lefdoekje noemt stopte ze in het borstzakje van zijn colbertje, ze plukte twee witte punten naar buiten, deed een pas achteruit en bekeek haar werk. Mijn man. En met de kledingborstel veegde ze over zijn schouders, daarvoor moest ze op haar tenen gaan staan. Dat doet ze graag. Hij is haar grote man en zij is de kleine vrouw. Ten afscheid kusten ze elkaar wild en intens, en wij bekeken het, Vera en ik en mijn grootmoeder. Hij stulpte zijn lippen over haar mond, ik had niet gewild dat het mijn mond was geweest, maar zij zag er daarna tevreden uit.

Kun je mij niet een keer meenemen, vroeg ik mijn vader, en hij zei, als je groter bent, Fania, misschien, maar dan wil je alleen op stap, zonder je oude vader.

Denk er eens over na, in de zomervakantie, Paul, stelde mijn moeder voor, dan zou je haar eens kunnen meenemen, en mijn vader glimlachte en wilde niets beloven.

Dit jaar gaan we niet naar de Noordzee, als we het huis willen kopen kunnen we niet ook nog op vakantie. Mijn vader wil het huis niet kopen. Maar hij vindt het leuk zijn vrouw er een beetje mee onder druk te zetten, een beetje in toom te houden. Mijn moeder is van plan een huishoudboekje te gaan bijhouden, hij heeft er niet om gevraagd, zij heeft het hem beloofd. Echt waar, Paul, vandaag begin ik ermee, ik zal bekijken welke uitgaven volstrekt onnodig zijn. Niemand van ons gelooft dat mijn moeder uitgaven die zij doet volstrekt onnodig zal vinden.

Het is nog vroeg in de ochtend, even na zevenen pas, nog is de lucht nachtkoud, ik ril, de warmte van de keuken is vriendelijk. Geluksgevoelens bij het afscheid, want het gescheiden zijn is voorbij. En wat komen gaat, is nog niet aan de orde. Geluksgevoelens in de tussenruimte, met de hete kop koffie verkeerd in mijn handen. Mijn moeder heeft mijn drie plus ondertekend, ze bladert nog een keer terug in mijn schrift. Wat betekent dit, Fania, en ik vraag waar, ik kijk naar haar rode vingernagel, hij tikt op een woord dat ook ik niet begrijp, niet meer, een woord dat geschreven is in mijn handschrift en dat nu vreemd en onbegrijpelijk is, een toevallige verzameling van letters. Geen idee, zeg ik en wend me af. Ze probeert het uit te spreken. Hardop lezen kan helpen te begrijpen wat ik gecodeerd heb opgeschreven, met haar lippen, tong en adem luistert ze naar de letters.

Laat nou, zegt Vera.

Dwerg, zeg ik zonder te kijken, dwerg staat daar.

Vanochtend drink ik half koffie, half melk, iets meer koffie zelfs dan melk, niet zoals tot nu toe veel meer melk dan koffie. Is dat niet te sterk voor jou, ze legt mijn schrift weg, ik schud van nee. Ik wil daar geen antwoord op geven sinds ik weet van Vera en Hainichen, sindsdien en daarom wil ik koffie met melk en niet melk met koffie.

Waarom zou dat te sterk zijn, zegt Vera, ze wil me laten zien dat ze solidair met me is zodat ik haar niet verraad, altijd is ze bang dat ik haar verraad, ik heb haar nog niet verraden, wat zou ik eraan hebben haar te verraden, helemaal niets zou ik eraan hebben. Wat ze mij toevertrouwt is een last voor mij, als dat uitkomt zal mijn moeder zich door mij gepasseerd voelen, niet alleen door Vera, ook door mij.

Zal ik eens met Hainichen gaan praten, peinst mijn moeder in haar kopje, wat vinden jullie, Vera, zeg eens, en Vera pakt zijn naam terug, Hainichen, wil je met Hainichen praten, waarom niet, probeer het maar.

Vind je het geen goed idee, vraagt mijn moeder. Vera doet ongeïnteresseerd, en mijn moeder peinst verder, waarom zou ik niet naar hem toe gaan, misschien, maar toch, waarom zou hij net ons, ik bedoel, hij zou ons tegemoet kunnen komen, waarom ons juist niet, wij betalen de huur op tijd, wij zijn een nette familie, we kunnen goed opschieten met alle buren, de mensen vinden ons aardig, dat is toch zo, en hij laat alles verslonzen, maar de huur is niet hoog voor dit enorme appartement met twee tuinen, hij was vast bij de ss, ongetwijfeld was hij bij de ss, als je daarnaar zou kijken zouden we meteen onze koffers kunnen pakken en het land verlaten.

Misschien, probeert Vera, is hij een van die mensen die gewoon plezier wilden maken, *Reiterstaffel*, paarden en zo, hij deed mee zonder na te denken.

En zo ziet hij er ook uit, zegt mijn moeder verontwaardigd,

ze hebben hem bij de ss ongetwijfeld met plezier opgenomen, hij heeft de goede lengte en meer dan dat.

Jouw man zou ook de goede lengte hebben gehad, zegt Vera.

Mijn moeder verstrakt. Ze fixeert Vera's gezicht, het gezicht van een vreemde die bij ons is binnengeslopen.

Paul, mijn man, jullie vader, zegt mijn moeder met nadruk en met trillende stem, in haar nek zwellen haar aderen op, nooit zou hij bij de ss zijn gegaan, nooit, en als ik niet in zijn leven was geweest, er komen tranen in haar ogen, hij zou nooit bij die mensen hebben gehoord, nooit, ik begrijp je niet, ik kan helemaal niet begrijpen hoe je je vader naast die man kan plaatsen. En jij wilt mijn dochter zijn.

We staren alle drie voor ons uit, naar de tafel.

Zo bedoelde ik het niet. Vera is bang voor de lieflijke Mami uit de tenten van Jacob, de razende Mami uit de woestijn van het verleden.

Ik wil helemaal niet weten hoe je het bedoeld hebt. Mijn moeder trilt, het begint in haar gezicht en gaat door haar borst. Ze schudt Vera van zich af. Dat mag ze niet doen, we horen bij elkaar, Vera zal in het heelal verschroeien, afgescheiden van ons.

Jullie hebben zelf een keer verteld dat Papi in Polen een rij-broek en laarzen ging kopen met een wit hemd erbij, omdat de Duitsers moesten denken dat hij een hoge nazi-bons was.

En dat lukte toch ook, bevestigt mijn moeder, alsof Vera er toen bij geweest was, hij had een stempel nodig voor onze valse papieren. Haar ogen dwalen in het rond, ze is nog niet weer vertrouwd met mijn zus.

Ja, nou, Vera's stem tilt elk woord met een zachte tong in de richting van mijn moeder, alleen zijn lengte, vanwege zijn leng-te, meer bedoelde ik niet.

Ja, ja, ja, mijn moeder is verdwaald in haar gedachten, en die Polen ook, die moesten ook denken dat hij een belangrijk ie-mand was, die mochten ook niet weten dat wij joden waren, die zouden Mutti en mij meteen aan de Duitsers verraden heb-ben, en hem net zo, zijn leven was intussen net zo bedreigd.

Vera en ik wisselden blikken. Het is weer eens gelukt, Vera ademt weer onze gemeenschappelijke lucht.

Tot gisteren, mijn moeder is er weer en wendt zich tot Vera, tot gisteren heeft Fania nog melk met een beetje koffie gedronken, nietwaar, Fania, dat klopt toch.

En vanaf vandaag drinkt ze koffie met melk, zegt Vera, Fania wordt ook een dagje ouder, ze is dertien.

Dertien plus, corrigeer ik.

Dat klopt, mijn moeder aait over mijn hand, ik vergeet dat mijn kleine meid ook groter wordt.

Ik zal haar geen man aandoen. Er is er geen. Alleen mijn vader en figuren als Hainichen. Ik houd haar mijn kopje voor en zij giet er nog wat bij, de volgende slok is bitter. Het klopt, ik ben al dertien en een beetje. Wie het niet weet denkt dat ik op zijn hoogst tien ben, en zij die het weten kunnen vergeten graag dat ik eigenlijk drie jaar ouder ben. Ik mag nog altijd niet alleen gaan zwemmen of naar de bioscoop of alleen naar het Alsterpark of alleen met de tram lijn negen naar de stad reizen. Nee, nee, nee, o Fania, je weet dat ik sterf van angst, schei uit met me te kwellen.

Ik besta in mezelf, naar buiten toe ben ik niet te zien, ik heb nog steeds geen enkel puistje, ik ben nog steeds niet ongesteld, mijn haar is niet vet, ik heb nog steeds geen boezem, nog geen enkel haartje krult in mijn oksels, op mijn venusheuvel kronkelt nog geen zwarte pluk. Soms jeukt en prikt het in mijn huid en krab ik de lippen van mijn vagina tot ze gloeien.

Ik heb mijn baby altijd heel voorzichtig met crème ingewreven, hoor ik mijn moeder, hoe komt ze daar nu op, met mijn baby worden Vera en ik bedoeld, zonder onderscheid, baby is baby, de huid is zo belangrijk, zegt ze, een mooie huid, vooral voor meisjes, haar dochters, twee mooie vrouwen met een mooie huid. Ze had haar baby niet op de bovenarm laten inenten, maar onder de rechterborst. Waarom de arm van een toekomstige vrouw verminken, dat begrijp ik gewoonweg niet, windt ze zich op, en wij stemmen zwijgend toe, hoe kun je dat nu doen, een arm zo merken, dat doen alleen Duitse kinderartsen, niemand in het buitenland doet dat, alleen hier in Duitsland. Ik kijk op Vera's horloge. Op de arm van mijn zus ligt de hand van Hainichen. We moeten naar school.

Ik heb jullie nooit op vaste tijden eten gegeven, zegt mijn moeder, als jullie huilden was ik er, bij de eerste kik, bij het eerste jammertje, ik gaf jullie de fles, ook 's nachts, mijn baby hoefde niet hongerig in slaap te vallen.

Is ze vergeten dat we naar school moeten, vanochtend valt het haar zwaar alleen met haar moeder achter te blijven, ze kijkt van Vera naar mij en van mij naar Vera, en wij glimlachen kalmerend, voldane zuigelingen en al erg moederlijk.

Wat hebben jullie, er is iets, dat voel ik.

Nee, niets, echt waar niet.

Jullie weten dat jullie mij niets kunnen wijsmaken.

Om haar van Vera weg te leiden vraag ik of Duitse moeders hun baby's anders te eten geven, en ik hoef de zin niet eens helemaal af te maken. Mijn moeder, die aan haar sigaret trekt, gooit haar ogen tegen het plafond en spuugt een tabakskruimel uit, met de stopwatch doen ze het, maar vijf keer in een etmaal, de baby's zijn hongerig en huilen, en de moeders kunnen niet slapen. De vroedvrouw die ik toen had, mevrouw Vielhacke heette ze, die naam zal ik nooit vergeten, een nazi was het, ze zei tegen mij, en Vera en ik weten wat mevrouw Vielhacke tegen onze moeder zei, en dat in de verdere loop van het verhaal Vera's eerste spinazie voorkomt, die Vera in het gezicht van mijn moeder spuugde, haar ogen waren groen en dichtgeplakt, ze zal lachen, en ergens zal ze er met een ernstige blik tussenvoegen dat ze niet de borst kon geven, Vera niet en mij niet, dat haar melk stroomde zonder te voeden, zijzelf was een geraamte, ze kwam niet aan. Vera gaf ik meteen de fles, maar bij jou, Fania, liet ik me door mevrouw Vielhacke onder druk zetten, en jij was bijna verhongerd. Ze kijkt me aan zoals ze me altijd aankijkt wanneer ze daar is aangekomen, haar kin trilt, haar lippen worden vochtig, haar ogen drijven in tranen, ik moet haar daaruit verlossen, ze kon er niets aan doen, je kon er niets aan doen, zeg ik, ze huilt en ik moet naar school, ik moet me losmaken uit haar pijn, uit haar liefde. Vera pakt haar van mijn nek, van mijn arm, van mijn borst. Vielhacke, zegt Vera terwijl ze haar neus ophaalt, als je al zo heet.

Meer hoeft ze niet te zeggen, meteen wendt mijn moeder

zich dankbaar tot haar. Ze had geen idee van baby's verzorgen, zegt ze.

Waarom heb je haar niet het huis uitgezet, vraagt Vera. Ik kan het niet vragen, ik was een baby.

Ik weet het niet, zegt ze, ik was zo mager, en mijn kindje was bijna verhongerd, mijn god, dat wilde ik niet, dat wilde ik echt niet.

Het is stil in de keuken. We zijn uitgeput. Ik doe een beetje suiker in mijn koffie en roer erin, mijn moeder rookt zwijgend, we horen mijn grootmoeder in de kamer hiernaast haar bed opmaken, mijn zus kijkt me vragend aan, ben je er nog, vraagt haar blik, is bij jou alles in orde, het was weer eens te veel, voor jou, voor mij, voor haar, voor ons allemaal.

Wat hebben jullie toch, zegt mijn moeder, deze keer zegt ze het alleen maar om weer tevoorschijn te komen.

Denk jij maar liever aan je huishoudboekje, vindt Vera.

Om Paul een plezier te doen, zucht mijn moeder, het zal hem geruststellen, ik heb er helemaal geen zin in, ik vind de boekhouding al voldoende, en ze roept naar de kamer hiernaast, kun jij me daarbij helpen, Mutti, jij hebt toch vast op je Israëlitische Meisjesschool geleerd hoe zoiets moet.

Vera staat op van de tafel. We moeten op pad, ze knikt naar me ten teken dat we nu kunnen gaan. Kussen worden uitgedeeld, mijn moeder brengt ons naar de huisdeur.

Ik ben er vanmiddag waarschijnlijk niet, zegt ze, ik ben met mevrouw Kupsch in het ziekenhuis, ik hoop dat alles goed gaat.

Vera en ik lopen naast elkaar de vertrouwde route, op het einde van de oprit rechts de straat af, ginds bij de hoek links, bij het stoplicht de straat over en langs het dichte struikgewas, daarachter ligt naast onze school de speeltuin waar we nog nooit geweest zijn, op geen enkel moment gedurende al die jaren, waar we nooit aan de klimrekken hebben gehangen en nooit zullen hangen, want we zouden daar onze nek breken, dat voorspelden onze ouders ons. We kennen deze speeltuin als een plek die niet voor ons bestemd is.

Bij de conciërge nemen we afscheid van elkaar, we doen het zonder kus en kijken elkaar aan om te zien of deze morgen net als andere morgens voor ons beiden geldt dat geen kus speciale aandacht voor elkaar betekent. Mocht ik of mocht Vera toch een kus nodig hebben, dan is dat niet erg, we weten waar het vandaan komt. Vera gaat de trap naar links op, en ik ga rechtdoor de gang in.

Eerst trouwt Vera, en dan trouw jij, Fania, voor mijn moeder is het ondenkbaar dat ik vóór Vera trouw, ik wil nog helemaal niet trouwen, misschien zal ik nooit willen trouwen. Omdat Vera alleen verliefd wordt op oude, getrouwde mannen, zal ik wel eeuwig moeten wachten. In de lange, lege gang dringt uit openstaande deuren van de lokalen gelach en gegil van meisjesstemmen. Elk toegangsgat wacht op een lerares of een leraar, met hun binnenkomst verdwijnt het lawaai langzaam achter de dichtgaande deur.

Ik zou voor Vera op de een of andere manier jongemannen de tuin in moeten halen. Wolfram komt met goede tafeltennisspelers, maar hij let niet op hun lengte, ze moeten een beetje langer zijn dan Vera, anders heeft het geen nut, ik zou mijn oor in mijn klas te luisteren kunnen leggen of een van de meisjes een oudere broer heeft en hoe lang hij is. Ik ga de klas in en vergeet de toekomstige man van mijn zus. Ik ben een beetje te laat, de lerares is er nog niet, de meisjes zitten op de tafels, ze hebben onrustige ogen, ze hurken in hun lichamen, hun schouders wijzen naar voren om hun borsten te verbergen, bovenop zit het hoofd met het vette haar. Ze hebben al alles wat bij deze leeftijd hoort. Sommigen dragen nylonkousen. Een paar van hen kijken over hun schouder naar de deur, ze loeren met een dichtgeklapte mond door lang vallende haarslierten. Ik zou de verwachte lerares kunnen zijn. Dat ik het maar ben gaat ook over op de meisjes die zich niet hebben omgedraaid. Meteen borrelt de brij van aanzwellend gesmiespel weer op, schel gegiechel priemt in de muffe lucht. Niemand vindt mijn komst belangrijk, niemand roept mijn naam, ik roep geen naam, ik schuif de geleiachtige massa binnen, ik word binnengelaten als iets irrelevants en sluip naar het tweepersoonbankje waarin ik naast Annegret zit. Zij is er al. Ze ziet me en draait me haar rug toe, voor haar is het een belediging dat ik naast haar zit. Ik probeer met haar bevriend te zijn, beter vriend dan vijand, mijn ouders hebben alleen maar vrienden die ze niet vertrouwen. Ik hang mijn schooltas aan het haakje aan de bankpoot, ga zitten en voel met mijn hand in het vak onder het tafelblad, ik mag er niet in kijken om te zien of er iets in ligt, iets engs, als er niets engs in ligt maak ik me belachelijk met mijn permanente wantrouwen. Aan mijn handpalm plakt iets dat eruitziet als vogelpoep. Annegret giechelt. Schriften en boeken laat ik in mijn tas, alleen wat ik in de les nodig heb pak ik er met één hand uit en leg het voor me op tafel.

Juffrouw Kahl komt binnen, onze aardrijkskundelerares, haar strakke donkerbruine rok is van achteren bij de kleine split ingescheurd. Haar voornaam is Brunhilde en ze houdt van de muziekjuf, Regula Hahn. Dat weet ik van mijn moeder, en zij weet het, omdat ze in de ouderraad van onze school zit.

De meisjes gaan zitten, Annegret naast me vouwt haar handen en legt ze vóór zich op het tafelblad. Dat doet ze bij het begin van elke les, ze vouwt haar handen en strekt haar gezicht naar boven. Ik haat Annegret en ik haat mezelf vanwege mijn angst voor haar, wat kan ze me nou aandoen, zij is dom en ik ben bang voor haar, ze zou eindelijk eens moeten blijven zitten, dan was ik van haar af. Ze merkt dat ik haar observeer, mijn blik glijdt langs haar heen, ze grijnst, ze draait zich om naar Gerda, ze tikt met haar vinger tegen haar voorhoofd. Onder mijn tong drijft misselijkheid.

Gatsie, fluistert ze, je hebt daar iets.

Hoezo, ik heb daar iets, misschien bedoelt ze het toch een beetje goed met me, wat heb ik daar dan. Daarachter, zegt ze, en mijn ogen vluchten naar achteren, Annegret grijnst, zeg me wat het is, bedel ik, ze bekijkt me, alsjeblieft, vertel het me, ik smeek haar, ze draait zich om, ik val haar lastig, ik probeer met een glimlach bij Gerda achter me iets te bereiken, heb ik daar iets, Gerda giechelt en gebaart naar Annegret. De lerares heeft niets gemerkt, ze gaat met haar grote aanwijsstok over de landkaart, dit allemaal hoorde ooit bij Duitsland. Ik heb honger. Met mijn aan elkaar geplakte vingers haal ik mijn pakje boterhammen uit mijn schooltas. Misschien heeft mijn moeder er een papieren servetje bij gestopt, dat doet ze af en toe, ik zou mijn hand kunnen afvegen. Hardgekookt ei en een briefje. Kus, Mami. Mooi opeten, schatje. Ik begin bijna te huilen. Ik veeg met het briefje van mijn moeder mijn hand af.

Fania gaat vijf minuten naar buiten, ik hoor juffrouw Kahl kwaad boven me zingen. Mijn hart bonst, ik schrok me dood.

Nou, hoeveel van je kostbare tijd wil je nog verdoen, naar buiten, Fania, over precies vijf minuten ben je terug op je plek. Ik loop langs de zittende meisjes, de gang op, mijn gezicht gloeit, zou ik het in vijf minuten halen naar de wc te rennen en mijn handen te wassen, ik wil weg, daar hangt de jas van Annegret. Het is stil. Ik veeg mijn hand aan de jas van Annegret af. Het schoolplein ligt in de zon. Verderop, aan het eind van de gang, schuift een groep mensen uit de deur van de lerarenkamer. Een vrouw, twee mannen en een meisje. Ze blijven besluiteloos staan en komen naderbij. Ik ga bij het raam staan, ik zou naar buiten kunnen kijken wanneer ze me passeren. Ik zal hen moeten groeten, ik kan onze directrice, mevrouw Lieselotte Schmidt, herkennen, en Bobbi, en er is nog een man en het meisje, haar lokken zijn koperrood. Ik maak een kniebuiging, niemand zegt iets, Bobbi zou iets zeggen als de directrice er niet bij was, omdat zij de directrice is moet zij iets zeggen, ze glimlacht en houdt haar hoofd scheef. De leerlingen vinden haar niet aardig omdat ze Wilhelm Bobbenberg tutoyeert, ze zegt Willi en hij zegt Lillo. Het klinkt als iets dat wij niet mogen zien.

Waarom ben jij hier en niet in je klas, vraagt de directrice met haar scheefgetrokken mond, ze houdt haar hoofd scheef terwijl ze praat.

Juffrouw Kahl heeft me eruit gestuurd, antwoord ik, omdat ik eventjes niet oplette.

Zo, zegt mevrouw Schmidt, heb je eventjes niet opgelet, nou, hier buiten leer je ook niets, we nemen je mee naar binnen. Ze doet de deur van de klas open en op een teken van juffrouw Kahl gaat de klas voor mij staan. Zo lijkt het. Ik loop naar mijn plek en neem plaats.

Ga zitten, de directrice wenkt met een nerveuze hand de meisjes terug naar zithoogte. Ik heb hier een nieuwe leerlinge, hoe heette je ook weer, Sirena, zegt Sirena, juist, herhaalt mevrouw Schmidt, Sirena, een zeldzame naam en je haar is zo mooi, waar wil je zitten, Sirena, je bent nieuw, zoek een plaats.

En hoe verder, mengt juffrouw Kahl zich erin, Sirena hoe, de vreemde man zegt Bechler, we heten Bechler.

Ik wil daar zitten, Sirena wijst naar mij.

Daar zit Annegret al, merkt juffrouw Kahl op.

Sirena draait aan haar lokken, ze maakt geen aanstalten een van de vrije plaatsen te kiezen en de directrice maakt geen aanstalten in te grijpen, ze heeft haar hand op de arm van Bobbi gelegd, Willi en Lillo fluisteren met elkaar. Kom straks even naar mijn kamer. We kunnen het allemaal horen. De meisjes giechelen en kijken elkaar aan.

Goed dan, zegt juffrouw Kahl zuur, je bent nieuw, Sirena Bechler, en je krijgt je zin voor deze keer, Annagret, wil jij zo aardig zijn naast Monika te gaan zitten.

Annegret doet haar best er aardig uit te zien en stopt woedend haar boeken en schriften in haar tas. Ik voel jubel, ik buig diep over mijn tas alsof ook ik mijn spullen moet inpakken en vertrekken, maar ik blijf, de nieuwe leerlinge wil naast mij zitten, ze neemt afscheid van haar vader, ze geeft hem een kus op zijn wang, ze geeft de directrice een hand en zet daarbij haar linkerbeen iets naar achteren, eigenlijk is dat nauwelijks nog een kniebuiging.

Ik ben Sirena, hoor ik haar zachtjes naast mij zeggen, ze ruikt naar perzik, ze strijkt haar rode lokken opzij om haar gezicht aan mij te laten zien. Ik fluister mijn naam. Fania. Ze knikt, mooi, volgens mij hebben wij tweeën de mooiste voornamen van de klas, wie wil er nou Annegret heten.

Ik ben bang haar mijn vreugde te laten zien. Haar boezem is rond, zo'n ronde boezem heeft geen enkel meisje in mijn klas. We kunnen straks samen lopen, stelt Sirena voor. Het zesde en laatste lesuur is begonnen. Ik weet niet waar ze woont, en waar ze ook woont, ik zal niet met haar kunnen meelopen, ik moet meteen naar huis, ik schaam me daarover, ik zal haar verliezen als Sirena ontdekt dat ik zoveel niet mag wat anderen wel mogen.

Ik heb je vanochtend gezien, zegt ze op het einde van de les, jou en je familie, dat was toch jouw familie, jullie stonden op het terras en je vader reed weg.

Gewoon zo. Meer was er voor haar niet gebeurd toen wij ons vanochtend van elkaar losrukten.

Wij wonen in het witte huis aan het eind van de oprit, zegt ze, daar woonde vóór ons een familie Fingerhut, rare naam, joden, zegt mijn vader, wij zijn overigens katholiek, mijn moeder zegt altijd dat ik het maar meteen moet zeggen, voor het geval iemand er problemen mee heeft.

Ze pakt mijn arm en stopt hem onder de hare, de rug van mijn hand raakt haar boezem. Samen lopen we mijn route.

Thuis doet mijn moeder de deur open. Ze trekt me naar binnen, kom, vlug, ze kijkt verontrust over mijn schouder het trappenhuis in.

Wat doe ik wanneer Sirena na het middageten voor onze deur staat omdat ze met mij naar de bioscoop wil of naar de rolschaatsbaan, het is helemaal niet goed dat ze weet waar ik woon, en ik kan helemaal niet rolschaatsen, en naar de bioscoop mag ik niet alleen, en samen met Sirena gaan zou hetzelfde zijn als alleen gaan of nog erger. Het interesseert me helemaal niet wat er met mijn moeder aan de hand is, mij interesseert de vraag of ik per vergissing Sirena's boezem heb aangeraakt of dat Sirena me ertegenaan heeft geduwd. Ze droeg geen bh.

Ik kom net uit het ziekenhuis, mijn moeder loopt vóór me de keuken in.

Hoezo, ben je ziek, ik klink als Vera, volstrekt ongeïnteresseerd.

Onzin, vanwege mevrouw Kupsch en haar abortus. Mijn moeder kleppert met pannen en borden en kijkt me onderzoekend aan, onderzoekend en ontevreden. Dergelijke blikken krijgt Vera anders altijd.

Mijn grootmoeder giet de rijst af. We kunnen zo meteen eten. Kipragout.

En waar is mevrouw Kupsch nu.

Beneden, zegt mijn moeder, van de dokter mocht ze meteen naar huis, hoewel ze zich helemaal niet goed voelt, ze heeft veel bloed verloren, laat me eens langs, ze duwt me opzij, loopt naar het keukenraam en opent het, en nu horen we duidelijk wat er dof van beneden door de vloer tot ons komt. Vera, waar is ze, ze is er niet.

Sjt, doet mijn moeder. Een mannenstem brult. Ik versta er geen woord van.

Dat is haar man, zegt mijn moeder tegen haar moeder. Beide vrouwen knikken en luisteren. Dat is Erich Kupsch, hij is dronken. Er valt iets om, een stoel misschien, de klap is te hard voor een stoel. Luide stemmen, het zijn een paar mannenstemmen, en daartussendoor gilt Elsa Kupsch. Ze heeft een hoge stem. Ze priemt door de vloer in onze richting. Mijn moeder loopt gehaast naar de deur.

Bemoei je er niet mee, Alma, zegt mijn grootmoeder geschrokken, tegen drie mannen, en alsof ze die hint nodig had rukt mijn moeder haar schort af en rent op haar hooggehakte schoenen de deur uit, door onze kinderkamer en door de gang naar de voordeur en het trappenhuis in, de keldertrap af naar de familie Kupsch. Haar naaldhakken roffelen op de houten treden.

Hoezo drie mannen, vraag ik mijn grootmoeder, we staan in de deuropening en luisteren het trappenhuis in.

Vrienden van hem, van Erich Kupsch. Ze luistert. Ze is bezorgd om haar dochter en tegelijkertijd nieuwsgierig naar wat haar dochter daar beneden tussen drie mannen zal bereiken. Ik concentreer me op de stem van mijn moeder. Ik ben niet echt bang om haar, niet bang dat de mannen haar iets zouden kunnen aandoen, ik ben bang dat ze zichzelf niet meer in toom kan houden.

Meneer Kupsch, hoor ik mijn moeder brullen, laat uw vrouw met rust.

Verdomd zwart loeder, brult hij. Hij bedoelt blijkbaar mijn moeder.

Wat zei hij tegen haar, fluistert mijn grootmoeder, ze rommelt wat achter het gordijn waarachter de poetsspullen staan, ze sleept de metalen parketwrijver achter zich aan, die ze nauwelijks kan tillen. Daarmee sla ik hem op zijn kop.

Ik knik en bid zachtjes, lieve God, zorg dat Papi nu niet komt.

Als hij nu onverwacht zou terugkomen, zou hij naar beneden moeten, hij is niet zo'n man, meneer Kupsch zou hem een klap op zijn kin geven en daarmee mijn vader plat krijgen.

Als u uw vrouw nog één keer slaat, dan krijgt u met mij te maken, en nu eruit, u gaat u maar ergens anders bezatten.

Ik zie hen voor me en word vervuld van een geweldig plezier. Haar woedende, eerlijke gezicht. Ik hoor struikelende passen de keldertrap op komen, twee grote, zware mannen waggelen het trappenhuis in.

Karl, Otto, brult meneer Kupsch van beneden, de twee mannen zijn al buiten op de oprit, de huisdeur valt achter hen in het slot. Onder ons is het rustiger geworden. Ik hoor mijn moeder met mevrouw Kupsch praten en ertussendoor zijn norse gemopper.

Nu komt ze, zegt mijn grootmoeder.

We horen de passen van mijn moeder, zien kunnen we haar nog niet, ze blijft nog eens op de keldertrap staan, ze neemt afscheid van mevrouw Kupsch. Gaat u maar in bed liggen, ik breng zo meteen nog een bord kipragout. We horen haar de houten treden op komen, in de kelderdeur boven blijft ze staan, ze moet daar niet blijven staan, ze moet nu naar ons komen, ze zei, naar de trap gekeerd, en u, meneer Kupsch, u kunt me dankbaar zijn dat ik de politie niet heb gebeld.

Hij brult. Jij zwarte heks, brult hij, en daar komt hij op handen en voeten achter mijn moeder aan, hij pakt haar bij haar been vast, bij haar enkel, hij zal mijn moeder de trap af sleuren, zij trapt met haar andere voet, met haar pump trapt ze op zijn hand, zodat hij het uitschreeuwt en haar loslaat en zijn beide handen in zijn opengesperde mond stopt.

Bel je nu de politie, vraag ik.

Nee hoor, zegt mijn moeder, de politie doet toch niks.

In de keuken pakt ze het bruine dienblad, spreidt er een witte doek overheen, schept een soepbord vol met rijst en kipragout, legt er een lepel, een vork en een wit linnen servet naast, ze pakt uit de vaas een hevig geurende theeroos, stopt ze met de steel in het servet en gaat met het zo klaargemaakte dienblad naar de deur.

Alma, waarschuwt mijn grootmoeder, als hij je ziet begint hij te razen, laat mij dat doen, of stuur Fania, het kind doet hij niks. Er wordt aangebeld.

Dat is de leesportefeuille, zegt mijn moeder, doe open. Mijn grootmoeder doet de deur open, en mijn moeder is al onderweg, langs de man in de bruine leren jas met de granaatscherf in zijn hoofd en de leesportefeuille onder zijn arm, goedendag, mevrouw Schiefer, nieuws uit de hele wereld, dank u, Mutti, pak jij het even aan. Mijn grootmoeder heeft de tijdschriften van de afgelopen week al klaargelegd en pakt de nieuwe exemplaren aan, ze zet haar handtekening en geeft de man twintig pfennig. Mijn moeder loopt de trap af, het dienblad in haar handen, ik loop achter haar aan.

Je hoeft niet bang te zijn dat me iets overkomt, Fania.

Ben ik bang daarvoor of wil ik zien hoe mevrouw Kupsch erbij ligt, ik wil in de schaduw van mijn moeder in de buurt komen van die wilde man die op de bank ligt en snurkt, zijn mond hangt open, een speekseldraad hangt over zijn ongeschoren kin. Mevrouw Kupsch ligt in het echtelijk bed, ze heeft de deken tot haar kin opgetrokken. Ze is nog net zo dik als van tevoren. Ik had gedacht dat ze een beetje slanker zou terugkomen. Uit de keuken moet ik een houten krukje halen, zodat mijn moeder het dienblad met het eten naast het bed van mevrouw Kupsch kan zetten. Ik loop langs de snurkende Erich Kupsch en blijf in het donker van de voorkamer staan.

Zijn de bloedingen gestopt, hoor ik mijn moeder, en Elsa Kupsch huilt, ja mevrouw Schiefer, hoe kan ik u daarvoor nou bedanken, en mijn moeder zegt, mag ik eens even kijken. Ik hoor de deken schuiven.

Boven bij ons thuis zit Vera met gekruiste benen in de oorfauteuil van mijn vader, ze bladert in de nieuwe weekbladen en rookt intussen een sigaret. Ze doet alsof ze iemand anders is. Wat wij net hebben meegemaakt interesseert haar niet, ze komt helemaal niet op het idee dat wij hier iets hebben meegemaakt. Wat belangrijk is gebeurd in haar leven, ze wordt vreemd, op de een of andere manier volwassen, als een vreemde vrouw, haar zachte wangen zijn de wangen van mijn zus Vera, ook haar zachte kin, maar rond haar mond heeft iets vreemds zich ingegraven en haar ogen zijn bereid tot elke leugen. Ze kijkt op van haar tijdschrift en laat Farah Diba op haar schoot zakken. Ik kan net nog het gezicht van de Perzische keizerin herkennen, eigenlijk alleen de contouren van haar hoofd, het enorme zwarte ei van haar getoupeerde haren. De sjah van Perzië en zijn vrouw zullen in Duitsland op bezoek komen, ze is zijn tweede vrouw, mijn grootmoeder vond de eerste aardiger, die moest vertrekken omdat ze geen kinderen kon krijgen, de tweede is jonger, ze zou zijn dochter kunnen zijn.

Wat zie jij eruit, mijn moeder staat achter mij, en Vera zegt, hoezo, zoals altijd.

Wat heb je met je haar gedaan.

Vera ziet eruit als Farah Diba. Dat doet nu iedereen, het haar touperen. Haar haar ziet eruit als een donkerbruine suikerspin. Mijn grootmoeder haalt de twee pannen uit het echtelijk bed van mijn ouders, hopelijk is het eten nog warm genoeg, zucht ze.

We zitten te eten, Vera trekt met spitse vingers en kokhalzend een stukje geel kippenvel van een vleugel.

Ik heb het vel er overal afgehaald, zegt mijn grootmoeder gauw.

Niks van waar, Vera giechelt en plukt aan het gelig-slappe vel. Ik dacht dat ze op zijn minst zou overgeven, ze piept en kakelt, en nu giechelt mijn moeder ook en mijn grootmoeder krijgt rode wangen, kinders, zegt ze kalmerend, niet met dat goede eten, eigenlijk wil ze zeggen, niet met het kleintje erbij, en dat ben ik. Het gaat om iets onfatsoenlijks, dat weet ik wel, maar wat precies, dat weet ik niet. Voor Vera moet het iets met Hainichen te maken hebben, maar dat weet mijn moeder niet, en desondanks lachen ze allebei over iets gemeenschappelijks. Ik zit erbij, stijf en boos, ik ben een oude vrijster, ik zal niet huilen, wat het ook is, ik zal nu meteen voor altijd vertrekken. Mijn moeder probeert haar lach te onderdrukken en sproeit met haar mond rijstkorrels over het tafelkleed, tot bij Vera's bord, en Vera giert het uit, ze gooit zich achterover in haar stoel, over het gezicht van mijn moeder lopen de lachtranen. En dan neem ik de pollepel, mijn moeder gilt, ik sla hem in de kipragout. Op Vera's getoupeerde haar ligt een klodder eigele saus.

Wat doe je nou toch, stomme geit, sist ze.

Geen ruzie maken, zegt mijn moeder. Vera staat beledigd op van tafel, ze gaat weg om haar Farah-Dibakapsel schoon te maken, mijn grootmoeder vraagt of er ook iets op haar zit. We horen Vera voor de spiegel giechelen.

Dat laten we allemaal staan en liggen, mijn moeder zet zich met haar handen af tegen de tafel. Vandaag is de dag van de nieuwe leesportefeuille. Mijn grootmoeder wil alleen het eten wegruimen, ze kan de eettafel niet onafgeruimd laten staan. Je hoeft niet op te ruimen, Mutti, mijn moeder zijgt al op de bank en pakt een weekblad. In deze hier, Vera laat haar een ander tijdschrift zien, staat Farah Diba, ze ziet er zo leuk uit.

Ik pak ook een tijdschrift, ik ga ermee op de vloer liggen en begin achterin. Dat doe ik altijd. Op de laatste pagina staan moppen. Ik vind geen van die moppen om te lachen, maar in elke mop staat op zijn minst een vrouw met een volle boezem. Haar borsten zijn gezwollen, haar lippen zijn gezwollen, haar achterste is gezwollen, en de mannen die erbij horen zijn gierig of ze zijn bang, de gierigen dragen geruite colbertjes, hebben een vetkuif en enorme tanden, de bangeriken zijn klein en dik en hebben een kaal hoofd. Ik zuig me met mijn ogen vast aan de uitstekende borsten, ik raak met mijn vingertopje mijn tong aan en met de natte vinger sla ik de bladzijden van het weekblad snel om. Maak ze niet kapot, zegt mijn grootmoeder.

Vreselijk, hoor ik mijn moeder zeggen.

Wat is vreselijk, vraagt Vera en laat haar tijdschrift zakken.

Mijn moeder wil niet dat ik de plaatjes zie, ik wil ze zien, vrouwen met kinderen lopen over een landweg, ze gillen en huilen. Ze zien er haveloos uit. Eén meisje is helemaal naakt, ze heeft niet eens een klein stukje stof om op zijn minst haar jammerende mond te bedekken. Ik blader verder, zodat het ophoudt, ik blader terug, en ze is er nog steeds.

Amerika, zegt Vera.

Mijn moeder knikt.

Je bevrijders.

Ja, zegt mijn moeder, onze bevrijders, en de Engelsen ook, die hebben ons gered.

Mij niet. Wat zegt Vera dat simpel. Mijn moeder kijkt verrast naar de puinhopen van haar monument en vandaar naar Vera met haar haartoren, die nog steeds overeind staat. Mijn bevrijders zijn jullie bevrijders, ze trilt van woede, en bijna gaat ze huilen, dat Vera haar zo kan krenken, en dan schiet haar iets te binnen: jullie zouden er helemaal niet zijn als de Engelsen en Amerikanen jullie ouders niet hadden bevrijd.

Vera grijnst, ze lijkt vastbesloten de heilige tuin van onze familie te verlaten, ze trapt brutaal tegen het hek, waarvan wij weten dat het vermolmd is. Ik ben nog niet zover als zij. Ik was van plan het vanmiddag te repareren. Achter de jasmijnstruiken is het draadgaas gescheurd, op een paar plekken, en de houten palen zijn weggerot, met elke roestige kram die ik er insla versplinteren ze nog meer. Ik heb er tape om gewikkeld, zodat ze niet barsten en breken, zodat de krammen niet uit het hout vallen. Het tape is te dun, niet sterk genoeg. Bij de geringste aanraking vanbuiten zou alles uit elkaar kunnen vallen.

Trek niet weer dat gezicht, zegt mijn moeder met opgezette neusvleugels en een scherpe stem, en Vera kijkt strak voor zich uit, ze heeft haar neusvleugels opgezet en trekt het gezicht van haar moeder.

's Avonds in bed vraag ik Vera. In het donker. Heb jij met Hainichen. We liggen naast elkaar.

Waarom vraag je dat, Vera ligt op haar rug, ik kan haar niet zien, ik hoor dat ze op haar rug ligt. Het is maar goed dat je in het donker kan horen. Ik wil haar vertellen hoe blij ik over deze ontdekking ben. Ik kan horen hoe Vera ligt. Ik hoef niets te vragen. Toch vraag ik. Of hij haar pijn gedaan heeft.

Wat jij voor ideeën hebt, hoor ik Vera. Ik wilde eigenlijk helemaal niet, we waren in een hotel, in een heel elegant hotel, ik heb champagne gedronken, hij maakte me het hof, en ik zei tegen hem, geef me honderd mark.

Ik weet niet wat me meer irriteert, dat Vera Hainichen tutoyeert of dat ze geld aan hem gevraagd heeft. Als ze geld gevraagd heeft, kan het geen liefde zijn, en hoe zou het nou liefde kunnen zijn, het is Hainichen.

Waarom ben je opeens zo stil, schaapje, hoor ik haar.

Schaapje noemt ze me. Omdat ze bang is. Dat maakt me dolblij. Als Vera bang is, dan kan ze nog niet vertrokken zijn, misschien kan maar één van ons vertrekken en de ander niet. Vera weet dat ook. Wanneer ze op mijn schouders staat om over het hek te kijken waar wij allebei ooit overheen willen, dan weet ze het. Misschien maar een van ons tweeën. Als zij vertrokken is, op wiens schouders zal ik dan kunnen staan.

Hoezo geld.

Hoezo niet, hoor ik haar zeggen.

Ik dacht dat jij verliefd was op Hainichen.

Dat dacht ik eerst ook toen hij zo graag wilde en me steeds vaker lastigviel, toen kwam dat met het huis erbij, hij zei tegen me dat hij het ons voor een lagere prijs wil verkopen.

Het huis goedkoper in ruil voor mijn zus. Dat verzint ze, ze verzint alles.

Hij haalde die honderd mark gewoon uit zijn portefeuille, tien briefjes van tien in zijn hand, ik dacht, ik had nog meer kunnen vragen, misschien een handtekening onder een koopcontract voor het huis, dan zou het zijn uitgekomen dat ik met hem, je weet wel, Fania, dat mag je nooit verklappen, nooit zolang je leeft en zolang ik leef, dat moet je zweren, een groot erewoord op alles wat je heilig is, Mami mag het nooit te weten komen.

Nooit.

Volgens mij zou ze gek worden, zegt Vera.

Arme moeder. Arme zus. Arme ik.

Weet je wel waarover ik het heb, schatje.

Ik zou haar een klap kunnen geven. Ze is dichtbij genoeg. Ik voel haar adem. Ben je nog maagd.

Onzin, schatje, Vera gooit zich met een schaterlach over me heen.

Ik stuur haar weg. Nog nooit heb ik haar weggestuurd. Nog nooit in bed. Ons spel, ze verkleedde zichzelf en mij met verhalen, en ik was iemand, ik was hij, en ik was passie. Passie had van tevoren de deur op slot gedaan, zodat ons niets overkwam, zodat we niet betrapt werden. Het was nooit Vera's zorg te worden ontdekt. Haar zorg is het, niet te worden ontdekt. Ze draait me haar rug toe. We huilen allebei. Ik wil graag zo in slaap kunnen vallen, en ik kan het niet. Ik voel haar hand naar mij tasten, en ik voel naar haar.

Het is ons niet gelukt.

Dat is niet erg, zegt Vera.

Ze droogt mijn gezicht met haar nachthemd. Het zal ons desondanks lukken hier weg te komen. Wat ze met al dat geld gedaan heeft, vraag ik haar. Dertig mark had ze bij de kapper gelaten, voor het Farah-Dibakapsel, de rest was op haar spaarrekening. Ik ben gerustgesteld. Mijn zus, die nog nooit iets nuttigs met haar geld heeft gedaan, heeft het niet uit het raam gegooid maar naar de bank gebracht. Ze wordt volwassen.

De volgende dag, 's middags tegen vijven. Er wordt aangebeld. Ik ga al, roep ik naar mijn moeder, die aan het bureau van mijn vader zit en met kopieën van nota's en kwitanties ritselt. Waarschijnlijk is het Vera. Hainichen staat voor de deur.

Nou, dametje, hij strekt grijnzend zijn hand naar me uit, die ik niet aanneem. Vera lag in die hand.

Wat kan ik voor u doen, zeg ik ijzig.

Ik hoor de passen van mijn moeder, ze komt achter me aan, wie is het Fania, roept ze en ze kijkt hem aan, ach, meneer Hainichen, waarom vraag je niet of meneer Hainichen binnenkomt, komt u binnen, meneer Hainichen. Ze stuurt me naar de keuken, ik moet koffiezetten, ik doe blauwzuur in zijn koffie en hij valt dood om, ik word gearresteerd en sta voor de rechter en vertel alles, alles, alles, ik draag het dienblad met de twee kopjes, de koffiekan, suiker en melk naar de woonkamer, mijn moeder laat meneer Hainichen de natte plekken achter de bank zien, ze staan allebei diep gebukt en houden hun onderlijven omhoog. Ik zou hem een trap tegen zijn achterste kunnen geven.

Dat komt uit de kelder, zegt mijn moeder, en hij zegt, dat komt uit het fundament, mevrouw Schiefer, dat is allemaal rot, dat zou allemaal drooggemaakt moeten worden, maar ik heb er het geld niet voor, ik moet het huis verkopen. Koopt u het huis en maakt u er iets mooiers van, of beter nog, sloop het, waardevol is alleen de grond. Ik verkoop het liever aan u dan aan mevrouw Schmalstück, zegt u dat maar niet tegen haar, en jij ook niet, dametje, hij grijnst en laat zich in de oorfauteuil van mijn vader vallen.

Fania, hoor ik mijn moeder zeggen, je droomt, meneer Hainichen heeft je iets gevraagd. Waarom zou hij mij iets moeten vragen, ik loop de tuin in, ik ga de oude schuur binnen. Daar staat in de weekeinden de auto van mijn vader. De schuur is leeg. Ik wil de oude schuur opruimen. Ik neem een borstelige bezem en veeg de vloer, er zat roos op het colbertje van Hainichen, stof dringt in mijn ogen, neus en mond, ik duw de deur ver open en hap naar de indringende tuinlucht, de bezem laat ik vallen en ik neem de spade, die leg ik over mijn schouder. Ik wil spitten. Ik wil achter in de tuin onder de struiken bij de heg spitten. Ik zal ginds bij de tuinpoort beginnen en doorspitten tussen jasmijn, klapbessen, seringen, lijsterbes, zilverspar en vingerhoedskruid, tot de achtermuur zal ik spitten, waar de aalbessenstruiken op een rij staan.

Ik zet de spade op de grond en trap met mijn voet op de bovenkant, het scherpe metalen blad snijdt door de aarde, ik breek de vette klomp los en kiep hem om, in het zojuist gegraven gat, ik zet de ene spadesteek naast de andere, mijn rug doet pijn, ik graaf de grond los, de takken van de struiken krabben in mijn gezicht en op mijn blote benen. In de huidschrammen brandt de zon. Ik hijg onder de last van de grond. Die ruikt muf. Vette regenwormen gooi ik achter me, daar raken vleugels de grond. Ik kijk tussen mijn benen door en zie de merel. Ik veeg over mijn mond, ik kauw op grond. Ik breek het verzet van wortels. Ik zal kijken welke ik van het sap van de grond heb gescheiden, zodat ze verdorren moeten. Ik spit. Mijn moeder roept me, ze staat op het terras en roept mijn naam, schei maar uit, Fania, en ik spit en hoor haar en graaf door. Wil je niet koffie komen drinken, Vera is er ook en er is taart.

Nee, gil ik. Ze moet niet te dichtbij komen. Nee.

Is dat niet te vermoeiend, die natte grond, roept ze, koelt het niet te veel af, de zon gaat zo dadelijk onder.

De schaduwen zijn langer geworden. Tussen mijn benen door bekijk ik ze. Mijn moeder moet wel denken dat ik voorover de grond in gekieperd ben. Ze heeft haar handen op het terrasmuurtje gelegd en kijkt naar de lucht en naar de perenboom naast de schuur.

Nou goed dan, hoor ik haar zeggen, dan ga ik nu naar binnen, maar blijf niet te lang meer buiten.

Ze sluit de terrasdeur vanbinnen af. Ik ben niet eens tot op de helft gekomen. Ik wilde tot de muur komen, tot daar wilde ik spitten. Ik zet de spade op de grond, ik trap hem de aarde in, de ene spadesteek naast de andere, zwarte, natte hompen, een lange zin van uitgegraven woorden. Met mijn met aardkorsten bedekte handen grijp ik in de omgewoelde grond.

7

WIL JE MEE, VRAAGT MIJN GROOTMOEDER, IK GA OP BEZOEK
bij tante Ruchla en tante Olga, bij Betty ook, als ze er is, en
Wilma en Emilie zijn er altijd wel.

Ik wil mee, mijn moeder wil met mij dictee oefenen, ze moet
de administratie doen, en daar heeft ze geen zin in. Als we dictee oefenen zit zij daar waar ze nu zit, aan het bureau van mijn
vader. Ze schuift zijn papieren en haar papieren een beetje opzij en ik leg mijn oefenschrift op de donkergroene onderlegger,
achter mij mijn moeder en haar echtelijk bed, haar adem in mijn
nek, haar speekseldruppeltjes bij mijn oor, ze spuugt de woorden in mijn hoofd, letter voor letter spreekt ze het zo uit dat ik
het goed opschrijf, en ik wring de woorden uit me in het oefenschrift. Ik begin telkens op een nieuwe bladzijde. Schoon
moet de pagina zijn, als een fris opgemaakt ziekenhuisbed wacht
ze op mijn warrige woorden. Postelein en mierikswortel groei-
en bij het terras in de tuin, waar de carrousel met de vermaledij-
de pony's in de rondte draajt.

Alles goed, jeetje, mijn moeder straalt, ze kust me, op één
woord na, Fania, het gemakkelijkste woord heb je verkeerd geschreven, snap je dat nou, draait met een j.

Dat zei je toch zo.

Dat zei je toch zo, wat zei ik dan zo. Ze test uit hoe ze het gezegd zou kunnen hebben en hoe ze het niet gezegd zou kunnen hebben, ze draait het tussen haar tanden, ze weet het niet meer, het klinkt als een j, maar toch wordt het met een i geschreven, ze zoekt het in het woordenboek op, ze komt naar me toe en laat me het woord zien. Het ziet er saai uit, vind ik, en zij vindt dat ook. Zo wordt het nu eenmaal geschreven, Fania, ze neuriet een liedje dat mijn vader af en toe zingt, misschien kan ik het zo beter onthouden. Draai je nog een keer om, zingt ze, voor we van elkaar scheiden. Ze danst langzaam in mijn richting, zoals zij en haar man doen, in plaats van uit elkaar te gaan, zoals het lied het wil. Het zou beter zijn draaien met een j te schrijven, vind ik. En pijn met een korte ei. Pijn wil een sirene in het midden, e-i, ik weet dat je pijn met een lange ij schrijft, maar die ij is niet goed, geen wilde, brandende pein, een belachelijk pijntje. Ze probeert het, ze is het met me eens. Pijn met een lange ij, onmogelijk.

Mijn grootmoeder wil uit de oude collectie van mijn vader een bril meenemen, die wil ze aan tante Ruchla geven, voor Carola.

Neem er maar drie of vier mee, zegt mijn moeder, een daarvan zal ze wel willen hebben, en misschien wil ze er twee, dan heb je er genoeg bij je.

We nemen vijf herenmonturen mee, Carola draagt alleen maar herenmonturen. Mijn grootmoeder wil weten wat ze moet zeggen als Ruchla naar de prijs vraagt, en mij moeder denkt even na en zegt, vijftig mark per stuk, in geen geval minder dan veertig.

Ze begeleidt ons naar de deur, ze blijft achter in de slaapkamer, aan het bureau van mijn vader, dat bedekt is met rekeningen, met bonnen, met doorslagen van aanmaningen, blauw zijn de eerste aanmaningen, roze de tweede. Als de mensen nog steeds niet betalen en mijn vader zichzelf in zwijgend ongeduld kwelt, dan zegt mijn moeder, vind je niet dat ik de klant eens moet opbellen, Paul, ik doe het aardig en vriendelijk, dan betaalt hij meteen, geloof me maar.

Als we bij de slaapkamer staan om te vertrekken kijkt ze over haar schouder naar mijn grootmoeder en mij, haar slanke handen heeft ze op de armleuningen gelegd.

We gaan, zegt mijn grootmoeder. Mijn moeder knikt. Moeten we op een bepaalde tijd terug zijn, vraagt mijn grootmoeder. Mijn moeder haalt haar schouders op. Maar voor het avondeten zijn we terug, zegt mijn grootmoeder.

Ik ben ongeduldig, ik wil weg, ik wil naar buiten, de straat op.

Mijn moeder kijkt van het bureau op, haar dochter wil weg, zonder kus, ze komt naar ons toe, ze plukt aan mijn alpino, ze kust mij, ze kust haar moeder. Nou, ga dan maar, wees voorzichtig, en doe de groeten. Eindelijk kunnen we gaan, we hadden zonder deze kus kunnen vertrekken, onze voeten zouden we hebben opgetild, onze knieën gebogen en gestrekt, onze benen zouden ons de deur uit hebben gedragen en we zouden uit elkaar gerukt zijn geweest. We moeten elkaar eerst nog een keer aanraken, en ik voel duidelijk dat ik het anders niet meer kan. Misschien kon ik het ook nooit anders.

Mijn grootmoeder is blij dat ik met haar naar het Joods Bejaardentehuis ga, tante Wilma zal er in de recreatieruimte zitten, op haar rubberen ring en voor de televisie, ze zal ruziemaken met andere bewoonsters over de vraag of Duitsland 1 of Duitsland 2 op moet, de dikke tante Ruchla zal bij de magere tante Olga zijn, die in de kamer ernaast woont, en tante Emilie met de luier in haar broek laat haar hand lezen door tante Betty, wier mond een goudmijn is. Tante Betty heeft haar herstelbetaling in haar mond, zodat niemand het geld kan jatten. Moet tante Betty haar tanden met Sidol poetsen, vroeg ik Vera, en Vera zei, je bent een rund, Fania, tante Betty hoeft haar tanden helemaal niet te poetsen, goud blinkt altijd. Vera haat tanden poetsen, vooral 's avonds.

Mijn grootmoeder gaat er niet graag alleen heen, ze wil mij erbij hebben, ik ben voor haar de verbinding met buiten. Ze wil niet in het bejaardentehuis wonen, tante Lotti woont ook niet in het bejaardentehuis, ze heeft haar juweliersswinkel op de Reeperbahn. Behalve zij en mijn grootmoeder woont het hele Theresienstadtkransje daar, en dat vindt mijn grootmoeder te veel van het goede, ze wil niet midden in de kilte wonen, alleen met joden, ze wil onder jonge mensen zijn, de joden daar zijn oud, jonge mensen zijn er bij de Duitsers. Ze gaat met Elisabeth naar de bioscoop, met de dochter van Elsa Kupsch, Elisabeth is net zo dik als haar moeder en een beetje ouder dan Vera, mijn grootmoeder gaat graag met Elisabeth naar de bioscoop, zij betaalt en Elisabeth is blij, Elisabeth zou anders helemaal niet onder de mensen komen, zegt mijn grootmoeder, ze is zo dik, ze schaamt zich. Samen gaan ze naar filmpremières, mijn grootmoeder neemt het programmaboekje voor Vera mee en Vera bekijkt de plaatjes heel precies, na een tijdje ziet ze eruit als de hoofdrolspeelster.

Mijn moeder had gegild, waarom woon je niet in het bejaardentehuis net als al je vriendinnen. En mijn grootmoeder huilde en gilde, Ruchla en Olga en Emilie en Wilma en Betty zeggen zo vaak dat ik het zo goed heb, Hedwig, jij woont bij je dochter en je goede schoonzoon, wat is dat een goede man. Hoe gelukkig ze mocht zijn dat ze zo'n dochter en zo'n schoonzoon had, en hoe dat zou zijn, als dat helemaal niet meer waar zou zijn. Mijn moeder klemde haar tanden op elkaar, ze klauwde haar handen in haar haar. Het is allemaal te dicht op elkaar, te krap, niet het huis, dat was groot genoeg. Maar voor de rest. Alles, snap je, alles. En toen zei ze nog, ik kan het niet lang meer aan.

Telkens wanneer het zover is, zijn Vera en ik bezorgd om onze moeder, die het niet lang meer aankan, want ze moet het aankunnen, en we zijn bezorgd om onze grootmoeder, met wie we vreselijk te doen hebben, en we worden ontzettend kwaad op onze moeder, wat is dat voor een dochter, waarom gilt ze zo tegen haar moeder. Als wij vrienden uitnodigen, gilt ze, ga jij er gewoon bij zitten, waarom blijf je niet in je kamer, blijf alsjeblieft in je kamer, we willen alleen zijn, we willen niet voortdurend een moeder bij ons hebben zitten, we willen gesprekken voeren, we willen met elkaar praten en dat kunnen we niet als jij er altijd bij bent.

Waarover dan, ik werp me met mijn vraag tussen moeder en dochter, ze moeten ophouden, mijn moeder moet ophouden, mijn hart klopt in mijn oren, ik heb geen koorts, dat doe ik soms, ik krijg koorts wanneer het me te veel wordt, ik word gloeiend heet en ben weg, en als ik er weer ben, dan is alles goed, ze staan rond mijn bed, glimlachen naar me en zijn blij dat ik er weer ben, en mijn grootmoeder dankt Adonaj.

Vera trapt op mijn voet, mond houden. Dat onze moeder tegen haar moeder schreeuwt is normaal in onze familie, ook Vera en ik schreeuwen tegen onze moeder. Maar dit geschreeuw is anders. Mijn moeder wil een scheiding, haar moeder moet van haar scheiden, hoe kan ze dat nou doen, een moeder kan toch niet van haar dochter scheiden, de dochter moet weg, de moeder blijft achter, de dochter moet haar spullen pakken, vertrekken en zich niet omdraaien. Dat kan niet meer bij Hedwig en Alma, ze draaien om elkaar.

Hoezo, wat doe ik dan, jammert mijn grootmoeder, jullie kunnen toch overal over praten, ik stoor jullie toch helemaal niet, ik houd toch mijn mond. Ze huilt. Mijn moeder gilt en spartelt en dwingt zichzelf het haar moeder in alle rust uit te leggen, nu is toch alles anders, nu is het toch normaal, nu kun je toch heel normaal leven, net als andere mensen. Mijn moeder heeft haar moeder niet verlaten. Ze had het kunnen doen. Alleen met de trein naar Italië. Toen het nog kon. De tachtig mark voor het kaartje, enkele reis, die had ze stiekem altijd bij zich, in een klein stoffen tasje op haar lichaam, in haar onderbroek, vastgemaakt met een veiligheidsspeld omdat het elastiek van haar onderbroek meestal uitgelubberd was en haar onderbroek anders, zonder die veiligheidsspeld, onder haar rok zou zijn afgezakt tot op haar voeten, schoenmaat 35. Hoe ziet dat er nou uit, lamenteerde Hedwig Glitzer, als je nou eens iets overkomt, ze zette een nieuw elastiek in de onderbroek van haar dochter en haalde de veiligheidsspeld weg, wat moeten de mensen nou van ons denken, en Alma zei, als het zover komt kan mij dat niks schelen, en ze pakte een nieuwe veiligheidsspeld, voor het geval dat en voor haar tachtig mark Italië. Maar Alma kon helemaal niet weg. Ze kon haar moeder niet achterlaten en de oude mensen niet, de ouders van haar moeder. De mannen waren vertrokken, Leon en Julius, en zij bleef, en nu moest dat eindelijk eens een keer afgelopen zijn. Begrijp je dat niet, we willen eens onder elkaar zijn, ik wil met mijn man en mijn kinderen kunnen leven zoals andere mensen dat ook doen.

Maar dat willen Vera en ik niet, onze grootmoeder wil het ook niet, ze is een vrouw zonder man, ze was gestorven en is weer in de wereld gezet, ze heeft alleen nog maar het huwelijk van haar dochter, zij is de vrouw met die man, met die goede schoonzoon, die het beste is wat een vrouw maar wensen kan, die te zacht is voor haar dochter en soms te goed, te toegeeflijk.

Mutti laat ik niet alleen, ik zal nooit van haar weggaan, wat er ook gebeurt, als je van mij houdt, moet je achter ons staan, als je achter mij staat, dan ook achter haar. En toen hij op een keer niet kwam, toen zijn zuster hem tegenhield en zei dat het zijn dood zou betekenen als hij zich met die jodin afgaf, het was nog niet te laat om haar in de steek te laten, die nacht, toen Alma aan de keukentafel zat en tevergeefs op hem wachtte, toen zei Hedwig tegen haar dochter, je moet hem in de steek laten, hij zal niet achter ons joden gaan staan, het is te gevaarlijk voor hem, hij brengt ons in gevaar, we kunnen niet op hem vertrouwen, hij is te zacht. En Alma was 's ochtends van de keukentafel opgestaan en op haar hoge pumps en met haar zijden kousen aan, haar lippen had ze nog even rood gestift, zo was ze naar buiten gegaan, de Osterstraße af, langs de hoek van de Heußweg, naar het kantoor van de meubelfirma Klamme & Co., waar hij 's ochtends om acht uur met zijn werk achter zijn bureau begon, toen kwam hij er aan de arm van zijn zuster Mimi aangelopen, ziek van ziel, hij had steun nodig. Mimi keek langs Alma en Alma registreerde het en nam het voor kennisgeving aan, dat ging tegenwoordig zo, het krenkte haar maar dat ging tegenwoordig zo en het was nu niet belangrijk, hij was belangrijk, wat was er met hem aan de hand, zijn zuster negeerde haar, ze versperde hem de weg, je moet nu een beslissing nemen, Paul, vóór ons of tegen ons, ik verwacht je vanavond of het is uit tussen ons, voor altijd. Ze ging naar huis, vertelde het aan haar moeder, ik wil nog tot vanavond op hem wachten, als hij niet komt, dat kon ze niet over haar lippen krijgen, dat het dan uit was. Hedwig, de vrouw die door haar man in de steek was gelaten, bleef rustig en was sterk, haar dochter moest haar steun krijgen, we moeten het alleen doen, hij zal niet komen, zei ze. Alma jammerde, ze leek bereid om neer te zijgen bij haar moeder en haar bittere overtuiging, en er werd aangebeld, en hij kwam, hij was zwak en sterk genoeg.

Wij weten alles, mijn zus en ik, we waren er niet bij, desondanks weten we alles. Soms komt er iets bij dat we nog niet wisten, en dan weten we weer dat we toch niet alles weten, hoewel mijn moeder beweert dat ze ons alles vast en zeker zo vaak al heeft verteld.

Van tante Ruchla weten we hoe dat eruitzag wanneer Hedwig Glitzer door de Henriettenstraße liep, vervolgens door de Eichenstraße en de Unnastraße, en altijd gehaast, naar haar klanten onderweg, in haar tas kam, schaar, krultang, om het haar van de vrouw van dokter Braun te doen, om de pruik van de vrouw van de rebbezeen te kappen, om het haar van de vrouw van de dominee te knippen, de vloer te vegen en de kwispedoors leeg te maken in de sigarenzaak van oom Martin Loew Nehemias. En Alma, mijn moeder, toen vier, vijf jaar oud, altijd achter haar aan. De dikke tante Ruchla stond in de kelderdeur, in de ingang van de schoenmakerij van haar ouders, Bette en Jakob Fisch, Ruchla was nog helemaal niet dik, alleen een beetje mollig en net zo jong als Hedwig, begin twintig. Ze zag haar vriendin langslopen, haar hoofd gebogen en in haast als een vrome jid, waar ga je heen met zoveel haast, riep ze haar achterna, gaat de rebbe trouwen, en omdat Hedwig niet luisterde en niet bleef staan riep Ruchla, o jee, Hedwig, jouw kleintje, nebbisj, met haar kleine voetjes. Hedwig Glitzer had geen aandacht voor haar dochtertje, ze voerde innerlijke gesprekken met Julius, haar ex-man, ze was een van haar man gescheiden vrouw, dat was haar niet aan te zien, aan te zien was haar het kind zonder man, het kind zonder vader, een schande, zonder kind zou het gemakkelijker zijn. Het kind, haar kind, haar kleintje effende voor Hedwig Glitzer de moeilijke paden, hoewel ze achter haar aanliep snelde het kind voor de moeder uit, ze naaide leuke kleren voor haar dochter, dofte haar op, de klanten keken uit naar Alma, Alma, zeg een gedicht op, Alma, dans. De bij de dochter horende man ontbrak, en haar dochter vond de man die moeder en dochter redde.

We lopen de oprit af, mijn grootmoeder licht schommelend op o-benen, ze draagt een lichte jas van lakenstof, een hoedje met een voile en dunne handschoenen. Ze vraagt me of haar haar goed zit, hoe kan ik dat weten, ze draagt een hoed, dus zeg ik ja, alles in orde, je hebt iets te veel rouge opgedaan. Ze doet de knip van haar buikige handtas open en geeft me een naar eau de cologne ruikend kanten zakdoekje, we blijven midden in de zon staan, ze houdt me haar gezicht voor, ik dep de zachte, gerimpelde huid van haar rode wangetjes. Bij de Mittelweg stappen we op de tram die ons tot voor de deur van het Joods Bejaardentehuis brengt, de halte is er pal voor, de burgemeester van Hamburg zal dat zo hebben verordend omdat de joden zo kapot zijn. Bij het uitstappen denk ik, nu weten de mensen dat wij joden zijn. Alleen mijn grootmoeder en ik stappen hier uit.

Het huis is nieuw gebouwd en ziet er lelijk uit, gele bakstenen. We lopen een paar trappen op, mijn grootmoeder belt aan en probeert vanbuiten door de grote ruiten te zien of er iemand komt opendoen. Ze drukt haar voorhoofd tegen het glas, haar hoedje glijdt van zijn plaats, ze beschermt met beide handen haar ogen tegen het daglicht. Dat is gepantserd glas, ik tik tegen de voordeur, zo stel ik me gepantserd glas voor, gepantserd glas, die woorden stonden in de leesportefeuille, een zwarte limousine met ruiten van gepantserd glas, speciaal gemaakt voor de sjah van Perzië en zijn vrouw Farah Diba. Naast me kraakt een intercom. Een hese vrouwenstem beveelt:

Naam graag.

Mijn grootmoeder gaat voor de luidspreker staan, haar gezicht verkeert in opwinding. Ja, juffrouw Tannenbaum, roept ze, ik ben het, wij zijn het, mijn kleindochter is meegekomen.

Naam graag, kraakt het.

Hedwig Glitzer en Fania Schiefer, gil ik, en mijn grootmoeder kijkt waakzaam over mijn schouder de straat op, of iemand me gehoord heeft, behalve juffrouw Tannenbaum natuurlijk.

Het geruis van de intercom is opeens afgelopen. We wachten. Na een poosje wil ik nog een keer bellen.

Nee, nee, zegt mijn grootmoeder, ze kan toch niet zo snel, je weet wel, vanwege haar been. En daar komt juffrouw Tannenbaum aanroeien, ze is jonger dan mijn moeder en loopt met een kruk, bij elke pas trekt ze met haar ene been een halve cirkel en tilt ze haar schouder aan de andere kant op tot haar oor. Ze doet open zonder ons te groeten. Zodra we haar gepasseerd zijn wil ik weten wat haar overkomen is.

We gaan eerst naar Hermine Kleingeld in de kelder, zegt mijn grootmoeder, volgens mij zoekt Hermine Kleingeld allang een nieuwe bril.

Op de trap naar beneden, naar de bibliotheek, fluistert ze, dat heb ik je al honderd keer verteld, Fania, ze hebben in het kamp het been van juffrouw Tannenbaum een paar keer gebroken.

En waarom. Ik vraag omdat vragen erbij hoort wanneer het been van een vrouw een paar keer wordt gebroken.

Ja, waarom, mijn grootmoeder, die me dat al honderd keer heeft verteld, loopt de trappen af, pas op, Fania, ze zijn geboend, je breekt je nek anders. Je nek kun je maar één keer breken, beter je been een paar keer gebroken dan je nek, juffrouw Tannenbaum zou dan al bij de eerste breuk dood zijn geweest, en nu leeft ze nog en kan ze ons pesten.

Beneden in de kelder zit Hermine Kleingeld achter hoge boekenkasten, ze beheert het boekenbezit van de Joodse Gemeente, ze heeft twee jaar geleden Mottl Kummer afgelost, die op zekere ochtend dood op de grond tussen de boekenkasten lag. Een mooie dood, zei mijn grootmoeder, een mooie dood, zegt het Theresienstadtkransje, tussen zijn boeken heeft hij de Almachtige ontmoet, iedereen vond dat Mottl Kummer een mooie dood had gehad na het leven dat hij had geleefd. Een mooie dood, en een prachtig handschrift had Mottl Kummer, elk boek en elke lezer noteerde hij op een systeemkaart, met een blauw inktpotlood in Duits schrift.

Hermine Kleingeld staat achter haar bureau op om ons te begroeten, ze heeft een schrijfmachine die bijna net zo oud is als Mottl Kummer was toen hij stierf, zesenveertig jaar. Dat ik die Erika heb is al een vooruitgang, zegt Hermine Kleingeld. De Erika is van gietijzer, ze heeft geen ß, woorden die met ß geschreven worden schrijft de Erika met ss, daarvoor in de plaats heeft ze een extra toets waarop in cursieve letters de twee letters *RM* staan, de afkorting voor *Reichsmark*, zo oud is de Erika, en ernaast ligt de bril van Hermine Kleingeld, rond een van de beugels zit een pleister geplakt.

Ik word zes juni vijfenzestig, verder komt mijn grootmoeder niet, Hermine Kleingeld kan het niet geloven, mevrouw Glitzer ziet er zo jong uit, zegt ze, wij zeggen altijd, als een jong meisje, mijn grootmoeder bloost van plezier. Ik vind ook dat mijn grootmoeder meisjesachtig is, ze bloost gauw en ze begrijpt geen vieze moppen, het zal ermee te maken hebben dat ze allang zonder man is.

Ik wil u voor mijn verjaardag uitnodigen, mijn schoonzoon zal er ook zijn, zegt mijn grootmoeder met nadruk. Hermine Kleingeld wil graag komen. Of ze genoeg werk heeft, informeert mijn grootmoeder, of die Russen onze boeken eigenlijk wel kunnen lezen, er waren zoveel Russen en Polen gekomen, hopelijk schaadt ons dat niet bij de Duitsers.

Zes uit Rusland, bevestigt Hermine Kleingeld, en er schijnt ook een man bij te zijn, valt mijn grootmoeder haar in de rede. Hij is van de derde alieja, zegt Hermine Kleingeld veelbetekenend, en ik wacht geduldig wat er van dat woord terechtkomt, alieja, nooit van gehoord, en ik luister, de vijf Russen schijnen met de vierde gekomen te zijn. Is dat een schip, vraag ik, en waarom ze niet over land waren gekomen. Het is het Hebreeuwse woord voor immigratie, zegt Hermine Kleingeld. Ik schaam me, want ik verwacht dat mijn binnenste alles wat joods is voor me gereedhoudt en er alleen een joodse omgeving nodig is om het naar buiten te laten komen. Alieja betekent opgang, zegt Hermine Kleingeld, en mijn hoofd bonst van gloeiende hitte, ja, ja, dat weet ik, zeg ik snel, en ik zuig joodse dingen op die me tot zonet nog waren onthouden zonder dat ik het wist. Hermine Kleingeld vindt mijn schaamtevolle gulzigheid niet vreemd. Opgang naar het Beloofde Land, zegt ze tegen mij, dat kun jij ook doen, Fania, als je dat later wilt, als je een jonge vrouw bent. Mijn grootmoeder lacht en pakt mijn hand, wat probeert u haar nou aan te praten, alsof mijn dochter dat goed vindt, en is hij al op leeftijd, die man, informeert ze.

Gegaan is hij al in 1919, heeft hij mij verteld, mevrouw Glitzer, een oude kibboetsnik, nou, en waarom is hij hierheen gekomen, waarom is hij niet gebleven, vraag ik u.

En waarom, vraagt mijn grootmoeder.

Vanwege de herstelbetaling, wie kan hem dat kwalijk nemen, die vijf vrouwen ook, en reuma krijgen ze ook nog, hier in ons natte Hamburg. Gisteren viel hij bijna van de trap op weg hierheen, ik zeg steeds tegen juffrouw Tannenbaum dat ze de trap niet moet laten boenen, en wat denkt u dat ze doet, mevrouw Glitzer.

En mijn grootmoeder heft haar handen omhoog en haar wenkbrauwen, ze laat haar stem zakken en zegt veelbetekenend, aha.

Precies, fluistert Hermine Kleingeld.

Dafke Tannenbaum, oj wei, nebbisj, haar been.

Precies wat ik zeg, mevrouw Glitzer.

Ik verdwijn tussen de boekenkasten, mijn handen stop ik tussen de boeken, waarvan er honderden, duizenden naast elkaar staan, bruingrijs gekaft, met een nummer op de rug, van de buitenkant zien ze er niet bijzonder aantrekkelijk uit. Het stof maakt mijn vingertoppen dof.

Onze joden, hoor ik Hermine Kleingeld bij haar bureau zeggen, daarover mag ik me niet beklagen, maar die uit het Oosten, mevrouw Glitzer, Polen zijn nu ook naar de Bondsrepubliek gekomen, in de DDR laten ze de joden meteen vertrekken, liever vandaag dan morgen, en vanuit Roemenië nog een aantal families via Israël, vijf maanden in het Beloofde Land en vandaar rechtstreeks naar Amerika, en wie daar niet welkom is, die nemen wij. Ik moet oppassen dat ik de boeken ook terugkrijg, er zitten waardevolle stukken bij, eerste drukken, schenkingen uit familiebezit, als je die zou verkopen, een vermogen. Ik zeg steeds tegen meneer Blättner, we moeten verzekerd zijn, maar hij, nou, u kent hem, met hem kun je niet praten, en die uit het Oosten, die maken vetvlekken op de boeken, maar gelukkig kaft ik ze allemaal met pakpapier, het is wel waar dat de mensen in het Oosten van de Duitse literatuur houden, mevrouw Glitzer, ze zeggen lange balladen van Friedrich Schiller voor me op, in het Duits. En Heinrich Heine, vraagt mijn grootmoeder. Heine ook, zegt Hermine Kleingeld, vanzelfsprekend, onze Heine, en laatst iemand de hele *Faust*, maar alleen het eerste deel.

De telefoon gaat.

Mijn grootmoeder begraaft haar blik in haar geopende handtas, ze wil er niet uitzien alsof ze meeluistert, maar omdat ze er nu eenmaal is, luistert ze mee. Ik ook.

Da. Da, da, zegt Hermine Kleingeld in de telefoon, ze zegt het een paar keer. Het klinkt alsof ze stottert, da betekent in het Duits daar en in het Russisch ja. Ik weet dat van tante Betty. De vreemde woorden glijden langs mijn oor, zachte, klamme klanken. Waarschijnlijk de Rus uit Israël, het gaat vast over een boek.

Dat was mijn vader, hoor ik Hermine Kleingeld tegen mijn grootmoeder zeggen, hij belt elke dag op, altijd rond deze tijd, uit München. Hij zegt zijn naam niet, ik hoor zijn adem en weet dat hij het is. Ik vraag, hoe gaat het ermee. En hij zegt, goed. Dan vraag ik, alles in orde. En hij zegt, ja. Dan zeg ik, bij mij ook. En hij zegt, goed. Ik vraag, is er nieuws. Hij zegt, nee. En ik zeg, goed. Tot morgen dan, en hij zegt, ja. Blijf gezond. En ik zeg, ja. Jij ook. In het Russisch. Dat hebt u gehoord. Mijn vader komt uit Rusland, Boris, Boris Kleingeld.

En dat elke dag, hoor ik mijn grootmoeder zeggen, en Hermine Kleingeld zegt, ja mevrouw Glitzer, elke dag rond dezelfde tijd, daarom kan ik nooit weg rond deze tijd. Hij belt me op sinds de dood van mijn moeder, bijna twintig jaar geleden. Ik was toen net uit huis, zesentwintig was ik. Hij stond bij haar graf en zei, wat heeft ze niet allemaal overleefd, en dan wordt ze overreden door een melkauto, een jongeman zat achter het stuur, twee jaar na de bevrijding.

Ik, achter de hoge kasten met de oude boeken, peins me suf waarom Hermine Kleingeld als volwassen vrouw net als haar vader heet, Kleingeld, en ik begrijp opeens dat ik niet denken kan, dat ik op mijn hoofd moet zijn gevallen, door het keukenraam naar buiten op de treden van de ijzeren trap, Hermine Kleingeld is natuurlijk niet getrouwd met haar vader, ze is helemaal niet getrouwd. Net als Carola, de dochter van Ruchla, die is ook niet getrouwd, hoewel ze een volwassen vrouw is. Zo zal ik ook zijn. Ik kan weer denken, ik ben niet op mijn hoofd gevallen, ik hoef de familie niet via het keukenraam te verlaten. Met mijn voorhoofd tegen de stoffige boeken geleund zweer ik dat ik hetzelfde zal doen als Hermine en Carola en niet als Vera met dat varken.

U bent een goede dochter, hoor ik mijn grootmoeder zeggen, ik heb een bril voor u meegebracht, zoekt u er maar een uit, de prijskaartjes zitten er nog aan, dan kunt u zien hoe duur de modellen zijn, mijn dochter zegt dat ze vijftig mark moeten kosten, dat is maar een derde van de winkelprijs, maar u krijgt ze van mij cadeau, Ruchla's dochter moet ze maar betalen, die heeft geld, ze schijnt het te hebben, kaan ajen horre, afkloppen, niet te hard roepen.

Boven in de recreatieruimte vinden we tante Ruchla en tante Olga, ze wachten al op ons, en daarginds in de zithoek zijn de Russinnen, vijf dikke, zware vrouwen met versleten schoenen, vast dichtgesnoerd, hun stemmen knarsen, tjilpen en smakken in het Jiddisch en in het Russisch, ze zijn slecht gekleed, niet te vergelijken met mijn Theresienstadtse tantes.

Tante Ruchla en tante Olga zijn opgewonden, oj, Hedwig, ik word gekust en tante Ruchla zegt, Hedwig, je moet helpen, ze werpt een diepdroevige blik op Olga, het is vanwege Fritzi, we moeten Fritzi laten inslapen, Olga slaat haar handen voor haar gezicht, jij moet het doen, Hedwig, doe jij het voor mij, ik kan het niet, het breekt mijn hart, met jou gaat ze mee, en tante Ruchla zegt, hij wil het zo, de huisregels, zijn huisregels, er valt niet met hem te praten, en omdat ze het over hem heeft, praat tante Ruchla bij uitzondering Hoogduits.

Wie hij, wil ik weten, de drie vrouwen wijzen zwijgen met hun hoofd naar achteren, daarbij kijken ze me veelbetekenend aan. Ze bedoelen Heinrich Blättner, de directeur van het tehuis en voorzitter van de Joodse Gemeente. Wat heeft die tegen honden, vraag ik, Fritzi is weliswaar een lelijke kortharige teckel en ze stinkt, maar ze is toch ongevaarlijk.

Mijn Fritzi stinkt niet, zegt tante Olga.

Tss, zegt tante Ruchla, ojwej ze ruft, nou, oud is ze, en toen Olga hier in het tehuis kwam met haar, vier jaar geleden, drie jaar geleden pas, onderbreekt Olga, ook goed, zegt tante Ruchla, drie jaar geleden, Mottl Kummer, de Almachtige hebbe zijn ziel, hij was nog niet dood, en we dachten, Fritzi gaat eerst, dachten we, en hoe ging het toen, Mottl Kummer ging dood, de Almachtige hebbe zijn ziel, onze Fritzi wil hij niet.

En nu heeft Heinrich Blattner haar ontdekt, zegt tante Ruchla, je had het moeten zien, Hedwig, hij ging tekeer, de huisregels, de huisregels, terwijl hij allang weet dat ik die hond heb, opeens vindt hij het niet meer goed, hij schrok van haar, van Fritzi, ze heeft geen geluk bij hem, het arme dier, wat kan zij eraan doen.

Het is vanwege wat hij heeft meegemaakt, zegt mijn grootmoeder.

Wat hij heeft meegemaakt, schei daarover uit, we hebben allemaal dingen meegemaakt, jij hebt dingen meegemaakt, ik ook, hij is bang van honden, mijn Fritzi is bang van hem zodra ze hem ruikt. Doet u uw hond weg, ratelde hij, anders moest ik hier weg, wie wil Fritzi hebben, niemand wil Fritzi hebben, ze is oud en heeft hartvervetting, en ze is aan mij gewend.

Hiernaast, een paar huizen verderop, zegt tante Ruchla, daar is een dokter, een aardige man, meteen rechts beneden, waar jullie naar buiten gaan.

Fritzi nu wegbrengen voor een spuitje, daar heeft mijn grootmoeder helemaal geen zin in. Ik ben gekomen om jullie voor mijn vijfenzestigste verjaardag uit te nodigen, en hier, ze zoekt in haar handtas, ik heb voor Carola vijf, nee, vier brillen meegebracht, ze mag er een uitzoeken, vijftig mark per stuk, de prijzen zitten er nog aan, het is bijna voor niks.

Tante Ruchla pakt de brillen van mijn grootmoeder aan. Hedwig, je hebt Fania bij je, doe Olga een touwe.

Ja, doe me een plezier, zegt Olga met een trillend gezicht.

Goed dan, mijn grootmoeder is overgehaald, dan laten we naar boven gaan, naar Fritzi.

Daar zijn de Russen, zegt tante Olga als we langs de vijf Russinnen lopen. Mijn grootmoeder klakt met haar tong, mesjogge, een sjmoes, het zijn toch niet meer dan oude Israëli's. Op weg naar Fritzi wil ik weten wat er met Heinrich Blättner aan de hand is, waarom is hij bang van honden, en tante Ruchla vertelt dat de Duitsers hem hebben behandeld als een hond.

Zoals in de uitdrukking of in het echt.

Zoals ik het zeg, zegt ze, echt in een kennel. Gebeten en pijn gedaan hebben die beesten hem, en hij moest hun stront opruimen, hij mocht niet uit hun etensbak mee-eten. Dan zou hij in vergelijking met ons hebben geleefd als God in Frankrijk, zegt tante Olga.

Ik houd van dieren, en ik zou graag een grote hond hebben, ik zou de honden stiekem hebben gedresseerd, en op een ochtend zouden ze op mijn bevel de nazi's hebben doodgebeten. Ik weet van het kamp, van wie weet ik niet. Een hek en daarachter mensen in pyjama, dunne pyjama's.

We zijn bang voor hem, tante Ruchla praat verder, we noemen hem de Pruis, heb je hem wel eens gezien, zegt tante Olga, hij heeft een scherpe, heldere stem, op zijn bureau heerst orde, was je wel eens in zijn werkkamer, tante Ruchla klakt met haar tong, wat moet Fania in zijn werkkamer, en tante Olga zegt, nou, zodat ze een indruk van hem krijgt, en tante Ruchla zegt, waarom zou dat kind belangstelling hebben voor de directeur van een bejaardentehuis, dat duurt nog even, nog zestig, zeventig jaar. Tante Olga zegt, hij zou een goede kalifactor zijn geweest. Tante Ruchla blijft op de gang staan en maakt tante Olga verwijten, hoe kun je zoiets zeggen. De Pruis was nog een jongen geweest en geen kalifactor, en hij was mishandeld en gechicaneerd daar in die kennel door die Duitse mannen. Ze windt zich op, denk aan je gal, Ruchla, nou, hoe kan ik dat nou doen als Olga over een kalifactor begint, en ik vraag of een kalifactor ook een pyjama aanhad of echte kleren. Wat bedoelt het kind, vraagt tante Olga, ik weet het niet, zegt mijn grootmoeder. Schatje, zegt tante Ruchla, vertel ons eens, wat bedoel je, wat is er met die pyjama's. Ze hadden toch pyjama's aan in het kamp, zeg ik, want dat vind ik ontzettend gemeen, zo kon je toch niet vluchten als je had kunnen vluchten, in je pyjama kon je toch niet over straat lopen, dan wisten alle Duitsers toch met-een dat je uit het kamp kwam.

Drie paar ronde ogen vallen in mijn gezicht, tante Ruchla zakt tegen de muur in de halfdonkere gang, haar vette lichaam trilt en lilt, ze laat hortende gilletjes los, Hedwig, vertel, wat draagt die schoonzoon van jou voor een pyjama.

Mijn Papi, zeg ik, natuurlijk draagt hij een gestreepte.

Ze lachen over de echtgenoten en hun gestreepte pyjama's. Koest jullie, jullie beschadigen dat kind, tante Ruchla aait over mijn hete gezicht.

Dat ben ik. Ik wist het niet correct. Ik was dat. Ik moet het correct weten. Het moet correct uit mij komen. Niet fout, zo-als zonet, zodat je ziet dat ik het niet weet, dat ik gescheiden ben van hen, zo gescheiden als geen afgrond mag zijn tussen ons en geen grauwe kou die brandt als heet ijs.

Voor het kind, zegt tante Olga, en ze aait mijn wang, waren wij geen gevangenen in boevenpakken maar mensen in pyjama's die men 's nachts uit bed had gehaald, en zo was het toch ook.

Ze doet de deur van haar kamer open. Fritzi klopt met haar rattenstaart op de vloer en verdraait haar ogen. Ik pak de riem van de kapstokhaak aan de deur, ik bind haar de halsband om, Fritzi likt mijn hand en blijft in de mand liggen.

Ze weet het, zien jullie dat, ze komt niet uit haar mandje, ze weet het. Tante Olga huilt.

Tante Ruchla, mijn grootmoeder en ik weten dat Fritzi al-tijd blijft liggen zodra ze met de riem naar buiten moet. Ze wil niet lopen. Ze moet met haar vier korte poten veel te veel mee-slepen. Ik neem haar op mijn arm. Olga kust Fritzi tussen haar ogen. Snel, doe het snel.

We gaan naar buiten, mijn grootmoeder en ik, in de deur-opening draai ik me nog eens om, tante Ruchla houdt tante Ol-ga vast en wenkt dat we moeten verdwijnen.

Zwijgend lopen we over de halfdonkere gang, aan het einde ervan gaan we de hoek om, er is nog een gang, lang en don-ker, daarachter is het trappenhuis.

Zij had Fritzi kunnen wegbrengen, dat had Ruchla kunnen doen, zegt mijn grootmoeder, en dan had ik Olga getroost.

Ik zet de stinkende Fritzi op de grond en laat haar aan de riem achter ons aan trippelen.

Ik hoop dat we bij de dierenarts meteen aan de beurt zijn, zegt mijn grootmoeder, ik wilde het er eigenlijk nog met hen over hebben of ze Paul geld kunnen lenen om het huis te kopen. Wat zei Alma, zesenvijftigduizend mark zei ze, als Ruchla, Olga, Wilma en Betty, Emilie niet, die heeft niks, en Lotti is te gierig, die geeft niks, maar Ruchla, Olga, Wilma, Betty, mijn grootmoeder telt met de wijsvinger van haar linkerhand vier vingers van de rechter af, zouden elk tienduizend mark kunnen geven, oj, dat zou mooi zijn. Die andere zestienduizend krijgen we wel bij elkaar.

Op het eind van de gang gaat een deur open, zonlicht valt heel even op de gang, een man komt naar buiten, de deur achter hem is weer dicht en heeft het licht van ons afgepakt. In zijn ene hand houdt hij een aktetas, hij loopt snel, met de vingers van zijn andere hand tast hij de muur af, hij komt ons tegemoet.

Ik zeg mijn premiespaarrekening op, denkt mijn grootmoeder hardop, niet iedereen kan tienduizend geven, Ruchla niet en Wilma ook niet, misschien kunnen ze vijfduizend geven, dan hebben we toch al dertigduizend bij elkaar, daar komt iemand, zeg ik, Fritzi is plat op de grond gaan liggen en wil absoluut niet verder.

Ga nou mee, zegt mijn grootmoeder tegen de hond, je moet goed trekken, Fania.

Ik herken de directeur, Heinrich Blättner. Hij heeft ons ook herkend, hij roept een trompetterend goedendag, mevrouw Glitzer, in onze richting en Fritzi, plat op de grond, gromt. In godsnaam, fluistert mijn grootmoeder. Waarom gaat hij niet weg, natuurlijk, hij kan niet weglopen. Hij perst zichzelf tegen de muur en laat zijn tanden zien, met een scherpe stem komt hij op me af, zijn aktetas houdt hij tegen zijn lijf gedrukt, zijn gezicht is nat, zijn angstzweet bereikt de neus van Fritzi, ze heeft haar scherpe tanden ontbloot, en hij gilt, hij blaft, huisregels, onmiddellijk. We brengen haar weg voor een spuitje, meneer Blättner, ik ben het, gilt mijn grootmoeder tegen hem. Ja, zegt hij, zijn stem is hees, mevrouw Glitzer, ja. En dan begin ik te lopen, ik loop, ik ren, ik trek Fritzi, die plat op haar buik ligt, aan de riem over het geboende linoleum tot aan het einde van de gang, voor het trappenhuis trek ik haar omhoog op mijn arm, ze kan geen trappen lopen, dat haalt ze niet meer.

Mijn grootmoeder komt achter me aan. Onaangenaam, zegt ze, die arme man, wat onaangenaam.

Op straat, op weg naar de dierenarts die Fritzi een spuitje moet geven, herken ik al van een afstand Sirena's rode haar, en naast haar loopt een vrouw die net zulk rood haar heeft als Sirena. Dat is vast haar moeder, ze zullen denken dat die dikke, stinkende Fritzi mijn hond is, ik had liever gehad dat Fritzi al dood was en niet meer achter me aan zou hijgen.

Ken je dat meisje, vraagt mijn grootmoeder, zit ze bij jou in de klas, dat is vast haar moeder, zeg netjes goedendag, maak een kniebuiging, misschien moeten we even naar hen toe en goedendag zeggen. Ik wil dat liever niet, ze komen in onze richting en Sirena stelt me aan haar moeder voor, die geeft mijn grootmoeder een hand en zegt haar naam, Thea Bechler, ik ben de moeder van Sirena, en u, zegt Thea Bechler, u bent zeker de grootmoeder van Fania Schiefer, en mijn grootmoeder zegt ja, haar gezicht is bezweet, haar hoedje is scheef gezakt, het valt me op dat ze haar naam niet zegt, alsof ze ook Schiefer heet en niet Glitzer, ze gaat achter mijn naam staan, die de naam van mijn vader is. Thea Bechler geeft me haar hand, die in een witte glacéhandschoen zit, of ik haar dochter bijles wiskunde zou kunnen geven. Sirena staat ernaast en glimlacht naar me, o ja, Fania, dat zou fantastisch zijn. Natuurlijk niet voor niets, zegt Sirena's moeder, en mijn grootmoeder zegt, dat doet mijn kleindochter graag.

Vind je twintig mark per uur goed, vraagt Sirena's moeder me.

Ik knik, het is veel geld, te veel, tien mark is gebruikelijk, ik zwijg, ik kan alleen maar knikken. Sirena omarmt me, ze geeft me een kus op mijn wang.

Wanneer kun je beginnen, vraagt mevrouw Bechler.

Volgende week donderdag, zegt mijn grootmoeder.

Zou het niet vrijdag kunnen, vrijdag zou beter zijn.

Nee, mijn grootmoeder en ik zeggen het als uit één mond. Sirena en haar moeder deinzen achteruit bij het zien van onze gezamenlijke mond. Op vrijdag komt mijn schoonzoon naar huis, zegt mijn grootmoeder, alsof mevrouw Bechler het gewoon vergeten was, dan is de familie altijd bij elkaar.

Goed dan, zegt Sirena's moeder, als het vrijdag niet kan, dan kom je maar donderdag om drie uur. Sirena glimlacht.

Bij de dierenarts duurt het tamelijk lang, en als we eindelijk aan de beurt zijn gaat alles snel. Ik houd Fritzi op mijn schoot, de man in de witte jas prikt zijn spuit achter het oor van de teckel. Na een poosje vraag ik, hoe lang duurt het doodgaan, en hij zegt, ze is al dood. Ik had het niet gemerkt. Haar lichaam is nog steeds warm. Waar gaat ze nu heen, wil ik weten, de man zal haar in zijn tuin begraven, belooft hij. Dan weet ik dat het hondenlijk in de asemmer terecht zal komen.

Wat ze hem schuldig was, vraagt mijn grootmoeder, vijftien mark, zegt hij, en of ze even mocht opbellen, hij wijst zwijgend naar zijn bureau, daar staat een wit toestel, helemaal nieuw, onze telefoon is zwart.

Mijn grootmoeder belt het bejaardentehuis op. Juffrouw Tannenbaum neemt op. Of ze Ruchla Fisch kon spreken. Het duurt een hele poos. Juffrouw Tannenbaum is slecht ter been, legt mijn grootmoeder aan de dierenarts uit, ze legt haar hand over de hoorn. De man knikt en wendt zich af. Hij ziet er sympathiek uit met zijn ronde volle baard en zijn serieuze ogen. Ik heb nog altijd de dode Fritzi op schoot. Hard en vreemd klinkt opeens de stem van mijn grootmoeder door de behandelkamer voor dieren.

Ruchla, ben jij het, ja, alles is achter de rug. Ik ga nu met Fania naar huis, Alma wacht ongetwijfeld al op ons. Nee, het ging heel snel. Fritzi heeft geen pijn gehad. Jullie komen op mijn vijfenzestigste verjaardag. Mooi. We telefoneren volgende week nog eens. Natuurlijk, Wilma, Betty en Emilie ook, Lotti heeft al toegezegd. Ik bel je op, nee, niet veel, vijftien mark, een aardige man, een goede dokter, ik kan hier nu niet echt praten, de dokter heeft het ongetwijfeld druk, ze was meteen dood, hij begraaft Fritzi in zijn tuin.

Mijn grootmoeder doet onze voordeur open. De deur van de woonkamer staat open. De woonkamer is leeg. De deur van de slaapkamer staat open. Mijn zus leunt met haar rug naar ons gekeerd tegen de deurpost, mijn moeder zit nog steeds aan het bureau, en mijn zus zegt, ze kletst uit naar nek, ze is helemaal gestoord. Was het leuk, vraagt mijn moeder langs Vera heen. Ik moet je zoveel vertellen, Alma, zegt mijn grootmoeder. Daar is nu geen ruimte voor, er hangt iets belangrijks in de lucht tussen mijn moeder en mijn zus.

Daarstraks in het trappenhuis, ik kwam net van beneden, uit de provisiekamer, toen hield mevrouw Hainichen me tegen, ze wilde eens met me praten over mijn dochter, ik vraag, welke, en mevrouw Hainichen zegt tegen mij, de oudste, mevrouw Schiefer, en ik zeg, zegt u het maar, en mijn moeder doet voor op welke toon ze tegen mevrouw Hainichen zegt u het maar heeft gezegd, namelijk dat Alma Schiefer in geen geval bereid was zich door iemand vanbuiten de familie iets over een van haar dochters te laten zeggen, behalve als het iets positiefs is. Ze draait een potlood tussen haar vingers. Toen zei ze tegen mij, midden in het trappenhuis, dat ze mijn dochter Vera, mijn moeder kijkt ons allemaal om de beurt aan, ervan verdacht iets met haar man te hebben.

Mijn zus lacht krijsend. Haar lach is duidelijk huichelachtig en vol schrik, en het verbaast me dat mijn moeder dat niet hoort. Ze stopt het potlood in het gat van de puntenslijper die aan het bureau van mijn vader zit en draait aan de slinger. Onder het geluid van malende tanden vallen flinterdunne houtguirlandes en loodspaanders in een opvangbakje. Vera kijkt me kort en priemend aan. Mijn grootmoeder volgt Vera's blik tot bij mij.

Mijn dochter Vera is nog minderjarig, als het waar zou zijn, zei ik tegen haar, dan zou uw man, mevrouw Hainichen, iets met mijn minderjarige dochter hebben, en dat is strafbaar, en voor de rest steek ik mijn hand voor mijn dochter in het vuur, allebei mijn handen. En ze laat ons haar handen zien, in de ene heeft ze het potlood, vers geslepen. Uitgerekend met dat ss-varken, zoiets zou je me toch niet aandoen, nietwaar, ze kijkt naar Vera, dreigend, smekend, aandringend.

Ach, onzin, Mami, nooit van z'n leven, Vera zegt het heel serieus, ze wil dat dreigende, smekende aandringen kalmeren, zelfs ik geloof haar op dit moment, en ze gelooft het zelf ook.

Als dat waar zou zijn, zou ik hier vandaag nog weggaan, ik zou hier geen vierentwintig uur langer kunnen blijven, onder dit dak, samen met die mensen, als mijn dochter, mijn eigen dochter, me dat zou aandoen.

Doe nou maar rustig, zegt Vera, ze loopt naar het bureau van mijn vader, ze pakt over het hoofd van mijn moeder heen het pakje sigaretten, neem niet mijn laatste sigaret, zegt mijn moeder, het is de laatste, zegt Vera en steekt haar aan, Papi heeft er vast nog in zijn bureau.

Daar heb ik al gekeken, zegt mijn moeder.

En helemaal achterin, vraagt Vera, achter de enveloppen, onder het carbonpapier.

Zelfs dat weet je al, aarzelt mijn moeder, onze allerlaatste noodreserve.

Zondag komt de familie van mijn vader eten. Mijn vader heeft een eigen familie, ze zijn niet joods. De joden zijn wij, mijn moeder, mijn grootmoeder, mijn zus en ik, hoewel mijn zus en ik ook dat andere, dat van hem, in ons dragen. Dat heb je van je vader, zegt mijn moeder tegen mij, zij kan het weten, ze heeft het bij mij ontdekt, en meteen ben ik een beetje minder joods. Wat ze bij mij van hem ontdekt is nooit zo goed als dat wat ik van haar heb. Dat ik bijziend ben heb ik van hem, en dat ik zo vaak sorry zeg heb ik van hem. Hij verontschuldigt zich veel te vaak. Sorry, Alma, zegt hij, sorry hoor, ik neem het terug, jij weet het beter, sorry dat ik er een mening over had, sorry dat ik geboren ben. En zij wordt steeds kwader, hoe meer hij zich verontschuldigt. Zij verontschuldigt zich nooit, ze vecht om elke bewering die ze in de wereld zet. Waar weet je dat nou weer van, gilt Vera, en ze houdt vol, dat weet ik gewoon.

In de nazi-tijd zouden jullie halfjoden zijn geweest, ze snijdt de kilo boter doormidden, de ene helft gaat naar de kelder, naar de provisiekamer, de andere helft onder de boterstolp, jullie kinderen zouden kwartjoden zijn en hun kinderen weer voor een achtste enzovoorts. Het grote keukenmes gaat op en neer boven het overgebleven stuk goudgele boter. Ze gaat ervan uit dat Vera en ik geen joden zullen vinden. Waar zou het ook moeten. In Hamburg zeker niet. Ze zijn er niet meer, en de anderen zijn weg.

En als ik met een jood trouw, vraag ik. Ja, dan, zegt mijn moeder en kijkt naar de gehalveerde boter, dan zou er hier de helft van de helft bijkomen. En als mijn driekwartjoodse dochter met een jood trouwt, dan zijn hun kinderen zevenachtstejoden, en hun kinderen, als die met een jood trouwen, zouden dan vijftienzestiendejoden zijn. Vera stampt met haar voeten. Ik moet ophouden. Dat is alleen omdat zij niet kan rekenen.

Volgens de halacha zijn jullie in elk geval joods, zegt mijn grootmoeder. Als de moeder joods is, zijn de kinderen joden.

Vera is vergeten dat ik het haar heb verteld, onlangs, toen ze me uit *Joseph und seine Brüder* had voorgelezen, toen vertelde ik het haar, toen we alleen op onze kamer waren, dat wij joods zijn, dat onze moeder er helemaal niets tegen kan doen. Vera is vergeten dat ze het van mij weet, dat ik het al eerder dan zij wist, dat ik mijn kennis daarover met haar heb gedeeld.

Ze staat onbeweeglijk en kijkt naar zichzelf. Je kunt dat stomme breukengedoe toch vergeten. Dan zijn wij, ik en Fania, ze kijkt even naar me, dan zijn wij, ze kijkt langs onze moeder naar onze grootmoeder, net zo joods als zij, en ze maakt een gebaar met haar hoofd in haar richting, naar de dochter van Hedwig Glitzer, die onze moeder is.

Volgens de joodse wet is dat zo, bevestigt mijn grootmoeder, hoewel Alma met jullie vader en niet met een jood is getrouwd.

Ik heb het je toch verteld, zeg ik tegen Vera. Wat heb je me verteld, liefje, zegt ze en veegt me weg uit haar blik, dat hoor ik voor het eerst, het is goed om te weten, overschreeuwt ze me, want ik heb het nog niet opgegeven om haar te bewijzen dat ze het van mij weet, en mijn moeder vraagt gillend aan haar moeder of ze een reden had om zich over haar schoonzoon te beklagen.

De kinderen vroegen ernaar, mijn grootmoeder haalt haar schouders op, ze schuift haar bril van haar voorhoofd op haar neus, ze bladert verder in de leesportefeuille.

Ik kijk over de rand van het weekblad van boven op de foto's. Daar is die man weer. Zijn zwarte haren vallen schuin over zijn voorhoofd en in zijn gezicht. Ze hebben hem gefotografeerd terwijl hij een messcherp woord tussen zijn blootgelegde tanden schuift, hij draagt een leren jasje. Bij hem zijn nog andere jongemannen, zij zien er netter uit dan hij, brave pakken, scheiding in het haar. Zijn stem heb ik op de radio gehoord. Een hoge stem, gehaast en geknepen. Wat hij zei verstond ik niet, hoewel het Duits was. Veel messcherpe woorden. Klasse was een woord, steeds weer klasse. Dat is Dutschke, zegt Vera, Rudi Dutschke, ze pakt het weekblad van mijn grootmoeder af, en mijn moeder zegt, je kunt die leesportefeuille niet gewoon van je grootmoeder afpakken, kun je niet eerst vragen of je ze even hebben mag. Vera geeft de leesportefeuille aan mijn grootmoeder terug, en mijn moeder pakt ze van haar moeder af, ze wil even kijken.

Die vent is klasse, zegt Vera.

Ik vind die vent maar niks. Mijn moeder vindt mannen in leren jasjes verdacht en ze benut elke gelegenheid daar de nadruk op te leggen. Alleen bij taxichauffeurs accepteert ze het leren jasje stilzwijgend, taxichauffeurs zijn er om mijn moeder snel en comfortabel naar huis te brengen wanneer haar man de stad uit is.

Vera wijst naar de anderen, de nette jongemannen, allemaal studenten.

Ach, echt waar, mijn grootmoeder glimlacht blij, zijn dat studenten, zo netjes en keurig.

Vera bladert verder, ze wijst naar een oude man, en hoewel hij geen colbertje draagt, alleen maar een wit overhemd, en hoewel hij geen stropdas draagt en zijn boordknoopje openstaat, bestaat er geen twijfel over dat deze man met zijn fijne gezicht een ontwikkeld iemand is, hij staat tussen misschien twee- of drieduizend studenten, hij luistert naar hen, jonge vrouwen ontdek ik, de vriendinnen van de studenten, veronderstel ik, die zijn waarschijnlijk bij uitzondering een keer meegenomen naar de universiteit, denk ik, vanwege deze belangrijke en zeer interessante ontmoeting met deze oude heer zonder colbertje en zonder stropdas, ook de sjah van Perzië brengt nu zijn vrouw mee, naar Bonn en Berlijn, Farah Diba, die een klassekapsel heeft uitgevonden, de vriendinnen van de studenten dragen hun haar niet helemaal zo hoog getoupeerd als de keizerin van Perzië, en mijn zus heeft er zelfs een lila strikje bovenop gebonden. Vera ziet duidelijk die fijnbesnaarde man zonder stropdas en colbertje wel zitten. Hij is ook een jood.

Meteen wil mijn moeder weten hoe ze dat weet, van jou niet, zegt Vera, en mijn grootmoeder pakt de leesportefeuille weer terug en leest hardop voor wat onder de foto staat, daar staat, temidden van de studenten in de collegezaal, rechts vooraan, en ze stopt even en haalt adem, nu komt de naam, zegt ze, toe nou, zegt mijn moeder, Ludwig Marcuse, leest mijn grootmoeder voor, en ze kijkt op en over haar bril heen naar haar dochter Alma.

Geen joodse naam, beweert mijn moeder.

Hoezo niet, zegt mijn grootmoeder, haar directrice van de Israëlitische Meisjesschool in Hamburg, in het Karolinenviertel, heette Markus van achteren.

Dat weet ik, Mutti, zegt mijn moeder, ze is ontevreden.

Mijn grootmoeder vindt dat de man er joods uitziet, hij is vast joods, zo'n verstandige man, en ze bladert verder. Een foto over twee pagina's, dat is ongebruikelijk, zo'n grote foto. Er moet iets gebeurd zijn. De studenten en hun vriendinnen hebben hun armen in elkaar gehaakt. Voor hen staan politieagenten met gummiknuppels.

Ik vind die vent onsympathiek, mijn moeder krabt over de vastgeplakte pluk haar in het hoekige gezicht van Dutschke.

Hij kijkt de foto uit, hij wist in dit tumult precies dat hij nu gefotografeerd wordt. Kijk eens deze kant op, Fania, hier, in de lens, en trek niet zo'n gezicht, wees mijn kleine, brutale Fania, wil je chocola, trek je neus eens op, je vader wil je fotograferen, waarvoor, voor later, voor de eeuwigheid.

Ja wacht even, Vera is verontwaardigd, de studenten zijn tegen de oude nazi's.

Ik weet het, zegt mijn moeder, maar ik houd daar niet van, ze scholen samen op straat, er wordt gevochten, en die daar, en nu raakt ze het Dutschkegezicht met opzet niet aan, die heeft zoiets fanatieks.

Wat is er gebeurd dat ze de straat op gaan, vraagt mijn grootmoeder, mijn zus leest voor, iets over een brand in een warenhuis in Brussel, driehonderd mensen dood. In Berlijn zijn pamfletten verspreid, wanneer branden de Berlijnse warenhuizen, stond daarop.

Die zijn toch mesjogge, scheldt mijn moeder, dat hebben we al eens gehad, dat hoef ik niet nog een keer, één Reichskristallnacht vond ik wel voldoende.

Die arme mensen, zegt mijn grootmoeder, gaan ze winkelen en dan gebeurt dat.

Jullie snappen er niks van, windt Vera zich op, dat is symbolisch bedoeld, vanwege Vietnam, daar hebben die cowboys, ze zegt met opzet cowboys en niet Amerikanen, want de Amerikanen zijn eigenlijk onze bevrijders, ze hebben napalm gegooid, die cowboys, op volstrekt onschuldige mensen. Hier. Ze bladert terug in het tijdschrift, daar is het meisje weer dat op de landweg loopt, naakt en gillend van angst, de pijn in haar huid voelt ze niet, zo groot is de angst om opeens dood te zijn.

Die zijn tot alles in staat, zegt mijn moeder.

Dat denk ik ook, zegt Vera.

Ik bedoel jouw studenten.

En ik jouw cowboys, zegt Vera.

Maar, jubelt mijn moeder, die muziek van die cowboys van mij, die vind je leuk, en hun films en die kauwgom waar je voortdurend op kauwt als een herkauwende koe.

En die vrouwen, vraag ik, wat doen die daar tussen de studenten.

Dat, zegt mijn moeder, zijn de vriendinnen van de studenten.

Vera haalt haar kauwgom uit haar mond en plakt hem onder het tafelblad, om er straks verder op te kauwen, onzin, Alma, ze lacht, wat vertel jij voor een onzin aan je dochter. Die studeren ook, Fania, dat zijn studentes.

Zeg jij nu Alma tegen mij, mijn moeder lacht hees. Is dat nu modern, en haal die kauwgom daar weg, mevrouw Kupsch heeft laatst nog bij het stof afnemen drie van die walgelijke hompen gevonden.

Misschien ben ik intussen te groot voor Mami, zegt Vera.

Mijn moeder trekt mij in haar armen en aan haar borst. Maar mijn kleintje zegt nog Mami tegen mij, nietwaar, ze tuit haar mond, ze kust me met haar rode lippen op mijn mond, en mijn rug doet pijn, scheef en geknikt sta ik naast haar om nog onder haar vleugels te passen.

Je vader zou het niet eens zijn met je nieuwe opvattingen, zegt ze tegen Vera. Het is haar laatste mogelijkheid om mijn zus op haar weg naar buiten vast te houden.

Dat weet ik nog niet zo zeker, zegt Vera koel.

Voordat die nazi-trut en Harald Schiefer komen worden er inkopen gedaan. Harald Schiefer is de oudere broer van mijn vader, en zijn vrouw is de nazi-trut, Gudrun Ellerhausen heet ze, mijn moeder noemt haar de nazi-trut. Eigenlijk heet ze Schiefer, Gudrun Schiefer. Ze is met de broer van mijn vader getrouwd, dus heet ze net als wij, en dat kan niet. Voor mijn moeder is dat ondenkbaar en onuitspreekbaar. Acht jaar geleden, zegt mijn moeder, waren Harald Schiefer en die nazi-trut voor het laatst bij ons te eten. Mimi, de jongere zus van mijn vader, komt ook. Mijn vader is de middelste. Ik kan nauwelijks wachten om mijn vader als broer te zien.

Wat moeten we tegen haar zeggen, vraagt Vera, tante Gudrun, mevrouw Schiefer, nazi-trut of gewoon Gudrun, misschien is dat het beste, gewoon Gudrun te zeggen.

Ik zal helemaal niets tegen haar zeggen, bedenkt mijn moeder, als het te doen is, als het moet tutoyeer ik haar, voor mij is en blijft ze een nazi-trut.

Voor mij ook, zeg ik. Mijn moeder kijkt me dankbaar aan, in Vera's blik word ik het laatste uitschot, laf en krom. Het stoort me niet, voor het eerst stoort het me niet. Je bent toch anders dan ik, jij, mijn zus, jij en je Hainichen, dat varken. Ik ontwijk haar blik niet. Ik ben laf en krom, krommer, kromst, ik ben joodser dan jij. Ik verdraag Vera's blik langer en geniet zwijgend van mijn triomf. Om Vera's mond verschijnt een glimlach, geen kwade glimlach. Ze wenkt naar me met haar oogleden. Het heeft haar niet omgebracht, ik heb haar niet omgebracht, het heeft ons niet omgebracht, ons heimelijk gevecht.

Het eten moet heel wat lijken en zo weinig mogelijk kosten, mijn moeder wil de nazi-trut helemaal niets aanbieden, enerzijds, en anderzijds moet ze zien dat Alma Schiefer, meisjesnaam Glitzer, een goede gastvrouw is. Mijn grootmoeder bakt een zandtaart, voor na het gebraad. Het gebraad is een vis, een grote kookvis, die is niet zo duur en onder het eten kun je niet zoveel praten, je moet op de graten letten, dat maakt het allemaal gemakkelijker, denkt mijn vader.

Jouw broer, zegt mijn moeder tegen haar man, jouw broer zou eindelijk eens iets voor jou kunnen doen, Paul. Als hij en die nazi-trut hun zin hadden gekregen, en laat ze maar stikken in die graten, had jij kunnen verrekken. Misschien moeten we toch gebraden vlees maken, dan kan jouw broer zien hoe het is om getrouwd te zijn met een vrouw die kan koken.

In het gebraad, dat een vis is, heeft mijn moeder iets verborgen, de hoop dat Harald Schiefer zijn broer Paul wat geld zou kunnen geven om het huis te kopen, misschien een renteloze lening. Dat zou jouw broer echt eens voor jou kunnen doen, vindt ze, hij moet het niet voor mij doen, alleen maar voor jou. Mijn vader glimlacht. Hij gelooft er niet in, en mijn moeder wil het nog eens meemaken dat het er niet van komt. Mijn vader zou het kunnen laten, maar hij laat het gebeuren. Zijn adem ruikt naar drop, sinds een halfuur zuigt hij op maagtabletten. Er wordt aangebeld.

Ga jij maar, zegt mijn moeder tegen haar moeder.

Hoezo ik, zegt mijn grootmoeder, ik ga naar de keuken, naar de aardappels, die moeten zo meteen van het vuur.

Mijn vader gaat opendoen.

Mijn moeder houdt zich vast aan haar mooi gedekte tafel en controleert in de grote spiegel aan de muur hoe ze eruitziet. Ze draagt een nauwsluitende rode jurk.

Op de gang hoor ik de trompetzilveren stralende stem van mijn vader. Ha, die Harald, nou, daar zijn jullie weer eens een keertje, zijn jullie te voet gekomen, helemaal uit Barmbek, nou, dat is niet niks, dat is goedkoper dan de tram, hebben jullie nog steeds geen auto, kom erin, zou ik zeggen.

De deur van de woonkamer staat op een kier, ze wordt opengeduwd, Harald Schiefer, lang, mager en met een wantrouwige
blik, stapt over de drempel, hij strekt zijn armen, aan het eind
waarvan twee enorme rode handen hangen, uit naar de vrouw
van zijn broer. Hallo, schoonzus, zegt hij, very nice, want jullie
oom Harald, zegt tante Mimi, die achter hem over de drempel
stapt, tegen Vera en mij, onze oom Harald heeft in Engelse krijgsgevangenschap gezeten. Ha, die Harald, jij bij de Tommy's, mijn
vader lacht, aan zijn arm hangt de nazi-trut Gudrun Ellerhausen,
ze is houterig en grof, stijve nek, schouders naar voren getrokken, haar wimperloze lichte ogen drijven in het vocht, haar haar
is grauw, haar jurk is grauw, haar rijgschoenen zijn bruin en plat,
haar bleke mond is tot een frivole glimlach vertrokken en vormt
de naam van mijn moeder. Alma, fleemt ze. Meer niet.

Mijn moeder heeft de tafelrand losgelaten. Ze staat in haar
nauwsluitende rode jurk midden in de kamer. Zij is de jodin.
Ze is van haar diepzwarte haar tot onder in haar zwarte suède
pumps de trotse jodin, die haar neusvleugels laat trillen en haar
oogleden over haar donkere ogen laat zakken. Haar hand met
de roodgelakte nagels, twee waren er daarstraks nog afgebroken
en zijn nu weer opgeplakt, steekt ze met vertraging uit naar de
doodsvijandin, terwijl na jaren van vervreemding de twee broers
al snel broederlijk intieme blikken wisselen.

Ontkurk jij de wijn alvast, Paul, zegt mijn moeder, ze ziet
zijn arm, de vreemde vrouwenhand van de nazi-trut ligt erop.
Ik wil hem nog even van je hebben, zegt de nazi-trut aan de
arm van mijn vader tegen haar, de trotse jodin. Jij hebt hem zoveel jaar voor ons verstopt. En ik weet dat mijn moeder later
zal zeggen, dat deed ze om me te vernederen, en mijn vader zal
zeggen, ga weg, dat vat je te zwaar op, Alma, zei ze dat echt,
ik heb het helemaal niet gehoord, en mijn moeder zal zeggen,
maar ik wel, Paul, ik heb het wel gehoord, en ze zei het tegen
mij om me te vernederen, en ondertussen had ze haar klauw om
jouw arm, en mijn vader zal zeggen, misschien was ze alleen
maar echt blij, hoe kun je dat nou zo precies weten. Maar mijn
moeder weet het, en ik zag het.

Ga toch zitten, ze wil snel naar de keuken, bekommer jij je

om onze gasten, ze knipoogt naar Vera, en Vera komt in beweging. Mijn zus begint met haar oom Harald te flirten, ze laat zich door hem vuur geven, slaat haar benen over elkaar en schuift haar rok tot even boven haar knieën. Mijn moeder kijkt vanaf de woonkamerdeur tevreden naar haar dochter, ze maakt een hoofdbeweging naar de oude nazi-trut, die naar Vera staart, en Vera glimlacht, ze laat haar rok nog wat hoger glijden. Mijn vader trekt de fles open.

In de keuken maakt mijn moeder van het kookvocht van de vis een saus die als tweede saus naast de botersaus moet dienen, ze prakt de zachtgekookte worteltjes en sjalotten, het stuk selderij, scherp ruikende jeneverbessen en twee teentjes knoflook en doet het kookvocht erbij en room. Mijn grootmoeder giet de aardappels af, ze legt de vis op een grote schotel, ze legt citroenschijven en dilletakjes rond het glanzende beest.

En, hoe is ze, vraagt ze aan haar dochter.

Hoe zou ze zijn, mies ponem, net zoals toen ze jou van haar deur wegjoeg.

Ik sta in de deuropening. De keuken is jodenland. Hier is het krap en warm. Hier kan ik ademen. In de woonkamer is de lucht vergiftigd. Nazi-trut is een veel te net woord.

Bij het eten vermengen de woorden zich met de graten. De nazi-trut praat over haar drie mannen, daarmee bedoelt ze haar man en haar twee zoons, die niet zijn meegekomen. Vera vraagt naar de zoons, hoe oud die zoons zijn en of ze lang zijn.

Langer en ouder dan jij, zegt Gudrun Ellerhausen, haar oudste was bijna twee meter, en Vera verlangt meteen naar deze twee zoons, ze wil ze per se leren kennen.

Kom maar eens op bezoek, zegt Gudrun Ellerhausen, maar vraag eerst aan je moeder of ze dat goedvindt.

Mijn moeder spuugt een paar graten op haar vork en kan niet antwoorden, en mijn vader zwijgt en kauwt en slikt, en zijn broer zwijgt en kauwt en slikt, en tante Mimi wil tijdens het eten van de vis niet praten vanwege de graten. Vera laat zich door de graten niet storen, ze eet vis als een kat, of die zoons echt met ons verwant zijn, vraagt ze, met jullie wel, bevestigt Gudrun Ellerhausen, oog in oog met de vissenkop, en ze pakt nog een stuk van het beest en nog twee aardappels en een beetje botersaus, de andere saus vindt ze niet lekker, die ruikt naar knoflook, ze haalt haar spitse neus op, ze brengt de vork naar haar smalle mond. Ik zie de graat in het zachte vlees op haar vork, de graat ziet eruit als een grote mestvork, en ik vraag me af wat ermee zal gebeuren.

Hoe we met deze twee zoons verwant zijn wil Vera weten, en Gudrun Ellerhausen lacht schel, de graat op haar vork trilt, of onze moeder dat allemaal voor ons geheim heeft gehouden, vraagt ze.

Dolf en Charlie zijn jullie neven, zegt mijn moeder, jullie hebben samen gepingpongd, weet je dat niet meer, Vera, hier, bij ons in de tuin, dat is nu acht jaar geleden.

Dolf en Charlie, herhaalt Vera haast plechtig, Dolf en Charlie, ze wist er helaas helemaal niets meer van, de nazi-trut weet natuurlijk niet dat Vera en ik over het algemeen een slecht geheugen hebben voor wat tot ons eigen kleine verleden behoort, maar we kunnen wel gedetailleerd uit het leven van onze ouders vertellen, we kennen de samenhangen en de namen van mensen die we nooit hebben leren kennen, omdat we er toen nog niet waren. Wat Dolf voor een naam is, wil Vera weten, hij klinkt zo Nederlands.

Mimi lacht hees, Nederlands is goed, en mijn grootmoeder laat van zich horen, ze giechelt, nebbisj, die arme jongen, zegt ze, en daarvoor trapt mijn moeder haar moeder onder de tafel op haar voet. Met die naam klopt iets niet. Dat merkt zelfs Vera in haar blinde enthousiasme over de twee grote neven, ze dacht vanwege Delft, Delfts blauw of zo, zegt ze. De nazi-trut doet alsof ze het allemaal niet heeft gehoord en vraagt me of ik ook bij haar op bezoek wil komen om mijn twee grote neven te ontmoeten. Ik schrik, ze spreekt me rechtstreeks aan. Ik staar naar de graat op haar vork, ze zou erin kunnen stikken, ik zal niets zeggen, op mijn tong wipt mijn kloppende hart. Ik weet dat mijn grootmoeder voor haar deur stond en om geld vroeg voor mijn vader, die in de gevangenis zat vanwege rasschennis, om een advocaat voor hem te betalen, zodat zijn proces kon plaatsvinden, zodat de Gestapo hem daarna misschien niet zou doodschieten maar vrijlaten. De vrouw tegenover me aan onze tafel heeft de deur voor de neus van mijn grootmoeder dichtgeslagen. Mijn grootmoeder, die naast me zit. En daar hangt de graat. Opeens legt de man die mijn oom en de broer van mijn vader is mes en vork weg en grijpt met zijn grote rode hand over de tafel, hij pakt nog een glas wijn, en mijn vader kijkt op van zijn eten, sorry, Harald, zegt hij, je pakt zelf wel. Ik hoef de nazi-trut niet meer te antwoorden, de graat ben ik uit het oog verloren en Gudrun Ellerhausen blijft in leven.

Tijdens de taart en de koffie aan de salontafel zegt mijn moeder dat haar moeder de zandtaart heeft gebakken, en mijn grootmoeder knikt enthousiast, neemt u nog een stuk, alleen met goede boter gebakken. Het valt me op dat mijn grootmoeder u zegt tegen de schoonzus van mijn vader. Ze zegt ook u tegen de broer van mijn vader. Neemt u alstublieft nog een stuk, ze reikt de vrouw met het grauwe harde gezicht haar zandtaart aan, ze schuift het melkkannetje in haar richting, alstublieft, en voor uw man ook, voor meneer Schiefer, echte room, geen koffiemelk. Gudrun Ellerhausen wil niets dat afkomstig is van mijn grootmoeder, de echte room vindt ze te veel, de taart vindt ze te veel. Ik hoef niets, dank u wel. Mijn grootmoeder is te veel voor haar en haar man.

Een deur valt met een klap dicht. Is het keukenraam open, vraagt Alma aan haar moeder. Het keukenraam, Mutti. Hedwig antwoordt niet. Mutti, waar ben je, ze legt haar hand op de hand van haar moeder.

Wat hebben jullie het goed, Paul, zegt Gudrun Ellerhausen, in dit mooie huis, jullie kunnen dankbaar zijn, in deze mooie omgeving, jullie hebben het echt goed.

We zouden het huis graag kopen, mijn vader zucht. Mijn moeder is niet tevreden met de manier waarop hij begint, ze is er niet tevreden over dat deze mensen hier zijn, het mag niet te lang meer duren, ze kijkt bezorgd naar haar moeder, ze wil dit snel achter de rug hebben, we moeten eruit, zegt ze, we hebben het geld niet, het huis wordt verkocht, ze hebben het ons aangeboden en toen dachten wij, misschien kunnen jullie, en toen begon die man, die mijn oom is, opeens over zijn gordelroos te vertellen. Plotseling, als een donderslag bij heldere hemel, kreeg ik er last van, en het deed behoorlijk pijn.

Niet als een donderslag bij heldere hemel, Vati, onderbreekt Gudrun Ellerhausen hem, onze Vati zat immers in het kamp, dat zijn de late gevolgen daarvan, nog van toen hij in het kamp zat.

Je bedoelt dat jouw man als soldaat van de Wehrmacht in krijgsgevangenschap zat, zegt mijn moeder.

God, Harald, is dat pijnlijk, informeert Mimi en trekt een gezicht, ze is niet alleen mijn tante en de zuster van mijn vader en de schoonzuster van mijn moeder, ook zij is verwant met deze mensen. Ze legt haar linkerhand met de twee briljantringen op de grote rode Haraldhand. Wat een mooie ringen, Gudrun Ellerhausen haalt de Mimihand van de Haraldhand en bekijkt de ringen, zoiets konden zij zich niet permitteren, hun zoons waren hun sieraden, hun beide mannen.

Hoe heten ze ook alweer, vraagt Vera, en Gudrun Ellerhausen antwoordt Adolf en Karl-Hinrich, Adolf is de oudste, maar onze Vati noemt zijn twee knullen Dolf en Charlie, en Dolf ziet er echt uit als een Amerikaan, of we foto's willen zien, Vera wil meteen die foto's zien en ze is meteen enthousiast over Adolf met zijn vetkuif, net een echte Amerikaan. Mijn moeder vindt de briljantringen aan de hand van tante Mimi te plomp, en Mimi vertelt dat haar vriend haar de ringen heeft geleend, dat vindt ze zo ontroerend, het zijn de ringen van zijn dode moeder, en zij mag ze dragen, maar alleen geleend, want ze waren van zijn moeder, maar het deed hem zo goed deze ringen weer aan de hand van een dierbare vrouw te zien, en nu wil Mimi een cognacje, Paul, schenk er eens een voor me in, en mijn vader schenkt er een voor haar in. Mijn tante Mimi is al een beetje sjikker van de wijn, toen ze kwam en mij ter begroeting kuste had ze al de vertrouwde cognackegel. Harald wil ook een cognacje en hij steekt er een dikke sigaar bij in zijn mond. Of stoort de rook, vraagt hij aan mijn moeder, die sigarenrook haat. Helemaal niet, liegt ze, en hij is blij omdat Gudrun altijd zegt, zegt hij, dat ze dat vanwege de gordijnen niet wil. Bij mij mag je, fleemt mijn moeder.

Zijn sigaren rookt hij bij zijn zuster Mimi, zegt Gudrun Ellerhausen en vertrekt haar harde mond tot een zuinige glimlach. Harald is dus vaker bij Mimi op bezoek. Mijn moeder hoort het, haar ogen, gevolgd door de koude blik van Gudrun Ellerhausen, gaan snel van Mimi naar haar man. Mijn vader lijkt het te hebben geweten.

Hoe dan ook, zegt Harald Schiefer, had hij het eerst helemaal niet gemerkt, en opeens die blaartjes op zijn huid. Ik zag die blaartjes, Vati, zegt Gudrun Ellerhausen, weet je het nog, ik zag ze en ik wist meteen wat het was, het centrale zenuwstelsel, zegt de arts, hoe lang dat kan duren weet hij niet, het komt steeds terug. Dat krijg je nooit weg. De dokter heeft onze Vati naar een vrouw verwezen, die beleest dat, en daar ben je heen gegaan.

Harald sabbelt op zijn dikke, lange sigaar en geniet van de aandacht, hij neemt de tijd, hij bekijkt zijn kleine schare toehoorders, zijn kleine broer, zijn nog kleinere zuster, zijn aantrekkelijke schoonzus, mijn moeder, en mijn grootmoeder, haar gezicht is bezweet, en hij blaast de rook in de lucht. Intussen pakt Gudrun Ellerhausen nog snel een derde stuk zandtaart en giet veel room in haar koffie. Mijn grootmoeder merkt het en knikt aanmoedigend naar haar.

De vrouw had hem naar een kleine kamer gebracht, bed, tafel, stoel, meer niet. Ik ontblootte mijn bovenlijf, nietwaar, hè, en ze kwam dicht, heel dicht bij me staan, ze inspecteerde wat ik had en toen mompelde ze iets en wreef er met haar handen over. Drie minuten lang, misschien zelfs vier, vijf. De tweede keer had ze hem bevoeld en betast. Ze had hem tegen zich aangedrukt en intussen gemompeld. Ze had niet gezegd hoeveel ze wilde hebben. Hij paft voor zich uit. Ik legde tien mark voor haar neer.

Wij, aan onze kant, denken allemaal hetzelfde. Dat was te weinig. Hij is gierig, en zo zal het niet helpen.

Mimi wil weten of de vrouw een zigeunerin was.

Misschien niet zigeunerin, maar gitzwarte haren en zwarte ogen, net als jij, Alma, zegt Harald Schiefer, en ze verdient vast niet slecht met haar trucs, haar mond zat vol gouden tanden, genoeg om dit huis te kopen, zegt hij, en volstrekt bij verrassing en helemaal vanzelf komt hij op het thema waar het mijn ouders om gaat. Mijn vader, die intussen een geel gezicht heeft gekregen en die zijn broekriem een beetje heeft losgemaakt omdat zijn maag knelt, komt in zijn fauteuil overeind, ja, haha, Harald, zeg, kerel, misschien moeten we dat onze vrouwen laten doen, dat geld, wat vind jij, Alma, we hebben namelijk dringend een lening nodig als we dit huis hier willen kopen.

Nog steeds is het niet echt uitgesproken, hoewel het gezegd is, we hebben geld nodig. We hebben zesenvijftigduizend mark nodig. Dat moeten ze toch begrepen hebben. Zijn grote broer en diens vrouw en tante Mimi met haar rijke vriend. Mijn vader trekt zijn grote witte zakdoek uit zijn broekzak en zet zijn bril af, hij veegt het zweet van zijn gezicht. Hij weet niet hoe het verder moet.

Ze weten toch allemaal hoe ze aan geld moeten komen, net als die zigeunerin, zegt Gudrun Ellerhausen, en wij arme sloebers in Duitsland, wij hebben altijd maar onze paar stukken brood verdiend, de huizen in de goede wijken, hier toch vast en zeker ook, allemaal van joden, en nu weer, en de prijzen rijzen de pan uit. Ik wil niet klagen, en wat geweest is is geweest, de oorlog en dat allemaal, en toen kwam de Rus, en dat was de compensatie.

Daar is het woord. Joden. Het is een goed woord, ik ben erop gesteld, joden, en bij ons in huis en in de tuin mag het zich vrij bewegen. Maar de manier waarop het uit de mond van deze vrouw komt, we staren ernaar, en Harald Schiefer zegt tegen zijn vrouw, nee, Gudrun, zo zit het niet in elkaar, dat wat geweest is geweest is. Er is genoeg herstelbetaling geweest, daar kunnen we ons ongetwijfeld niet over beklagen. En zijn vrouw zegt, ik zeg toch, Vati, toen kwam de Rus, en dat was de compensatie. Hij legt zijn lippen om zijn sigaar, leunt achterover en paft.

Geef me eens een sigaret, Paul, mijn moeder grijpt naar het pakje nog voor hij het haar geven kan, drie vallen er op de grond en de vierde pakt ze, en hij bukt vanuit zijn stoel en raapt de drie gevallen sigaretten op, ze stopt er een tussen haar rode lippen, die een beetje afgehapt zijn en die trillen. Vera geeft haar moeder vuur, ze zegt zachtjes, wind je niet op, Mami, ze zegt het als een trainer in de boksring tegen zijn kampioen, en mijn moeder neemt haar uitdaagster op en knikt even en neemt snel een trek, ze wil horen of er nog iets komt, ze is een familiemens, ze zou graag een grote familie om zich heen hebben, ze was bereid om het met deze familie te proberen, vriendelijk, het verliep anders, net zoals toen.

Wie in drieëndertig lid is geworden, zegt Harald tegen zijn broer, die kun je vergeven, Paul, nietwaar, niet, want die wist van niks. Wie in achtendertig lid werd, die wist het. Drieëndertig niet, nietwaar.

En jij bent in drieëndertig lid geworden, zegt mijn moeder, en mijn vader gaat recht overeind zitten, hij maakt zijn sigaret uit in de asbak, hij knoopt zijn broek dicht.

Ja, schoonzusje, zegt Harald, hij grijnst en paft. Ik gaf gehoor aan de wetten die toen golden.

Zie je, zegt mijn vader, hij heeft zijn stem net zo vastgesnoerd als zijn maag, en mijn moeder, die net iets wilde zeggen, zwijgt, zie je, en precies dat is het verschil tussen jou en mij. Ik gaf geen gehoor aan die wetten, ik overtrad ze, en daar ben ik trots op, en nu maken we een eind aan deze bijeenkomst en proberen het misschien over een paar jaar nog eens met elkaar.

Mijn vader staat op. Ze staan op. Wij allemaal staan op. Harald Schiefer legt zijn sigaar zorgvuldig in de asbak, naast de uitgedrukte sigaret van zijn jongere broer, hij houdt zijn grote rode hand uitgestrekt voor zich en neemt met een buiging afscheid van iedereen, eerst van de oude jodin, dan van de jonge jodin, de mooie vrouw van zijn broertje, en van ons twee dochters, waarbij hij een begerige blik over Vera laat gaan, hij buigt telkens, hij laat ons zijn goede manieren zien. Zijn vrouw bekijkt hem daarbij, Gudrun Ellerhausen houdt haar kleine bruine handtas met twee handen tegen haar lichaam geklemd, haar man neemt ook voor haar afscheid.

Sorry hoor, zegt Mimi tegen mijn ouders, jullie begrijpen toch wel dat ik nu ook liever wil vertrekken.

Natuurlijk, zegt mijn moeder met een suikerzoete glimlach, je zult ons wel opbellen, zoals altijd.

De nazi-trut moet vooral horen dat Mimi ons alles vertelt. Mijn vader laat hen uit. Als hij in de kamer terugkomt staan wij nog altijd bij de salontafel, bewegingloos en bereid tot een sprong, gereed om naar hem toe te lopen om hem te helpen, om weg te lopen om onszelf te helpen.

Hij kijkt ons aan en lacht, wat is er, kinderen, nu kunnen we eindelijk doorademen, nu wil ik eindelijk een stuk zandtaart, en waar is de sekt eigenlijk, ach, de sekt, zegt mijn moeder, die ben ik vergeten, Paul. Ze valt hen om zijn hals en huilt, en mijn vader roept, kinderen, wat ben ik gelukkig, is het niet mooi dat wij ons dat kunnen permitteren, en dat zullen we ons altijd kunnen permitteren.

Waarvan moeten we het huis kopen. Onder ons stort alles in elkaar en wij zijn gelukkig, Hainichen zal ons op straat zetten om het huis beter te kunnen verkopen.

Die nacht word ik wakker met een mateloze zin in chocolade. Het heftige verlangen naar de zoete, crèmeachtige balsem zweept me op uit mijn slaap, ik kan aan niets anders denken dan aan chocolade. Ik doe het licht aan en wek Vera. Ik heb chocola nodig, zeg ik, en Vera komt slaapdronken overeind, ze wankelt naar onze kleerkast, ze doet hem open en haalt de schoenendoos van Prange tevoorschijn. De schoenendoos is leeg. Dat was mijn laatste reserve voor jou, zegt ze en draait haar vermoeide, bleke gezicht in mijn richting, haar ogen zijn halfdicht. Ik weet het, zeg ik, laatst na school had ik iets nodig. Ze knikt. Zo is het nou eenmaal, ze kan geld van mij lenen en het mij niet teruggeven en tegen me liegen, daarvoor in de plaats neemt ze het mij niet kwalijk wanneer ik haar chocolade stiekem opeet. Ze komt terug in bed, ze kijkt naar de klok. Even na middernacht. Misschien zijn ze nog wakker, zegt ze, misschien heeft Papi iets. Ga jij, vraag ik. Vera, die uit haar slaap gehaald worden het allerergste vindt wat je haar kan aandoen, staat zonder klagen op en glipt in haar pantoffels, ze loopt via de gang naar de woonkamer. Ik hoor hoe ze op de slaapkamerdeur klopt. Ik kan niet lopen, ik kan alleen maar hier zitten, in mijn bed, en hopen dat iemand mij chocolade brengt. Ik hoor praten. Mijn grootmoeder verschijnt in de deuropening. Ook zij heeft geen chocolade. Of ze een boterham met marmelade voor me moet maken of melk met honing. Nee, allemaal nee. Chocolade. Ik kan alleen nog maar mijn hoofd schudden en dit woord zeggen. Chocolade. Mijn moeder komt in haar ochtendjas en gaat op de rand van mijn bed zitten. Ze probeert me wijs te maken dat ik zonder chocolade in slaap kan vallen. Maar ik heb chocola nodig. Dat overtuigt haar. Maar waar moet ze chocolade vandaan halen. Cacao schiet haar te binnen. Chocola, zeg ik. Geen cacao. Mijn vader verschijnt in zijn pyjama.

Ik heb overal gekeken, Fania, ik heb anders altijd een stuk Cadbury in mijn nachtkastje, uitgerekend vandaag niets. En in de auto, vraag mijn moeder hoopvol. Ook niet, zegt hij, dat weet ik zeker.

Ach, Paul, ze zucht, wat doen we met Fania, geef me eens een sigaret. Mijn vader schuifelt terug naar de woonkamer, we horen hem overal zoeken. Heb je misschien naar gedroomd, ze legt haar hand op mijn voorhoofd, heb je koorts, nee, koorts heb je niet.

Mijn vader komt terug. Ik kan geen sigaretten vinden.

Wat, mijn moeder kijkt hem ongelovig aan, ook geen sigaretten, hoe is dat mogelijk, we zitten zonder de belangrijkste primaire voedingsmiddelen. Vera woelt in haar handtas. Niets. Dan moet ik maar iets gaan kopen, zegt mijn vader.

In de Milchstraße, bij kruidenier Finke, daar is een sigarettenautomaat, weet mijn moeder, daar zou er ook een met Cadbury-chocolade moeten zijn.

Ik ben al uitgekleed, mijn vader kijkt langs zijn gestreepte, uitgelubberde pyjamabroek omlaag. Ik trek mijn regenjas wel aan, het is pikdonker buiten.

Hij gaat de kamer uit en komt terug met zijn regenjas en tennisschoenen aan, in zijn rechterhand heeft hij een zaklamp.

Wat ben jij van plan, vraagt mijn moeder lachend, je wilt toch niet gaan inbreken.

Juist, zegt mijn vader, ik zal de paraplu ook meenemen, wie weet wat voor figuren rond deze tijd hier in de buurt rondlopen.

Halfeen, zegt mijn grootmoeder, ze houdt een wekker vast.

Waarom heb jij die wekker vast, vraagt mijn moeder. Ik wilde hem net zetten, zegt mijn grootmoeder. We kunnen morgen toch allemaal uitslapen, zegt Vera. We kijken naar mijn vader. Hij moet nu helpen. Dan ga ik maar eens, zegt hij, in zijn rechterhand houdt hij de zaklamp vast en links de opgevouwen paraplu. Heb je genoeg kleingeld bij je, vraagt mijn moeder. Hij knikt, ze loopt met hem mee naar de deur en keert terug naar mijn bed. Mijn grootmoeder is bij Vera op bed gaan zitten. Samen wachten we op hem, zwijgend.

Als iemand ons zo zou zien, zegt Vera opeens, zoals we hier midden in de nacht zitten te wachten. De drie giechelen. Ik moest er net aan denken, snuift mijn moeder lachend, dat hij de zaklamp in zijn rechterhand heeft en de paraplu links. Ze ligt krom, ze krijgt nauwelijks nog lucht. Hij is toch, kan ze nog net zeggen, helemaal niet linkshandig. Mijn zus hinnikt van het lachen, mijn grootmoeder wrijft de lachtranen uit haar gezicht. Ik kan niet met hen meelachen, ik voel me zo zwak, zo uitgeleverd aan dat heftige verlangen in me. Chocolade. Ik heb chocolade nodig, zodat ik ophoud met aan chocolade denken. Ik vind het niet merkwaardig dat ze hier bij mijn bed samen met mij wachten en dat hij vanwege mij 's nachts de deur is uitgegaan om voor mij chocolade te halen. Zij zijn bezig zich voor te stellen hoe hij volledig hulpeloos de dief, de rover, de aanvaller met de zaklamp in het gezicht schijnt in plaats van hem een klap te geven, omdat hij de paraplu in de verkeerde hand houdt. Mijn vader kan toch niemand neerslaan. Hij zal zich eerst aan hem willen voorstellen, krijst Vera, en mijn moeder knikt en hapt naar lucht, ze houdt haar buik vast, ze probeert iets te zeggen, schei uit met krabben, perst ze eruit. Ik kan niet ophouden. Op mijn armen jeukt het als van duizend mieren. Ik gil. Ik sla om me heen. Heel rustig blijven, roept mijn moeder naar me. Het brandt overal, ik herken mijn benen niet meer, mijn armen niet, ze hangen aan me, aan mij hangende lichaamsdelen, mijn moeder rukt de pyjama van mijn lijf, een loopvuur gaat over me heen. Ik zal de chocolade van hem krijgen. Snel, snel. Dat is de stem van mijn moeder. Koorts. Ze houden mijn voeten vast. Ze houden mijn handen vast. Ze houden mijn ogen vast. Ze komen. Miljoenen zoemende puntjes. Ik haal het niet. Ik kan ze niet tellen. Te snel. Te veel. Snel, snel. Een witte klap raakt mijn lijf.

Ik doe mijn ogen open en mijn vader zit bij mijn bed, hij glimlacht voorzichtig, zijn hand ligt op mijn voorhoofd, ze hebben me in een nat laken gewikkeld, zelfs mijn haar is vochtig, mijn tanden klapperen, en ik voel me als pasgeboren, op mijn buik liggen twee tabletten Cadbury-chocolade, melk en melk met hazelnoot, en de gillende, lachende vrouwen zijn teruggeweken tot het voeteneinde, daar staan ze braaf en zwijgend bij elkaar en kijken ernstig en geschrokken naar mij.

8

VOOR DE SCHOOL STAAT DE TURKS-FRUITMAN. IK HOOR hem roepen, ik zie zijn ronde rug in de witte jas en op zijn kale hoofd de ronde witte muts. Hij prijst zijn waar aan. Turks fruit, Turks fruit. Zijn brede mes schaaft en krabt de kleverige massa van het blok suiker, een laag roze, een laag wit. Tien pfennig voor een handvol plakkende schilfers. De hele weg naar school liep ik zonder op te kijken, langs de voortuinen, ik ken de huizen die aan het eind van de tuinen wit gekalkt op hun kelders zitten met hun aangebouwde veranda's, sommige hebben een torentje op het dak, en onder het dak wonen al generaties lang Hamburgse kooplieden met hun vrouwen en kinderen, reders, exporteurs, geldmakelaars, parlementsleden. Ze kopen hun aardappels en hun brood, hun zondags gebraad en hun fruit niet zelf. Mevrouw Kupsch doet dat voor hen of de dochter van mevrouw Kupsch, Elisabeth, of haar zoon Wolfram moet op pad, en daarvoor krijgt hij tien pfennig bodeloon. Niet altijd.

Er zijn redersvrouwen, exporteursvrouwen, geldmakelaarsvrouwen, parlementslidsvrouwen die niet teruggroetten toen mijn moeder hen groette. En nu loopt mijn moeder langs hen, haar bloedrood geverfde lippen stevig op elkaar geperst, haar passen zijn snel, haar hakken stippelen onze route uit. Kom, Fania, ze grijpt mijn arm, ze trekt me naar zich toe, ik struikel, we stromen voorbij. Dat ging deze keer goed. Die ken je toch.

Ja.

Maar ik vraag, wie was dat. Omdat haar gezicht vlamt. En ze houdt haar adem in. Mevrouw Blechmann. Mevrouw Schlenk. Mevrouw Schulze-Edel. Wanneer ze de namen uitspreekt, gaat het beter met haar. Ze spreekt ze vol minachting uit, en dan krijgt ze weer lucht.

Als ik alleen ben, groet ik mevrouw Blechmann, ik groet mevrouw Schlenk, ik groet mevrouw Schulze-Edel. Zachtjes, zonder hun namen te zeggen, goedendag, fluister ik, ik maak geen kniebuiging, ik heb geen tijd voor een kniebuiging, ik ren langs, en zij willen helemaal niet door mij gegroet worden, ze willen alleen testen of ik hen zie. Meer niet. We horen er hier niet bij. Maar omdat de straat en de wijk zo mooi zijn, horen juist wij hier, vindt mijn vader, juist wij hebben het recht het zo mooi te hebben.

Ik draag iets met me mee. Een rode reep. Ik draag zijn strikje onder mijn kin. Vanochtend ben ik naar de slaapkamer van mijn ouders geslopen. Zij was in de keuken en hij is onderweg. Ik maakte de linnenkast open. Boven op de plank, naast de gestreken zakdoeken, zag ik de smalle, stevige kartonnen doos. Ik maakte het deksel open en pakte het. Een stropdas wilde ik niet, ik weet hoe je een stropdas knoopt, Wolfram heeft het me laten zien, ik wilde geen stropdas, ik wilde niet dat de stropdas ertussen hing. Niet dat je al iets zou kunnen zien. Ik moet elke ochtend drie keer met twee handen koud water tegen mijn platte borst plenzen, dan wordt het een mooie boezem, beweert mijn grootmoeder. Vera doet het desondanks met warm water. Zij zegt dat haar borsten zich in haar lichaam terugtrekken als ze koud water gebruikt. Haar borsten zijn toch al klein, vindt ze. Om het meer te laten lijken draagt ze nu een bh. Volgens mij vanwege Hainichen. Ze staat voor de spiegel en stopt er zakdoeken in. Het moet er gelijkmatig uitzien en mag geen plooien veroorzaken. Met watten gaat het beter, mijn moeder heeft het haar laten zien.

Ginds komt mevrouw Schmalstück, zwart en dun trappelt ze

in haar gierige lichaam. Ik steek de straat over. Ik moet haar groeten. Het is nog niet ons huis. Zolang ze in hetzelfde huis woont als wij, groet je mevrouw Schmalstück. Hoor je, Fania, ik wil niet dat zij ons iets kan verwijten. Ik wil mevrouw Schmalstück niet moeten groeten. Ze heeft mijn vader aangegeven. Vanwege rasschennis. Hij moest naar de gevangenis. Hier, in deze stad. Maandenlang. En zij loopt vrij rond en trappelt door de straat waar ik ook loop. Mijn vader, mijn arme vader heb ik om mijn nek. Hupsakee. Ogen altijd mooi vooruit gericht. Ik liep tegen een vrouw op. Mannen zijn erger dan vrouwen. Behalve mijn vader. Mijn vader. Mijn arme vader. Voor mijn moeder zijn vrouwen net zo verdacht als mannen, anders verdacht, maar net zo verdacht. Dat was mevrouw Hainichen. Tegen haar liep ik op. Drie, vijf, zeven. Ik ben al verder, de stenen platen schieten weg onder mijn voeten. Zeven is het geluksgetal van mijn vader. Omdat hij op de zevende geboren werd. Hij is niet verlegen, veel mensen denken dat hij verlegen is, hij ziet er verlegen uit, hij is beleefd, hij wil gewoon niet dat iemand hem iets aandoet. Dat is alles.

Ik kan schrijven. Dat ik niet kan schrijven ligt aan de wanorde. De wanorde komt vanbuiten in me, hij stapelt zich in me op, ik zal dat nooit kunnen sorteren, erachter ergens zit ik. Dat ik niet correct kan schrijven is het meest pijnlijke dat er is, pijnlijker nog dan dat ik zojuist tegen mevrouw Hainichen op ben gelopen. Ik keek om naar mevrouw Schmalstück, en opeens was daar mevrouw Hainichen, en ik liep tegen haar op. Ze zal denken dat ik mesjogge ben, mesjogge denkt ze niet, ze denkt gek. Ik ben niet gek. Ik ben alleen niet altijd geconcentreerd genoeg, wanneer zal ik genoeg geconcentreerd zijn zodat het eindelijk ophoudt, zodat ik het eindelijk kan. Wanneer ik me, wanneer je je beter zou concentreren, zou je, zou ik correct kunnen schrijven. Op jouw leeftijd kun je, ik kan schrijven, je eigen taal, op jouw leeftijd. Dat klopt niet, ik ben geconcentreerd. Op mijn leeftijd kan iedereen schrijven, alleen ik niet. Juist wanneer ik niet zo geconcentreerd ben, wanneer ik niet elk woord moet controleren, schrijf ik veel beter, schrijf ik alles correct, elk woord, letter voor letter staan ze naast elkaar op een rij, in veel rijen, en ertussenin de gaten om te ademen. Ik kauw elk woord met mijn ogen stuk. Geef me je lippen. Voorzichtig, Mami is al opgemaakt. Geef me je lippen. Heel voorzichtig. Je moet me goed kussen. Op mijn mond. Maak mijn mond rood. Ik vind je lippen 's ochtends op mijn kussen. 's Nachts brulde er een muil in mij. Door zijn strot wrongen zich botjes, dat waren gebroken woorden, dat waren gebroken letters. Dat waren resten van de kip. Brokken brood. Knoflook met olijfolie. En chocolade toe. Die bracht hij mij 's nachts. Het klopt vanbinnen tegen mijn ogen. Dat is migraine. Ze boog zich over me. Haar handen en armen waren bedekt met lange handschoenen van zwarte zijde, een tweede huis tot over de ellebogen, en daar waar de pols van mijn moeder klopt stonden drie knoopjes open. Ze wilde ze dichtmaken, bij het naar buiten gaan over haar naar boven gestrekte pols gebogen. Licht vlees met een zware geur in de spleet van de openstaande knoopjes. Ze wilden uit, de nacht in. Ze boog zich over me heen en streek met de zwarte handschoenhand mijn van het water natte haren van mijn voorhoofd. Haar lippen kwamen naderbij en vlak bij mijn mond ging haar rode mond zijwaarts. Kus me goed, je moet me goed kussen. Ze tuitte haar lippen en kuste me op mijn wang. Dat was niet goed. Goed is op je mond. Zodat we elkaar weer terugvinden. Achter mijn moeder stond mijn vader, de autosleutels in zijn hand gingen op en neer. Later, in mijn slaap, stond daar een man. In uniform. Hij schoot op een vrouw. De vrouw hield een kind in haar armen, ze perste het tegen zich aan. De afstand tussen hem en haar was de loop van zijn geweer. Dichterbij kon hij niet komen. Hij had haar niet meer kunnen doodschieten, hij zou met de geweerloop naar boven en naar beneden hebben gewezen en in de lucht of in de grond hebben geschoten. Hij tilde het geweer tot bij zijn wang onder zijn soldatenhelm. De vrouw perste het kind tegen haar lijf. Hij perste zijn lijf tegen het geweer en boog zijn bovenlichaam naar voren. De vrouw drukte het gezicht van het meisje tegen haar hals. Het kind moest al stervende haar moordenaar niet hoeven zien. De vrouw zag hem terwijl hij zijn taak uitvoerde. Hij schoot door het meisje in de vrouw. De vrouw viel op haar knieën. Ze hield haar kind vast en viel met het kind, ze viel op haar dochter met haar dode lijf. Ze strekte haar arm uit naar de man. Doe jij mijn knoopjes eens dicht, Paul. Mijn vader stopte de autosleutels in zijn broekzak en maakte de drie knoopjes van de handschoen van mijn moeder vast. Hij boog zich over haar pols.

Je moet iets doen om ergens niet aan te denken. Mijn grootmoeder breit een wollen deken. Ze breit in vierkanten. Vijfenzestig steken keer vijfenzestig rijen. De vierkanten worden later aan elkaar genaaid. Ik tel de stenen platen en ren voor mezelf uit, ik schat het aantal stenen tot de hoek, ik vertel me, ik blijf staan en kijk om me heen, ik weet niet waar ik begon met tellen, en terug kan ik niet, de les begint zo meteen, de Turksfruitman roept. Mijn moeder vertelde dat ze het als kind zo gedaan had, wie op de richels trapt moet voor dood blijven staan. Ja, dat was toen bij jou zo, dacht ik bij mezelf, jij zou dood zijn geweest. Ik moet oppassen dat ik niemand doodtrap, dat ik geen letters doorslik en geen woord kwijtraak. Zodra het woord in mijn mond komt liggen er een paar medeklinkers dwars, en ik beluister ze met mijn tong, ik ga ze achterna langs mijn tanden, mijn verhemelte bolt, de wind blaast door de stembandzeilen. Daartussenin kruipt en krioelt het in elke spleet. Duistere afgronden tussen de stenen platen. Met mijn hand in haar hand springt ze over de strepen, ze neemt me mee. Ver uit elkaar de benen. We zouden veel kinderen op de wereld kunnen zetten, hadden Vera en ik bedacht. Rond een ronde eettafel had ik een grote familie op de wereld gezet, ze zit aan tafel, ze eet, iedereen op zijn plek tijdens het eten, en Vera had natuurlijk meteen personeel, terwijl ik probeerde te bedenken welke doorsnede de pan voor de kippensoep bij tien kinderen moest hebben, de verhouding van de cirkelomvang tot de doorsnede, pi is 3,1415926536. De Buddenbrooks hadden ook personeel. Vera leest *Buddenbrooks* voor de derde of de vierde keer. Ze is humeurig de laatste tijd. Niemand mag haar aanspreken. Het gaat niet goed met haar, daarom leest ze een boek dat ze door en door kent, van bladzijde negen tot bladzijde zevenhonderdachtentwintig is alles zoals het altijd was in *Buddenbrooks*. Precies geteld heeft de roman een pagina meer, hij is afgelopen op bladzijde zevenhonderdnegenentwintig. Op het einde staat het woord einde. Zonder punt. Het zweeft weg. Geen boek begint op bladzijde een. Je komt in een boek terecht op bladzijde vijf of zeven of negen. Er is altijd al iets geweest als je begint, er is altijd al iets gebeurd op de bladzijden daarvoor, die meegeteld worden hoewel ze er niet zijn. Mijn vader bracht *Buddenbrooks* mee, hij had het boek uit de bibliotheek op de Mittelweg. Een oud boek. Gotische letters. Een uitgave uit 1903, toen mijn grootmoeder een jaar oud was. Over een paar dagen vieren we haar vijfenzestigste verjaardag. Mijn vader legde het boek weg. Dat houden we, zei hij plechtig.

Wie weet waar het vandaan komt, zei mijn grootmoeder, van vreemde mensen, van wie zal het vroeger geweest zijn, misschien staat er een naam in, het ziet er kapotgelezen uit, bovendien zal Elli Dingeldey het merken.

Denk je dat die boeken uit familiebezit komen, vraagt Vera.

Waarom niet, ergens moet het toch allemaal gebleven zijn.

Mijn vader wilde het boek niet teruggeven, hij wilde *Buddenbrooks* liever houden. Met Elli Dingeldey, de bibliothecaresse van de Mittelweg, drinkt mijn vader graag een biertje, een of twee keer per jaar heeft hij zin in een biertje van het vat. Hij houdt niet van kroegen en van mannen in kroegen, maar met Elli Dingeldey is het iets anders, met haar gaat hij naar Hamburgse biercafés. Met Elli Dingeldey heeft mijn moeder geen moeite. Een vrouw die haar leven met boeken doorbrengt kan niet slecht zijn, en mijn moeder is gul, haar man mag een glas bier gaan drinken, zonder haar en met een andere vrouw, als ze zo onaantrekkelijk is als Elli Dingeldey.

Ze heeft het boek niet gecatalogiseerd, zei mijn vader. Geef het toch maar terug, antwoordde mijn moeder. Vera vond dat we het moesten houden, het was ons goed recht, het zou van een joodse familie hebben kunnen zijn. Mijn moeder keek naar de familieroman, een exemplaar dat belangrijk was geweest voor veel handen. Het is in elk geval nu joods bezit, zei mijn vader.

Mijn zusje en ik schrijven onze namen in onze boeken, voorin op de eerste bladzijde of op de tweede, ik beleef er veel plezier aan mijn naam in een boek te schrijven dat vanaf nu van mij is. Naar mijn boeken te kijken maakt me gelukkig, mijn eigendom. Ze staan daar, gevuld met verhalen die ze bij zich houden. Ik schrijf mijn naam op de binnenkant van de band, hoewel het mooier zou zijn hem niet op de band maar op papier te schrijven. Maar de eerste bladzijden, waar het boek nog niet begonnen is, kunnen eruit gescheurd worden en mijn naam dus ook. Vera heeft daar allemaal geen zin in wanneer ze een boek jat. Bovendien is ze helemaal niet in mijn boeken geïnteresseerd, maar in de boeken van mijn ouders. Ze streept gewoon de naam van mijn vader door en schrijft de hare erboven. Hij heeft haar het boek cadeau gedaan, beweert ze, en mijn moeder weet dat het niet klopt, ze vecht er niet lang om, het blijft immers in de familie, het gaat van de boekenkast van mijn ouders via de gang naar de boekenplanken van mijn zusje. Ik kan het vanaf mijn bed zien. Steeds meer volwassenenboeken nemen hun intrek bij Vera. De ruggen van de boeken zijn van geweven stof, sommige hebben gouden of zilveren letters. *Buddenbrooks* is gekleed in licht linnen, de naam staat enigszins schuin, als met de hand geschreven, en de letters zijn zo blauw als het water van de Trave. In onze *Buddenbrooks* begint de roman meteen achter de band. De lege bladzijden ontbreken. Ze zijn vóór onze tijd kwijtgeraakt. Het boek begint op bladzijde negen. Vera had *Buddenbrooks* tussen haar boeken gezet, en mijn moeder pakte het weer weg en zette het daar terug waar het had gestaan, vóór *Rebecca* en *Gejaagd door de wind*. Ik wil, zei ze, dat ook Fania het boek hier, uit de boekenkast van haar ouders, kan pakken, net als jij, als ze het op zekere dag wil lezen.

Fania kan die letters helemaal niet lezen, zei Vera verontwaardigd, Gotisch, dat kun jij niet lezen.

Ik kan Gotisch lezen, antwoordde ik.

Dat is nieuw voor me, dat wist ik niet, en die lange zinnen van Thomas Mann, dat vind jij toch vreselijk.

Ik antwoordde niet. Vera had iets tegen lange zinnen, ik niet. Al weken valt ze ons lastig met Adalbert Stifter en diens lange zinnen. Hoe dan ook, zei mijn moeder, *Buddenbrooks* is van mij.

Je bedoelt, het is van jullie, wierp Vera tegen.

Dat is hetzelfde, wat van jullie vader is, is net zo goed van mij.

Toen Vera het boek pakte en met een somber gezicht en met *Buddenbrooks* in de leunstoel van mijn afwezige vader wegzonk, was ik meteen onrustig, en natuurlijk merkte zij het en perste ze het boek tegen haar borst en zichzelf in de stoel. De manier waarop ze het tegen haar borst perste verontrustte me. Ze moet iets voor mij overlaten. Misschien is het niet genoeg voor ons tweeën. Misschien niet eens voor één iemand.

Vera moet ongesteld worden. Ik heb zijn rode strikje. De Turksfruitman staat bij zijn brok suiker en schaaft en zweet. Ik blijf bij zijn handkar staan. Boven zijn Turks fruit en zijn dikke lichaam heeft hij een luifel gespannen, roze en wit als het Turks fruit. De man doet alles met zijn linkerhand. De vingers van zijn rechterhand zijn tot het middelste kootje afgehakt, alleen de duim is een volledige duim. Met zijn linkerhand schuift hij de plakkerige schilfers op een stuk perkamentpapier, waar hij met zijn vier stompjes op drukt. Aan zijn linkerhand heeft hij vijf vingers met telkens drie kootjes inclusief vingernagel. Vinger voor vinger helemaal compleet. Alsof ze helemaal niets hebben meegemaakt van wat er aan de andere kant gebeurde. Allemaal bij één man. De Turks-fruitman.

Voor tien pfennig, vraagt hij, ik knik zwijgend en raak daarbij met mijn kin het door mij ontvoerde strikje van mijn vader aan, met de zijige knoop in het midden. De man reikt me de portie Turks fruit aan, ik zie zijn stompjes en hij bekijkt met zijn smalle ogen hoe ik naar zijn stompjes kijk. Mijn blouse is net zo wit als een overhemd en haar kraag is net zo stijf als een overhemdkraag. Ik heb het strikje van mijn vader in mijn schooltas het huis uit gesmokkeld en op straat omgedaan, midden op straat, waar niemand me kon zien, niemand van mijn familie. Ik houd niet van Turks fruit, maar ik koop graag een kleinigheid voordat ik de school inga, ik vraag iets van een vreemde en krijg het en betaal ervoor. Zo is het goed. Ik doe het goed.

Wil je meer, vraagt hij.

Ik schrik. Daar was ik niet op voorbereid.

In de klas kijken de meisjes naar de strik van mijn vader onder mijn kin. Ik ben anders dan zij. Vandaag laat ik het hun zien. Ik zou graag willen weten of de strik onder mijn kin recht zit of dat ze scheef hangt, ik wil niet dat het strikje van mijn vader scheef aan me hangt, en ik wil er niet aan voelen in het openbaar.

Wat zie jij eruit, zegt Annegret, wat zie jij eruit.

Ik zie er niet joods uit, helemaal niet, helaas. Toen je gezicht gemaakt werd, heeft je vader zijn zin eindelijk eens doorgedreven, zegt mijn moeder. Maar ik praat wel met mijn handen en zeg Jiddische woorden en weet het soms niet. Laat haar toch, zegt mijn grootmoeder, en mijn moeder zegt, vanwege de mensen liever niet. In de klas leg ik het perkamentpapier met het Turks fruit voor Annegret op tafel.

Hier, mag je hebben.

Echt, meen je dat echt, en ze tast toe en stopt het spul in haar mond. Ik bekijk haar en voel aan de strik onder mijn kin, ik trek aan de beide uiteinden. Zodat ze goed zit. Geen van de meisjes lacht. Een strikje is iets voor een man. Daar lacht een meisje niet om. Sirena's plek naast me is leeg, hoewel de bel al is gegaan. Meester Bobbenberg komt de klas in. Hij draagt vandaag geen stropdas. Hij heeft vanochtend een strikje omgedaan, of zijn vrouw heeft het hem omgedaan, vandaag, Wilhelm, trek je eens een strikje aan, of heeft hij niet altijd een strik om, nooit een stropdas, Bobbenberg altijd een strikje, ik weet het niet, ik weet het niet meer. Ik kijk maar liever niet. Hij legt zijn versleten aktetas op de lessenaar, bladert in het klassenboek en leest onze namen een voor een op, elke leerling antwoordt met aanwezig. Ik zeg ja. Ik wil niet aanwezig zeggen. Ik wil iets anders zeggen dan de anderen. Het meisje na mij roept ook ja. Sirena's naam leest hij niet op. Misschien bestaat Sirena niet meer, de familie Bechler is weggetrokken uit de stad, hoe kan ik te weten komen of ik er nog mag komen of dat ze allang weg zijn en mij helemaal niet meer verwachten, dan sta ik daar met mijn strikje onder mijn kin en zij zijn weg. Iemand heeft een emmer vuur over mij leeggekiept. Meisjesgelach. Staat goed, zegt Wilhelm Bobbenberg, hij plukt aan zijn strik, sta eens op, Fania. Strik tegen strik staan we tegenover elkaar, hij is niet erg groot, tamelijk klein zelfs, kleiner dan Vera, schat ik, hij smakt met zijn grijnzende lippen. Ik wankel niet.

Bij kruidenier Finke ga ik de hoek om, onze straat in, en zie daarginds, op enige afstand, een knoedel op de stoep spartelen. Mijn bril is niet scherp genoeg. Ik moet nieuwe glazen hebben en ik zou graag een nieuw model hebben, het model Gigi, ik heb het bij het brillen poetsen in de collectie van mijn vader ontdekt. Gigi is duur, zwart, smal, hoekig en splinternieuw. Hij kan me alleen een model uit de oude collectie geven. Ik schuif mijn ronde bril naar mijn ogen, ik houd mijn hand boven mijn glazen. Langs de randen van mijn vingers kan ik scherper zien. De spartelende knoedel is een hond met zes poten en twee koppen. Ik ga er snel naartoe. Ik wil niets zien en alles zien en niet gezien worden, en de huizen kijken met hun ramen. Ik ren op de honden af. Het is al gebeurd. De witte vrouwtjespoedel Tassi van Katjenka Nohke, Katjenka Nohke, die uit Rusland komt en met een zekere Alfred Nohke getrouwd is, Nohke van Gebrs. Nohke & Co., de kledingwinkel in de Mönckebergstraße, voorheen Gezusters Silbermann, en die een verhouding heeft met admiraal b.d. Friedhelm Stierich, die een alcoholist is, vooral sinds hij de oorlog verloren heeft, Tassi, de witte vrouwtjespoedel, draaft hijgend door de straat en sleept een zwart-bruine straathond achter zich aan, zijn oren staan overeind, met verdraaide ogen glijdt en springt hij op zijn achterpoten over de kinderkopjes, zijn voorpoten heeft hij rond Tassi's wespentaille geklemd. Ze lijkt hem helemaal vergeten te zijn, ze draaft voorwaarts, en hij zit in haar vast en jammert. Ik gloei. Ik schuimbek. Ze moeten ophouden voordat er iemand komt en gemeen gaat grijnzen, en ik mag mijn hand niet heffen om een klap op die grijns te geven. Ik ren de tuin in, ik gooi mijn schooltas weg, ik draai de waterkraan open, ik vul een emmer met ijskoud water, ik ruk de emmer met me mee, het water klotst op mijn voeten, ik ren naar buiten, terug de straat op, ze zijn vast al weg. Ze zijn niet weg, ze zijn achter me aan gehupt, de oprit op. Ik gooi het water over hun stuiptrekkende lijven. Hij valt uit haar. Zij trippelt weg. Hij gaat voor mijn voeten zitten en likt zijn rode pik onder zijn buik. Ik geef hem een trap voor zijn achterste. Hij springt jankend op en hapt naar me. Ik ben bang dat ik gebeten word, mijn haat is sterker, hij ruikt hem en doet zijn staart tussen zijn benen vanwege mijn haat. Hij loopt de tuin van Katjenka Nohke in. Daar verstopt hij zich in de struiken om te wachten tot Tassi terugkomt.

Vera doet de deur voor me open. Waar was je, vraag ik, ik heb je op school niet gezien, waarom ben je al thuis, ze onderbreekt me en zegt, elk woord in mijn gezicht stempelend, ik was op school, en jij hebt me daar gezien, en Bobbi is ziek, en daarom had ik het vijfde en zesde uur vrij, en waarom, ze lacht en grijpt naar mijn nek, waarom heb je dat zotte ding om.

Ik doe de strik van mijn vader af. Vera was bij Hainichen. Wat zie jij eruit, zegt ze en komt dicht bij me staan, je hebt een vuurrood gezicht en natte voeten. Ik ruik haar adem, die naar sigaretten en wijn stinkt. Je staat, zeg ik, helaas veel te dicht bij me om ruzie met je te maken, anders zou ik je het liefst een klap geven, midden in je grijnzende gezicht. Je bent zo dichtbij dat ik je niet meer kan luchten of zien.

Vera deinst achteruit. Je bent gestoord. Ze snuift door haar neus, ze is verontwaardigd, ze boezemt me geen angst meer in, zonder nog iets te zeggen duw ik haar opzij en ga naar de slaapkamer van mijn ouders om de strik terug te leggen in de kast van mijn vader. De kamer is verduisterd, de luiken zijn vanbinnen tegen de ramen gezet. Op haar bed ligt mijn moeder, half uitgekleed en niet toegedekt. De banden van haar jarretel verdwijnen in haar witte broek. Vera heeft me niet verteld dat onze moeder hier in het halfdonker ligt en een van haar migraineaanvallen doorstaat. Kom maar binnen, hoor ik haar met een zware tong zeggen. Ik ga op haar bed zitten. Ik voel me zo misselijk, Fania. Ze ziet geelgroen, haar linkeroog heeft een zwarte rand. Op haar nachtkastje ligt een brief van het Herstelbetalingsbureau.

Wat willen die van je, vraag ik.

Ik wil iets van hen, ze glimlacht voorzichtig en houdt intussen haar oog vast. Ik wil nog eens echt gaan proberen of ze me toch nog iets uitbetalen, geen schooldiploma, geen opleiding, de gevangenis en de onderduikjaren. Misschien is het genoeg voor het huis. De volgende week heb ik een afspraak met de adviseur, hier, daar staat het, ze slaat met haar slappe hand tegen het papier, een psychiater, Ehrlichmann heet hij, professor doctor Siegfried Ehrlichmann.

Klinkt joods, vind ik, die zal het je niet moeilijk maken.

Ze drukt haar vuist tegen haar dichte oog. Zeg dat niet, kleintje, zegt ze. Kleintje zegt ze, want het gaat om iets dat voor haar groot is. Sommige joden willen de Duitsers bewijzen dat ze de betere Duitsers zijn.

Praat niet zoveel, ik kus haar hand, haar hoofd is voor een kus te breekbaar, ik sta van het bed op en loop naar de linnenkast van mijn vader, ik geef hem zijn strik terug en pak een van zijn witte, grote zakdoeken, alsof ik daarom naar zijn kast was gelopen. Ik loop naar de wastafel en houd de tot een klein vierkant gestreken zakdoek onder koud water, het compres leg ik op het voorhoofd en de slapen van mijn moeder.

Is Vera al thuis, vraagt ze.

Ja, allang, Bobbi is ziek, lieg ik, daarom zijn bij Vera lessen uitgevallen.

En waarom bij jou niet, haar stem sleept, je had hem vandaag toch ook.

Wij hadden een vervanger.

Mijn grootmoeder verschijnt in de deuropening. Of ze Alma niet een beetje kippensoep moet brengen, ze is bezorgd om haar dochter, die kronkelt bij het horen van het woord kippensoep. Geen soep, Mutti, veel te vet. Ze wil alleen maar warm water drinken. Jullie moeten wel eten, zegt ze, je grootmoeder heeft griesmeelballetjes voor jou gemaakt, Fania, dertig stuks.

Ik ben sinds vandaag te groot voor griesmeelballetjes. Ik heb ontdekt dat ik dat al heel lang weet. Dan kan ik ze eigenlijk ook eten, want ik vind ze nog steeds lekker. We zitten met zijn drieën aan de keukentafel en lepelen kippensoep met griesmeelballetjes. Vera bladert tijdens het eten in een weekblad.

Lezen tijden het eten, tsss, doet mijn grootmoeder misprijzend.

Vera kijkt even op. We hebben helemaal niets over haar te vertellen. Ze heeft geen zin in conversatie met ons.

Mijn grootmoeder windt zich op. Dat is toch geen fatsoen, leer je dat op school, ik doe boodschappen, goede spullen, ik sleep me rot, ik sta de hele dag in de keuken opdat het jullie smaakt, weggegooid geld, doe die portefeuille weg en eet gewoon met ons mee.

Maak geen sores, zegt Vera, zonder op te kijken.

Sores, sores, ik moet me niet opwinden zeker, sist mijn grootmoeder, maar jou smaakt het, mijn vogeltje, mijn schatje, en ze doet nog een paar griesmeelballetjes in mijn soep. Wij eten. Vera eet en leest.

Hier. Ze laat mijn grootmoeder het opengeslagen tijdschrift zien, dat interesseert jou toch ook.

Grote foto's, drie of nog meer bladzijden, zelfs in kleur, Farah Diba en de sjah en nu ook een paar druppels kippensoep. Een heel grote schrik. Volgens mij kan mijn grootmoeder helemaal niet iets minder schrikken. Kippensoep volgens een oeroud joods recept op de Perzische keizer en zijn echtgenote. Ojojojoj, snel, doe weg, gilt ze, voor de mensen na ons, hoe ziet dat eruit.

Wat zou het, zegt Vera, ze bladert en eet.

Dat trekt erin, beweer ik om mijn grootmoeder te kalmeren. Het kalmeert haar niet, ze wil een vloeiblad uit mijn schoolschrift. Ik geef haar een lichtblauw blad, waar nog geen inktvlek op zit. Ze maakt een hoek van de tafel vrij, haalt het strijkijzer uit de onderste keukenkast, zet het op een bordje en zet het aan, ze spuugt op het metaal, tikt er met haar vinger tegen, trekt een van pijn vertrokken gezicht, hoewel het helemaal niet pijn heeft gedaan, maar opeens is het warm, en met het vloeiblad strijkt ze de druppels kippensoep uit de Perzische keizer.

Vera stopt haar lepel tussen haar lippen en kauwt en slikt, om op te ruimen wat op haar bord ligt, zodat het weg is. Ze vraagt of de prijs voor het huis nu eigenlijk vastligt.

Hoezo vraag je dat, wil ik weten.

Hoezo vraag je mij waarom ik dat vraag, vraagt zij mij. Hainichen staat tussen ons. Ik kan hem aan haar ruiken. Als ik een eigen kamer had, hoefde ik niet vanavond en niet elke nacht naast haar in bed te gaan liggen. Ik ga naar Sirena, je weet wel, zeg ik tegen mijn grootmoeder, ik hoop dat ze zich de ontmoeting met mevrouw Bechler en haar dochter op straat voor het bejaardentehuis herinnert, ik wil niets hoeven uitleggen, ik wil een geheim voor Vera hebben, ik wil met mijn zus niet meer alles delen. Wat van haar is, moet van haar blijven. Op het gezicht van mijn grootmoeder verschijnt een schittering, ze weet het nog. Of mijn vingernagels schoon zijn, ik moet mijn haar kammen, ze vindt dat ik een schone blouse moet aantrekken, moet ik er met het strijkijzer overheen gaan, het is net heet, zodat je een goede indruk achterlaat bij de mensen.

Vera wil weten waar ik heen ga. Gaat je niks aan, zeg ik.

Sirena. Vera trekt de naam tussen haar tanden door, Sirena, ken ik die Sirena al, en wanneer kom je terug van die Sirena.

Gaat je niks aan, ik zet mijn neusvleugels op. Zo doet mijn moeder wanneer ze er arrogant wil uitzien.

Je doet maar, zegt Vera, ze zet ook haar neusvleugels op, zo zitten we tegenover elkaar op te zetten, strijdlustige nijlpaarden, die zetten niet hun neusvleugels op maar hun muilen, nijlpaardstieren uit de Kongo, het stond in de leesportefeuille, ze doen alsof ze moeten geeuwen, zodat hun tegenstanders hun tanden en hun enorme kaken kunnen bewonderen. Of nijlpaardkoeien het ook zo doen, dat vertelt niemand ons.

Ik wil het ook alleen maar weten, zegt Vera, voor het geval Mami straks wakker wordt en naar je vraagt.

Daar heb ik niet aan gedacht. Ik kijk op mijn polshorloge. Ik ben in het bezit van een polshorloge, mijn tijd is van mij, ik zie dat het halfdrie is. Om vijf uur, over ongeveer twee uur, meer dan twee uur wiskunde zal Sirena helemaal niet kunnen verdragen, en ik wil daar vertrekken voordat die mensen zouden kunnen denken dat ik wil blijven eten, tegen vijven ben ik terug, zeg ik.

Anders bel je maar op, zegt mijn grootmoeder, die mensen zullen wel telefoon hebben, ze wrijft goedkeurend haar duim over haar wijsvinger, ze zitten goed in de slappe was.

Ze moet ophouden met praten, anders komt Vera te veel te weten.

Die chique dame is zeker de moeder van die Sirena, raadt Vera. Ik moet voelen dat ik niet aan haar kan ontsnappen. Ze is geïrriteerd en boos, ze zit ongetwijfeld diep in de stront met die Hainichen, dat varken, dat nazi-varken, en de ouders van Sirena zullen ook wel het een en ander gedaan hebben in de oorlog. Zo zeggen wij het nooit. Wij zeggen vóór de oorlog, of wij zeggen na de oorlog, en wij zeggen tijdens de nazi-tijd wanneer het om joden gaat, en bij ons gaat het altijd om joden. Thea Bechler. Sirena's moeder. Theodora waarschijnlijk. Ik zou Vera graag vragen of Theodora een Germaanse naam is, ik zal het haar niet vragen, ik moet alles aan haar vragen, je kunt me alles vragen, wat wil je weten, in het donker, in bed, of ik wilde weten hoe dat ging, met een man. Ik heb niet het gevoel dat ik het niet weet.

Dan ga ik nu maar, zeg ik.

Eerst blader ik nog in onze encyclopedie, een boek met alles van A tot Z. Vera heeft uit een hoop bladzijden met het nagelschaartje kleine plaatjes geknipt, het hoofd van Julius Caesar en het hoofd van Johann Wolfgang von Goethe, die zijn nu van haar, en het kon haar niets schelen dat op de achterhoofden iets geschreven staat. Ik blader door tot Theodoor. Bij theater is ook een gat, een tamelijk groot gat. Theodoor komt na theater. Theodoor, Gr. godsgeschenk. Theologie. God, wat ben ik stom. Grieks. Niet arisch. En een Theodora hebben ze ook. Theodora ten eerste – Byzantijnse keizerin, geboren in Constantinopel ca. 497, overleden op 28 juni 548, dochter van een circussuppoost, heb ik dat goed gelezen, inderdaad, van een circussuppoost in een uniform met gouden knopen die de kaartjes afscheurt en sap en Turks fruit verkoopt, de koorddanskoorden controleert en de tralies voor de roofdierenact, dochter van een suppoost die de gevangenen de dood injaagt als prooi voor de roofdieren, getrouwd met Justinianus I vóór 527, ze had dankzij haar politieke talent en haar energie grote invloed op diens politiek en redde de troon voor hem tijdens de Nika-opstand (zie aldaar), nu niet, ik moet zo meteen weg, ten tweede – Romeinse, vrouw van de consul en senator Theophylactus, beheerste, zoals later haar dochters Marozia en Theodora, nog een Theodora, beheerste Rome en het pausdom tijdens de eerste jaren van de 10e eeuw. Waarom heb ik bij geschiedenis niets gehoord over deze vrouwen. Altijd alleen maar mannen. Zelfs op een school met alleen maar meisjes.

Ik loop de oprit af tot het eind en betreed het perceel via de ondergrondse garage, waar een Mercedes cabriolet staat en een grote zwarte limousine, een Franse auto, een Citroën. Ik loop door de tuin achter de keuken en verder door de achteringang het huis in, een wit huis, ik ga de trap op naar de tweede verdieping. Sirena vertelde me dat zij en haar moeder op de eerste en de tweede verdieping woonden, op de bel-etage waren het kantoor en de woonvertrekken van haar vader. Ze schaamde zich. Zoveel plaats. Haar vader was diplomaat, de regering had het huis gekocht, hij moest vaak mensen uitnodigen, ik moest niet denken dat ze zo rijk waren. Ze zijn ongetwijfeld zo rijk. Het huis was hiervoor van de ouders van Esther. De Fingerhuts zijn weg. Ze zijn geëmigreerd naar Brazilië. Esthers vader, Simon Fingerhut, heeft daar familie, de zuster van zijn moeder uit Lübeck was op tijd vertrokken. Mijn grootmoeder weet dat van tante Ruchla. Van de rest van de familie heeft niemand het overleefd, Recha Fingerhut, Esthers moeder, is de enige overlevende. Simon heeft Recha gevonden. In de trein. Heel dun was de dikke mevrouw Fingerhut toen en heel jong, zo oud als ik, Recha, dertienenhalf jaar oud. Waar in de trein. Hoezo in de trein. In een slaapwagen, vertelden ze. Recha lag in een bed, in een vers opgemaakt bed onder een gladgestreken deken. Het leek alsof er niemand lag, en toen vond Simon haar. Dat vertellen ze ons. Kan dat kloppen. De wagons waren geen slaapwagens. Maar alles wat ze vertellen zijn wonderen. Esthers moeder, nog niet Esthers moeder, deed alsof ze een lijk was. En Simon vond haar. Zomaar. Een wonder. Met Esther speelde ik in dit huis, en haar zusje Miriam lag in de wieg, we hebben haar zachtjes geschommeld. Mevrouw Fingerhut had er een muskietennet overheen gelegd. Je kon niet zomaar bij Miriam komen, geen mug, al was ze nog zo klein.

Op de tweede verdieping hangt bij de voordeur een groot stuk papier, waarop iets geschreven staat. Ben zo weer terug, sleutel ligt onder de mat, groet en kus, Mutti. Dit bericht is niet voor mij bedoeld, het is net zomin voor mij bestemd als voor elke andere vreemde, voorzichtig til ik de mat op. Daar ligt inderdaad de sleutel voor de woning van de familie Bechler. Tussen afgeveegd straatstof ligt een zilveren veiligheidssleutel, plat en gekarteld. Wij hebben geen veiligheidsslot op onze voordeur. In plaats daarvan hebben wij een deurketting, die in de brokkelige pleisterlaag van de muur geschroefd is. Ik heb gebruikte lucifers in de plug gestopt, zodat de schroef door het gewicht van de ketting niet uit de muur wordt getrokken.

Ik ga op de bovenste traptrede zitten en wacht en bedenk wat ik zal doen. Misschien is vandaag helemaal niet de goede dag, vandaag is de verkeerde dag. Ik ga snel door de afgelopen weekdagen, als vandaag niet de goede dag is, zouden Sirena en haar moeder en de man hier elk moment kunnen verschijnen. Ze zullen me niet herkennen. Ik heb eens onze voordeur opengemaakt, ik wist zeker dat mijn vader voor de deur zou staan, hij was naar de kelder gegaan om een ordner te halen, een ordner met kantoorpapieren uit onze kelder, de kelderruimte bij de vergrendelde badkamer achter de schuilkelderdeuren, en het was niet mijn vader, het was Hainichen van boven, ik rukte de deur open en stak mijn hand al naar hem uit, ik raakte hem aan, terwijl hij helemaal niet mijn vader was, op mijn ogen lag mijn vader, zijn portret, zijn lichaam, zijn glimlach, en ik had zijn portret, zijn lichaam, zijn glimlach op iemand anders gelegd, op Hainichen, en ik had Hainichen niet herkend. Pas toen ik hem herkende sloeg ik de deur dicht. Ik was binnen en hij was buiten, aan beide kanten was het stil. Ik wilde de gang uit sluipen. Er werd weer gebeld. Mijn moeder kwam, Fania, waarom doe je niet open, en ze deed open, Hainichen stond er en lachte, zijn armen hingen langs zijn lichaam omlaag, hij zwaaide ze naar voren en naar achteren, alsof ze nat waren en hij ze moest drogen.

Het zal lijken alsof ik niet kon wachten naar hen toe te komen, of vandaag is de goede dag en mevrouw Bechler is het gewoon vergeten dat ze gevraagd heeft of ik vandaag wil komen om haar dochter Sirena bijles wiskunde te geven, ik krijg er geld voor, en zij zijn het gewoon vergeten. Toen Sirena's vader 's ochtends zijn dochter naar de klas bracht, zag hij er aardig uit, goed in het pak, zoals mevrouw Kupsch altijd zegt. Goed in de slappe was. En wat zijn lengte betreft precies goed voor Vera, zeker twee koppen groter dan zij, misschien zelfs groter dan Hainichen, net zo groot en zo oud.

Ik zou kunnen wegsluipen en terugkomen, alsof ik net pas was gekomen, want ongetwijfeld is het vandaag de goede dag, ik heb me niet vergist, zij hebben zich vergist, en ik zal doen alsof ik helemaal niet gemerkt heb dat ze me gewoonweg vergeten zijn. Morgen komt mijn vader terug, als het nu al morgen was, zou ik hier niet kunnen zijn. Waarom Vera alleen geïnteresseerd is in mannen die net zo oud zijn als onze vader heeft ze me nu verteld, omdat ze, en daarbij keek ze me medelijdend aan, alsof ik zij was en zij onze moeder, omdat ze onze vader nu eenmaal niet kon krijgen. Want die heeft Mami al, en ze huilde. Ik wilde haar troosten, ze voer tegen me uit, ik had geen idee, zei ze. Dat klopt niet, ik heb een idee, ik zou Papi te lamlendig vinden, zei ik, mijn moeder zegt dat soms tegen hem, Paul, wees nou niet zo lamlendig, en het is waar, af en toe is hij lamlendig, en ik vind hem vaak te lamlendig, maar laatst niet, niet laatst 's nachts, toen hij voor mij de deur uitging, de duisternis in. Om chocolade voor mij te halen. Voor mij.

Jij vindt Papi te lamlendig omdat je net als Mami bent, oordeelde Vera. Ik had er geen bezwaar tegen, dan ben ik maar joodser dan jij. Zij was hoe dan ook de betere vrouw voor hem, zei Vera met nadruk, hij had dat zelf al gezegd, niet echt gezegd, maar zij had het gevoel, als mijn moeder en ik hem te lamlendig vonden, dan had zij het gevoel dat zij hem als enige begreep, alleen zij begreep hem echt. Ik voel me meer aan zijn kant staan dan aan die van jullie. Vera keek me uitdagend aan. Ik zei niets. Soms klaagt hij dat hij tussen vier vrouwen de enige man is, mijn grootmoeder, mijn moeder, mijn zusje en dan nog ik. Ik ben het laatst gekomen. Mij kan hij niet meer aan. Hij houdt ook van mij, maar voor mij kan hij niets meer doen, dat lees ik in zijn ogen. Mij, de jongste, zal hij in de steek laten. Ik sta op van de trap. Ik zal de trap afgaan en door de tuin en door de ondergrondse garage, terug naar onze oprit en naar huis. Vóór me staat Sirena. Ze draagt een dienblad met cake.

Ach, Fania, het spijt me, ik ben een beetje te laat, bij de bakker stond een lange rij, waarom heb je niet aangebeld, ze ziet het papier op de deur en scheurt het af, typisch mijn moeder, die is nog onlogischer dan ik. Kun je alsjeblieft de sleutel even pakken, of houd het dienblad vast.

Ik heb me al gebukt en de mat opgetild, ik zie de sleutel, we kennen elkaar al.

Achter Sirena ga ik de woning van de familie Bechler binnen, ik registreer alles wat wij niet hebben. Alles. Hiermee vergeleken hebben wij niets. Erfstukken. Oude meubels, schilderijen, zilver, kostbaar gebonden boeken, zware tapijten en op een van de zware tapijten een piano. Geen piano. Een zwarte kleine vleugel. Een lakzwart glimmend vleugeltje. Zoiets moois.

Het meeste is niet van ons, verzekert Sirena, het is van de regering, mijn vader is diplomaat, ik heb het je al verteld, maar die kleine vleugel, die is van mijn moeder, nou ja, nog het een en ander, en het zilver, dat heeft ze van haar ouders geërfd, maar rijk zijn we eigenlijk niet, geloof ik, zegt ze.

Is zesenvijftigduizend mark voor jou veel geld, wil ik van haar weten.

Dat ligt eraan, zegt Sirena diplomatiek.

Wat doet een diplomaat.

Hij reist. Veel naar het buitenland. Daar onderhandelt hij met politici.

Mijn vader reist ook veel en onderhandelt. Hij is koopman. Hij verkoopt brillen en onderhandelt met opticiens.

Mutti en ik zijn vaak alleen, Sirena begint thee voor ons te zetten. Je hebt toch een zus, ik knik, vind jij groene thee lekker, ik knik nog steeds, ik heb nog nooit groene thee gedronken, maar ik heb een zus.

Groene thee moet je nooit na twee uur 's middags drinken, legt Sirena me uit, anders kun je 's nachts niet meer slapen. We giechelen, het is al veel later dan twee uur 's middags.

Wanneer mijn vader weg is, verveelt mijn moeder zich, dan bespioneert ze me, of ik moet mee naar de opera of naar concerten. Ik houd niet van muziek. In elk geval niet van die muziek. Of ik van zulke muziek houd, vraagt ze me en zet de kraan open, het water klettert in de ketel.

Mijn ouders houden van die muziek, schreeuw ik tegen het

water op, we luisteren vaak naar opera-aria's, we hebben een pick-up, alleen Wagner komt bij ons het huis niet in.

Of ik de Beatles leuk vind.

De Beatles, ik weet het niet, zou kunnen. Ik ken de Beatles uit de leesportefeuille, de meisjes gillen, hun vertrokken gezichten, ze huilen en gillen met zijn allen, ze strekken hun handen uit naar de jongemannen op het podium. Volstrekt getikt, zeggen de volwassenen, overal schudden volwassenen hun hoofden in verbijstering, dat kunnen volwassen hoofden niet begrijpen hoe dat kan, die hysterische extase van de massa's vanwege vier gestoorde mannen, zoiets onnatuurlijks en abnormaals hebben de volwassenen nog nooit meegemaakt, een dergelijke hysterie rond vier mannen.

Sirena gooit haar armen in de lucht, ik vind de Beatles te gek, yeah, yeah, yeah gilt ze, en mijn moeder houdt van Wagner, hojotoho.

Sirena's opa, kom ik te weten, heeft in Bayreuth gezongen, als Wotan, en Sirena's moeder mocht altijd mee, ze was de lieveling van haar vader. Nazi-wereld. Waar zullen we wiskunde doen, onderbreek ik haar. Niets aan mij vertellen, iets aan mij vertellen is gevaarlijk. Ik wil Sirena als vriendin, niet als vijandin, en haar geld, het geld van haar ouders, heb ik ook nodig, per uur bijles twintig mark, ik zou haar vierentwintig jaar lang één keer per week wiskunde moeten geven om het huis te kunnen kopen. Misschien kan ik haar overreden het twee keer per week te doen.

Jouw moeder bespioneert je dus, zeg ik.

Dat doen moeders toch altijd, Sirena schenkt de groene thee in, die helemaal niet groen is maar bruinig, roodachtig bijna. Die van jou niet?

Zo gaat het niet. Sirena vraagt te veel. Ik zal gewoon herhalen wat mijn moeder altijd zegt. Mijn moeder zegt altijd, haar dochters kunnen alles gewoon laten rondslingeren, brieven of dagboeken, zij zou dat niet lezen, zij vertrouwde haar dochters, haar dochters zouden haar toch wel alles vertellen.

Sirena lacht.

Ik wist helemaal niet dat het grappig was.

Jij hebt nog geen vriend. Dat kan ze aan me zien. Mijn zus

moet eerst een vriend hebben voordat ik er een kan hebben, als ik er een vind, zal hij voor haar zijn.

En jij, vraag ik.

Tuurlijk, ze knikt, daarom bespioneert mijn moeder me. Rüdiger is zo lief. Ze weet van niks. Je mag nooit iets tegen haar zeggen. Hij is al achtentwintig. Als ze het wist, zou ze een toeval krijgen. Rüdiger is al zo oud, een echte man al.

Dat zou iets voor Vera zijn. Vera is al zeventien. Hoe kan een man van achtentwintig lief zijn. Ik vind alleen maar interessant of hij lang is en hoe lang hij is.

Ongeveer zoals ik, zegt Sirena, iets groter.

Dan zou hij niks voor Vera zijn, dan hoef ik Sirena haar vriend niet af te pakken. Of hij een oudere broer heeft.

Nee, hoezo, vraagt Sirena.

Daar antwoord ik niet op. En wat doet zijn vader, ik vraag als mijn moeder. Zijn vader is dood, hij is in de oorlog gesneuveld, daar lijdt Rüdiger onder. Hij is zonder vader opgegroeid, alleen met zijn moeder, ze moesten vluchten. Sirena trekt een tragisch gezicht. Wat vreselijk, lieg ik, ik vind het helemaal in orde dat deze mensen moesten vluchten, zij konden tenminste nog vluchten.

Zijn vader nam deel aan de oorlog, hij was soldaat, en het verging hem heel slecht, het moet vreselijk geweest zijn, hij was toen net zo oud als Rüdiger nu is. Sirena, de soldatenweduwe. Mijn ogen zijn koud geworden. Waar was hij, vraag ik.

Ergens in het oosten, daar is hij doodgeschoten.

Waar ergens.

Weet ik niet, in het oosten ergens.

Bij Auschwitz of in de buurt van Theresienstadt, misschien Riga of Babij Jar. Ik jongleer, ik sla haar met knuppels, ze moet verbaasd zijn en struikelen.

Ze is niet verbaasd en ze struikelt niet, en ze weet niets van de knuppelslagen.

Geen idee. Was jouw vader daar?

Mijn vader. Hoe kan ze me zoiets vragen. Mijn vader. Ze bedoelt, als soldaat. Ze heeft geen idee. We moeten hier weg. We moeten wiskunde doen, zeg ik.

Sirena staat op. Ze gaat de keuken uit, ze gaat haar schooltas halen.

Ik blijf achter. Alleen. De voorwerpen om me heen zijn vijandig, ik keur ze nauwgezet. Dan waren ze geen joods eigendom. Ik zal hier alleen met hen de strijd aangaan. Zonder mijn moeder ben ik de jodin en moet ik me staande houden.

Sirena komt terug en achter haar wordt de deur geopend. Thea Bechler komt de woning in, ze draagt een grote blauwe hoed, ze geeft Sirena een kus op de wang, daarvoor neemt ze haar dochter mee onder haar hoed, onder een blauwe horizon.

Ze geeft me haar hand, een witte, zachte hand met krachtige vingers en kortgeknipte nagels, niet lang en niet rood.

Omdat, zegt mijn moeder, een Duitse vrouw niet rookt, haar lippen niet verft, en rode vingernagels heeft ze ook niet, nou, dat was wat voor jullie moeder, dat kunnen jullie je wel voorstellen, ik had altijd lippenstift bij me, zelfs de eerste dagen in de gevangenis in Fuhlsbüttel nog, dat liet ik me niet afnemen. 's Avonds in bed vroeg Vera me hoe ze dat klaargespeeld had, daar werden ze toch gefouilleerd, ze werden toch allemaal doorzocht, hoe kan ze dan haar lippenstift hebben meegesmokkeld. Mevrouw Bechler speelt piano, daarom heeft ze korte vingernagels, en ze ruikt lekker, een parfumwolk hangt om haar heen. Mijn moeder doet soms iets achter mijn oorlellen, ze gaat naar de ouderavond, eerst doet ze een beetje van het goudgele *Je reviens* achter haar oren, bij mij ook, en dan op haar polsen. Sirena's moeder vraagt of we klaar zijn met bijles. We zijn nog niet eens begonnen.

Ja, we zijn klaar, Sirena trapt onder de keukentafel op mijn voet. Goed, zegt haar moeder, dan kunnen we samen theedrinken, ik heb petitfours gekocht. Onuitgepakt staat de cake van Sirena op de keukentafel, mevrouw Bechler schuift hem opzij en vouwt open wat ze heeft meegebracht, allemaal kleine taartjes in papieren rozetten. Sirena geeft me een enveloppe. Hier, je honorarium voor de eerste wiskundeles.

Ik bloos. Ik heb er niets voor gedaan,

Pak aan, zegt ze.

Ik pak de enveloppe, ze is niet dichtgeplakt, ik voel de twee briefjes, twee keer tien mark, ik neem me voor om Sirena daarvoor de volgende keer twee bijlessen te geven.

De volgende keer is Sirena er niet. Haar moeder doet open. Kom binnen, Fania, of ik dat niet wist, dat Sirena vanmiddag Spaanse les heeft. Rüdiger waarschijnlijk, denk ik. Sirena zal vergeten zijn het je te vertellen, kom, kom binnen, mijn man, praat Thea Bechler verder en ze pakt het wiskundeboek uit mijn hand, mijn man wordt volgend jaar naar Madrid overgeplaatst.

Ze heeft iets roods en langs aan, een nachtjapon is het niet, een lange, ruime rode jurk misschien, op straat zou ze daarmee niet kunnen verschijnen, en eronder zijn haar blote voeten. Mijn moeder zegt dat vrouwen met rode haren niets roods moeten dragen, dat vloekt, rood kunnen het best vrouwen met zwart haar dragen, zwart haar als zij. Mijn moeder geeft mij veel blauwe kleren, blauwe blouses, blauwe truien, blauwe jurken, blauwe rokken. Mijn vader heeft ook veel blauwe kleren, blauwe overhemden, blauwe truien, een donkerblauw kostuum, hoewel hij geen rood haar heeft, akkerbruin is zijn haar. Hij is een man. Een man draagt geen rood, op zijn hoogst een rode stropdas of een wijnrode strik. Ik heb geen rood haar, mijn haar heeft soms een rode schijn en soms een donkerbruine en soms een blonde, en soms heeft het helemaal geen schijn. Ik zou rood kunnen dragen. Vera draagt rood. Ze heeft donkerbruin haar gekregen. Ze was eerst goudblond, toen werd ze donker, en jij bent melkboerenhondenblond, zei Vera tegen mij. Mijn moeder werd boos. Fania is mijn blonde Sarah. Ze trok me tegen zich aan. Ik ben niet blond. Ik kan maar niet beslissen welke kleur haar ik wil. Gisteren zat ik voor de kaptafel van mijn moeder, ik keek in de driedelige spiegel en ik trok een haar uit, een willekeurig haar. Het was zwart, pikzwart. Een joods haar van mijn hoofd.

Bij Sirena's moeder vloekt niets. Het rode haar en de rode jurk zijn op elkaar gesteld.

Ik moet weg. Waar is mijn wiskundeboek. Ze houdt het vast. Je mag best blijven, zegt ze, houd me een beetje gezelschap. Ik blijf, ik blijf verlegen en sta wat op de overloop te staan, en zij houdt mijn wiskundeboek tegen zich aan gedrukt. De deur naar de woonkamer staat open, daar is de vleugel, op de tapijten liggen tot bij de vleugel opengeslagen partituren. Daarachter grote ramen. Ze kijken uit op de Alster. Daar ligt de Alster in haar water te glinsteren. Zo heb ik ze nog nooit gezien, van zo hoog, over de boomtoppen heen, over de Harvestehuder Weg heen, over het park en de mensen heen.

Wist jij dat muziek en wiskunde met elkaar verwant zijn, vraagt ze me. Nee, dat wist ik niet. Verwant met elkaar, hoewel ze uit verschillende werelden komen. Of ik een instrument bespeel.

Nee, ik kan niet spelen.

Ik zou het je kunnen leren. Ze pakt mijn handen en bekijkt ze. Ze tilt mijn vingers op, elke vinger tilt ze op en trekt eraan. Mijn vingers knakken zachtjes. Dat zou niet moeten. Ik schaam me ervoor. Ze knakken desondanks.

Mooi, zegt mevrouw Bechler, daar zit energie in. Wil je iets horen?

Ik loop achter haar aan, voor mij uit lopen de blote voeten onder de rode jurk, die ik eigenlijk op een nachtjapon vind lijken. Ze gaat achter de vleugel zitten, legt haar handen op het klavier en meteen is de kleine zwarte vleugel behangen met parelende tonenkettingen. Maak het je gemakkelijk, roept ze door de muziekstroom naar mij.

Ik weet mezelf geen houding te geven en ga door het raam naar de Alster. Achter mij ruisen tuinen. Zo wil ik piano kunnen spelen, zo zal ik nooit piano kunnen spelen, ik ben al te oud om piano te kunnen leren spelen, als je ouder dan dertien bent is het te laat. Esther heeft in dit huis gespeeld, ze is op haar vijfde begonnen.

Kom eens naast me zitten, zegt Sirena's moeder, hier op de pianokruk.

Er is niet veel plaats voor ons tweeën op het rechthoekige leer. Ik voel haar dij tegen mijn been.

Je mag best vaker komen. Ik ben vaak alleen.

Ze moet mijn been voelen, mijn linkerbeen tegen haar rechterbeen, net twee warme dieren die tegen elkaar schurken. Ze speelt verder en haar been hupt van mij weg, het huppelt rond in de muziek, haar voet moet op de gouden tong trappen die beneden bij de vleugel uitsteekt. Boven grijpt en trekt ze met haar handen het verlangen te voorschijn, en het verlangen rent weg en komt verkleind terug als een bonte danseres die niets van het verlangen wil weten. Haar rode lokken springen over haar gezicht en verbergen mijn blik voor haar. Onder haar rode jurk springt haar boezem en werpt zich tussen haar handen, ze huppelt met haar been, met de gouden tong onder haar voet. En dan is de dans afgelopen.

Je bent helemaal verhit. Ik zei dat. Jij. Tegen mevrouw Bechler. Ik moet sterven. Ik moet hoe dan ook sterven. Misschien nu. Dat zou het beste zijn.

Piano spelen is hard werken, zegt ze. Ik heet Thea.

Ik kan toch niet Thea zeggen, je bent Sirena's moeder. Het was per vergissing, ik was aan het nadenken.

Wat waren dat voor gedachten.

Dat ik zojuist niet gestorven ben wil ik liever verzwijgen, er kan me nog veel overkomen. Ik dacht of ik liever boezem denk of liever borsten. Ik vind allebei de woorden leuk. Boezem is als er stof overheen gespannen zit, borsten denken is naakt.

Ze lacht niet. Ze kijkt me onderzoekend aan, ze bladert in mijn gezicht.

Vind je taal leuker of muziek.

Allebei, zeg ik voor de zekerheid, want ik heb nooit genoeg, ik wil muziek en taal, maar de taal houdt niet van mij, ze wil niet zo zoals ik haar schrijf.

Sirena zegt ook Thea, en alle vrienden van Sirena zeggen Thea tegen mij.

Dat moet mij geruststellen. Ik ben teleurgesteld.

Het zal niet echt opvallen als jij mij Thea noemt, ze kijkt naar haar gouden polshorloge. Sirena zal zo dadelijk komen, het is even na vijven.

Even na vijven of lang na vijven, hoe kort na vijven, het mag helemaal niet na vijven zijn, en al helemaal niet lang, ik zei tegen vijven, tegen vijven is bij ons vóór vijven. Ik moet weg, meteen. Ik spring op. Ik ben mijn been vergeten, het moet zich van Thea's been losscheuren.

Ik moet naar huis. Ik kom te laat.

Je woont toch hier meteen naast, vraagt ze, ze praat langzaam, veel te langzaam, hoe kan ze nou zo langzaam zitten praten. Ik ren naar de deur, elke seconde is kostbaar. Tot ziens, mevrouw Bechler, roep ik vanaf de deur in haar richting, waar ze nog steeds zit, aan de vleugel, waar zojuist nog mijn dijbeen zich heimelijk warmde aan het hare. Nu zei ik niet Thea.

Je wiskundeboek, roept ze, ze springt op en brengt het naar de deur. Kostbare seconden. Ik spring de trap af. Zal ik opbellen dat je eraan komt, roept ze me achterna, met mijn rechterhand houd ik me aan de trapleuning vast, mijn voeten nemen vijf, tien treden tegelijk, een heel stuk trap, zo heb ik het al vaak gedroomd, ik vlieg ronddraaiend langs de etage, naar beneden, naar beneden. Nee, nee, roep ik naar boven. Dat moest er nog bij komen, dat ze met mijn moeder telefoneert. Ik kom, ik ben onderweg, met elke pas, ik ben er.

Vera geeuwt. Was het leuk.

Thuis heeft niemand me gemist.

Hoe gaat het met Mami.

Ik heb een uur lang haar hoofd gemasseerd, nu slaapt ze, zegt Vera.

Mijn grootmoeder strijkt overhemden. Of ik nog huiswerk moet maken, vraagt ze. Haar dochter heeft sinds een week migraineaanvallen. Nu is zij de huisvrouw en strijkt de overhemden van een man die niet haar man is.

Ik zal Vera niets vertellen, ook vanavond in bed niet.

Mijn vader komt eerder terug, want morgen is de afspraak. Het onderzoek bij professor doctor Siegfried Ehrlichmann. De psychiater moet tegenover het Herstelbetalingsbureau bevestigen dat mijn moeder aanspraak kan maken op veel geld.

Hoe hebben we ons verhaal verteld, vraagt ze. Haar gezicht is nog steeds gelig groen. We mogen geen fout maken, Paul. Hij zal alles bij zich hebben, de stukken van het proces tegen mevrouw Schmalstück, de adviezen van de andere psychiaters.

Beroepsziekte, zegt mijn vader.

Eerder nog, ik moest van school, je vergeet de school altijd, Paul.

Ja natuurlijk, de school, sorry, de school.

Ik stond in een hoek op het schoolplein. Elke ochtend. Ik mocht niet meezingen en niet mijn arm optillen. Nou ja. Daar kon ik ook zonder. Ik mocht aan niets meedoen. Als kind. Wat betekent dat voor een kind. Dat moet die man weten, die Ehrlichmann. Ik wilde dat helemaal niet. Daar walgde ik als kind al van, Hitlerjugend, Bund Deutscher Mädel. Aan die Ehrlichmann moeten we dat anders vertellen. Dat buitengesloten zijn van alles. Als kind. Ze hebben me van school getrapt. Ik was de beste van de klas.

Ja, Alma.

Als die Ehrlichmann me dat niet vraagt, dan moet jij het zeggen, zodat hij eraan denkt het me te vragen. Die zijn vaak nog zo jong en hebben geen idee hoe het was. Ik heb niets geleerd, en jij ook niet, Paul. Vanwege mij. Jij kunt ook aanspraak maken op beroepsziekte, Paul.

Uit liefde voor jou. Daar geven ze niks voor, Alma.

Dat met die liefde mogen we niet meteen zeggen, Paul. Anders denkt die professor Ehrlichmann dat het de hele tijd alleen maar leuk was voor ons.

Hij pakt haar hand.

Schadevergoeding voor het onterecht in de gevangenis zitten. Gottegot, wat hebben wij voor een mazzel gehad dat wij dat overleefd hebben.

En toen zijn we naar Polen gegaan.

Eerst jij. Toen ik met Mutti.

Je migraine.

Op school al. Tot nu. Kijk maar naar me.

Hij zal vragen: periodiek.

Daarmee pakte de laatste adviseur me. Zeker de dagen dat ik ongesteld was. De dagen en nachten dat ik in het kamp was zal hij bedoelen. In het kamp was ik helemaal niet ongesteld. Maar ik had wel migraine.

Wind je niet op, Alma.

Hoe heette hij ook alweer, iets met B. B of P of allebei. Een dubbele naam, dacht ik. In de nazi-tijd al een coryfee op zijn vakgebied.

Ze probeert sarcastisch te zijn. Ze pakt zijn hand.

Het zal ons lukken, Paul.

Samen, ja.

Vrijdagochtend. Mijn moeder kleedt zich drie keer om. Eerst elegant. Dan grijs op grijs. Dan elegant. Ze verft haar lippen. Als het misgaat vanwege mijn pumps en mijn chique zwarte mantelpak, dan kunnen ze onze rug op. Haar ene oog ziet er nog altijd uit alsof iemand erop geslagen heeft. Ze kijkt in de spiegel en zegt tegen haar spiegelbeeld: vooruit, op stap. Mazzel en brooche. Ze draait zich naar ons om. Wens jullie moeder geluk en zegen. Vera en ik, we nemen haar om de beurt in onze armen en kussen haar en zeggen mazzel en brooche.

Mijn vader staat bij de deur met zijn autosleutels in zijn hand.

Zit mijn stropdas goed, Alma.

Vera zegt, ja, goed.

Doe toch je rode strik om, zeg ik.

Ze lachen. Ik bedoel het serieus.

Hij had een strik om, professor doctor Siegfried Ehrlichmann, een strik met een groene Schotse ruit. Net een aap. Mijn vader houdt zijn losgemaakte broek met twee handen vast. Hij heeft gauw een kruik en een nat maagkompres nodig. Zij heeft betraande ogen. Haar lippenstift heeft vegen, de rode kleur is uitgelopen, rond de mond van mijn moeder zijn kleine plooien ontstaan, die zijn me nog nooit opgevallen, ze moet erg hebben gehuild. Ze gooit de pumps van haar voeten.

Wat doen mijn voeten pijn. Hij zinkt in zijn fauteuil. Zij valt op de sofa.

Hoe was het, vraagt mijn grootmoeder, ze heeft haar handen gevouwen om zich vast te houden.

Vraag me iets eenvoudigers, Mutti. Mijn moeder duwt haar moeder van zich af om niet te hoeven huilen. Vera komt met de kruik en de natte doek. Ik ga naar de keuken, zet thee en maak een boterham met honing voor mijn vader, in hapklare stukken gesneden, en voor mijn moeder een broodje met garnalen in mayonaisesaus, mijn grootmoeder was bij visvrouw Herta Tolle, ze wilde haar dochter verwennen, mijn moeder verslindt het broodje garnaal, rond haar mond vermengt volgeel zich met het traanrood en de vettige garnalenmayonaise.

Heeft Paul iets te eten, vraagt ze en hangt haar blik aan haar moeder, die nog steeds met gevouwen handen voor de sofa staat. Haar dochter ligt uitgestrekt. Mijn grootmoeder knikt.

Een boterham met honing, zegt mijn vader met volle mond, hij zit in de stoel, achter het hoofd van zijn vrouw.

Ach, daar ben je, zegt ze en grijpt naar zijn hand en barst in tranen uit en bijt op haar lippen en bedwingt haar tranenstroom. Aan haar voeten zit Vera en die begint ongeremd te huilen. Ze is nu de kleine tranenaanhanger van haar moeder, ik zou het ook kunnen zijn, ze zit nu in de schaduw van de duisternis die mijn moeder in ons leven heeft gebracht. Uit mijn zusje stromen de tranen van mijn moeder.

De volgende middag kom ik een uur eerder uit school. Bobbi is ziek en Brunhilde Krahl is ook ziek, hoorden we van de directrice, Lieselotte Schmidt. We hadden anders juffrouw Krahl als vervangster gekregen. Mooi, dat zij ziek is. Ik heb geconstateerd dat Brunhilde Krahl een nazi-wijf is, ze lijkt op de schoonzus van mijn vader, op Gudrun Ellerhausen, merkwaardig dat dat mijn moeder nog niet is opgevallen. Onze directrice gaat voor haar toespraakje achter de lessenaar zitten. Ze is altijd opgewonden wanneer ze iets moet zeggen. Ze kon geen toezicht houden bij ons, omdat ze het druk had, zei ze, daarom stuurde ze ons een uur eerder naar huis. Ze giechelde, en de meisjes lachten. Ik ben op haar gesteld. Er is iets in haar kapot. Waar ze kapot is, daar ben ik op haar gesteld.

Vroeger dan verwacht ben ik thuis en ik loop langs onze voordeur zonder dat mijn familie binnen er iets van merkt. Ik wil zien hoe het er boven ons uitziet, hoe het in ons huis verdergaat, naar boven. Boven ons wonen de Hainichens en boven de Hainichens mevrouw Schmalstück en Sturmius Fraasch met zijn houten been. Die lopen langs onze voordeur naar boven en ik probeer op weg naar boven te zien hoe zij ons zien als ze langs onze voordeur lopen, ik ga de trappen op, de trap maakt een flauwe bocht. Het wordt lichter. Ik was nog nooit hierboven, ik ben nooit eerder in ons huis zo ver naar boven gekomen, een etage hoger. Daar is een groot raam in het trappenhuis, waar is dat buiten aan het huis, dat raam, ik heb het nog nooit gezien. Ik ga bij het raam staan en kijk naar buiten. Nog nooit heb ik de oprit van boven gezien, ze is me vertrouwd en van hierboven vreemd. Ik draai me om. Achter mij het kijkgaatje. De voordeur van Hainichen, een sneeuwwitte dubbele deur. Ik ga snel de trap af en bel bij ons aan.

Mijn moeder. Waarom ben je er al, schatje, is er iets gebeurd, geef me een kus, fijn dat je er al bent, heb je je boterhammen opgegeten, hoe was het op school, het eten is nog niet klaar, was je handen, we eten macaronisoufflé met parmezaanse kaas uit de oven, en toe fruitsalade met, raad eens, met koggel, oma heeft broodpudding gemaakt.

's Avonds, het is nog vroeg, Vera en ik liggen al in bed omdat dat zo gezellig is, we willen lezen, onze moeder komt naar onze kamer, ze wil ons goedenacht wensen, ze wil ook naar bed, met haar man. Mijn grootmoeder is met Elisabeth Kupsch naar de film, zij zal pas tegen middernacht naar huis komen. Ze zijn naar *Das gewisse Etwas der Frauen*. De terrasdeur staat open, het is nog licht buiten, een warme zomerregen valt, parelsnoeren druppelen rechtstandig uit de wolken. Een vogel zingt. Als het regent zwijgen de vogels. Die ene vindt het zeker te lang duren.

Mijn moeder zit aan mijn kant van het bed en praat over andere mensen, ze hebben een dochter en die hebben ze de deur uitgezet. Daar zit de dochter nu en mag niet meer naar binnen. Ik weet het niet, zegt mijn moeder, ze hebben geen menselijkheid. Als jullie ooit zwanger zijn, dan hoeven jullie niet bang te zijn. Ik voed het kind mee op.

Misschien is Vera al zwanger en ligt ze hier zwanger naast me, mijn moeder weet helemaal niet hoezeer ze het bij het juiste eind heeft. Waar gaat ze van uit, dat haar dochter door een jood in de steek gelaten wordt of dat de verwekker van haar kleinkind de zoon van nazi's is en haar dochter hem liever in de steek laat dan haar kennis te laten maken met die nazi-zoon. Met de nazi-ouders van de man zouden wij helemaal niet omgaan, mijn moeder zou hen gastvrij onthalen zoals ze nog nooit gastvrij waren onthaald, en daarna zouden ze het niet wagen zich te willen revancheren, dat zou het einde zijn van de aangetrouwde familie, het kind zouden we wel koosjer krijgen, en jaren later zouden wij zeggen dat die mensen zich helemaal niet afvragen wat er van hun kleinkind geworden is, snap jij dat, nee, ik kan daar met mijn verstand niet bij, dat is nou weer zo typisch.

Is er iets met je, vraagt mijn moeder.

Nee, met mij is er niks. Met Vera wel.

Je verbergt toch iets voor me, Fania, kwel jezelf niet, vertel me maar wat er aan de hand is.

Vera en ik wilden in bed lezen, we wilden het gezellig maken nu buiten de zomerregen valt, onder de deken binnen, met de terrasdeur open, boeken uit de bibliotheek, het hele mandje vol, Vera en ik mogen altijd meer meenemen dan eigenlijk mag omdat wij zo snel lezen, drie boeken is het maximum, die hebben wij in twee dagen uit. Nu zit mijn moeder door te vragen. Alles is kapot, alles heeft ze kapotgemaakt, de mooie sfeer, alles is in mij omgewoeld.

Laat me met rust, laat me nou eindelijk met rust.

Ze deinst terug, zo meteen gaat ze huilen, ik wil niet dat ze huilt. Er wellen tranen in me op.

Wat is er toch met je aan de hand, Fania. Ze doorzoekt mijn gezicht, ze richt haar ogen op mijn mond, ze zoekt een mogelijkheid om naar binnen te glippen, om in mij rond te kunnen kijken, Vera ligt naast me, ze heeft een ondoorzichtige wand tussen ons opgetrokken, mijn moeder staart wanhopig naar mijn lippen, die niet open willen, en ze somt op wat ze allemaal van me weet, en ik zeg, nee, dat is het niet. Misschien kan ik beter op zeker moment ja zeggen, ja, ja, dat is het, zodat ze niet bedenkt wat het is dat Vera met zich meedraagt, waar ze mij ook mee heeft belast.

Is het vanwege het ongesteld zijn, omdat je nog niet ongesteld bent, is het dat, Fania, of is het iets met school, heb je een onvoldoende voor een proefwerk, dat is toch helemaal niet erg, pesten de meisjes in je klas je, die Annegret en die andere, hoe heet ze ook alweer, moet ik er eens heen en hen onder handen nemen, je hoeft het maar te zeggen. Nee, dat wil ik in geen geval. Dan is het goed, Fania, als jij het niet wilt, maar het zou beter zijn, zodat ze jou eindelijk met rust laten. Dat weet ze dus ook, dat weet ze van Vera, Vera heeft haar verraden dat ik me door Annegret en Gerda laat treiteren. Mijn moeder blijft doorvragen. We hebben toch zeker geen geheimen voor elkaar, ik wil geen druk op je uitoefenen, je moet niet kwaad gaan slapen, dat is niet goed, voordat je in slaap valt moet je het met elkaar goedmaken, alsjeblieft, maak het goed met me, geef me een kus, ze duwt haar mond in mijn richting, ze heeft mijn kus nodig, ze kan anders later niet in slaap vallen, Alma, roept mijn vader van achteren uit de slaapkamer, waar blijf je, wat is er, is er iets, nu niet, Paul, gilt ze terug, ik kom eraan, alsjeblieft, Fania, kus me, de tranen storten uit mijn ogen, ze heeft me op de knieën gekregen, ik huil, opgeloste woede stroomt uit me en over me heen, ze mag vannacht niet doodgaan, ik wil daar de schuld niet van zijn, ik kus haar. Is alles weer goed, vraagt ze, en ik knik, en zij glimlacht, ik sla mijn armen om haar nek, ik druk haar lichaam tegen het mijne, ik pers mezelf volledig leeg en val uitgeput op mijn kussen.

Ze loopt om het bed heen naar Vera's kant, ze buigt naar Vera en geeft Vera een kus. Bij jou is blijkbaar alles in orde, zegt ze, dat Vera tegen haar liegt weet ze, ik hoor het aan haar stem, Vera glimlacht suikerzoet, alles in orde, Mami. Ik lig krachteloos tussen hun blikken in. Geen onaangenaam gevoel, niet meer te kunnen. Mijn moeder loopt naar de deur, zo meteen zal ze de deur achter zich dichtdoen en ons voor deze nacht verlaten, nog één keer kijkt ze naar Vera en mij, zoals we daar liggen.

Ik houd zo van jullie. We houden zo van jullie.

Bij deze liefdesafscheidsbezweringen ter overbrugging van de nacht mag haar man niet buitengesloten worden.

Wij ook van jullie, zegt Vera. Ik kan niets meer zeggen, uit mij komen ademstoten die de glimlach op mijn lippen laten barsten.

Ze is weg, zegt Vera. We luisteren. We horen in de verte onze moeder de deur naar haar slaapkamer sluiten.

Het spijt me, Fania, ik kon je niet helpen, het ontbrak er nog maar aan dat ze vroeg of ik zwanger was.

Ben je zwanger. Ik wil het helemaal niet vragen. Ik walg van de manier waarop Vera dat zegt, ze schept op, ze schept alleen maar op. Er klopt niets van wat ze me verteld heeft. Over Hainichen en haar. Alles is alleen maar een roman die ze in haar hoofd leest.

Ik wacht in elk geval al drie dagen op mijn regels.

Ik wacht al een halfjaar op mijn regels.

Dat is iets anders dan bij mij, geit.

Ze kan mij niets wijsmaken, er is iets slecht geworden in haar, gegist, bedorven. Ik wil zwijgen. Gewoonweg zwijgen.

Weet jij van wie dit huis vroeger was.

Ik zeg nog steeds niets.

Ik bedoel vóór Hainichen, zegt Vera.

Het is heel aangenaam, gewoon te zwijgen, ik zit beneden op de wip en zij hangt boven met haar benen in de lucht. Vera wordt een beetje duizelig. Nou, zeg dan, zeg ik.

Je praat weer met me, ik dacht dat je helemaal niet meer met me praatte, ze komt overeind en draait in mijn richting, van de Fingerhuts was dit huis hier, van de grootouders van Esther.

De grootouders van Esther. De ouders van Esthers vader, van mijn Esther. Esther Fingerhut.

Ja, van haar grootouders, de ouders van Simon Fingerhut.

Dan kopen we het van de Fingerhuts.

Het is niet meer van hen, Hainichen heeft het van hen gekocht.

Gestolen, bedoel je.

Nee, Fania, gekocht. De Fingerhuts wilden eruit, en hij, niet hij dus, hij was nog te jong, hoe oud is hij eigenlijk, mep ik tussen haar gepraat, ik kan haar nauwelijks horen, zo knarst het binnen in me, en Vera zegt, van moeders leeftijd ongeveer, onmogelijk, deze man kan niets gemeen hebben met mijn moeder, niet eens de leeftijd, zijn oom, praat Vera verder, die heeft het gekocht, die heeft het van de Fingerhuts gekocht, ze hadden geld nodig, ze wilden naar Brazilië, maar ze hebben het niet meer gehaald.

En hoeveel heeft Hainichens oom ervoor gegeven.

Dat weet ik niet, ik veronderstel het bedrag dat hij nu van ons wil hebben.

Je bent een schaap, je bent zo'n groot schaap. Mijn zus is verrast dat uit mijn mond te horen. Het allergrootste schaap dat ik ken.

Schreeuw niet zo tegen me, ze is beledigd, in elk geval zegt Hainichen dat er heel veel onderhandeld is tussen zijn oom en de Fingerhuts en de instanties. De Fingerhuts moesten hun hele vermogen, tot de laatste speld, inventariseren, een paar ordners vol, zegt hij, volgens hem zijn alle papieren door zijn oom vernietigd, de oudere broer van zijn moeder, Menkel heette hij, volgens mij zei hij Menkel.

Menkel, herhaal ik, net als Jürgens moeder, als mevrouw Menkel hiernaast, helemaal boven, die altijd op haar dakterras in de zon ligt.

Menkel is een veelvoorkomende naam, Vera praat alsof ze van Hainichen de opdracht heeft gekregen sporen uit te wissen. Maar wat veel belangrijker is, luister eens, Fania, volgens mij zijn die ordners in de badkamer, de dossiers, achter de schuilkelder, dat heb ik hem niet verteld, het zou toch kunnen zijn dat die papieren niet vernietigd zijn.

Ik moet Vera geloven. Misschien staat ze ondanks alles toch aan onze kant. En wat hebben we daaraan.

Weet ik niet, zegt Vera. Waarschijnlijk helemaal niets.

Als wij er niets aan hebben, dan misschien de Fingerhuts wel. Je zou de Fingerhuts kunnen schrijven, in Brazilië.

Vera komt overeind. Als je dat doet.

En wat dan, ze zullen blij zijn hun spullen terug te krijgen.

Ik vind het niet eerlijk tegenover hem, zegt Vera, laat me eerst met hem praten, hij doet ons niks, en mij vertrouwt hij, straks willen de Fingerhuts meer geld dan hij.

Als het huis van de Fingerhuts is, zeg ik, hoeven wij het helemaal niet meer te kopen.

We zwijgen. Het regent niet meer. We kijken allebei vanaf ons bed de tuin in, de kroon van de perenboom is rood in de weerschijn van de ondergaande zon.

Ken je dat gevoel, vraagt ze me, en ik weet dat ik het ken. Ken je het gevoel dat de anderen buiten helemaal niet weten dat wij bestaan. Ze gaan ervan uit dat wij helemaal niet meer kunnen bestaan. En als ze het van ons horen, hebben ze het een ogenblik later weer vanbinnen uitgewist. We zouden ons dus helemaal niet voor hen hoeven verstoppen, zoals Mami altijd wil dat we doen. We zouden zo vaak als we wilden kunnen zeggen dat we joods zijn. Niemand hoort ons.

Ik knik zwijgend.

En, zegt Vera, ze gaat weer op haar kussen liggen, op het grote kussen, onder haar hoofd schuift ze het babykussentje, en richt jij ook af en toe de wc in, als je daar zit. Helemaal alleen en voor jezelf.

Ja.

We zwijgen.

9

OP DE DAG VOOR DE VIJFENZESTIGSTE VERJAARDAG VAN mijn grootmoeder praten we over die oorlog. Hoewel het maandag is, blijft mijn vader thuis, hij zou toch niet zijn weggegaan, morgen viert zijn schoonmoeder haar grote verjaardag, maar nu is het oorlog, ook daarom blijft mijn vader bij zijn familie, niet eens in Hamburg gaat hij vandaag met zijn brillenkoffer de zaken verkennen. Mijn vader is een verkenner, hij gaat naar de mensen en biedt zijn klanten iets te koop aan, onderwijl komt hij te weten wat ze denken en waarover ze klagen. Hoe het was, vertelt hij ons later. Met in elke hand een koffer komt mijn vader een winkel binnen, om zijn mond een glimlach, en meteen willen de klanten in eerste instantie helemaal niets kopen en hij houdt zijn koffer dicht. Ze klagen bij hem over de politiek, over de meeste recente belastingverhoging, over de concurrentie en over de klanten, hun klanten vinden ze te weinig modebewust, de mensen kopen een bril voor het leven, ze klagen over de autohandelaar die de nieuwe auto niet levert, over de bouwvakkers die niet komen om het huisje buiten te bouwen, over de zoon die niet in de zaak wil komen, en dat de dochter veel te jong getrouwd is, bedolven onder een berg zorgen kijken ze naar mijn vader, die zegt ach en schudt zijn hoofd en vraagt zich af of het hier vandaag nog wel iets zal worden.

Maakt u uw koffer maar eens open, meneer Schiefer. En mijn vader gaat op een stoeltje tegenover de klant zitten, hij hangt de brandende sigaret in zijn mondhoek en tilt de eerste koffer op zijn knieën, hij opent de springsloten, draait de koffer naar de klant toe en klapt tegen de door mijn moeder vers gestreken overhemdborst het deksel open. Bekijkt u alles rustig, zegt hij, u hoeft niets te kopen. Eigenlijk hebben de klanten helemaal niets nodig, hun magazijnen zijn overvol, hun voorraad is nog onaangesproken, en een vertegenwoordiger van de firma Helder Zicht had zich gemeld, die kwam straks, over twintig minuten, die heeft goede aanbiedingen, of meneer Schiefer de vertegenwoordiger en de modellen van de firma Helder Zicht kent. Daar antwoordt mijn vader helemaal niet op, hij houdt zijn knieën onder zijn koffer bij elkaar en kijkt omlaag naar zijn brillen, zodat de klant de weg weet. De klant buigt met ingetrokken lippen en smalle ogen over het opengeklapte koffertje op de schoot van mijn vader, terwijl de klant neuriet. Hm-hm-hm. Voordat hij het eerste aanraakt, denkt hij goed na over welk van de schoongeboende modellen uit de vier rijen van vijf hij het eerst zal pakken, daarna raakt de klant ze allemaal aan, hij laat zijn vingerafdrukken achter op elke bril, en mijn vader wrijft ze voor zijn ogen schoon, hij veegt de vingers van de klant weg, hij veegt ze op met zijn zachte, lichtgele leren doekje, hij raakt ze alleen met het doekje aan, wrijft over de opengeklapte beugels, doet ze met spitse vingers weer dicht en legt ze terug in hun bed.

De klant vindt dat goed, hij weet dat meneer Schiefer, nadat hij deze winkel heeft verlaten, naar de concurrentie gaat, daarom is het te overwegen of deze bril, die mijn vader voor zijn ogen zorgzaam schoonmaakt en die de klant lusteloos heeft losgelaten, of niet juist deze bril de belangstelling, de misschien gerechtvaardigde belangstelling van de opticien twee straten verder zal wekken, daarom moet de kant deze bril nog eens beetpakken, deze zou kunnen, zou deze kunnen, wat vindt u, gaat die, gaat die goed, noteert u er maar eens drie stuks van, of laten we vier zeggen. Nu pakt mijn vader uit het vak in het deksel van de koffer zijn bestellingenblok, boven aan de pagina staat al de naam van de klant, alleen de modellen hoeven nog te worden aangekruist en de aantallen ingevuld, model negentien streep tweeënveertig, vanaf hoeveel er korting is, vanaf een dozijn, zegt mijn vader, twaalf stuks, en de klant lacht, oude boef, Schiefer, of meneer Schiefer die mop al gehoord had, eigenlijk geen mop, eerder een raadsel, erg grappig, zijn zoon had die mop, dat raadsel dus, op school gehoord, hoe was het ook alweer, Turken, precies, een dozijn, hoe past een dozijn Turken in een Volkswagen, nou, raadt u eens, wat denkt u, dat bedenkt u nooit, meneer Schiefer, ik kon het ook niet bedenken, een dozijn Turken in onze Volkswagen, nou, vier op de achterbank, voorin drie, een achter het stuur, een op de passagiersstoel en een op de handrem, is zeven, onze Volkswagen barst nu al uit zijn voegen, maar dan, die andere vijf, waar zijn die, die zijn in de asbak, daar komen de kinderen tegenwoordig op school mee, ik vroeg mijn zoon, hoezo in de asbak, toen zei hij, nou, ze zijn as, hoezo as, ja, de anderen hebben ze opgerookt in hun pijp, nu vraag ik u, meneer Schiefer, hoe komen die kinderen daar nou op, nou, geeft u me maar tien van die daar met de strasversiering, een ervan krijgt mijn vrouw, die vindt ze misschien wel mooi, die krijg ik voor de halve prijs, toch, broeders onder elkaar, meneer Schiefer, onder lotgenoten, onze vrouwen willen er versierd bij lopen en ze vragen niet waar wij het geld vandaan halen, alles wordt steeds duurder, de belastingen, en de herstelbetalingen, miljoenenbedragen, en dat loopt in de papieren, ons geld, want rijk waren de joden, maar zoveel rijke joden waren er vermoedelijk ook weer niet. Of. Toch.

Hij bleef ook de komende dagen thuis, zegt mijn vader, de hele week misschien wel, mijn moeder valt hem om de hals, o Paul, kunnen we ons dat permitteren, natuurlijk, zegt hij, dat kunnen we ons altijd permitteren, ik kan in deze situatie helemaal geen klanten bezoeken, Vera en ik omhelzen hem en kussen hem op zijn stoppelige wangen, hij heeft zich nog niet eens geschoren, en mijn grootmoeder geeft haar schoonzoon een kus, mijn beste, zegt ze. Vanochtend gaan we niet uit elkaar, zegt mijn moeder. Vera en ik gaan niet naar school. Allemaal vanwege die oorlog, die dreigend is en die ons dichter naar elkaar drijft. Mijn moeder belt de klanten op met wie mijn vader een afspraak heeft, ze verontschuldigt haar man, hij had last van zijn maag, hij zou een nieuwe afspraak maken.

Mijn vader wil afwachten hoe dat met Israël afloopt. We maken ons zorgen om Israël. Opeens is Israël bij ons thuis, onverhoeds zit Israël bij ons aan tafel, we hebben een broer die Israël heet, en mijn moeder maakt zich zorgen om die broer, die door de wereld in de steek wordt gelaten, maar wij steunen hem. De Arabieren willen Israël vernietigen, ze willen Israël van de landkaart vegen, zo staat het in de krant, ze haten Israël, en wij bidden dat we zullen winnen, en we zullen winnen, een andere mogelijkheid is er niet. Israël moet overleven. We zullen bloed geven voor Israël, in het Israëlitisch Ziekenhuis is alles in gereedheid gebracht om bloed naar Israël te sturen, dat willen we doen, mijn moeder wil er met ons meteen vanmiddag of morgenochtend heen, ze haat het om in haar huid te worden geprikt, ze wordt misselijk bij het idee dat de naald van een spuit door een porie in haar vlees dringt, van top tot teen staat ze onder stroom wanneer een verpleegster met haar gesteven uniform en met een spuit in de aanslag op haar afkomt, het kan onmogelijk van beslissende betekenis voor de overwinning van Israël zijn dat zij een dergelijke kwelling ondergaat. En daarom laten we het.

Of ze wel haar verjaardag kan vieren nu het oorlog is, vraagt mijn grootmoeder, of er eigenlijk wel iemand komt morgen, nu iedereen elk heel uur de radio aanzet om te luisteren, Gottejnu moet beschermen, of Israël, kaan ajen horre, wij zouden het wel weten, ze spreekt het niet uit, pas sinds negentien jaar bestaat dit Israël, sinds het Vreselijke, afkloppen, wat weet je er nou van, en de almachtige onuitspreekbare rolt over haar lippen, ogottegottegot.

Mijn moeder breekt haar jammerklacht af. Natuurlijk vieren we je verjaardag, je zult zien dat we reden hebben om feest te vieren.

Er waren voortekenen. Vanbuiten kwam de naam, steeds vaker en nadrukkelijker. Vanbuiten. Dat was een verrassing. Buiten weet iedereen wat wij binnen verborgen hebben gehouden.

Israël. Israël bestaat, en Israël betekent jood. Iedereen weet het. Het nieuws op de radio begint met Israël. Elke ochtend ligt Israël voor onze huisdeur. Met niemand vanbuiten hebben we ooit over Israël gesproken. Ons verborgen familielid, onze heimelijk beminde broer, Israël, staat op de voorpagina van elke krant. Elke morgen bukt mijn moeder om Israël van de deurmat op te rapen, ze draagt Israël naar binnen, in grote letters, de I is even groot als mijn pink. Iedereen kan het lezen. Hainichen en zijn vrouw, mevrouw Schmalstück en Sturmius Fraasch met het houten been, hij werkt bij de krant, hij is bureauredacteur. Alle vrouwen bij ons in de straat zullen het weten, ze zullen mijn moeder groeten. Op school zullen ze over Israël praten, en Thea Bechler, zou ze wel een krant lezen, ze koopt grote hoeden en kleine taartjes en speelt piano. Haar man kan het haar vertellen, hij moet de krant lezen, hij is tenslotte diplomaat.

Ergens in Israël groeien twee bomen, geplant door mijn vader, door ons, in naam van Paul Schiefer gedoneerd voor de ouders van zijn schoonmoeder, Hedwig Glitzer, voor Max Wasserstrahl en Marianne Wasserstrahl-Nehemias. De oorkonde daarvan bewaart mijn vader in zijn bureau, en ik zal ze later krijgen, als ik volwassen ben, hij heeft het me beloofd. Er staat een slanke boom op getekend, over het hele document, en aan weerszijden van zijn buigzame stam groeien twee jongere bomen, allemaal krijgen ze kinderen, daar in Israël, achter de boom staan in een ver landschap dichte rijen bomen, zwart en zwijgend gaan ze dicht bij elkaar bergop en bergaf, net als op de gekreukelde foto de donkere meubels, de enorme sofa, de ronde, grote tafel, het zware buffet, zwart en zwijgend, mijn overgrootvader Max Wasserstrahl leunt tegen die sofa, hij heeft geen haren, hij is klein, en in zijn naakte hoofd liggen twee donkere, ronde ogen, een grote neus springt uit zijn ingevallen gezicht, naast hem slank en fijngebouwd Marianne Nehemias, zijn vrouw, ze zit op de sofa, zodat ze niet twee hoofden groter is dan haar man, niet op de foto voor de eeuwigheid en niet als boom in de woestijn van Juda. Ze liggen met andere foto's in de schoenendoos van Prange aan de Jungfernstieg, de meeste foto's zijn uit de tijd daarna. Een foto uit Polen. Uit die tijd. Ergens midden in een straat. Een jonge vrouw. Het gezicht van mijn moeder. Ze kijkt om. Met beide handen omklemt ze de arm van haar moeder, die een hoed met een voile draagt. Iemand heeft geroepen. Halt. Staan blijven. Buiten, daar op straat in Polen. Geen idee wie die foto genomen heeft, geen idee, zij weet het niet meer, iemand, en waarom zie je er zo geschrokken uit, en waarom klem je je aan je moeder vast, geen idee, iemand die ons kende, een Pool, hij wilde een grapje uithalen, het was ongetwijfeld Bogdan, Bogdan Balschowski, we hebben jullie over hem verteld, weet je nog, die kleine dikke, ja, ik weet het nog, zie je, we waren bij hem voor het eten uitgenodigd, en opeens stegen er zwarte wolken op, en ik spring overeind en zeg, daar brandt het, en hij zegt heel rustig, dat is het getto, ja, ik weet het weer, zie je, en ik zeg, hoezo het getto, en Paul kijkt me aan, en ik laat snel mijn servet op de grond vallen, we mochten het toch niet laten merken, Bogdan wist het toch niet van ons. Ja, ik weet het nog.

De omlijsting van de boomoorkonde wordt gevormd door Hebreeuwse letters, springende schakels van een dansende ketting. De zionistische organisatie Kerem Kayemeth Le Israel, zo staat er op het document, *reafforests the hills of the land of Israel in memory of Theodor Herzl, Founder of the zionist organisation*. Ik heb telkens het gevoel dat de Engelse tekst kapot Duits is. Waarom staat dat daar niet zoals het hoort, ik bedoel in het Duits. Mijn moeder stoot haar adem uit, tsj, ze moet een brand blussen met de scherpe straal uit haar long. In het Duits. Mijn vader kan de Engelse tekst lezen, Vera en ik kunnen hem lezen, mijn moeder kan hem maar met moeite ontcijferen, mijn grootmoeder kan helemaal geen Engels, ze leest de Hebreeuwse woorden, de sierrand van guirlandes, die behalve zij niemand van ons kan lezen, ik intussen een beetje, in het Duits zouden we het allemaal even goed kunnen lezen, waarom niet in het Duits. Opeens wordt er ruziegemaakt over het Duits. Iets dierbaars en kostbaars is verpest. In het Duits onmogelijk. Ik schrijf onmogelijk in het Duits. Misschien schrijf ik correct, verkeerd correct. Ergens staat geschreven, in een van de Boeken, zegt mijn grootmoeder, ze weet niet meer in welk, op de Israëlitische Meisjesschool had ze het geleerd, bij juffrouw Krumm in de Karolinenstraße, Ida Krumm, daar staat geschreven dat er een letter ontbreekt in het Alef-Beth, het Hebreeuwse alfabet, zo vertelden de kabbalisten, en kabbalisten schreven het op, en ook deze tekst over de ontbrekende letter schreven ze zonder deze letter, en dus met het ontbrekende, want het ontbrekende is iets dat je bij je draagt, de letter zal ooit komen en gevonden worden, geen klinkende klinker, eerder een knarsende medeklinker, sterk, worteldiep en duister, zo ongeveer, maar weten kon je dat niet. Elke spleet, barst en vlek was op een plek waar hij nog niet was. Niets ter wereld was volkomen zonder deze letter, en elk litteken in zijn plaats betekende leven en overleven en interpretatie en betekenis.

Ik koel daarmee mijn innerlijke smaad af, mijn schande. Duits verkeerd schrijven is een kostbaar vat waar iets van betekenis in zit, een letter als wijsvinger.

Waarom dus zou uitgerekend ik eigenlijk correct Duits moeten kunnen, zeg ik triomferend tegen iedereen.

Mijn grootmoeder kust haar vingertoppen en houdt ze in mijn richting, gebenscht, zegt ze. Vroeger legde ze daarbij haar hand op mijn hoofd, gezegend, begaafd, gebenscht, haar kleindochter. Intussen ben ik iets groter dan zij, daarom kust ze haar zegen over de tafel naar me toe.

Vóór Israël las ik Cisco en Poncho op de achterpagina van de krant. Vóór Israël interesseerde me de voorpagina nooit. Cisco is een slanke jonge cowboy in een zwart hemd en een zwarte, nauwe broek met een brede, zwarte riem waar een revolver aan hangt, en onder de leren riem bolt het achterste van Cisco, een rond achterste als het achterste van mijn moeder, zijn laarzen hebben hakken zo hoog als haar pumps, Cisco's trouwe metgezel is Poncho, een kleine dikke man, goedmoedig en simpel, ze zijn een paar zoals mijn moeder en Elsa Kupsch een paar zijn, ze beleven avonturen waarin Cisco binnen drie opeenvolgende plaatjes Poncho redt, elke dag, behalve zondag, want dan verschijnt de krant niet. Mag ik snel even Cisco lezen, zei ik een paar dagen geleden nog, en Vera wilde ook snel Cisco lezen, samen hingen we boven Cisco en Poncho, voordat iemand anders de krant kon lezen. Veel te lezen was er nooit. Een paar tekstballonnen. Sinds Israël lees ik Cisco en Poncho nog maar met een half oog, het gaat er zijn gewone gang, Poncho doet iets doms met grote gevolgen en Cisco redt hem, steeds hetzelfde. De voorpagina vouw ik op, ik leg alles over Israël in een rode map bij de andere voorpagina's van de afgelopen dagen.

Die Zauberflöte werd uitgevoerd, van Wolfgang Amadeus Mozart, voor het Perzische keizerlijke paar in de Deutsche Oper in Berlijn, en voor ons zonden ze de uitvoering uit op de radio. De diepe mannenstemmen vonden we saai, ze orgelden om elkaar heen, mijn moeder trapte intussen op de naaimachine, heel snel, maar heel langzaam bij Pamina en Tamino en de koningin van de nacht. Onder de dansende naald lag de donkerrode ochtendjas voor mijn grootmoeder, een verjaardagscadeau, we deden alsof hij voor tante Mimi was, en mijn grootmoeder deed ook alsof hij voor de zuster van haar schoonzoon was, ze paste hem zelfs, plaatsvervangend voor Mimi. De volgende ochtend in de krant op elke bladzijde de sjah en zijn knappe jonge vrouw met haar zwarte haar, getoupeerd met bovenop een kostbaar diadeem, oj, zegt mijn moeder, kort en bondig, oj, een vermogen, onschatbaar, daar zou ik maar één steen van willen hebben en dan zouden we een heel ander huis kunnen kopen dan dit hier.

Ik wil geen ander huis. Ik wil in dit oude, zieke huis blijven en in onze twee tuinen, ik wil de perenboom naast de oude houten schuur niet hoeven verlaten, ik wil niet scheiden van de linde in de voortuin, en bij de heg, onder de woekerende struiken, zijn mijn kleine graven. Raak hem niet aan, Vera staat naast me, hij is vast giftig. Ik laat hem vallen. Ze springt opzij. Hij ligt tussen mijn blote knieën. Zijn kop is achterovergevallen, zijn nek is gebroken. Pak hem daarmee. Vera heeft een groot blad van de linde afgerukt. Ze geeft het me. Het lijfje is warm. De botten zijn zacht. Blauwpaars is de huid en nog zonder veren. Ik wikkel het lijfje in het lindeblad, de kop glijdt eruit, twee enorme oogappels en de gele driehoekige snavel. De ogen zijn dicht. Ze waren nog nooit open. Omdat ze zo jong zijn, zegt Vera. Doe het gat dicht. Ik schuif met twee handen de aarde bij elkaar. Nu ik, Vera houdt haar uitgestrekte handen boven het vogelgraf. Wat ze fluistert weet ik niet, bezwerende woorden, zodat de dode vogel onze tuin verlaten kan. Hij heeft zich te ver naar voren gewaagd en is daaraan gestorven, hij is een van de onzen, van Vera en mij, en daarom helpen wij hem om hier weg te komen.

Op de foto's in de krant de straten voor de Deutsche Oper vol mensen, en de lucht is donker, en tegen de feestelijkheid hameren de kreten: Moordenaars! Moordenaars! Jonge stemmen, vrouwenstemmen en mannenstemmen. Een iemand is dood. Van dichtbij door het hoofd geschoten, schrijft de krant. Een student met een achternaam als een profetie. Ohnesorg. Is die joods, met zo'n naam, zou kunnen, nee, dat kan niet, mijn moeder schudt haar hoofd, dat gelooft ze niet, die hoorde toch bij de demonstranten, en joden demonstreren niet, niet in Duitsland.

Vera, over de krant gebogen, zegt kloteklabakken. Ze probeert of de taal van de demonstranten in onze keuken past, een van hen zou haar toekomstige echtgenoot kunnen worden. Kloteklabakken. Niemand van ons is verontwaardigd. Ze zegt nog een keer kloteklabakken, en op haar hoofd knikt Farah Diba's getoupeerde kapsel heftig instemmend. Mijn vader heeft problemen met het woord klabakken, klote stoort hem niet, maar klabakken, klabakken klinkt naar gemeenschappelijke slagveldgeilheid. Door dat lange woord slingert zijn walging van alles wat militair is. Maar alles is anders in Israël. Mijn vader heeft nog nooit zulke sympathieke soldaten gezien, de joodse soldaten in de woestijn zien er ontzettend slordig uit, zelfs de officieren en generaals, de knopen van hun hemden staan open en hun broeken zijn gekreukeld en de knieën staan erin, en bij de dikkere mannen binden de riemen de vette heupen af. In de bioscoop heb ik in het weekjournaal Duitse soldaten gezien. Ze stonden op een rij, en samen en in dezelfde seconde riepen ze goedemorgen, meneer de bondskanselier. Daar hebben ze vast lang op geoefend. Ik vond het zot. Daarna werden soldaten uit de DDR getoond, ze marcheerden als een enorme dobbelsteen met honderd benen langs kleine mannen in winterjassen die grijze mannenhoeden op hadden. Ik houd niet van mannen. Arme Vera. Maar alles wordt overschreeuwd door vingergrote letters.

Oorlog in het Midden-Oosten. Arabieren roepen op tot Heilige Oorlog tegen Israël. Zet de radio eens aan. Een mannenstem praat over de mogelijkheid van een derde wereldoorlog en over hamsteren. In het trappenhuis klinkt lawaai. Iets klapt tegen de voordeur. Mijn moeder springt op.

Jij gaat niet kijken, mijn vader staart naar zijn vrouw.

Ik wil mee.

Fania, jij blijft zitten, Vera trekt een gezicht als mijn vader.

Mijn grootmoeder kijkt lijkbleek naar haar dochter. Zoals altijd in ogenblikken van angst verstart haar mond tot een glimlach, alsof met een vriendelijker gezicht op het laatste moment toch nog iets afgewend zou kunnen worden.

Ik ga nu kijken. Mijn moeder is al op weg naar de deur. Wacht, Alma, niet zo snel, roept mijn vader, hij moet zijn broek eerst dichtknopen. Ik sta achter mijn moeder, ze doet de voordeur open. Op onze mat ligt mevrouw Schmalstück, tussen conservenblikken, pakken macaroni, zakken rijst en koffiebonen, een zwart geklede hamster. Ze wil kreunend opstaan en zakt terug bij het zien van mijn moeder. Mijn vader komt achter ons aan, wat is er, Alma, mijn moeder kijkt naar Hildegard Schmalstück, die loenst, liggend tussen haar hamsterbuit, onder haar verschoven vilten hoed naar Alma Schiefer-Glitzer. Niks aan de hand, zegt mijn moeder met rustige stem, helemaal niks aan de hand, Paul. Hij knikt. Het heeft het gezien. Het heeft het begrepen. Ze doet de deur dicht en draait de sleutel vanbinnen twee keer om.

Op de verjaardag van mijn grootmoeder luidt de krantenkop 'Israël beheerst luchtruim'. Vierentwintig uur na het uitbreken van de oorlog werden, met eigen verliezen van negentien man, driehonderdvierenzeventig vliegtuigen van de Arabische strijdkrachten aan alle fronten vernietigd. We juichen. Ons Israël. Onze David, de beminde, bedwinger van de overmacht. En we treuren om de gedoden, zoveel verlorenen als jaren van het eigen bestaan. Negentien. Het jonge Israël is negentien geworden dit jaar in mei. De telefoon rinkelt en rinkelt, iedereen belt op, de longen barsten van vreugde en tranen en vrees. Mazzel en brooche, geluk en zegen voor Hedwig en voor ons allemaal en voor Israël, mazzel en brooche tot honderdtwintig jaar voor Hedwig, voor Israël tot in alle eeuwigheid, jullie komen nog langs toch, zeker weten, wat een vraag, we komen, hebben jullie het al gelezen, wat een vraag, we zullen winnen, en op dezelfde dag drieëntwintig jaar geleden gingen de Amerikanen in Normandië aan land, mijn grootmoeder herhaalt het telkens weer, op haar verjaardag, dat moet een goed voorteken zijn, beslist, afkloppen, kaan ajen horre, en dat bij elk telefoontje een paar keer, mag ik vandaag misschien ook eens telefoneren, Paul moet zijn belastingadviseur opbellen, mijn schoonzoon, roept mijn grootmoeder in het toestel, hij moet nu zakelijk telefoneren, een belangrijk gesprek, tot vanmiddag, wees voorzichtig.

Met vreugde moet je voorzichtig zijn, wie weet of mensen het leuk vinden dat Israël wint. Over het algemeen moet je met vreugde voorzichtig zijn, er is geen vreugde zonder schrik voor ons joden. Mijn moeder zegt het tegen Vera en tegen mij en tegen haar moeder, en ze kijkt naar haar man. Hij is geen jood.

In de pijn over dit onderscheid wortelt ons leven. Omdat Israël nu in huis is, verdraag ik het moment van gescheiden zijn van mijn vader. Niet elke scheiding is dood. Ik kijk naar hem, ik zie mijn vader voor het eerst helemaal. Hij is de man die hij is. En daarom ben ik er en is Vera er. Ook van hem stammen we af. Hij staat vóór ons en gescheiden van ons, hij is geen vijand.

Vera gaat naar hem toe, ze vleit zich tegen hem aan, ze legt haar arm rond zijn heupen. Voor Papi is het net als voor ons, zegt ze. Zoete verlamming. Hij wordt verlegen. Ik trap tegen de tafelpoot. Vera wil hem voor zichzelf. Ze bedoelt het goed met mij, zegt Paul tegen Alma. Mijn moeder weet wel beter en zwijgt. Vera is van ons afgerukt. Wij jodinnen staren naar haar met die man. Hij is de enige man die we hebben.

's Middags schijnt de zon, ze verwarmt al, we zetten rieten stoelen, keukenstoelen, krukken, de cocktailstoeltjes uit onze kinderkamer en de sofa via de veranda op het gras, in de voortuin onder de bloeiende acacia. Mijn moeder geeft haar moeder het mooiste en deze keer een nog mooier, het allermooiste veldboeket cadeau, pioenrozen met ronde, zware koppen, roze en donkerpaars, diepblauwe korenbloemen, ertussen groene rogge-

aren met harde, plakkerige haren, witte margrieten, rode klap-
rozen, eigele boterbloemen, blauwe en roodachtige klokjes, witte berenklauw, twee armen vol zomer en kleurenpracht. Het huis
ruikt uit de openstaande ramen naar zandtaart, aardbeientaart,
kruimeltaart, gebakjes, 's avonds is er een koud buffet met in zuur
ingelegde braadharingen, gemarineerde maatjes, zure augurken
met dille en knoflook, ei met ui op barches, kippensoep met
matsesballen, bladerdeeghoorntjes met kaas, gehaktballen van
rundergehakt.

Echt puur rundergehakt, Alma.

Ja, Mutti.

Vanwege koosjer, vanwege Lotti, zij let daarop.

Ja, Mutti.

Lieg je ook niet tegen me.

Nee, Mutti.

Lotti merkt het wanneer er varkensvlees bij zit.

Waar merkt ze dat dan aan, ze heeft toch nog nooit varkensvlees gegeten, volgens mij eet Lotti koosjer vlees bij anderen,
omdat rundergehakt het duurst is. Maar wees gerust. Puur rundergehakt.

Kijk me aan, Alma, ik betaal het toch.

Mijn grootmoeder besluit dat ze haar dochter gelooft, en omdat ze het besluit, draagt ze de twijfel met zich mee, ze controleert de rode berg gehakt in het roze papier en is tevreden, dat
lijkt niet op varken, zijzelf neemt het niet zo nauw met de voed-
selvoorschriften, alleen varken is niet de bedoeling, en als het
varken is en zij weet het niet, dan is het geen zonde voor de
Almachtige, zegt zij, zo is hij.

Gehaktballen van verklaard zuiver rundergehakt sudderen met
een beetje knoflook en veel uien in de pan, de eerste eten wij
voordat ze zijn afgekoeld, op Vera's lippen glimt vet, mijn tong
en mijn verhemelte trillen van de heftige trek in de hete, ge-
kruide lekkernij, Vera, mijn vader en ik, we moeten alles van
tevoren proeven. Bij de gehaktballen zal Silezische aardappelsalade worden geserveerd, die Elsa Kupsch bijdraagt als verjaardagscadeau van de familie Kupsch, maar zonder spek of ham,
mevrouw Kupsch, doet u mij een plezier en neemt u geen var-

kensvlees, een paar gasten van mijn moeder, u weet wel. Alsof het niets met ons te maken had, en Elsa Kupsch knikt een paar keer heftig met haar zware hoofd en weet nu niet meer wat ze moet doen, zonder licht uitgebakken spekdobbelsteentjes is haar Silezische aardappelsalade niet meer Silezisch. U kunt het best, zegt mijn vader, bij wie het water in de mond loopt, twee porties maken, mevrouw Kupsch, een grote Silezische voor mij, ik kom straks meteen bij u proeven, en een kleine koosjere voor mijn vrouwen hier.

Of mevrouw Kupsch misschien in de keuken zou kunnen helpen afwassen, maar natuurlijk, mevrouw Schiefer, en Elisabeth kan, als u het wenst, koffie inschenken, tafel dekken, tafel afruimen, dat wil Elsa Kupsch zonder betaling doen, waar helemaal geen sprake van kan zijn, en nog boven op de enveloppe met twee bankbiljetten, een voor de moeder, een voor de dochter, heeft mijn vader in de gang naast de garderobespiegel over een kruk een wit servet gespreid en daarop een groot porseleinen bord met een patroon uit de Harz gezet. Voor fooien. Waar hij dat lelijke ding vandaan heeft, vraagt mijn moeder. De nazi-trut had het wandbord laatst als presentje meegebracht, hij had het snel voor mijn moeder verstopt. Op de verjaardag liggen er veel munten voor bloemen- en telegrambezorgers op. Laat op de avond zijn de patronen uit de Harz onder mark- en vijftigpfennigstukken verdwenen, fooien voor moeder en dochter Kupsch.

Een mand is gestuurd door de Joodse Gemeente met mazzeltof en ad mea we'esriem, tot honderdtwintig jaar. Potverdrie, zegt mijn moeder bewonderend, de kille heeft niet geknepen. In de mand zitten twee blikken ganzenleverpastei, twee flessen koosjere rode wijn van de berg Carmel in Israël, dadels en vijgen uit Israël, amandelen en pistaches uit Israël, pompelmoezen en sinaasappels uit Israël voor Hedwig Glitzer voor Jom Holedet. Een grote bos theerozen komt van de Hamburger Sparkasse, het eerste telegram vroeg in de ochtend stuurt de brillenfabrikant Leopold Ketteler. Mijn vader wordt bleek, hij scheurt het dichtgeplakte papier open, hij leest snel de eerste woorden, hij lacht, wat een gek, en ik dacht al, en hij leest voor, ter gelegenheid van de verjaardag van uw schoonmoeder, hij geeft het gele papier met de opgeplakte letterstroken door aan mijn grootmoeder. Niet eens een gelukstelegram heeft Ketteler gestuurd. Verwacht je iets van hem, vraagt mijn moeder, en mijn vader lacht zijn luide trompetstraallach, absoluut niet, alles is in orde, hij omarmt zijn vrouw, hij kust haar, en tussen zijn armen en zijn lippen kan ze nog net zeggen, je weet, Paul, mij kun je alles vertellen.

Onze linkerbuurvrouw, Adolfine Küting, stuurt Susi Brätzig, haar huishoudster, met een enorme ronde doos bonbons waar een enorme rode strik op zit, een bonbonnière, zegt mijn moeder plechtig. Ze zal later in elke bonbon even bijten, en die die ze niet lekker vindt duwt ze weer in elkaar en legt ze terug. Mijn grootmoeder kent dat al van haar dochter. Magda Stierich stuurt in haar naam en die van haar man, Friedhelm Stierich, admiraal b.d., een wenskaart met de zegen Gods en een gouden glitterkruis, wat een onzin, moeder Hedwig en dochter Alma halen hun joodse neuzen op.

Vera heeft het op zich genomen de deur open te maken, zij speelt de dame des huizes en deelt fooien uit. Ik word actrice, Fania, je mag er met niemand over praten. Ik vind alles best, de hoofdzaak is dat dat met Hainichen ophoudt. Een ijltelegram komt uit Rio de Janeiro, ondertekend door Recha, Simon, Esther en Miriam Fingerhut, en opeens staat Katjenka Nohke met haar Alfred Nohke, van de Gebrs. Nohke & Co., voorheen Gezusters Silbermann, in onze veranda, hij houdt twee flessen Krimsekt vast en zij met twee handen een grote, een behoorlijk grote doos kaviaar. Mijn moeder slaakt een kreet van enthousiasme, echte, Russische kaviaar, nog nooit had ze echte kaviaar gegeten. Kaviaar is treife, mijn grootmoeder geeft de doos door aan haar dochter. Geen probleem voor mijn moeder, Russische bonzen eten in Hollywoodfilms kaviaar met blonde Amerikaanse geheim agentes. En nu zij.

Iedereen stuurt iets, bloemen, bonbons, kruidenier Finke, melkboer Mackelberg, zeephuis Schneeweiß, groenteboer Bohn, onze visvrouw, Herta Tolle, Elli Dingeldey uit de bibliotheek, ze heeft een fles Rotspon, rode wijn uit Lübeck, en een doos marsepein meegebracht, want ik kom namelijk eigenlijk uit Lübeck, zegt ze. Maar hoe weet iedereen dat mijn grootmoeder Hedwig Glitzer-Wasserstrahl vandaag precies vijfenzestig jaar ondanks veel tegenslagen haar leven leeft, als de mensen het nou van Elsa Kupsch wisten, want die gaat bij iedereen poetsen, waar komt die hartelijkheid vandaan, ze komt door Israël, iedereen is enthousiast over Israël.

Hoe die Israëli's dat gedaan hebben, fantastisch, prijst Alfred Nohke, hij zegt fant-astisch, als die zo doorgaan met winnen, dan blijft een oliecrisis ons bespaard, meneer Schiefer, zo'n economische ineenstorting kan Duitsland zich helemaal niet permitteren, die Israëli's, die moeten die olievelden daar maar eens bezetten, we moeten immers zoveel betalen na de oorlog, hè, meneer Schiefer, fant-astisch, zoals die jongens daarbeneden die Arabieren op de vlucht jagen, die hebben hun broek al helemaal vol, die Turkentrekkers, en de Rus doet maar alsof, dat weet ik, die willen niet afgaan voor de yankees en voor de joden, de Rus doet niks, daar hoeft u zich geen zorgen over te maken, mijn vrouw heeft familie in Moskou, die zeggen ook dat de Russen hun oude wapens duur aan de Arabieren willen verkopen, meer willen die niet, en dat zie je, wat die waard zijn.

Vera begeleidt, vriendelijk keuvelend, het echtpaar Nohke samen met Elli Dingeldey de tuin in, om ze daar over de klaarstaande zitplaatsen te verdelen, mijn vader slaakt een zucht van verlichting. Weten die het van ons, vraagt mijn moeder, ze wil helemaal geen antwoord, de kaviaar laat ik me in geen geval bederven, Nohke kan zeggen wat hij wil, dat blik is groot genoeg.

Dat doet Vera echt goed, mijn grootmoeder knikt tevreden, ze kijkt haar kleindochter in de tuin na. Ze zit in de fauteuil van haar schoonzoon, we hebben het zware meubelstuk voor haar vanuit de woonkamer naar de veranda gedragen, daar staat de stoel naast de cadeautafel, ze heeft haar beide handen over haar buik gevouwen. Zo'n mooie dag, de ramen staan open, de lucht in de tuin is zijdezacht en belooft een warme zomer. Er wordt alweer gebeld, niemand van ons schrikt, de deurbel belt vandaag anders, stemmen vullen de gang, het Theresienstadtkransje is gearriveerd en meteen komt mijn grootmoeder uit de fauteuil overeind, en mijn vader neemt de gelegenheid waar in zijn meubel te zakken, naast de geschenkentafel van zijn schoonmoeder, hij slaat zuchtend zijn lange benen over elkaar, voor zijn asbak, zijn aansteker en zijn sigaretten maakt hij een beetje plaats onder het grote, geurende boeket, waarvan een paar bonte takken over de donkerrode ochtendjas hangen. Opgevuld met vloeipapier stroomt de zachte badstof over de tafel, onzichtbaar gesteund door een omgekeerde kookpan, in zijn donkerrode plooien de zeven witte, ragfijne batisten zakdoeken die ik voor mijn grootmoeder met wit kant heb omzoomd, mijn moeder heeft ze tot een rozenknop gedrapeerd, het doosje met nagelpoeder en de kleine worst van suède, dat heeft Vera gegeven, het zijn spullen die mijn grootmoeder nodig heeft om haar vingernagels te polijsten, en ook Vera polijst sinds kort haar nagels. Een flacon 4711 en gezichtscrème heeft mijn moeder gekocht en een dik boek met kruiswoordraadsels, daarbij een slank zwart vulpotlood en een witte vlakgom in de vorm van een auto, die een ritje naar de Oostzee belooft, en een nieuwe hoornen kam en geurende zeep, mijn moeder heeft die kleine bijgeschenken nodig om de verjaardagstafel te versieren, een verjaardagstafel die door mijn moeder werd opgebouwd kan met de mooiste etalages van de Jungfernstieg concurreren.

Ruchla, Betty, Wilma, Emilie, Olga en Lotti slepen hun gekromde, beschadigde lichamen vanaf de gang de woonkamer in, en de vloer zucht onder hun zware stappen. Ze dragen hun stemmen luid en krakend voor zich uit de veranda op, Wilma heeft behalve haar handtas haar rubberen zitring over haar arm, Emilie met de zwakke blaas ruikt een beetje naar plas, ze lachen en gillen door elkaar, behalve Lotti, die nooit lacht of gilt, Betty heeft een strudel gebakken, net al vroeger thuis, eroverheen ligt een doekje voor het sjabbesbrood, mat glanzende zijde in kleuren van witachtig geel via oranje tot blauwachtig lila, de kleuren van de woestijn van Israël, de doek is van Carola, de dochter van Ruchla, ze heeft hem in Israël gekocht. Komt Carola nog, vraagt mijn grootmoeder, Ruchla schudt haar hoofd. Haar dochter is daar, en Carola heeft nog niets van zich laten horen, Ruchla heeft het geprobeerd, de telefoonleiding naar Tel

Aviv is geblokkeerd of ligt plat. We kijken geschrokken naar Ruchla. Israël in oorlog is veranderd. Israël verliest zijn huid, zijn vlees.

Lotti legt een klein doosje in de handen van Hedwig. Vanaf haar magere hoogte kijkt ze naar haar kleine vriendin en kust haar op het voorhoofd, ze is zelf aangedaan door haar vrijgevigheid, iedereen is aangedaan door Lotti's vrijgevigheid, een sieraad, iets kostbaars uit haar juwelierszaak, een ketting of misschien een armband.

Wie had dat indertijd in Theresienstadt kunnen denken, zegt Lotti, dat wij zo oud zouden worden, maak het open, Hedwig.

Een gouden armband voor een polshorloge ligt op zwart fluweel, het fijne stuk gaat van hand tot hand, fijn als van gouddraad geweven, geen kattengoud, zegt Wilma, absoluut niet, zegt Olga, meer karaat dan mijn tanden, zegt Betty, Emilie wil weten hoeveel karaat, veertien, achttien, meer dan jij je kunt permitteren, zegt Olga. Het is puur goud, vierentwintig, Lotti haalt uit het zwarte kreukleer van haar ronde handtas een zilveren tang.

Zal ik het meteen aan je polshorloge doen, of wil je het ruilen, je kunt het ruilen, wat je wilt, je moet het mooi vinden.

In geen geval, roept mijn grootmoeder, in geen geval wil ik het ruilen, het is prachtig.

Maar als je wilt, kan het, zegt Lotti.

Nee, maak het er maar aan vast.

Maar je moet het me eerlijk vertellen, je moet het mooi vinden. Lotti priemt haar blik in mijn grootmoeder en houdt de tang afwachtend omhoog.

Doe het er nu maar aan vast, je maakt ons helemaal mesjogge met dat gemaar van je, zegt Olga.

Maar het kan toch zijn dat ze het niet mooi vindt.

Je hoort het toch, ze vindt het mooi, gilt Betty.

Ruchla klemt zichzelf met haar vette heupen in een rieten stoeltje en houdt haar ronde, vriendelijke gezicht in de zon, vandaar roept ze, het kan toch dat Hedwig platina wil, of briljanten, of diamanten.

Nou goed dan, zegt Lotti, dan maak ik het vast. Met haar

kromme vingers hanteert ze handig de tang. Ik bekijk haar, ik denk aan een grove tang. Ik weet het van Vera, en Vera weet het van Ruchla's dochter Carola, die heeft het aan Vera verteld. Gouden tanden uitgerukt. Ik ben bang dat men mijn gedachten raadt, nu ik zo dicht bij haar ben zou Lotti kunnen voelen dat ik het weet en eraan denk, zo dicht bij haar probeer ik de cijfers te lezen, ze zijn half bedekt door een donkergroene zijden mouw en half te zien, Lotti is met de tang en het horloge en de armband in de weer, iets met veertigduizend, zeg ik later tegen Vera, stel je eens voor, meer dan veertigduizend mensen waren al in het kamp toen ze daar aankwam, wat moet dat een gedrang geweest zijn. Schaapje, Vera pakt mijn hand, we lopen over het gras en blijven onder de esdoorn staan, waar ze ons niet kunnen horen. De meesten waren toch al vermoord. Ik schrik, dat ik daar niet aan heb gedacht, bij mij leefden ze allemaal nog. Het ergst, zegt Vera, stel ik me de wc voor, ik weet, het is gestoord aan zoiets te denken, maar daaraan denk ik altijd het eerst, stel je Lotti eens voor, die stijve oude dame, oké, wij zien haar niet zo zitten, op Ruchla of Olga en Emilie en Betty en Wilma zijn we meer gesteld, maar stel je eens voor, Lotti in Auschwitz, en plotseling krijgt ze diarree, dan wil je toch liever in je eentje zijn.

Elsa Kupsch en haar dochter Elisabeth komen de verandatrap af, de voortuin in, ze hebben witte schorten om en brengen de dienbladen met taart, mijn vader schenkt koffie in, Vera deelt bordjes uit en taartvorkjes en papieren servetten.

Rosa komt, Rosa Freundlich, ze loopt door de donkere gang naar de voortuin, ze is waarschijnlijk via de poort in de achtertuin binnengekomen, ik moet straks meteen gaan kijken of ze het tuinhek ook weer heeft dichtgemaakt, niemand mag gewoon achterom binnen kunnen komen. Half bedekt door Rosa loopt naast haar Hermine Kleingeld, Rosa draagt haar volslanke lichaam langzaam vooruit, Rosa is een ontwikkelde vrouw, zegt mijn grootmoeder, een zeer ontwikkelde vrouw. Ze hoort bij onze familie, we merken er weinig van, zo zelden laat Rosa zich zien. Mijn moeder loopt naar de beide vrouwen toe, ze wil Rosa omarmen, en ik hoor hoe Rosa tegen mijn moeder zegt, nee,

Alma, vandaag is je moeder de hoofdpersoon, ze kust mijn grootmoeder op haar beide wangen, mijn moeder staat ernaast als een beschaamd kind. Rosa is een stiekeme afgezant van de vader van mijn moeder, Julius Glitzer, van wie Hedwig Glitzer zich liet scheiden, hij bedroog haar en verspeelde al zijn geld met pokeren. Zijn zuster was Rosa's moeder, Fanny, het schoonzusje van mijn grootmoeder, de tante van mijn moeder, Fanny Freundlich, vrouw van Robert Freundlich. Ik ken de verbanden. In Rosa zit iets van die verdwenen Julius Glitzer, die zijn dochter Alma vergat, gewoon vergat. Ik wens hem niets slechts toe, zegt mijn moeder wanneer ze over hem praat, en ze bedoelt het gas, waarin Rosa's moeder terechtkwam en waar hij misschien ook in is terechtgekomen, net als zijn zus, we weten het niet.

Daar komt mijn zuster, roept mijn vader. We horen de doorrookte cognacstem van Mimi in de oprit, verborgen achter hoge struiken en dicht bebladerde bomen horen we haar hese lach, haha, ik heb iemand meegebracht. Vera rent de tuin door, de stenen verandatrappen op, door de woonkamer, ze wil meteen zien wie dat is die Mimi heeft meegebracht, een man natuurlijk, vast en zeker haar getrouwde vriend, vandaag is het dinsdag, dan hoeft hij niet bij zijn vrouw te zijn, informeert mijn grootmoeder haar zusters van het Theresienstadtkransje, die leunen in hun stoelen achterover en wachten op de binnenkomst van mijn tante met haar getrouwde minnaar. We zien hem vandaag voor het eerst, daar is hij al, hij reikt maar tot de schouder van tante Mimi, Vera constateert het tevreden. Een dikke, zwaar snuivende man, zijn hoofd is rood en rond. Hij komt verbazingwekkend snel de verandatrap af en de tuin in en stelt zich aan iedereen voor, Hubert Arnold Zinselmayer, zegt hij, ingenieur uit het vrolijke Rijnland, zijn waterblauwe ogen glimmen in zijn roze gezichtsmassa, hij buigt in de rondte, zijn blik valt op de oude jodinnen die achterovergeleund zitten en hem keuren, hij trekt de hakken van zijn schoenen bij elkaar, ze staan tussen paardenbloem en madeliefjes op ons grasveld, hij houdt vijfenzestig roze rozen vast, zijn broekspijpen fladderen in de zomerwind, elke broekspijp is zo wijd als de strakke rok van mijn moeder, hij gaat voor mijn grootmoeder staan, hij kust haar hand, hij gaat voor elke vrouw staan en kust hun handen een voor een, goedendag mevrouw zegt hij tegen Lotti, tegen Betty, tegen Emilie, tegen Ruchla, tegen Wilma, tegen Olga, en daarna tegen Katjenka Nohke en tegen Elli Dingeldey, dan pas begroet hij Alfred Nohke van de Gebrs. Nohke & Co. Daarvoor moet hij een paar keer heen en weer lopen. Allemaal zoals het hoort.

Mijn moeder staat nog steeds bij Rosa en bij Hermine Kleingeld, tante Mimi leidt hem erheen, ook hun handen kust Hubert Arnold Zinselmayer, en tegen mijn moeder zegt hij, ah, de vrouw des huizes, bij haar legt hij bij de handkus zijn andere hand op de pols, dat heeft hij nog bij niemand gedaan. Tante Mimi blijft naar Alma kijken, ze vindt het belangrijk dat mijn moeder hem aardig vindt. Vera steekt haar hand uit naar hem, in zijn blote gezicht net onder zijn wipneus, ze hengelt naar zijn erkenning. Zijn spitse lippen gaan boven haar hand uit elkaar, hij hijgt zijn smalle lach, eerst kust hij Vera's rechter-, vervolgens haar linkerhand, hij vraagt of hij haar op haar mond mag kussen, hij was tenslotte als het ware haar oom, tante Mimi komt tussenbeide, ze kijkt Vera streng aan. Die is van mij. En ze pakt Vera's arm beet, om haar vingers zitten de lompe briljantringen van Hubert Arnold Zinselmayers dode moeder, die passen ook op, die liggen nu op Vera's arm en zenden groene en blauwe stralen uit. Vera lacht, ze schudt haar haar. Vera moet oppassen. Ik moet op haar passen, ik kan niet op haar passen, niemand kan meer op Vera passen.

Daar staan de Hainichens in de tuin, ze willen mijn grootmoeder feliciteren. Ze hadden boven vanaf het balkon gezien, en toen hadden ze gedacht... Ik kijk omhoog naar het balkon, het zit boven de slaapkamer van mijn ouders. En waar is Vera. Vera is er niet meer, terwijl ze er net nog stond. Ik loop door de donkere gang naar de achtertuin, Rosa kwam zojuist door deze gang, vandaag zijn overal mensen, Vera is niet in de achtertuin, de poort staat op een kier open, ik sluit haar en doe een knoop in het touw.

Vera staat bij het keukenraam. Ik loop via de ijzeren trap naar haar toe, de keuken in. Behalve zij is er niemand. Ze zet een klein bruin flesje neer. Laat me met rust, sist ze tegen me. Ik wil alleen maar weten of ze huilt, of ze hulp nodig heeft, of het haar alleen lukt. Je kunt gerust zijn, zegt ze. Dat verontrust me. Ik ga de keuken uit. Wat was dat voor een klein bruin flesje, dat ken ik niet, ik weet toch wat dat is, dat was de bakrum, wat wil ze daarmee, ze drinkt toch zeker geen bakrum. Ik loop door onze kinderkamer, over de gang, door de woonkamer, de veranda op, naar het witte licht buiten, vanaf de verandatrap overzie ik wie bij wie is. De mannen staan bij elkaar onder de esdoorn, de mannen zonder mijn vader, mijn vader is tussen de oude vriendinnen van zijn schoonmoeder gaan zitten, Rosa Freundlich en Hermine Kleingeld zitten bij Elli Dingeldey en Katjenka Nohke, Eva Hainichen is ernaast gaan staan, mijn moeder en tante Mimi lopen langs mij het huis in, waar willen jullie heen, ik vraag het vanwege Vera, ze willen twee stoelen uit de keuken pakken. Zal ik ze halen, zeg ik. Mijn moeder is al langs me, vanbinnen roept ze dat Paul nog koffie moet zetten.

Ik vertel het hem. Hij knikt, hij blijft nog een beetje zitten, niet te lang, zodat zijn vrouw niet ongeduldig wordt, maar nog een beetje hier, tussen de oude jodinnen die mijn vader vleien en prijzen, de schoonzoon van Hedwig, wat een goede man, jullie vader. Ik spring over het smalle zandpad, ik wil horen waarover de andere mannen praten, ze staan onder onze esdoorn met sigaren in hun mond.

Geweldige knapen, zegt Hainichen, ik zei tegen mijn vrouw, met die jongens hadden wij de oorlog gewonnen.

Alfred Nohke lacht en verslikt zich in de rook, zijn glas houdt hij omhoog zodat de cognac niet over de rand gaat, Hainichen slaat op zijn rug en Alfred Nohke, van Gebrs. Nohke & Co., voorheen Gezusters Silbermann, heft zijn handen en zegt dank u, dank u. Ingenieur Zinselmayer kijkt naar zijn schoenpunten.

Mijn moeder en tante Mimi komen terug uit de keuken, allebei dragen ze een stoel, de drie mannen, sigaren in de mondhoek, rennen erop af, maar de twee vrouwen hebben het al zonder hen gered de trap af te komen.

Wat is er met Vera.

Vera, roept mijn moeder naar me, wast in de keuken af, is

dat niet lief van haar. Elsa Kupsch pakt het dienblad met de taart van haar dochter Elisabeth af en jaagt haar naar Vera in de keuken. Dat is goed. Dan is Vera niet alleen, ze kan de bakrum dan in gezelschap van iemand drinken en ik kan naar Rosa gaan, ik wil bij Rosa zitten, ik wil naar Rosa luisteren, Elli Dingeldey en Katjenka Nohke zitten ook bij Rosa en luisteren naar Rosa, mevrouw Hainichen staat, mijn moeder brengt haar een stoel, Eva Hainichen wil de stoel niet, tante Mimi gaat zitten, ze geeft een teken aan mijn moeder, en mijn moeder haalt haar schouders op, ze kijkt naar mevrouw Hainichen, dan gaat ze naast Hermine Kleingeld zitten, die zit pal naast Rosa, ze zit al de hele tijd naast Rosa, alsof ze Rosa's vrouw is, alsof ze Rosa moet beschermen.

Wil je een geheim horen. Dat is Vera's bakrumadem in mijn nek. Hoezo is ze niet in de keuken, ze trekt me naar de verandatrap, een paar treden naar boven.

Elisabeth is zwanger, haar moeder weet het niet, niemand weet het, en raad eens van wie.

Van Hainichen.

Sjt, zegt Vera.

Ze kan toch abortus plegen, stel ik voor. Mevrouw Kupsch heeft toch ook abortus gepleegd.

Dat is verboden, dat zal niemand bij haar doen. Vera kijkt me niet aan, we praten met elkaar en staan naast elkaar en kijken elkaar niet aan, zodat niemand ons hoort, we kijken allebei naar de volwassenen vóór ons in de tuin.

Elisabeth is gezond en jong, alleen voor veel geld zou iemand dat doen, en ze heeft geen geld, de Kupschen zijn arm, dat weet je.

Vera doet vreselijk belangrijk, alsof zij het zou kunnen zijn over wie we het hebben, ze kan ons ruïneren, we hebben geen geld, geld zou ons niet helpen, Vera, zwanger van die vent, dat zou onze familie vergiftigen.

Ze hoopt dat het op de een of andere manier zal verdwijnen, zegt Vera.

Mijn vader loopt langs ons, twee koffiepotten draagt hij de trap af en de tuin in, hij schenkt alle vrouwen koffie in, eerst de vrouwen rond Rosa, dan het Theresienstadtkransje, want daar gaat hij weer zitten. De mannen vergeet hij.

Elisabeth, hoor ik Vera zeggen, bidt in de kerk, de bedoeling is dat dat het kind in haar buik doet verschrompelen, Fania, stel je eens voor, Elisabeth wil het aan de Moeder Gods wijden, die moet het tot zich nemen, die maakt er een engel van.

Wie is dat, de Moeder Gods.

Maria, zegt Vera, de moeder van Jezus.

O ja, die, zeg ik.

Elisabeth zei dat haar zoon Pilatus moet heten als hij geen engel wordt, en als de engel een meisje wordt, weet ze nog geen naam.

Waarom gaat Elisabeth niet naar mevrouw Hainichen om het haar te vertellen, dat zou de oplossing zijn, nu meteen in ieders bijzijn, hier vanaf de traptreden roept ze het de tuin in. Ik zou het kunnen doen. Voor Elisabeth. Nu meteen. Voor mij. Vanwege Vera. Dat kan toch niet waar zijn, zegt iemand met de stem van mijn moeder, de stem is mijn moeder, ze is daarginds opgesprongen, zojuist zat ze nog onder de jasmijn naast Hermine Kleingeld, die haar hand op Rosa's arm heeft gelegd.

Ik kan het gewoonweg niet geloven. Het is de stem van mijn moeder die de hele tuin bedekt. De mannen kijken geïrriteerd naar de vrouwen om te zien wat er aan de hand is. Ze wachten nog af. Ze paffen eerst nog een keer in de zomerlucht. Mijn vader staat op, hij verlaat de oude jodinnen, de oude jodinnen steken zonder hem hun hoofden bij elkaar, hij gaat naar zijn vrouw, die overeind gesprongen is en iets niet kan geloven, hij wil haar kalmeren, hij wil kijken wat hij voor haar kan doen, als het moet tegen iedereen in.

Met hun sigaren tussen hun vingers komen de drie mannen in beweging en steken het smalle zandpad tussen de beide grasvelden over, ze kijken naar hun glimmend gepoetste schoenen, hoe die met hen in de richting van hun vrouwen gaan, waar iets moet zijn gebeurd, want Rosa glimlacht en mijn moeder is opgesprongen, ze houdt zich aan de stoelleuning vast. Mijn vader gaat naast zijn vrouw staan, hij wil haar aanraken, ze rent weg uit de kring van vrouwen, gaat snel de verandatrap op, rent langs mij en Vera, Mami, wat is er, roep ik haar achterna, ach, Fania, Rosa, ze maakt een afwerend gebaar, volstrekt mesjogge. Ze is al in de zomerse donkerte van het huis verdwenen, ze roept, ik verf mijn lippen alleen even bij. Wat heeft Rosa gezegd. Mijn moeder staat bij de slaapkamerdeur, haar hand ligt op de klink. Ga zelf maar luisteren, Israël is een imperialistische agressor, dat zegt zij waar iedereen bij is, in mijn tuin.

Laat Israël toch, denk ik, wat heeft Rosa tegen Israël, laat Israël toch agressief zijn. Israël op zijn strijdwagen, met zijn gespierde, bruingebrande dijen, een beetje belachelijk ziet het korte leren rokje eruit en het kuiltje in zijn kin vind ik niks, de zes paarden ervoor zijn mooi en wild, dat is Ben Hur, de mooie agressor onder de gouden helm. De bioscoop heeft speciaal voor hem en zijn hele pracht het gordijn wijd opengezet en het witte doek helemaal uitgevouwen. Ik mocht bijna niet mee naar binnen. Drie keer zevende rij met een stoel aan het gangpad, vroeg mijn vader aan de kassa. Zeven is zijn geluksgetal, en de stoel aan het gangpad heeft hij nodig vanwege zijn lange benen. Ga eens met je dochters naar de bioscoop, Paul, had mijn moeder gezegd, in de Gondel draait *Ben Hur* in kleur en in cinemascope. Hij zuchtte en maakte omstandig zijn broek dicht, uiteindelijk gingen we in zijn auto op pad, Vera ging naast hem zitten alsof ze zijn vrouw was. Altijd zit jij naast hem, protesteerde ik vanaf de achterbank, ik hoopte dat hij iets voor me zou doen, maar hij zei alleen maar, begin niet nu meteen al ruzie te maken. Aan het loket kocht hij drie kaartjes, toen keek de mevrouw achter het loket naar mij. Die niet, die is te klein. Vera stond al bij de ouvreuse, aan de andere kant al, en mij wilden ze niet doorlaten, ik was er toch altijd bij, bij alles, en nu zouden ze zonder mij naar binnen gaan, mijn vader met Vera, en wat zou er dan met mij gebeuren. Snel, snel, fluisterde de ouvreuse tegen Vera. Allebei of helemaal niemand, zei mijn vader. Vera trok een gezicht en zuchtte toen minzaam, nou ja, dan niet.

Mijn vader wendde zich tot de vrouw die het voor het zeggen had, een vrouw in een grijs pak met een grijze pet op haar permanent, op de pet stond met gouden letters Gondel. Of hij zijn jongste dochter kon legitimeren, vroeg ze koel. Hij had geen papieren bij zich, hij zag er vriendelijk uit, zij niet, hij liet zijn blik over haar heen gaan en zei, we zien er allemaal jong uit in onze familie, toen dreigde ze schalks met haar wijsvinger. Hij pakte me bij mijn schouders en schoof me langs haar, naast hem liep ik de trappen op, de verduisterde zaal in.

Ik ga de trappen af, de tuin in. Rosa glimlacht. Mijn moeder vindt Rosa arrogant, ze heeft, vindt ze, de typische arrogantie van veel intellectuele joodse vrouwen, jullie mogen me best antisemitisch vinden, ik weet wat ik zeg. Meestal lijkt het alsof Rosa gewoon slaapt achter haar versluierde glimlach, vanbinnen is ze wakker, een dergelijke rust ergert mijn moeder, een dergelijke rust jaagt mijn moeder de palmboom in, en onder de palmboom staat Rosa, ze raapt hier een dadel en daar een vijg op, ze kiest zorgvuldig, haar zachte witte handen, haar mollige vingers hebben geen haast, uit haar rokplooien waait een geur van tabak en thee. Zo rook Alma's vader, beweert mijn grootmoeder, ze zegt het tegen Rosa, jouw oom Julius, naar tabak en thee, net als jij, en ook jullie haar, dat dikke, stevige haar, ook dat heeft Fania geërfd.

Een herinneringsscherf, een steentje van het geheel, van de joodse familie een geredde rest. Rosa is daar met haar leven uitgekomen. Alleen. Haar nicht Alma was daar niet, die komt met vers bijgewerkte lippen over het grasveld en gaat in haar stoel zitten, die was vrij gebleven, als was hij onaanraakbaar. Mijn moeder heeft zichzelf weer in orde gebracht, een parfumwolk hangt om haar heen, Rosa kijkt haar aan, de ogen van mijn moeder zijn waarschuwend donker. Rosa glimlacht. Ook mijn moeder glimlacht, haar geëpileerde wenkbrauwen heeft ze tot mooie bogen opgetrokken. Ik wil zo zijn als Rosa, ik wil zo vrij zijn als Rosa. Rosa is vrij. Meer kan haar niet gebeuren.

De gasten moeten heel dichtbij komen om haar te horen, zo zachtjes spreekt Rosa. Behalve de oude jodinnen is iedereen erbij komen staan, Vera en mijn vader hebben fauteuils en stoelen gehaald, het moet eruitzien als een gezellige kring, mijn vader biedt sigaretten aan, de oude jodinnen zitten in de buurt, ze bekijken elkaar, wat moeten ze zeggen, ze zouden veel kunnen zeggen, ze zeggen niets. Rosa glimlacht. De anderen kijken naar haar glimlachende mond. Agressieve expansieveldtochten van de zionisten in de Arabische wereld, zegt Rosa's mond. Mijn oren fotograferen elk woord, later moet ik proberen de woorden te ontkleden.

Wat, fluistert tante Mimi, wat zegt u.

Ja, knikt Rosa tegen tante Mimi, die niets snapt, maar Rosa neemt tante Mimi net zo serieus als mijn vader of als Hermine Kleingeld of als de drie mannen, die tegen het blauw van de lucht afsteken en hun sigaren roken. U heeft het goed gehoord, zegt ze tegen tante Mimi, en tante Mimi zegt geschrokken, wat, ik heb toch helemaal niets gezegd. Een paar duizend Amerikaanse specialisten met ervaring in Vietnam werken al in het Israëlische leger als militair adviseur. In het hoofd van mijn moeder ratelt elk van deze woorden door een kasregister. En ik moet het allemaal onthouden en begrijp niets. Vragen kan nu niet, Rosa's handen zijn onrustig, de vreemde vrouwen en de vreemde mannen kijken naar Rosa's handen. Rosa's handen zijn altijd onrustig, ze trillen onophoudelijk, sinds toen, dat heeft nu niets te betekenen, maar dat weten de anderen niet.

Hubert Arnold Zinselmayer doet een stap naar voren, en dat gelooft u dus werkelijk, mevrouw, napalmbommen op Arabieren.

Uit Rosa's mond komen projectielen, ze kijkt naar de drie mannen en ze raakt mijn moeder, ze raakt ons. Miljarden van de Bondsrepubliek voor de Israëlische defensie, gecamoufleerd als herstelbetaling.

Hainichen fluit zachtjes, mijn beste mevrouw, zegt hij, mijn beste mevrouw, hij weet helemaal niet hoe Rosa heet, Rosa Freundlich, zegt Rosa, mijn beste mevrouw, zegt Hainichen, als u het mij toestaat, dat is niet mis, mijn beste mevrouw, dat is niet mis, wat u ons daar meedeelt, de zionisten, dat zijn toch communisten.

Rosa glimlacht. Ze vindt Hainichen dom, ik zie het aan haar, en dat doet me goed, ach, wat doet me dat goed. Ook Vera ziet het en ze glimlacht net als Rosa, mijn zusje is een kameleon, ze wordt een goede actrice, en Hainichen gaat nooit naar het theater, het komt allemaal weer goed.

De zionisten zijn geen communisten, zegt Hermine Klein-geld hoofdschuddend.

Nou, socialisten dan, bromt Hainichen, ik maak daar niet echt onderscheid tussen, weet u.

Voor communisten en socialisten zijn zionisten het een noch het ander, legt Hermine Kleingeld uit, en nu glimlacht ook zij net als Rosa.

Zionisten geen communisten, herhaalt Hainichen ongelovig.

Je hoort het toch, Hermann, zegt zijn vrouw. Rosa kijkt naar Eva Hainichen, haar zware oogleden houdt ze halfdicht, geen hele blik voor deze vrouw, een halve maar. Dat wil ik ook kun-nen, je moet die mensen niet helemaal in je eigen ogen laten.

U bent toch, zegt Hainichen tegen Rosa, en hij neemt een krachtige trek van zijn sigaar, u bent, ik bedoel, en Rosa zegt, ja, ik ben joods, precies, zegt Hainichen, uit Israël, wilde ik net zeggen. Nee, zegt Rosa. Hoezo, vraagt Hainichen, toch niet, zegt hij teleurgesteld. Ja hoor, zegt Rosa. Dat bedoel ik, zegt Hainichen, weer tevreden. Ik kijk naar mijn moeder. Joods. Het woord gaat door haar tuin, mijn moeder legt zwijgend haar hoofd in haar nek, haar ogen houdt ze gesloten. Ik ben joods, zegt Rosa, maar niet uit Israël, ik kom net als u uit Duitsland.

Ach natuurlijk, vanzelfsprekend, ja, vanzelfsprekend, als dat inderdaad klopt, dat dat geen communisten en geen socialisten zijn, mijn beste mevrouw, dan vind ik ze sympathiek, die zio-nisten, dat mag u graag weten.

Alfred Nohke, van Gebrs. Nohke & Co., voorheen Gezusters Silbermann, heeft daarstraks op de radio gehoord dat Israël de Ga-zastrook bijna heeft veroverd, Gaza was Egyptisch gebied, hij kijkt vragend naar Rosa, of hij dat goed gezegd had. Rabbi Rosa knikt met een zwaar hoofd, dat is Egyptisch gebied, bevestigt ze. Al-fred Nohke voelt zich aangemoedigd verder te trekken in de Sinaïwoestijn, daar hebben de Israëli's net veel soldaten gevan-gengenomen en enorme hoeveelheden oorlogsmateriaal buitge-maakt, allemaal van de Russen, allemaal schroot.

Dat van dat schroot hoort Rosa niet graag, de Russen, zegt ze, eisen terecht van Israël de onvoorwaardelijke terugtrekking tot achter de wapenstilstandslinie. Dat moet, zegt ze.

Nee. Daar kan geen sprake van zijn. Mijn moeder heeft besloten haar stem weer te verheffen, ze heeft besloten niet alleen maar gastvrouw te zijn, maar ook joodse. Mijn nicht Rosa, zegt ze, ziet dat misschien anders, maar voor mij, en ik ben ook joods, voor mij kan daar helemaal geen sprake van zijn.

Het is merkwaardig, zegt Elli Dingeldey, die bijbelse naam te horen in verband met oorlog, bij de berg Sinaï, haar stem trilt, dan denk ik aan iets anders, u moet weten, zegt ze tegen de kring, ik ben namelijk bibliothecaresse, mijn wereld, dat zijn de boeken, en er staat geschreven, gij zult niet doden.

Dat geldt dan waarschijnlijk alleen voor joden, zegt mijn moeder scherp, en door Rosa's glimlach trekt een bliksemschicht. Rosa houdt van mijn moeder, ik kan het aan haar zien, van die woede in haar houdt ze, die alle angsten en grenzen overwinnende woede. De scherpte van mijn moeder heeft de gasten het zwijgen opgelegd. Mijn vader kijkt bezorgd naar de door hem zo gewaardeerde bibliothecaresse Dingeldey.

Na alles wat er gebeurd is, fluistert Vera in mijn oor, zijn de Duitsers zo gevoelig, ze grijnst, en Elli Dingeldey ongetwijfeld ook.

Katjenka Nohke zegt dat ze gisteravond op de televisie beelden van daar heeft gezien. Uit het crisisgebied, zegt ze. In Caïro heeft de woedende menigte de consulaten van Amerika en Engeland geplunderd, in Tunis hebben ze alle joodse winkels geplunderd, ze hebben de joodse kerk in brand gestoken.

Synagoge, corrigeert mijn moeder, de synagoge hebben ze in brand gestoken.

Ja, klopt, zegt Katjenka Nohke. Maar het woord neemt ze niet over. Niemand neemt dat woord over. Niemand beweegt. Niet eens de opdringerige duiven op het dak koeren.

Ach, daarom is de politie daarstraks hierlangs gereden, zegt Vera opeens.

Waar, wil mijn moeder meteen weten, waar en wanneer, wanneer, wil ze meteen weten.

Daarstraks, zegt Vera traag, ze zijn naar het Britse consulaat gereden, via onze oprit.

Hebt u een radio, vraagt Hainichen aan mijn vader.

Natuurlijk, mijn vader veert op, waarom vraagt u dat.

Zo meteen is er nieuws.

Gaat u mee naar binnen, mijn vader staat op en vertrekt met de mannen. Hij gaat met tegenzin, en bezorgd is de blik die hij bij zijn vrouw achterlaat. Ik wil ook nieuws horen en loop met hem mee, ik wil hem nu niet met de drie mannen alleen laten. Met gebogen hoofden staan we rond de radio. De nieuwslezer verkondigt dat Caïro vandaag het Suezkanaal voor de gehele internationale scheepvaart heeft afgesloten.

Tot nu toe gold dat alleen voor joden, zegt Hainichen tegen mijn vader. Mijn vader houdt een masker voor zijn gezicht.

We lopen terug naar de tuin,

Het Suezkanaal is afgesloten, binnenkort is er geen benzine meer, verkondigt ingenieur Hubert Arnold Zinselmayer.

Dan gaan we maar af en toe te voet, zegt mijn vader.

Maar ik heb een transportbedrijf, zegt Hainichen. Mijn vader haalt de Israëlische minister van Defensie als bondgenoot aan zijn zijde, die met de ooglap, de Leeuw van de Sinaï, dweept hij, die zal dat wel in orde maken. Mijn moeder werpt mijn vader waarschuwende blikken toe, hij mag niet luidkeels in aanwezigheid van iedereen met een jood dwepen. Maar hij is niet de enige die dweept, de vrouwen, joods of niet, ze zien die magere jood met de scheve glimlach en het ene oog wel zitten. Die is sexy, zegt tante Mimi.

Een vriendin had haar afgelopen nacht vanuit Israël opgebeld, vertelt Hermine Kleingeld, en meteen stijgt ze in de achting van de mannen. Nohke, Hainichen en Zinselmayer komen dichterbij. Haar vriendin woont in Tel Aviv, ze had de alarmsirenes door de telefoon kunnen horen.

Vertelt u eens, zegt Hainichen.

Mijn kind, mijn meisje. Tante Ruchla's stem heeft jammerend de cirkel van de zwijgende oude jodinnen doorbroken. Haar dochter is in Tel Aviv, zegt Olga ter verklaring tegen de kring en pakt Ruchla's hand vast. Alles in orde, zegt Hermine Kleingeld, haar vriendin had gezegd dat alles in orde was. De Egyptische officieren waren verdwenen toen het menens werd. De Arabieren van het Palestijnse bevrijdingsleger hadden zich

dapper verdedigd, die arme sloebers hadden niet eens fatsoenlijke schoenen aan, alleen maar tennisschoenen met gaten, dat
wist ze van haar vriendin.

En wat is er met onze mensen, roept Ruchla, vertel over onze mensen.

Scholen en kleuterscholen waren gesloten, meldt Hermine
Kleingeld verder, Radio Kol Israel riep in het hele land de re-
servisten op, overal probeerden jonge mensen naar hun eenhe-
den te liften, het liep allemaal gesmeerd, zoals altijd, wanneer
Israël in oorlog was, was er geen ruzie onderling, je kon op elkaar vertrouwen. De oude jodinnen kijken triomfantelijk, dat is
gemeenschappelijk bezit, dat is joods vermogen. Mijn moeder
betuigt haar instemming, ze bezingt de catastrofe, ze jubelt over
haar vijanden, onder wier klauwen en tanden de joodse familie
nog meer samengroeit. En, zegt Hermine Kleingeld, dat we de
Klaagmuur weer in handen hebben, een tweeduizend jaar oude droom is daarmee in vervulling gegaan voor ons, voor ons
joden.

Mijn moeder trekt een ontevreden gezicht, deze euforische
geloofsbekentenis ziet ze niet zitten. Nou ja, ik geloof niet in
God, zegt ze, ik heb andere dromen, maar vooruit, als u dat belangrijk vindt.

Waar geloof jij dan in, vraagt Rosa.

Ik geloof in mezelf en in mijn man. Mijn moeder steekt een
sigaret aan. Ze lacht. En ik geloof in de wonderen die voor ons
hebben plaatsgevonden, voor Paul en voor mij, en voor mijn
moeder, dat waren wonderen van onze liefde, geen wonderen
van God.

Lotti duwt zich omhoog uit haar stoel, haar stem trilt, Lord
Rothschild, ze spreekt de naam met waardigheid uit, de Lon-
dense bankier Lord Rothschild heeft tijdens een liefdadigheids-
diner een gift van zevenenzeventig miljoen mark aan Israël toegezegd. Hoe ze dat wist, mijn grootmoeder duikt op uit haar
zwijgen. Ze had zo haar contacten. Lotti glimlacht fijntjes.

Laten we daarop drinken, roept mijn vader, Lord Rothschild
komt voor hem als een godsgeschenk, hij heeft er innerlijk moeite mee dat zijn vrouw God klappen geeft, voor mijn vader is

God een bondgenoot, een vaderlijke broer, hij laat zijn stem met volle zeilen over de tuin ruisen, en in zijn luwte haalt hij God weer binnen, die zijn vrouw net uit onze tuin verdreven heeft, zevenenzeventig miljoen mark, de zeven is ons geluksgetal, hij gaat het huis in en komt terug met sekt.

De kurken knallen. We drinken op het welzijn van Israël en op het welzijn van mijn grootmoeder, die in haar fauteuil zit en zich door iedereen laat kussen. Rond haar is een vrolijk gedrang, waaruit Rosa als eerste tevoorschijn komt, ze kijkt zoekend om zich heen, zoek je iets, vraag ik, ik wil haar op mij attent maken, ik wil Rosa zo graag iets belangwekkends vragen, alleen schiet me niets te binnen, en Rosa kijkt om zich heen. Daar staat Eva Hainichen. En dan doet Rosa twee stappen in de richting van Eva Hainichen, waarom zij, uitgerekend zij, zijn wij niet veel belangrijker, ik bijvoorbeeld, maar ik kan Rosa niet tegenhouden, uit haar mond vallen zware stenen op de blonde Eva Hainichen, die onder onze acacia staat en aan haar sekt nipt. Gruweldaden is zo'n steen. Eva Hainichen zet haar glas weg. Folter. Israëlische gevangenissen. Eva Hainichen vindt het onaangenaam. Ze wil zich afwenden.

Rosa houdt niet op. Gestapomethodes.

Daar weet ik niets van, zegt Eva Hainichen, en ze kijkt of ze haar man ziet. Die staat bij de andere mannen. Heeft u over die brandbom gehoord, vraagt ze aan Rosa, dat waren de anarchisten, het stond in de krant. Rosa luistert niet, Rosa gooit woorden naar Eva Hainichen. Folter. Gestapomethodes. Israëlische gevangenissen. Getuigen. Gestapomethodes. Ik maak me zorgen om Rosa en om mij, als Rosa zo doorgaat zal ik haar verliezen.

Een brandbom naar de Joodse Gemeente in Berlijn hebben ze gegooid, zegt Eva Hainichen, die linkse jongens, die studenten, die anarchisten.

Rosa schudt van nee. Bepaalde kranten, stoot ze uit.

Nee hoor, hapt Eva Hainichen, dat waren de studenten, die hebben dat beklad, dat monument, ik heb het zelf in de krant gelezen.

Dat zijn de kranten van Springer.

Onzin. Dat waren die linkse jongens van u, dat monument voor de gedeporteerde joden hebben ze beklad.

Rosa schudt van nee. Luistert u nu toch eens goed. De kranten van Springer, die maken van Moshe Dayan een volksheld à la Rommel.

Shalom en napalm, interrumpeert Eva Hainichen. Dat hebben ze erop geklad, die rooien, op het monument voor de gedeporteerde joden, shalom en napalm.

Ik ben gedeporteerd. Rosa houdt haar armen strak tegen haar lichaam.

Eva Hainichen draait zich om. Ze stroopt de linkermouw van haar jurk omhoog en leest de getallen op haar polshorloge. Hermann, volgens mij moeten wij gaan.

Uit de kring van de sektdrinkers die op Israëls en op Hedwig Glitzers welzijn toasten stapt mijn moeder. Elk woord heeft ze gehoord dat Rosa tegen Israël heeft uitgespuugd. Je bent mesjogge, je bent volstrekt mesjogge. Ze gilt niet, haar zinnen komen uit haar gezicht en gaan bleek voor Rosa staan. Je bent mesjogge van haat tegen iedereen. Ga toch naar over de grens. Ga naar de DDR. Daar zien ze er nu nog uit als de nazi's gisteren.

Meneer en mevrouw Hainichen nemen afscheid. De Nohkes gaan ook meteen.

Je kunt nu niet zomaar vertrekken, zegt tante Mimi tegen haar getrouwde minnaar. Hij gaat desondanks. Zien we elkaar morgen, vraagt ze. Ik bel je op, zegt hij, en dan vraagt hij of hij de Nohkes in zijn auto zal meenemen, want hij weet niet dat de Nohkes in onze straat wonen, een paar huizen verder maar. Hij kan mevrouw Dingeldey meenemen. Vera begeleidt hem naar buiten. Tante Mimi heeft behoefte aan een glas cognac.

De anderen zijn weg. We zijn onder elkaar.

Mijn moeder kijkt om zich heen. Brokken bij elkaar rapen. Rosa. Het huis.

Ik ga, zegt Rosa, en ze blijft zitten.

Mijn moeder verstrakt.

Ze hebben artsen nodig in de DDR, zegt Rosa, ik kan daar directrice van een ziekenhuis worden, een kans die een vrouw in het westen niet krijgt.

Is dat de reden, vraagt mijn moeder.

In de DDR is joods zijn geen thema, zegt Rosa.

Dat is dus de reden.

Sigaret. Vuur.

Rosa wil ook een sigaret. Mijn moeder geeft haar vuur.

Ik kan dat hier niet verdragen, die welstand, die verzadigdheid.

En ginds, denk je dat de Duitsers op je zitten te wachten.

Mijn joodse familieleden kan ik op de vingers van één hand tellen, mijn moeder, Rosa, mijn grootmoeder, mijn zusje en Leon nog, Leon Wasserstrahl in Israël, waarschijnlijk zou hij mijn moeder, zijn nichtje Alma, niet eens herkennen wanneer hij haar op straat zou tegenkomen.

Je wilt ons dus verlaten, zegt mijn moeder tegen Rosa. Maar als in de DDR joden geen thema zijn, wat wil je daar dan. Al zittend stapelt ze een paar taartbordjes op elkaar, heel voorzichting, het rinkelt niet, het rammelt niet, ze schudt de kruimels van de borden in het gras voordat ze de bordjes op elkaar stapelt, al zittend en met één hand, in de andere houdt ze haar sigaret, ze houdt haar benen over elkaar geslagen. En ze praat verder. Vergast werden alleen communisten en Polen, dat denken ze toch ginds, en nazi's zijn er alleen hier in het westen, en de joden in de DDR doen hun mond niet open, dat kan ik niet begrijpen, ginds willen ze geen joden zijn en doen ze precies wat al generaties lang typisch joods is, namelijk niet opvallen.

En jij, Alma, zegt Rosa, praat je erover met anderen.

Nee.

Nou dan.

Als je naar de DDR gaat, zegt mijn moeder, dan ben je dood voor mij, en wij zullen dood zijn voor jou. Ze perst haar lippen op elkaar. Ze heeft de band met Rosa al doorgebeten voordat Rosa het doen kan.

Zo is dat dus, als je mijn moeder in de steek laat. Dat heb ik nog nooit meegemaakt. Ik moet opletten hoe het gaat, hoe Rosa het doet, hoe ze het overleeft, het scheiden van mijn moeder.

Alma spuugt iets uit, een tabakskruimel. Een rest van haar

streng naar Rosa. Wij allemaal bekijken het, met stomheid geslagen. Wil iemand iets zeggen, wil misschien iemand ingrijpen,
mijn vader misschien. Hij heeft een vertrokken mond, hij proeft
de scherpte van de onverbiddelijkheid van zijn vrouw. Mijn
grootmoeder voelt zich niet meer verantwoordelijk, haar dochter is volwassen en zijzelf past wel op haar stem te verheffen tegen haar dochter.

Rosa staat op. Dat kan ze. Ze draagt zichzelf op haar dikke
benen over het grasveld. Haar donkere rok bolt in de wind. Ik
heb haar altijd alleen maar in deze plooirok gezien. Ze vertrekt
zonder omarming en kus. Langs het huis. Zonder tot ziens. Tot
ziens. Ze zegt het niet. Ze zegt helemaal niets. Zonder zich nog
een laatste keer naar ons te hebben omgedraaid duikt ze onder
in de donkere gang.

Er staat nog iemand op, wil er soms nog iemand voor altijd
vertrekken, het voor eens en altijd bij mijn moeder verbruien,
aan Rosa gaan hangen, zich door Rosa laten meenemen naar
ginds. Het is Hermine Kleingeld, die iedereen snel een hand
geeft, ze rent achter Rosa aan.

Zou Hermine meegaan naar de DDR, vraagt Betty zich af.

Waarom zou ze meegaan, zegt mijn moeder, is het niet voldoende dat er één zo dom is.

Maar ze zijn toch samen, zegt Olga, die houden toch van elkaar.

Uit de donkere gang komt Elsa Kupsch tevoorschijn, achter
haar duikt Erich Kupsch op en achter hem de drie zoons, Kurt
eerst, de oudste, dan Michael en als laatste Wolfram, en naast
Wolfram loopt dochter Elisabeth met de engel in haar buik. Vader Kupsch en de zoons komen feliciteren en Elsa Kupsch wil
vertellen dat boven alles gereed is, het koude buffet staat klaar,
mevrouw Schiefer.

Het is laat geworden, al even voor negenen. Zo meteen weer
nieuws op de radio. Na taart krijgt ze altijd vreselijke honger,
zegt mijn moeder, en of de Kupschen alsjeblieft willen blijven,
ze zijn nu onze gasten, de kinderen ook. Ze willen niet. Dat
kunnen ze mijn moeder niet aandoen, ze zal met haar eten blijven zitten, want we hebben onze buren weggejaagd, en Rosa

is weg, we zullen wekenlang koosjere gehaktballen, zure augurken, ei met ui en haringen moeten eten. Maar Kurt Kupsch moet nog huiswerk maken, hij haalt zijn eindexamen in, en Michael, Elisabeth en Wolfram willen naar de bioscoop.

Komt niks van in, foetert Elsa Kupsch, niks film, afwassen geblazen.

Nee, niet afwassen, zegt mijn moeder, dat doen wij morgenochtend, mevrouw Kupsch, vanavond blijft alles staan.

De kinderen Kupsch vertrekken. Wolfram en Michael krijgen taart mee, Elisabeth heeft geen honger, wat vreemd is, Kurt moet iets van het buffet nemen voordat hij naar beneden gaat om huiswerk te maken. Mijn grootmoeder vult voor hem een groot bord, van alles wat.

Vera en ik kijken de kinderen Kupsch na. Wat draait er, roept Vera vol verlangen. Naar de bioscoop. Zomaar en helemaal alleen, zonder ouders, 's avonds, naar de late voorstelling ook nog. Dat zouden wij nooit mogen.

Michael draait zich in onze woonkamerdeur om, *Winnetou und das Halbblut*, hoe heet die halfbloed ook alweer, en Elisabeth zegt, Apanatschi.

Israël heeft de Gazastrook bezet, zegt de nieuwslezer op de radio. We zitten zwijgend te luisteren. De vreugde over Israëls successen is gedempt. Rosa is voor altijd weg.

Meneer Schiefer, nou vertelt u eens, zegt Erich Kupsch, hij zit voor zijn goedgevulde bord, hij doopt de koosjere gehaktbal in de Silezische aardappelspeksalade, nou vertelt u eens, hoe zit dat met het huis.

Ach ja, meneer Kupsch, lacht mijn vader, dat is vandaag nog helemaal niet aan de orde geweest. Zesenvijftigduizend mark, als alles goed gaat, laten we liever zeggen zestigduizend mark of voor de zekerheid vijfenzestigduizend mark.

Laten we, meneer Kupsch knikt, laten we alles inbegrepen zeventigduizend mark zeggen, het huis moet grondig, van beneden tot boven, worden gerenoveerd, alles zal geld kosten, dat doet niemand voor niets voor u, van mij, van ons, ik en mijn Elsa hier, u kunt van ons lenen, zoals we hier zitten krijgt u van ons tienduizend mark en dan werk ik mee en dan heb ik dat nog te goed, en Kurt werkt ook mee, die moet ook aan de bak, want die is intussen al voorman. Hoe zit het met de andere dames en heren, zegt Erich Kupsch en kijkt in de rondte, hij gaat ervan uit dat alle aanwezigen op de hoogte zijn van het feit dat wij hier aan tafel bij elkaar zitten bij kippensoep, ei met ui op barches en wat er nog meer is om de kwestie te bespreken. Heren zijn er behalve hem en mijn vader niet, wel oude dames.

Zwijgen en verlegenheid komen over ons.

Mijn vader is geen huiseigenaar, hij wil het huis niet, hij wil rust, hij wil met weinig tevreden zijn, zodat hij houdt wat hij heeft. Mijn moeder wil het huis, ze wil zekerheid voor ons. Mijn vader forceert zich al zo erg, dat reizen als vertegenwoordiger, dat is niets voor hem, het huis zou een zekerheid zijn, onder de voeten grond die in waarde stijgt, die je kunt verkopen, dan heb je geld en heb je genoeg voor buiten, voor als je eens weg moet, maar weggaan, dat is eigenlijk niets voor mijn vader, naar Israël niet en nergens heen.

Of zou ik misschien beter, Erich Kupsch kijkt bedremmeld rond, hij slaat een hand voor zijn mond. Jazeker, gilt Elsa Kupsch, je kunt misschien beter nu je mond houden, en dat allemaal op de verjaardag van mevrouw Glitzer.

Mevrouw, zegt Erich Kupsch. Meer zegt hij niet. Hij gloeit. Alles vindt hij nu pijnlijk. Vooral vanwege de oude dames.

We zitten aan de eettafel, vandaag is hij tot een groot ovaal uitgetrokken, een mooi tafelkleed is erover gespreid, het heeft al vlekken gekregen, van mij, van tante Wilma en van tante Emilie, die allebei een beetje trillen met mes en vork, van mijn moeder bij het inschenken en opscheppen, van de brandende sigaret van mijn vader breekt een asworstje af en valt op het witte linnen. Vera tipt met een natte vingertop de as op en deponeert hem behendig in een bloemenvaas.

Ach, kinderen, zegt mijn vader, want er moet eindelijk eens iets gezegd worden, en hij is gesteld op deze mensen aan onze tafel, de oude jodinnen die het einde van de mensheid gezien hebben, en het echtpaar Kupsch, fatsoenlijke mensen, dat weten wij heel goed, ach, kinderen, zucht mijn vader, ik denk dat dat met dat huis, maar verder komt hij niet, tante Wilma naast hem legt haar oude handje op zijn arm, hij moet luisteren, Ruchla wil iets zeggen.

Toges op tafel, meneer Kupsch, zegt tante Ruchla, ruw, krakend en bedachtzaam zet ze haar woorden voor zich neer. Toges op tafel.

Wat, vraagt Erich Kupsch verontrust, wat moet er op tafel.

Uw toges, gilt tante Wilma, want ze is een beetje chiquer, ze is een beetje aangeschoten. Uw achterste, meneer Kupsch, en ze bloost.

O dat, zegt Erich Kupsch, ja, als het zo zit.

Tante Ruchla knikt. Zo zit het, want voor de schoonzoon van Hedwig, die goeie, doen wij alles, nou, laten we zeggen bijna alles, van eppes moet je geen simmes maken.

Geen wat van wat, Erich Kupsch lacht.

Je moet niet overdrijven, zegt tante Ruchla waardig, hebt u geld, meneer Kupsch, ziet u, ik ook niet, dalles hebben we allemaal.

Geldzorgen, herhaalt Erich Kupsch.

Dalles, tante Ruchla knikt naar hem, u bent een man met seichel.

Wat ben ik.

U bent pienter, zegt tante Olga en tikt tegen haar voorhoofd.

Maar zeker, zegt Erich Kupsch.

Tante Ruchla smakt tevreden.

De kwestie is moeilijk, zegt Betty, het kan misschien helemaal niet, maar praten erover kunnen we wel, en meneer Kupsch is er met zijn goede wil, je moet helpen en jezelf daarbij niet vergeten, een rebbesje kunnen we misschien wel maken, nou, dan hebben we er allemaal voordeel van, dat zullen we zien, grond is iets waard. Laat Ruchla praten, zegt Olga tegen Betty. Waar bemoei jij je mee, zegt Betty tegen Olga. Ik, zegt Olga tegen Wilma, ik bemoei me ermee, zeg nou eerlijk, Wilma, heb ik me ermee bemoeid, en Wilma zegt, laat Ruchla praten, laat haar dan ook praten, zegt Olga, mesjogge zijn jullie allemaal, zegt Betty, en Emily streelt de metselaarsarm van Erich Kupsch, ze knikt giechelend naar Elsa Kupsch, omdat hij zo'n mooie sterke man is, dat windt ons oude vrouwen op.

Luistert u niet naar haar, meneer Kupsch, zegt tante Ruchla, luistert u naar mij. Dat huis kopen, dat is geen weggegooid geld, dus moet je het kopen, maar meneer Schiefer moet dat huis kopen van een paskudnjak.

Jazeker, zegt Erich Kupsch, een paskudnjak, dat is hij, die Hainichen, een paskudnjak, dat woord ken ik van de Russen, dat is een hele onprettige, die mag u niet vertrouwen, meneer Schiefer, voor geen meter.

De tafel leeft op, van alle kanten wordt mijn vader gewaarschuwd dat hij Hainichen voor geen meter moet vertrouwen, zelfs Lotti heft waarschuwend haar wijsvinger.

En wat is zijn vrouw dan, wil Vera weten, als hij een paskudnjak is.

Een paskudnjatsjka, zegt tante Ruchla, ze wrijft over Vera's hand.

Uitgeput en vrolijk en zonder een oplossing voor onze geldzorgen liggen we voldaan in onze stoelen.

Twee taxi's rijden voor. We lopen mee naar buiten, naar de oprit.

Ik ga te voet, je hoeft me niet te brengen, Mimi knijpt haar broer in zijn arm. Het is niet ver van ons naar haar, te voet een kwartiertje naar de Heimhuder Straße, ze kust mijn moeder, wind je niet op vanwege Rosa, ze moet zelf weten wat ze doet.

Ik, zegt mijn moeder uiterst verbaasd, ik wind me nooit op.

Mimi loopt de oprit af, haar hakken klepperen in het donker, ze steekt de straat over en is verdwenen.

Ruchla, Olga en Betty stappen in de ene auto, de chauffeur van de tweede taxi heeft het een beetje moeilijker, een jongeman in spijkerbroek en een zwart leren jack, hij moet een van de drie oude vrouwen op een rubberen ring naast zich op de passagiersstoel in de auto tillen, Wilma zegt dat ze met haar rubberen ring alleen maar voorin, naast de chauffeur kan zitten, de chauffeur kauwt op kauwgom, en zodra hij de ene kleine oude vrouw op haar plaats heeft zeurt de andere dat ze niet achterin kan zitten, dat ze achterin misselijk wordt. Hij strijkt aan beide kanten zijn goed gevette haar achterover, over zijn voorhoofd golft een zorgvuldig gevormde vetkuif. Zijn collega is met Betty, Ruchla en Olga al vertrokken. Omdat Emilie niet ophoudt met zeuren laat Wilma zich door de jongeman weer uit de auto tillen en inclusief rubberen ring naar de achterbank dragen. Emilie kalmeert anders niet, zegt Wilma tegen de chauffeur, hij kent Emilie niet, maar zij kent Emilie wel.

Het is altijd hetzelfde, fluistert Lotti tegen mijn vader, je moet je schamen, oude wijven, maar wat ik u wilde zeggen, meneer Schiefer, ze neemt hem aan zijn arm apart, ze gaan onder jasmijnstruiken staan die over de oprit hangen, Lotti is bijna net zo groot als mijn vader, en omdat ze zo mager is lijkt ze haast groter.

Ik ben zelf zakenvrouw, dat weet u, een goed advies zult u van me aannemen, gaat u met uw bank praten, laat u het huis en de grond taxeren, daar zit veel geld in, dat ruik ik. Ze tikt tegen haar met zwarte tule omspannen neus, waag het gewoon, dan zult u er winst op maken. Maar de stap naar het waagstuk, die moet u zelf nemen, dat kan niemand voor u doen.

Lotti gaat achter in de taxi zitten, naast Wilma. Voorin is de kleine Emilie bijna in de stoel verdwenen. De taxichauffeur sluit het portier voor Lotti en gaat achter het stuur zitten. Lotti, op de achterbank aan het raam, steekt haar gehandschoende hand op, bijna zwaait ze.

Ze had je iets kunnen lenen, zegt mijn moeder als we het vaatwerk in de keuken bij elkaar zetten, Lotti heeft geld.

Mijn vader eet staande de laatste gehaktbal. Hij gaat bij het raam staan. Mijn zuster Mimi heeft helemaal niets gezegd, ze heeft gezwegen. Waarom zou Lotti mij iets lenen als mijn broer en mijn zuster het niet eens doen, Mimi's vriend, die Hubert Arnold Zinselmayer, die stikt van het geld, die zou ze kunnen vragen, ze durft niet, dat moet ik accepteren. Dat Lotti niets wil lenen, dat kan ik respecteren, ik weet niet eens of ik het van haar zou hebben aangenomen.

Mijn moeder kijkt naar haar man. Soms, Paul, ben je te goed. Ze tilt een pan naar haar lippen en drinkt met veel geluiden de rest van de kippensoep.

Mijn vader kijkt naar zijn vrouw. Misschien, Alma, moeten we in Duitsland helemaal niets kopen.

Ga op zijn minst eens met de bank praten, Paul. Zelden spreekt mijn grootmoeder de naam van haar schoonzoon uit, zelden zo direct, heel direct in zijn richting. Ze rekent hem voor, ze legt de bedragen zorgvuldig op elkaar, van Erich Kupsch tienduizend, van haarzelf vijftienduizend, dat zijn er alvast vijfentwintigduizend, dan ontbreekt welgeteld vijfenveertigduizend mark. Alma verwacht een bedrag van de herstelbetaling.

Klopt, mijn moeder slaat tegen haar voorhoofd, waarom zijn we dat vergeten, de advocaat zei tienduizend, dat zou het minimaal moeten zijn, het kunnen er ook dertig- of veertigduizend worden, als ze alles toekennen, compensatie voor de gevangenis, beroepsziekte, geen eindexamen, weggebombardeerd, vervolging, ergens tussen de twintig- en veertigduizend, dat zei hij, je hebt het zelf gehoord, Paul, maar laten we niet van veertigduizend uitgaan, laten we zeggen vijfendertigduizend of voor mijn part maar dertigduizend, dan ontbreken er nog vijftienduizend, dat is niks, dat gooit de bank zomaar achter ons aan, een kleine hypotheek op het huis, met die grond, met die ligging, dat gaat vanzelf.

Wat denk je, vraag ik later aan Vera in bed, zou Rosa echt naar de DDR gaan. Als ze gaat, zullen we haar nooit meer zien. We kunnen haar niet opzoeken en zij ons niet. Zij zal achter een muur wonen, in een grote gevangenis met wachttorens. We kunnen pakjes sturen met koffie en chocolade.

Zal ik je laten zien, zegt Vera, wat ik van Rosa heb gekregen.

Ik brand van jaloezie, waarom heeft Rosa voor haar iets meegebracht en voor mij niet, en ik weet een tel later dat het het verjaardagscadeau voor mijn grootmoeder is, ik ben woedend op Vera, die iets heeft weggekaapt, weggekaapt van mij, terwijl het niet van haar is en niet van mij. Ik grom, ik trap tegen mijn dekens.

Ik mag het houden, ik zweer het, Fania. Vera houdt haar gezicht vlak bij me, haar ogen heeft ze op veelbelovend ingesteld, ze heeft haar lippen tot een glimlach uitgeschoven, ik zou haar kunnen wurgen, en ze haalt een dun boekje onder haar kussen tevoorschijn, een in rood linnen gebonden boek, waarop in gouden letters staat: *Rosa Luxemburg, Briefe*. Antiquarisch, zegt Vera, weet je wie dat was, zie je, dat weet je niet.

Ik kan geen woord zeggen. Ik wil haar strot dichtknijpen, en mij beneemt het de adem.

Rosa Luxemburg was joods, net als wij.

Vera wil toch helemaal niet joods zijn. Ik ben ontzettend kwaad op mijn zus, en zo meteen doen we het licht uit en liggen we vlak naast elkaar om in ons echtelijk bed op de nacht te wachten.

Geen schoonheid, die Rosa Luxemburg. Vera praat verder, ze merkt helemaal niet dat ik haar doodsla. Een kleine, mollige vrouw met een grote boezem en grote hoeden, Fania, ze hinkte, ze was niet getrouwd en had geen kinderen, ze was een revolutionaire, ze hield redevoeringen in het openbaar, op straten en op pleinen, in zalen en zelfs in de Rijksdag in Berlijn, stel je dat eens voor, Fania, als vrouw tegenover duizenden mannen.

Ervoor of erna, vraag ik kortaf. Ik wil op zijn minst een beetje meepraten.

Ervoor, allemaal ervoor. Ze is nog vóór de nazi-tijd vermoord. Eerst zat ze in de gevangenis, en dit hier zijn de brieven die ze in haar cel heeft geschreven. Vera slaat het rode boek open. Daar staat het. Brieven. En vanwaar ze verstuurd werden. Vanuit de gevangenis.

Lees voor. Ik rol me op mijn zij met mijn gezicht naar Vera, ik trek mijn koude benen onder mijn van woede nog steeds helemaal gloeiende buik. Ik wacht op de woorden die Rosa Luxemburg in haar cel heeft geschreven, ze kreeg papier en een potlood, een bewaker was menselijk, nee, ze heeft het papier gestolen, ze moest zakjes plakken, net als mijn moeder. Het vierkante bruine vel tot een driehoek dubbelvouwen, niet helemaal punt op punt, maar een beetje verschoven, zodat de ene zijde een beetje onder de andere uitsteekt, de smalle kant met beenderlijm uit de grote emmer bestrijken, een beetje laten drogen en doorgeven aan de volgende vrouw, praten met elkaar is verboden, zij drukt de twee zakhelften op elkaar, dat zijn nu nog dezelfde zakken, ze hangen bij groenteboer Bohn aan de haak, druiven, tomaten en uien weegt hij erin af.

Waarom lees je niet voor, lees voor. Je vreet Rosa Luxemburgs briefregels weg en dan heb ik niks meer.

Luister eens, Vera giechelt, hier staat, uitgegeven door de Executieve van de Communistische Jeugdinternationale, Berlijn 1927. Je weet vast ook niet wat dat is, een executieve.

Ik weet wat executie betekent. Een woord dat mijn vader nasloop. Naast zijn cel was die van de terdoodveroordeelden. Zij huilden en gilden 's nachts. Hij hoorde hen in zijn cel. En 's ochtends hun klopsignalen, ze wilden met geheven hoofd naar hun executie gaan. Hij zat maandenlang alleen. Het eten kreeg hij van een bewaker. Die zei niets. Denk je dat ze hem geslagen hebben.

Hoe kom je daar nu op, Vera bladert in het boek.

Als ze hem verhoorden.

Waarom vraag je dat.

Antwoord nou. Vooruit, antwoord.

Wat denk jij.

Hij ziet mannen niet zitten.

En jij, vraagt Vera, jij ziet mannen toch ook niet zitten.

Lees voor, zeg ik.

Ze kijkt in het boek, ze heeft haar kleine kussen op haar borst gelegd en het boek erop gezet. Het kan beginnen.

Ik lees je voor wat Rosa, onze Rosa, als opdracht in het boek heeft geschreven, een citaat uit een brief van Rosa Luxemburg. Vera haalt diep adem, ze leest nog een keer zachtjes wat ze zojuist al snel heeft doorgelezen, en mijn voorhoofd barst, toe nou, ik kan het nauwelijks uithouden, wanneer, de klopsignalen, wanneer, ik wacht, ik wacht.

19 april 1917 – Zo is het leven nu eenmaal altijd al geweest, alles hoort erbij: verdriet en scheiding en verlangen. Je moet het altijd met alles erbij accepteren en alles mooi en goed vinden.

Vera strijkt over de bladzijden, alsof de brief aan ons is gericht.

10

DAT ZIJN DE ASEMMERMANNEN, BUITEN BIJ DE ASEMMERS, onder het wc-raampje, die duwen en trappen tegen de asemmers. Vera heeft dansles vanavond, ze komt pas laat thuis, vanwege de dansles, pas tegen halfelf, dan is het al donker, naar dansles moet een jong meisje, een vrouw moet kunnen dansen, ze moet zich door een man kunnen laten leiden, hij danst vooruit, zij danst achteruit. Ik zou met mijn wijsvinger de ene vleugel van het wc-raam kunnen aantikken. Dan gaat het dicht. Ze gaan zo meteen weg. Vera vertrok vanavond op schoenen met hoge hakken, ze draaide rond voor de spiegel, ze tilde haar rok op, ze bekeek haar kuiten, rechts een platte schoen, links een hoge hak, het been ziet er mooier uit wanneer de hak hoger is, ze zal er een gevonden hebben die lang genoeg is voor haar, mijn moeder en mijn grootmoeder wierpen elkaar blikken toe, vol verwachting, ze zeiden niets, maar ze dachten, eindelijk een lange jongeman voor Vera. Ik zal ook op dansles moeten. Vreselijk. Mijn moeder zal me aanmelden als het zover is, we zullen de stad inrijden en een jurk voor mij kopen en nylonkousen en jarretels, misschien een bh, en ik zal erheen gaan, op pumps of op platte schoenen, dat ligt eraan of ik nog verder groei. Ik hoop pumps.

We lachten ons halfdood. Ze hebben televisie, Sirena's ouders, kwalificatiewedstrijden heet dat, internationale danskampioenschappen in Luzern, het echtpaar Sauer uit Duitsland, hij leek op Jürgen Menkel van hiernaast, alleen zonder verrekijker en volwassen, met een vetkuif en een dikke bril. Ze waren even lang, zij en hij, ik heb er speciaal op gelet. Dat is vast handig bij het dansen. Zij hield haar duim en haar wijsvinger tegen zijn schouder geklemd en haar elleboog stak horizontaal uit. Half doodgelachen hebben we ons, we waren alleen, Sirena en ik, 's middags, onze bijles, zij was mevrouw Sauer en ik was meneer Sauer, we persten ons tegen elkaar aan en maakten lange passen en daarbij gooiden we onze hoofden heen en weer, hup, hup, en we lachten ons halfdood, Sirena plaste een beetje in haar broek van het lachen en ik ook. Haar onderbroek was nat, voel maar, zei ze. Net Jürgen Menkel van hiernaast. Zijn vader kan het niet geweest zijn. Jürgens vader is dood, dat zegt iedereen, die is in de oorlog gesneuveld. En mevrouw Menkel krijgt een heel vette uitkering. Vera zei toch dat hij Menkel heette, en wat van de Fingerhuts was heeft hij gepakt. De dossiers in de kelder, achter de schuilkelderdeuren. Vanhier is het helemaal niet ver, de keldertrap af en rechts de gang in naar de schuilkelderdeuren. Nu niet. Een zaklamp zou handig zijn, een grote zaklamp, en iets te drinken zou ik meenemen, voor het geval dat. De schuilkelderdeur zou achter me kunnen dichtvallen. Het moet mooi zijn te kunnen dansen, niet hup, hup, zoals het echtpaar Sauer. Zoals mijn moeder.

Waarom heb ik dat niet van je geërfd, wond Vera zich op, ik heb van alles van je geërfd, waarom dat niet, en juist dat had ik goed kunnen gebruiken. Mijn moeder lachte een beetje. Zij kan niet bepalen wat ze aan ons doorgeeft. Maar Vera deed alsof dat wel kon. Ze gilde en huilde. Het is jouw schuld. Ik kan niet dansen. Ze gooide de deuren zo hard achter zich dicht dat ze kraakten. Wees blij, jullie kunnen naar dansles, zegt mijn moeder. Zij danst zonder dansles beter dan alle andere vrouwen. Ze weet gewoon hoe het moet. Beweeg op de muziek, zegt ze, dat is alles, kom, ik laat het je zien, kijk, zo, en ze beweegt op de muziek, ze doet haar ogen dicht, ze glimlacht, ze knipt met haar vingers, haar heupen draaien, haar voeten wervelen en springen, haar lippen wijken, haar hakken klapperen, ze laat haar hoofd op het ritme zakken, haar haar valt in haar gezicht, en wij bekijken haar daarbij, mijn grootmoeder is trots op haar dansende dochter. Mijn grootmoeder danste een keer met tante Ruchla, de twee oude vrouwen samen. Mijn moeder danst in wilde lust. Ze is er alleen nog voor zichzelf. Ze is ons vergeten. En Vera wordt stijf.

Ik wil helemaal niet dansen, ik wil niet lijden net als Vera. En als ik het probeer en het blijkt dat ik het zoals mijn moeder kan, dan zal Vera dubbel lijden. Kunnen dansen moet mooi zijn, Vera en ik kunnen het aan onze moeder zien. Vera valt in de fauteuil van mijn vader en huilt. Raak me niet aan, gilt ze, en mijn moeder zucht en houdt op met dansen.

Het is donker buiten. Mijn vader is er niet. Boven het huis van de Fingerhuts gaat de maan op. Ik zeg het huis van de Fingerhuts, hoewel ze daar niet meer wonen. Als ze dat huis daar bezaten, waarom dan ook ons huis, misschien allebei of dit en niet dat, misschien hebben ze daar gewoond om naar dit huis te kunnen kijken, hun huis, het huis van de ouders van Simon Fingerhut, de grootouders van Esther, en wij wonen erin, en ik wist het niet, Esther en ik speelden met elkaar in onze tuin, die hun tuin was, en wij wisten het niet. Nu woont Sirena daar met haar ouders. Zij weten van niets, ze weten helemaal niets.

Mijn vader is op klantenbezoek. Vera heeft altijd op woensdag dansles. Wil je haar niet liever tegemoet gaan, mijn grootmoeder keek van haar weekblad op en over haar leesbril naar mijn moeder, die een paar keer onrustig naar de klok had gekeken. Afgelopen woensdag. Ik ben jou niet, zei mijn moeder tegen haar moeder, omdat haar moeder dat met haar had gedaan toen mijn moeder net zo oud was als Vera nu, zeventien, ik heb het uitgerekend, nog geen drie jaar vóór haar arrestatie, mijn moeder was zelfs pas zestien, en ze ging met een vriendin dansen, als joodse, ze mocht als joodse helemaal niet gaan dansen, overal waren nazi's, en ze deed het toch, en wij mochten helemaal niets.

Goed dat Paul er niet is, zei mijn moeder, anders zou haar vader haar ophalen, en hoe moet Vera iemand leren kennen als ze zich nooit door een jongeman naar huis kan laten brengen, omdat ze bang moet zijn dat haar moeder haar in alle staten door het donker tegemoet komt. Daarmee bedoelde mijn moeder haar moeder, mijn grootmoeder deed alsof ze niets hoorde, ze zag de onrust van haar dochter, en ze kende dezelfde onrust.

Vera zou er eigenlijk al moeten zijn of elk moment kunnen komen, elk ogenblik kan ze er zijn, dat zijn helemaal niet de asemmermannen die daar onder het wc-raam trappen en duwen, het is allang donker en het klettert en piept er, de asemmermannen komen 's ochtends vroeg, misschien zijn het ratten, de Alster is zo dichtbij, het zijn ratten, ze komen door de kanalisatie, een rat kan via de afvoerpijp in mij springen, ik zit op de wc en mijn blote gat hangt in de pot, ik zit er in het donker, ik zal het licht niet aandoen, door het geopende wc-raam schijnt de maan naar binnen, nog niet vol, ik kan hem zien, ik kan alles zien, de struiken buiten in de achtertuin en een stuk van de oprit, de asemmers kan ik niet zien, ze staan pal onder het open raam, vlak bij mij. Ik zou graag het licht aandoen, vanwege de ratten, zodat ze weglopen en ophouden met duwen en piepen als het wel ratten zijn, want ratten fluiten eerder dan dat ze piepen en ze giechelen en duwen en grommen niet. Ik kan maar beter het licht aandoen, dan kunnen ze me vanbuiten zien, dat ik opsta, vanaf de wc-pot, om bij de lichtknop te kunnen, om de knop om te draaien, en vanaf het peertje valt het licht op me, liever niet, voorovergebogen, mijn arm ver uitgestrekt naar de lichtknop, en mijn onderbroek hangt op mijn knieën.

Er is daar een man. Hij is door het getraliede wc-raampje gekomen. In mijn oor. Hij is bij de asemmer onder het raam, en het raam staat open, voor de maan staat het open, bij mij naar binnen, zijn gezicht is getralied, het is maar een sprongetje van hier tot de grond, vanbuiten je optrekken en naar binnen, daar zijn de tralies, dat beschermt niet tegen buiten, dat sluit af vanbinnen, de man is met zijn tweeën, hij heeft iets bij zich, gepiep draagt hij met zich mee, daar schopt hij tegen. Ik mag niet bewegen. Het bespringt me. Ik kan niet weg. Ik hang. Ik zit vastgekleefd. Ze nemen me mee. Ik wil niet hangen. Er is daar een vrouw. Er is daar geen vrouw. Dat is mijn zusje. Ik kan niet naar haar toe. Ik kan niet weg. Nu gebeurt het. Ik wil naar buiten. Het moet ophouden. Mijn zusje. Schei toch uit. Scheid niet van me. Het moet uitscheiden. Jij bent het. Laat me naar buiten. Ik moet wachten. Is hij klaar. Schei toch uit. Mijn moeder. Ik alleen zal weten. Het zal als een last op mij liggen. Achter de tralies van jouw haar. Ik moet wachten. Hij is klaar. Ik moet wachten. Op de voetstappen. Daar zijn voetstappen. Op de trap. Daar is licht. In huis. In de spleet. Haar passen. Bij de deur. Ik moet wachten. In de spleet. Zijn passen. Bij de deur. Ik wil duisternis. Waar is duisternis. Nu is er duisternis. Nu is er stilte. Ik sta op. Daar ben ik. Ik veeg mezelf af. Ik trek mijn broek omhoog. Ik laat mijn rok zakken. Ik doe de deur van het haakje en schuif mezelf in de fluweelzachte duisternis van het trappenhuis. Een paar treden onder mij wordt de deur opengeduwd. Licht gaat aan. Een stem zegt, Fania.

Ja, dat ben ik.

Wat doe jij in het donker. Vera staat achter me. De wc-sleutel valt uit mijn hand. Ik buk, ik raap hem op, ik doe hem in het slot, ik wil hem omdraaien, en ik vraag Vera of ik eigenlijk doorgetrokken heb.

Hoe moet ik dat weten, Vera giechelt.

Was zij het of was het Elisabeth, was het niet Vera's stem, was het Elisabeth, zojuist bij de asemmers. Met hem. Hij was het.

Hoe was het, vraag ik.

Saai, zegt Vera, ik haat dansen.

De meeste mannen kunnen niet leiden, zegt binnen mijn moeder, daar ligt het aan, ze hangt Vera's regenjas aan de kapstok.

Jullie vader kan niet leiden, ik leid hem, onze vader kon alleen walsen, zei ze, en ze vraagt wat Vera die avond op dansles heeft geleerd, Vera zegt foxtrot, mijn moeder zegt, laat me de passen eens zien, de foxtrot kan ik, geloof ik, helemaal niet, Vera en ik weten dat ze het zo meteen zal kunnen, Vera hoeft haar maar twee passen voor te doen, ze zal de andere tien vanzelf weten, gewoon van binnenuit, en Vera zal over haar voeten struikelen en vergeten zijn wat ze buiten heeft geleerd, het zal eruitzien alsof ze helemaal niet weggeweest is.

Nu zou er eigenlijk gauw eens iets moeten komen, zei mijn moeder, en de volgende dag belde de postbode die mijn grootmoeder haar maandelijkse herstelbetalingsuitkering brengt, hij geeft mijn moeder een grote bruine enveloppe waarvoor ze voor ontvangst moet tekenen. Iets belangrijks. Mijn moeder ondertekent, ze sluit de voordeur, kijkt naar de afzender en zegt, dat is het. Ze moet gaan zitten. Uit de grote enveloppe valt een iets kleinere enveloppe die net zo bruin is, en een witte brief, ondertekend in opdracht van professor doctor Siegfried Ehrlichmann.

Ik kan het helemaal niet lezen, zegt mijn moeder, en ze begint te lezen. Vera steekt een sigaret voor haar aan, ze steekt haar tussen haar lippen. Betreft: Uw aanvraag op grond van de paragrafen achtentwintig tot tweeënveertig van de Wet op de Herstelbetaling, schade aan lichaam of gezondheid, dossiernummer, schuine streep, registernummer, driehonderdzesentwintigduizendblablabla, Zeer geachte mevrouw Schiefer. Stil voor zich leest ze verder, smalle ogen, smalle mond, mijn maagwanden draaien rond tot onder mijn tong. Lees hardop, waarom lees je niet hardop verder, wat schrijft hij, Alma, mijn grootmoeder trilt met voeten en handen onder de tafel en erop.

Wat een brutaliteit, zegt mijn moeder. Lucht, we krijgen lucht. Helemaal niets staat daar, ik moet de bijgevoegde enveloppe ongeopend bij het Herstelbetalingsbureau afgeven als ik er weer een afspraak heb. Nog terwijl ze dat zegt gaat ze met haar roodgelakte vingernagels in de gesloten bruine enveloppe en scheurt hem open.

Niet, Alma, mijn grootmoeder slaat haar handen voor haar mond, dat is verboden.

Wat een onzin, haar stem is koud en rustig, ze trilt helemaal niet, ze is niet bang. Het gaat tenslotte over mij, zegt ze, waarom zou ik dan niet mogen weten wat die adviseur over mij aan het Herstelbetalingsbureau schrijft, die tijden zijn voorbij, en heb ik me er toen dan aan gehouden, integendeel, juist toen en vandaag niet minder, je weet toch nog dat Paul de uitslag van de

keuringscommissie kreeg, ik heb de brief met stoom opengemaakt en achteraf zorgvuldig dichtgeplakt, die moeite hoef ik
nu niet meer te doen, wat kan me gebeuren, arresteren kunnen
ze me daarvoor niet, en Paul toen, toen hij naar die zwijnen toe
ging, toen wist hij dat hij ongeschikt was verklaard vanwege zijn
maagzweren, en hij heeft de door mij mooi weer dichtgeplakte brief daar afgegeven. Dat weten we toch allemaal, zegt Vera,
lees eindelijk voor wat ze aan je schrijven. Toen moest Paul voor
hen staan wachten, en ze lazen dat, ongeschikt voor de krijgs-
dienst, en toen is dat varken, dat ss-varken, opgestaan van zijn
stoel, witte jas en daaronder de zwarte laarzen, en hij zei tegen
Paul, alsjeblieft Mami, schei uit, lees voor wat daar over jou staat,
nee, laat me, hij zei tegen hem, gefeliciteerd, meneer Schiefer,
u mag voor onze geliefde Führer naar het front, dat zei die vent,
en als ik die brief niet van tevoren, voordat hij daarheen moest,
zorgvuldig met stoom had opengemaakt, als Paul niet had geweten dat hij ongeschikt was verklaard, en dat dat varken, dat
ss-varken, hem wilde voorliegen.

Ik ben vergeten wat mijn vader tegen het ss-varken heeft gezegd, ik zal het zo meteen horen, mijn moeder zal het uit haar
mond slingeren, ik wil het nu eens onthouden, ik wil het telkens onthouden, ik wil het niet vergeten, en het zal me desondanks ontglippen, deze keer moet het me lukken, het zal me
niet lukken, het moet me lukken, het is hun gelukt, waarom
lukt het mij niet, zij vertellen ons over hun triomf, en Vera en
ik leggen onze hoofden in onze nek en kijken hen na, ze stijgen op in nevel die op ons neerdaalt, alles staat geschreven in
nevelwaas. Wat zei hij tegen het ss-varken, ze heeft het zojuist
verteld, ik heb het niet gehoord, iets soepels, iets noodge-
dwongen beleefds, iets uiterst geraffineerds, waarin onderwor-
penheid natrilt en angst dat ze op het officiële nazi-document
de vingerafdrukken van zijn joodse geliefde konden ruiken, vanwege de rassenwetten, joods handig had ze de nazi-enveloppe
boven stoom in de joodse keuken van haar joodse moeder opengemaakt, hij hoefde niet naar het front, godzijdank een gezwel
aan de twaalfvingerige darm, ze hadden gehuild, ze hadden ge-
lachen, aan de twaalfvingerige darm een gezwel, bij de Ham-

burgse keuringscommissie, de ss-dokter met zijn witte dokters-jas en daaronder de glimmend gepoetste laarzen, ze rollen over elkaar, allemaal heeft ze ze onthoofd, dood vallen ze in wanorde over elkaar heen, komen de mannen de trap op, kloppen de mannen aan, klopklop, het zijn er een paar, ze staat in de keuken, ze omklemt haar moeder, we gaan niet kijken, laat ze de deur maar openbreken, wij doen niet open, ze gaat kijken met haar moeder aan haar hand, bij de deur twee soldaten, gewapend, tussen hen hangt soldaat Paul Schiefer, waar ze hem moeten neerleggen, hier op de keukenbank, ze kijken elkaar aan, zwijg, wacht tot beneden in het trappenhuis de deur in het slot valt.

We vielen elkaar in de armen, mijn moeder huilt, god, wat waren wij gelukkig, hij was afgekeurd. En terwijl het gordijn, voortbewogen door de slotakkoorden, over het filmdoek ruist, zegt ze nog, later kwam toen de Gestapo om ons te arresteren, Mutti, Paul en mij. Maar we hebben het overleefd.

Dat allemaal schiet haar nu te binnen, ze hebben het samen gehaald, hij is er vandaag niet, haar man, mijn vader is onderweg, hij is weg, en wij zijn met haar alleen met dit psychiatrisch rapport dat ze nog niet heeft gelezen. Hier gaat het over haar. Haar heeft men onderzocht.

Lees dan, Vera gaat naast haar zitten, ze kijkt samen met haar naar het rapport over de rekwestrant Alma Schiefer, meisjesnaam Glitzer, aan het Herstelbetalingsbureau. De hoop is verdwenen. De vreugde over de officiële beschikking is weg. Alles is nu mogelijk. Ze begrijpt niets, elk woord dat haar vanaf het papier tegemoet springt geeft haar een klap en versuft haar. Is zij dat, mijn moeder, daar wordt over haar gesproken, kampamenorroe. Klinkt als diarree, zegt Vera. Vera denkt altijd meteen aan diarree zodra over het kamp wordt gesproken.

Waar is de encyclopedie, geef me snel de encyclopedie.

Vera haalt haar encyclopedie. Hopelijk heeft Vera niet iets uitgeknipt bij de A in de buurt van amenorroe, elke letter is nu belangrijk als we het huis willen kopen, dit is ons ogenblik, of we kunnen blijven, zoek jij het op, Vera, zegt ze, ik kan helemaal niets meer goed lezen. Vera bladert voor in het boek,

amenorroe, het achterwege blijven van de maandelijkse bloedingen, leest ze voor. Maandelijkse bloedingen. Lichaamloze
woorden. Daarmee kan onmogelijk ons ongesteld-zijn bedoeld
worden. Ik heb kampamenorroe, mijn arme ongestelde dagen
zijn in mij gevangen. Vera kronkelt telkens van de pijn en moet
in bed blijven tot haar bloed doorsijpelt, mijn moeder beweert
dat ze geen problemen met haar ongesteld-zijn heeft, het stroomt
er volgens haar gewoon uit bij haar als het zover is, ze had het
overzicht niet, haar man had het overzicht, hij wist wanneer ze
zover was, zij wist het niet. Wij allemaal weten het, we gaan in
dekking, mijn moeder krijgt een poetsaanval telkens vóór haar
ongesteld-zijn, ze moet kasten opruimen, haar kasten, onze kasten, ze gooit spullen weg, uitmesten noemt ze dat, ze verandert
het interieur, ze moet plotseling ramen zemen, hoewel mevrouw
Kupsch de ramen afgelopen week heeft gezeemd. We kijken elkaar aan, we fluisteren, ze wordt ongesteld, ze hoort het en wordt
woedend, wat een onzin, scheldt ze en stort zich halsoverkop
in het onderste keukenkastje, ketels en pannen klepperen en
kletteren, opeens heeft ze krampen in haar buik, je wordt ongesteld, Alma, zegt mijn grootmoeder, ze protesteert, ze heeft
last van de paprika's van gisteren, die liggen zwaar op mijn maag,
zegt ze, mijn vader sluipt om haar heen, hij wil een warme kruik
op het onderlijf van zijn vrouw leggen, ze wil niet, hij wil haar
kalmeren, warmte ontspant je buik, zegt hij, hij kent dat van
zijn maag, en ze krijgt een woedeaanval, dat ken jij, alles ken
jij, alles begrijp je, jij zou nog zeggen dat je het zou kennen als
ik ongesteld was, maar ik ben niet ongesteld.

Geef hier, Vera wil verder lezen.

Nee, mijn moeder geeft het rapport niet uit handen. Relatie
met de daarna plaatsgevonden hebbende vroeggeboorten en miskramen niet bewezen. Ze laat het papier zakken. Het glijdt uit
haar hand. Vera vangt het op. Uit haar lijf gleed ik, en vóór mij
waren anderen uit haar lichaam gegleden, die waren nog niet
klaar, die kwamen te vroeg. Maar ik was klaar, ik was haar niet
ontglipt, telkens op mijn verjaardag huilt ze, van vreugde, Fania, van vreugde, en ik stel haar gerust, je bent een goede moeder.

Endogene depressie, leest Vera verder, dat klinkt niet slecht, Vera houdt zich sinds kort bezig met psychologie, we hopen dat zij nadere toelichting geeft, intussen komt er nog een vreemd woord naderbij geslopen, het is constitutioneel.

Wat bedoelen ze met constitutioneel.

Daarmee bedoelen ze dat het niets met de nazi-tijd te maken heeft.

Hier staat nog iets. Vera heeft het nog niet opgegeven, ze heeft nog iets gevonden, schade toegebracht door vrijheidsberoving, maar haar stem gaat slepen, niet ernstig, schade toegebracht aan leven niet bewijsbaar, vermindering van arbeidsmogelijkheden vijfentwintig procent, dat is toch iets, Mami, daar krijg je vast iets voor, en hier, daar staat iets over je migraine, vermoeidheidssyndroom staat daar.

Laat maar.

Nee, wacht eens, moet worden toegeschreven aan een sensitief asthenisch karakter en de naderende overgang en niet aan de vervolging, mijn moeder slaat Vera het papier uit de hand.

Daar krijg je geen geld voor.

Het was niet genoeg. Het was niet erg genoeg.

Ik kan haar niet aanraken. Niemand van ons kan haar aanraken. Ik zou een klap krijgen als ik mijn moeder nu zou aanraken. We zijn in een kamer en van elkaar gescheiden, ook van Vera en van mijn grootmoeder ben ik gescheiden, en zij zijn gescheiden van mij en ook van haar.

Op een zeker moment legde iemand van ons Alma's stijve lichaam op de sofa. Op een zeker moment heeft iemand van ons pillen op een bord verpulverd en met wat water tot een papje geroerd en haar het papje toegediend. Een van ons hield haar later de kom voor waarin ze haar gal spoog.

Op zeker moment was het donker geworden.

Door de muren heen horen we mijn vader. Buiten. Dat is ons signaal, dat is de claxon van zijn auto. Hij zou eigenlijk pas morgen komen. Morgen is het vrijdag. Hij heeft ons vandaag al gevonden. Mijn grootmoeder staat op en gaat naar de deur, ze doet de deur open voor haar schoonzoon. Hij treedt onze duisternis binnen. Hij weet meteen alles. Hij gaat bij Alma's bed zitten. Het is me niet gelukt, Paul, haar lichaam krimpt in elkaar en ze zegt tegen Vera en mij dat het haar zo spijt voor onze vader dat ze niet ook geld voor de aankoop van het huis kan bijdragen na alles wat hij voor haar heeft gedaan, en nu huilt ze, en ik krijg het eindelijk warm.

En nu is Vera weg.

Ze is in een vakantiekolonie op de Lüneburger Heide. Eigenlijk zou ze helemaal niet meegaan met de schoolreis, Vera noch ik hebben ooit met een schoolreis mogen meegaan, onze ouders zijn overbezorgd. Maar mijn moeder was opeens van mening dat Vera mee moest, hoe dan ook, dat was goed, voor ons allemaal, en hoewel het goed zou zijn voor ons allemaal was mijn moeder woedend op Vera, zo woedend dat ik me bezorgd maakte om Vera.

Vera wilde mee toen mijn moeder het niet wilde, zoals gewoonlijk niet wilde, en ook mijn vader wilde het niet. Veel te gevaarlijk. Vera's klassenleraar, Wilhelm Bobbenberg, had met de klas een week naar Londen willen gaan, nu had Bobbi een hernia en was gaan kuren in Bad Pyrmont, en juffrouw Kahl en juffrouw Hahn hadden de schoolreis van hem overgenomen, niet naar Londen maar twee weken naar Kakenstorf, ergens op de Lüneburger Heide, en wel met twee klassen, negenentwintig meisjes van veertien, en bovendien Vera's klas, tweeëntwintig zeventienjarigen. Vera ziet Kahl en Hahn niet zitten, wat ik begrijp, en de Lüneburger Heide ziet ze al helemaal niet zitten, wat mijn moeder begrijpt, en toch moest Vera mee. In geen geval naar Kakenstorf, gilde ze, en mijn moeder zei, je gaat mee. Haar stem was van pantserglas.

Toen mijn vader zich ermee ging bemoeien, waarom eigenlijk een schoolreis, nog nooit was een van zijn dochters alleen op stap gegaan, of het nu naar Londen was of naar Kakenstorf, en al helemaal niet naar Kakenstorf op de Lüneburger Heide, waarom nu opeens, en toen mijn moeder zei, ze gaat niet alleen, Paul, ze gaat met twee leraressen en de meisjes uit haar klas, en toen Vera zei, dat geldt voor elke schoolreis waar we tot nu toe van jullie niet mee mochten, en toen mijn vader lachte, daar heeft ze gelijk in, Alma, waarom opeens naar Kakens-

torf, laat haar toch hier, toen trok mijn moeder hem de slaapkamer in. Hij struikelde er aan haar zijde naar binnen, hij wierp
ons een blik toe, over haar schouder, en zij deed de deur vanbinnen op slot. Ik heb deze deur op slot horen doen wanneer
ze cadeautjes voor ons inpakte, nooit heb ik haar de deur op
slot horen doen om ons buiten te sluiten.

Mijn grootmoeder verdween in de keuken, Vera bleef zitten,
ze stak een sigaret op.

Ga toch gewoon, het is vast niet zo erg, zei ik. Ze beet met
haar ogen door mij heen. Laat me. Haar stem hapte naar me.
Toen vergat ze me. Ik bleef voor haar zitten. We hebben in
de jaren van de gedeelde kamer geleerd, samen niet aanwezig
te zijn. Achter de deur fluisterden en lispelden ze. Vera rook-
te. Ik bekeek haar. Zoals ik haar kende, was ze een vreemde
voor me geworden. Achter de deur maakten ze ruzie. Meteen
het huis uit, hoorde ik mijn moeder. Als jij. Als hij. Als zij. Als
hij. Mijn dochter. Nooit. Dat was mijn vader, en Vera hief haar
hoofd.

De deur ging open.

Waar is Papi, vroeg Vera, ze was opeens kleiner geworden,
kleiner dan ik, ze leek teruggeweken van haar al geleefde leven.
Volstrekt misplaatst zat haar sigaret tussen haar wijs- en haar mid-
delvinger.

Je vader ligt met maagpijn in bed, zei mijn moeder.

Kan ik naar hem toe.

Nu niet.

Moet ik naar Kakenstorf.

Ja.

Ik verwachtte een ontploffing, tranen, gegil, iets dergelijks.
Vera slikte en zei, elke leerlinge moet veertig mark meenemen,
of ze het geld kreeg.

Vanzelfsprekend, zei mijn moeder koel. En allebei gingen ze
de kamer uit om samen Vera's koffer te pakken. In de asbak lag
Vera's smeulende peuk. Ik drukte haar uit.

Juffrouw Brunhilde Kahl, aardrijkskunde, en juffrouw Regula Hahn, muziek, allebei in een loden pakje, allebei met een Ti-
roler hoed, stonden met achtenveertig meisjes bij het Damm-

torstation, toen mijn moeder en mijn vader en Vera en ik in onze auto aankwamen. We stapten uit.

Maar ik ga niet mee tot bij de trein, zei mijn moeder, ze had tranen in haar ogen, ze gaf Vera snel een kus op de wang, draaide zich om en liep een paar passen weg, en Vera huilde, en mijn vader nam Vera in zijn armen, ik rende achter mijn moeder aan en nam haar in mijn armen.

Dat Vera nu in de vakantiekolonie Kakenstorf is heeft te maken met Pilatus Kupsch. Elisabeth Kupsch heeft hem gekregen. Ze zat wijdbeens boven de waskom om zich van onderen te wassen en daarbij viel plotseling Pilatus uit haar, in het water. Van Vera weet ik dat Elisabeth een moment heeft overwogen of ze het jongetje niet beter kon laten verdrinken. Mevrouw Kupsch wond zich vreselijk op, nu is ze grootmoeder, en Wolfram is al oom, hoewel hij een paar jaar jonger is dan ik, het meeste wond mevrouw Kupsch zich op over het feit dat ze van de zwangerschap van haar dochter niets had gemerkt. Elisabeth is nu eenmaal dik, ze is net zo dik als haar moeder, dan valt het niet op.

U moet dat toch gemerkt hebben, mevrouw Kupsch, zegt mijn moeder, ze was haast verontwaardigd, ze kon dat niet begrijpen, als moeder, mevrouw Kupsch, moet u dat toch gemerkt hebben. Nee, nee, mevrouw Schiefer, wis en waarachtig niet. Erich Kupsch gaf zijn dochter een paar oorvijgen en Elsa Kupsch ging voor haar dochter staan en gilde tegen haar man, een moeder sla je niet. Meneer Kupsch ging naar de kroeg om zich te bezatten, hij gaf een rondje aan alle aanwezigen en dronk op het welzijn van zijn kleinkind Pilatus Kupsch. Iedereen weet wie de vader is. Elisabeth heeft het haar moeder verteld, en mevrouw Kupsch kwam naar mijn moeder en vroeg haar om mee te gaan naar mevrouw Hainichen om haar alles te vertellen.

Vanwege het geld, mevrouw Schiefer, hij moet stellig betalen, want hij is de vader.

Het gezicht van mijn moeder betrok, ze aarzelde, ze bracht mevrouw Kupsch naar de deur, mevrouw Kupsch moest naar huis gaan en daar op mijn moeder wachten, ze moest nog iets ophelderen. Mevrouw Kupsch vertrok en mijn moeder zocht haar dochter Vera en vond Vera met een boek in de fauteuil. Ze las niet.

Heb jij iets met die kerel gehad, zeg me nu de waarheid. Ik zal je niets aandoen als je me nu de waarheid zegt, maar als je tegen me liegt, dan weet ik niet wat ik doe. Heb je iets met hem gehad, mijn god, ik word gek, mijn eigen dochter met een ss'er.

En toen kwam er beweging in Vera, ze was wit geworden. Haar gezicht leek op een onbeschreven blad waarop ze met blauwe, trillende lippen de twee woorden perste. Dat niet.

Wat niet, gilde mijn moeder.

Nee. Vera's stem was stevig.

Ik wil je geloven, zei mijn moeder, ik wil je geloven.

En daarna stuurde ze Vera op schoolreis, en nadat Vera was vertrokken ging ze samen met Elsa Kupsch naar mevrouw Hainichen. Hij was onderweg, Hainichen, met zijn vrachtauto, meneer Kupsch was op de werf, en mijn vader was op klantenbezoek. Dit was een vrouwenaangelegenheid, zei mijn moeder. Ik keek hen na, ze gingen de trappen op, Cisco liep voorop, zijn revolver in de aanslag, Poncho klom achter hem aan. Ik keerde terug naar de woonkamer en wachtte. Boven mijn hoofd hoorde ik de passen van mevrouw Hainichen. Ik wist welke deur nu voor mijn moeder openging. Weer passen boven me. Naaldhakken. Mijn moeder. Ik zag in de stilte haar blik, die over het behang van het echtpaar Hainichen gleed, nergens een spoor van schimmelgroen, de dure meubels, niet onze smaak, maar het geld, het vele geld, waar dat vandaan komt. Hard geschuif met stoelen boven de stucroos in onze woonkamer, ik wachtte eronder, plotseling een harde vrouwenstem boven me. Eva Hainichen. Dan mijn moeder. Dan sniknat gehuil. Elsa Kupsch. Trap af.

Komt u maar even mee naar binnen. Mijn moeder tegen mevrouw Kupsch. Die moet betalen, alimentatie, vast en zeker. Bloedtest.

Zeker, zeker, mevrouw Kupsch jammerde, het is allemaal niet zo eenvoudig, mevrouw Schiefer, u wilt het huis kopen.

Misschien, hoorde ik mijn moeder zeggen, misschien, mevrouw Kupsch, misschien ook niet, misschien moeten mijn man en ik van dergelijk eigendom afblijven.

Nu is Vera twee weken weg en mijn moeder en mijn vader staan op de veranda, en hij leest haar een brief voor. Van de belastingdienst. Bedrijfscontrole. Ze lacht, wat zou er nog komen, Paul, hij steekt twee sigaretten tegelijk op, een voor haar, een voor zichzelf. Of ze met de boekhouding bij is. Niet helemaal, bijna. Wat betekent dat, wil hij weten, bijna, Paul, op een haar na, min of meer, alleen het lopende jaar nog. Wanneer willen ze komen, vraagt ze, en hij zegt, over vijf dagen.

Dat haal ik wel.

Hoe wil je dat doen, hij wordt misselijk bij de gedachte hoe ze het allemaal wil halen.

Laat mij maar, zegt ze, als het heel erg wordt kan ik, dat weet je wel.

Eerst wordt de veranda ontruimd, dat wordt ons kantoor, het kantoor van de vertegenwoordiger Paul Schiefer. Mijn vader koopt een afsluitbaar geldkistje voor de kleine kas en een kasboek voor de kleine kas. Ik sorteer op de vloer de doorslagen van een jaar, uitgaande nota's, ontvangen nota's, aanmaningen, roze, wit, blauw, op datum. Mijn moeder zit aan het bureau van mijn vader, dat hebben we uit de slaapkamer van mijn ouders naar het verandakantoor gesleept, een kussen in haar rug, een kussen onder haar achterste, een kussen onder haar voeten. Mijn vader en ik gaan naar de kelder om het oude roldeurkastje naar boven te halen dat daar beneden ergens moet staan, we hebben het nodig als decoratie voor het kantoor, we gaan na elkaar de houten trap af, hij voorop, voorzichtig zet hij zijn platvoeten zijwaarts en bij elke stap zegt hij tegen mij dat ik voorzichtig moet zijn. We buigen langs de woning van de Kupschen de donkere hoek om, door de smalle gang naar de eerste schuilkelderdeur, daarachter gaat het links naar onze kelder, een stuk verder rechtdoor is de tweede schuilkelderdeur, daar weer achter is de badkamer, een gelegenheid, en ik zeg, kunnen we niet snel even, nu we toch hier zijn, daar naar binnen gaan, naar de badkamer. Hij bukt voor de eerste schuilkelderdeur, ik sta achter zijn naar de vloer gebogen lichaam, hij trekt de onderste ijzeren hendel omhoog en boven zijn hoofd de bovenste ijzeren hendel naar beneden, de deur zwaait open, een andere keer, Fania, beslist, mijn lieveling, we hebben nu belangrijkere dingen te doen.

Ik wil hem vooruitduwen, de donkere gang in, ik wil het eindelijk weten.

Hopelijk, zegt hij, is de jaloeziekast niet zo vol met spullen. Hij doet het haakje van de kelderdeur, de jaloeziekast staat vol spullen, we moeten hem leegruimen, dozen en mappen, volgestopt met bij elkaar gebonden bankafschriften, oude onverkochte waar, een zending brillen van twaalf jaar geleden, toen was je net twee, zegt hij teder, de wasmand met de versieringen voor de kerstboom, twee zinken kuipen met gaten, oude houten stoelen, oude winterschoenen.

Mijn grootmoeder maakt de jaloeziekast schoon, hij ruikt muf naar schimmel en stoffig naar puin, mijn vader en ik beschrijven de ordners die erin gezet moeten worden. Zakelijke correspondentie, aanmaningen, inkomende nota's, uitgaande nota's. Niet te mooi schrijven, zegt mijn moeder over haar schouder, alles moet eruitzien alsof het al jaren gebruikt wordt. Het is geen bedrog, Fania, verontschuldigt mijn vader zich, er is alleen niets geordend, en als ze dat zo zien word ik aangeslagen, en dat wordt duur voor ons.

Koop liever sigaretten, zegt mijn moeder, zonder op te kijken, en zit geen eitse te geven, je dochter weet van wanten.

Ik kijk geschrokken naar hem op, dat moet hem gekwetst hebben, hij lacht, hij wil me geruststellen, het heeft hem dus gekwetst, en ze rekt zich uit zonder van haar stoel op te staan, ze vouwt haar handen in elkaar en strekt ze hoog boven haar hoofd in de lucht.

Het kantoor heeft een voorraad sigaretten voor bezoekers nodig, Paul, en vraag om een kwitantie, en breng een kwitantieboekje mee, ik moet een paar valse kwitanties maken, en chocolade voor Fania niet vergeten.

Mijn grootmoeder smeert broodjes garnaal, broodjes met zalm, broodjes met ei, broodjes met kaas, ze zet koffie, alles zet ze zwijgend op het bureau naast haar dochter, ze pakt de volle asbak van het dienblad en zet er een schone voor in de plaats, ze zegt niets tegen haar dochter, ze zegt zachtjes tegen mij, je moeder rookt te veel, en pas in de keuken lucht ze haar hart, vandaar hoor ik haar jammeren, o wee, de belastingen, nebbisj, wat spijt me dat voor hem, die arme man, en hij is zo'n goede man.

Mijn moeder schrijft rijen getallen in een breed boekhoudboek, haar rug is krom, haar benen heeft ze over elkaar geslagen, haar smalle neus hangt boven haar schrijvende hand, haar hoofd gaat heen en weer tussen velletjes, brieven, volgbriefjes, rekeningen. Mijn grootmoeder heeft een meer vlezige neus dan haar dochter, mijn neus is iets ertussenin. Ze rookt te veel, dat is waar, de rook komt uit haar mooie neusvleugels.

Wat heb je morgen voor lessen op school, wil ze weten.

Ik wil weten of ze me nodig heeft.

Als je niets belangrijks op school hebt, ja, Fania, ik heb je nodig om op te tellen, ik tel eerst op, dan reken jij het na.

Dit hier is het leven, hoezo naar school gaan, mijn moeder heeft mij nodig bij een belangrijke aangelegenheid. Waar moet ik zitten.

Tegenover mij aan het bureau, ze maakt plaats voor me. Mijn grootmoeder komt, ze heeft warme chocolademelk voor me gemaakt. Fania mag koffie hebben als ze wil, zegt mijn moeder. Ik ben blij, ik ben blij met de chocolademelk en met de koffie die ik mag hebben als ik wil, ik ben opeens zo rijk, en we hebben geen geld. Van het Herstelbetalingsbureau krijgen we geen geld en de belastingdienst neemt ons geld af. Ik sop mijn broodje met kaas in de cacao en kijk naar het gebogen hoofd van mijn moeder. Daar zit een wit haar tussen haar zwarte lokken. Daar is er nog een. Ik vertel haar alleen maar van dat ene.

Nog een. Ze kijkt even op. Ik heb er gisteren pas een uitgetrokken, je moeder wordt oud.

Als het 's avonds na tienen donker wordt, stuurt ze me naar bed. Slaap, je moet slapen, ik heb je morgen nodig. Ze blijft achter het bureau zitten, mijn vader gaat achter haar stoel staan, hij masseert haar schouders, hij masseert haar hoofd, of ze niet wil stoppen, zo meteen, Paul, maak eens een kop koffie voor me. Hij gaat naar de keuken, hij zet koffie, hij zucht, hij komt bij mij kijken, ik lig in bed. Naast mij is Vera er niet. Nog nooit heb ik zonder mijn zusje Vera geleefd. Dit is al de tweede nacht.

Hopelijk redt Vera het, zegt hij, hij denkt ook aan haar.

We hebben overal kleine briefjes voor haar gestopt, tussen haar kleding, in de zakken van haar rok, in haar schoenen, groetjes en kussen, sigaretten, geld, ik kijk naar Vera, ze is er niet, haar kleine kussentje heeft ze bij zich.

De volgende dag belt Vera op, alles was vreselijk, ze had ontzettende heimwee, slaapzaal, stromatrassen en het eten om te kotsen. Vanwaar bel je, gilt mijn moeder in het toestel, schrijf op, Fania. Heidekrug. Vandaag niet, morgen, dat beloof ik je, ga nu terug, wees voorzichtig, schatje. Weten je leraressen dat je weg bent, kom je wel weer naar binnen.

De boekhouding moet een dag wachten of laten we zeggen een halve dag, mijn moeder trekt me naar zich toe, dat halen we wel, zeg ik, ze rust uit aan mijn borst, we hebben al zeven maanden afgeboekt, we hebben nog drie dagen de tijd, nee, twee dagen, we gaan morgen naar Vera, laten we zeggen tweeënhalve dag, en ik wil mee. Goed, mijn moeder vindt het goed.

We rijden over de Lüneburger Heide. Ik zal een vakantiekolonie zien. Mijn moeder werpt blikken uit het zijraampje. Vreselijke streek. Mijn vader strijkt over haar hand. Strafcompagnie. Kamp. Ik weet het, ook hier graven hun herinneringen. Als dochter van deze ouders zal ik nooit op schoolreis kunnen. Op zijn minst één keer in mijn leven wil ik een vakantiekolonie vanbinnen hebben gezien.

Wat is dat. Mijn moeder staart door de voorruit. Is het dat. Dat kan het niet zijn.

Wacht nou af, Alma, tot we er echt zijn, mijn vader is zenuwachtig. We rijden over een zandweg.

Paul, mijn moeder barst in huilen uit, daar, Vera, daar is ze.

We stappen uit.

Vera wringt zich door een smalle spleet in de poort van de vakantiekolonie. Ze ziet er bleek uit en opgeblazen. Al na vier dagen en drie nachten. Nemen jullie me mee. Dat zijn haar eerste woorden.

Heb je honger, vraagt mijn moeder, ben je ziek.

Vera zegt ja, ze zegt op alles ja wat kan helpen haar vanhier weg te krijgen.

Waar is dat restaurant, die Heidekrug, vraagt mijn vader.

We kunnen erheen rijden, zegt Vera, dat gaat sneller.

Ze stapt voor in, naast mijn vader, mijn moeder en ik zitten achterin. Er is iets vreemds aan de hand met Vera. Ik weet niet wat het is. Volgens mij is ze onze geur kwijt, ze ruikt niet meer zoals wij.

Mijn vader zet ons voor de Heidekrug af. Hij wil hier in de buurt een klant bezoeken, over twee uur wil hij ons komen ophalen, mijn moeder vindt het goed, hij vindt het beter zo, hij loopt weg van Vera's ongeluk, hij zou haar het liefst meteen meenemen.

Mijn moeder gaat met ons het restaurant in. Koude walm. Achter de bar in een geelbruin halfdonker een man, hangende bierglazen achter hem. Hij staart naar ons en zegt niets. Mijn moeder vermant zich en zegt Grüß Gott.

Vera glimlacht, we zijn hier niet in Beieren, Mami, en ze leidt ons tussen tafels en tafelzeilen door naar de tuin. Een hond blaft. Hij zit aan een ketting. Koest, Harass, roept de man, hij is ons achternagelopen.

We gaan aan een houten tafel zitten. De zon glipt achter een wolk vandaan. Kippen kakelen.

Nog steeds heeft de man niets gezegd behalve koest, Harass.

Mijn moeder knippert met haar ogen tegen het licht en vanuit haar lippenstiftkrulmond zegt ze tegen het mansgezicht boven haar, we zouden graag iets drinken en iets eten.

De man knikt.

Wat heeft u.

Zigeunerschnitzel met gebakken aardappels.

Drie keer, alstublieft, zegt mijn moeder, en brengt u ons drie glazen citroenlimonade, hoe maakt u die, vers geperst met water erbij, of hoe maakt u die, maakt u die niet zo.

Nee, hij staart naar de woordenfontein die mijn moeder te voorschijn laat parelen.

Nou, wat verstaat u onder citroenlimonade, vraagt ze, niet vers geperst, met water erbij, hoe dan, ik hoef er overigens geen suiker in, zonder suiker lest het de dorst beter.

Prik, zegt hij. Iets anders heb ik niet.

Goed dan, mijn moeder glimlacht en schudt haar haar en knippert met haar oogleden, dan driemaal die prik.

Hij vertrekt.

Vertel eens, Vera, is het werkelijk zo erg. Vera hangt aan de lippen van haar moeder, ze zuigt alles op. Het ergst vond ze het op de wc, ze kon niet naar de wc, ze wachtte ermee tot het diep in de nacht was en de andere meisjes sliepen.

Dat kan toch niet, mijn moeder is bezorgd, je raakt verstopt en wordt ziek, elk mens moet een keer naar de wc, dat is toch niet gek.

Ik heb diarree gekregen, Vera huilt, ze snikt en snuift en wrijft met beide handen over haar gezicht, mijn moeder heeft geen zakdoek bij zich, we geven Vera de papieren servetten die de Heidekrugman gebracht heeft.

Meneer, roept mijn moeder hem achterna, kunt u ons alstublieft nog een paar papieren servetten brengen.

Hij staart haar aan. Heb ik toch net gedaan, gromt hij.

Ja, ja, roept mijn moeder naar hem, kunt u er nog drie missen. Hij gaat naar binnen, hij komt terug, hij brengt drie zigeunerschnitzels met gebakken aardappels en drie flessen prik met drie glazen en geen papieren servetten. Of hij is gierig, zegt mijn moeder, of hij snapt het gewoon niet en hij denkt dat wij zijn servetten opeten. Vera lacht en huilt tegelijkertijd, zie je wel, mijn moeder knijpt in haar hand.

Vera verslindt in grote stukken de zigeunerschnitzel. Wij kijken naar haar. Wij kunnen niets eten. 's Nachts is het het ergst, zegt ze, in de slaapzaal, en bij het wassen, alleen maar koud water, en altijd tien naast elkaar aan een lange wasbak. Ze huilt en ze eet, ze eet ook onze zigeunerschnitzels, we hebben haar zwijgend onze borden toegeschoven, ze verslindt ze op voorraad, pudding, die kleine kommetjes die de waard ongevraagd brengt, ze horen bij het dagmenu, Vera stopt de groene drilpudding met vanillesaus achter de zigeunerschnitzel aan, alles wat ze kan krijgen en wat het verblijf hier verlengt voordat ze weer terug moet naar het vakantiekamp.

Mijn vader komt, hij heeft vier bakblikken pruimenkruimeltaart in de auto, voor de andere meisjes in de vakantiekolonie, zodat ze Vera aardig vinden.

Jullie nemen me niet mee, Vera staart naar de pruimentaart. Mijn ouders zeggen niets. Ze kijken Vera niet aan. Ze kijken elkaar niet aan. Vera vraagt niets meer. We lopen alle vier door de poort. Daar is de vakantiekolonie. Een vrouw komt ons tegemoet, voor haar schoot fladdert een blauw schort, haar asblonde haar heeft ze tot een krans gevlochten. Ze is de herbergmoeder, zegt ze, haar naam zegt ze niet.

Mijn moeder strijkt door haar zwarte haar, ze doet haar best om te lachen, ze steekt haar rechterhand uit met de roodgelakte vingernagels, de herbergmoeder veegt haar handen aan haar schort af en pakt de bakblikken van mijn vader aan, alle vier ineens.

Dat was niet nodig geweest, de bakker is veel te duur, zegt ze. Mijn vader wrijft over zijn pijnlijke armen. Zij had er geen last van, vooruit met de geit. Haar stem scheldt. Zo praat ze altijd, zegt Vera zachtjes tegen mij. De leraressen, die wachten al in de eetzaal, ze hebben iets ingestudeerd voor het bezoek. Ze loopt voor ons uit over een krakende vloer en door een deur. Een grote ruimte op de begane grond, zes ramen kijken uit op de binnenplaats, ruwe houten tafels zijn tot één lange tafel tegen elkaar geschoven, er zitten achtenveertig meisjes aan. De twee leraressen gaan staan, juffrouw Brunhilde Kahl komt met uitgestoken handen en grote passen op ons afsnellen, ze begroet mijn vader als een kostbare bijzaak en wendt zich verrukt glimlachend tot mijn moeder, want mijn moeder zit in de ouderraad.

Met ons herbergmoedertje, zegt juffrouw Kahl, hebt u al kennis gemaakt.

Mijn vader knikt. Maar, zegt mijn moeder tegen het herbergmoedertje, u hebt ons uw naam nog niet verklapt. De boerin schaamt zich. Dat is onze goede Irmengart Knerk, jubelt juffrouw Kahl, we mogen allemaal herbergmoedertje tegen haar zeggen, en gehaast, met een gedempte stem, geeft ze de vrouw opdracht de stukken taart niet te groot te snijden, veel te groot, nog kleiner, die bovenste rij geeft u ons volwassenen, niet de kinderen, en dan draait ze zich om naar de zaal, lieve mensen, roept ze, zijn we zover, mooi, mooi, we zijn zover.

Mijn ouders moeten gaan zitten. Ik ga naast Vera zitten. Wij met zijn vieren zitten aan de lange houten tafel, waar de meisjes van zijn opgestaan, ze zijn op zachtjes trippelende teentoppen in een nette meisjesrij bij elkaar gaan staan, voor hen staat juffrouw Regula Hahn, haar haar is op haar achterhoofd tot een slak in elkaar gedraaid, ze heft haar handen. Een ijle zoemtoon maakt de zaal aan het trillen, en na een teken happen achtenveertig meisjesmonden naar de lucht die naar pruimentaart en kippenmest en schoonmaakmiddelen ruikt. Ze hebben zichzelf opgedeeld in drie groepen van zestien monden. Een canon. Zestien meisjesstemmen zingen *C-a-f-f-e-e*.

Ach, wat mooi, lacht mijn vader, die zou ik nu wel kunnen gebruiken.

Trink nicht so viel Caffee, zingen zestien meisjes over hem heen, en meteen daarna zingen weer zestien meisjes hetzelfde en na hen nog eens zestien. *Nicht für Kinder ist der Türkentrank, schwächt die Nerven, macht dich blaß und krank*, zingen ze tegen ons, *sei doch kein Muselmann*, zingt de eerste groep, *der ihn nicht lassen kann*, gevolgd door de tweede met de *Türkentrank, blaß und krank*, opgejaagd door de derde groep, *so viel Caffee*.

En na de taarteterij, zegt juffrouw Kahl, maken we een ommetje over onze mooie Lüneburger Heide, hoewel, daarmee, en ze keurt de rode pumps van mijn moeder, daarmee, mevrouw Schiefer, zult u ons helaas, helaas niet kunnen begeleiden, jammer, jammer. Mijn moeder kan niet wandelen, dat ligt niet aan haar schoenen, ze wordt van wandelen na een paar minuten zenuwachtig, ze moet een doel hebben, en in een groep mensen moet ze iedereen inhalen, op de roltrap, op de stoep, ze moet snel en met kleine, springende pumpvoeten een voor haar geschikte afstand tot de haar volgende passen creëren. Vera's schoolvriendin Dörte Lückenhausen, die met de grote, zware borsten, heeft twee paar tennisschoenen bij zich, of mevrouw Schiefer een paar wil hebben. Mijn moeder glipt erin en iedereen bewondert haar kleine voeten, die samen in een van Dörtes schoenen zouden kunnen.

Op weg naar huis in de auto zonder Vera raken we Vera niet kwijt. Ze stond achter de poort, ze bleef maar naar ons zwaaien. Sindsdien houdt mijn moeder niet op met huilen. Ze steekt de ene na de andere sigaret op. Mijn vader rijdt en rookt en inhaleert door zijn neus. Hij probeert een grapje te maken, het lukt hem, mijn moeder lacht, de tranen springen uit haar gezicht, de sigaret valt uit haar mond. Labiel is haar huilen en haar lachen.

Die nacht kunnen we niet goed slapen. Mijn moeder heeft slaap nodig. Nog maar één dag tot de belastingcontrole. Onze deuren sluiten niet goed. Herinneringsflarden dringen naar binnen. Mijn vader is bang dat hij het niet haalt, dat ze hem arresteren, dat de louche zaken van zijn fabrikant Ketteler hem aangerekend zullen worden. Hij zit bij mijn bed, midden in de nacht. Ons kan niets gebeuren, Fania, zegt hij, de hoofdzaak is dat wij van elkaar houden. Hij geeft me een kus en staat op en kijkt vandaar naar me met zijn vriendelijke gezicht.

Ons kan veel gebeuren. Als ze komen, kan ons het een en ander gebeuren. Mijn moeder en ik hebben tot zojuist rijen getallen opgeteld, mijn vader zat in zijn fauteuil en dronk cognac, hij zuchtte dat hij ons niet kon helpen, hij kan nu eenmaal niet rekenen, zonder hem ging het beter, we zouden zijn rijen getallen moeten hebben narekenen, dubbel werk, zegt mijn moeder, masseer liever mijn schouders, Paul. Dat deed hij, toen deden zijn voeten pijn en moest hij gaan zitten, hij was duizelig geworden van de getallen en de snelheid waarmee wij rekenden, mijn moeder fluisterde getallen voor ons uit, drie, acht, zeventien, reken zachter, zei ik tegen mijn moeder, en ze giechelde. Wij tweeën samen op school. Het was laat, we waren bijna klaar, mijn moeder hoefde alleen de kleine kas nog een beetje te flatteren.

Ik lig in mijn bed, ik knik naar hem, mijn vader kan gerust zijn. Hij kijkt peinzend naar me en loopt met hangende schouders naar de keuken, ik hoor hem, hij snuit zijn neus, hij steekt het gas aan, hij wil melk warmen voor zichzelf en voor zijn vrouw een kop slaapthee maken, hij heeft de radio aangezet en de keukendeur opengelaten, een orkest begint te ruisen, piano-klanken mengen zich ertussen, bij mij in de kamer is het donker, hij komt heel zachtjes in het verlichte deurkozijn staan en leunt zijn hoofd tegen het houtwerk, hij zit helemaal in de muziek. Ik wil luisteren hoe de muziek voor hem speelt, ik wil haar begrijpen, hoe hij van haar houdt, ik wil me door haar naar hem laten leiden via de klanken.

Mooi, hè, fluistert hij vanuit het keukenlicht naar mij in het donker, hij heeft zijn hand opgetild, het orkest trekt zich terug, de piano waagt zich alleen naar voren, hij danst, hij verspeelt zich op een grasveld, wordt ingehaald door het orkest, loopt weg, keert terug, wordt opgejaagd, daar is hij, en de muziek, ze stroomt over me heen, ze rukt me weg, ik heb hem niet horen komen, hij zit bij mijn bed en buigt zich over me heen, hij legt zijn hoofd op mijn borst en huilt. Ik kan zijn haar niet strelen, mijn handen zijn onder hem begraven.

's Nachts loop ik door vreemde huizen, ik zoek iets, ik kan mijn weg niet vinden, ik begin me in te richten en voel me niet op mijn gemak, te veel vreemde meubels, de wanden zijn klam en poreus. Ik kan eigenlijk niet blijven, toch blijf ik, ik moet blijven. Mijn moeder zegt de naam van een vrouw, hij valt uit haar mond, een giftige vrucht, mijn vader lacht naar het pla-fond, hij schaamt zich, hij is naakt, naakt zit hij op de sofa in onze kamer, ik zie hem, men heeft hem van zijn kleren beroofd. Mijn moeder scheldt, haar woorden lopen langs mij door de hit-te van verborgen schuld. Haar stem omhult iets, ze hebben het voor mij begraven en groeien er samen overheen. Heeft hij haar bedrogen of heb ik hem bedrogen. Iets drukt zwaar op mij. De rode strik, ik had haar van hem weggenomen, stiekem wegge-nomen, en stiekem heb ik haar weer teruggelegd. Ik heb hem beroofd en hij weet er niets van, en hoe moet hij zich nu staan-de houden tussen de mannen.

Als ik wakker word hoor ik aan de andere kant van de gang de stemmen van mijn ouders en het bed naast me is leeg. Vera, wanneer halen we Vera. Ik spring uit bed, mijn blote voeten weten de weg, houten planken, drempel, linoleum, drempel, tapijt. Mijn moeder zit alweer achter het bureau, mijn vader loopt op en neer, op en neer.

Fania, vandaag ga je weer naar school, mijn moeder schuift een groen briefje van twintig over de tafel, hier, dat is voor je werk, ik heb het al geboekt onder extern kantoorwerk op honorariumbasis, ik heb zelfs een kwitantie van je gekregen.

Je hebt mijn handtekening vervalst, laat zien. Het is haar handschrift, maar het is niet mijn naam. Het bankbiljet stop ik in de zak van mijn rok. Als je me nodig hebt, het eerste uur hebben we alleen maar godsdienst.

In godsnaam, zegt ze, ga naar het tweede.

Er wordt aangebeld.

Ik ga al, zegt mijn vader, en mijn moeder staat op van het bureau, ze overziet de veranda als een podium waarop ze zo meteen moet optreden.

Belastingadviseur Friedreich Hasenpusch, klein, gedienstig en met tot blinkens toe versleten jasmouwen, en twee mannen van de belastingdienst staan opeens in onze woonkamer.

Voor de bedrijfscontrole, u weet wel, mevrouw Schiefer.

Mijn moeder lacht haar gastvrouwenglimlach. De mannen geven elkaar handen. Mijn vader trekt zich in de keuken terug. Ik zet koffie, mijn vrouw is veel beter van alles op de hoogte. De mannen lachen even, het interesseert hun helemaal niet, ze willen hun vingers in onze ordners stoppen.

Hier is het, mijn moeder leidt de mannen naar de veranda, hier is ons kantoor.

Oho, dan heeft u de mooiste plek in huis uitgezocht, zegt de ene belastingman. Hij is de oudste, hij laat de jongere zien hoe je gemeen kunt zijn en daarbij toch beleefd blijft. De voortuin ligt in de zon, de bladeren van de esdoorn beginnen te verkleuren.

Maar niet te groot, eerder bescheiden voor een kantoor, mengt belastingadviseur Hasenpusch zich in het gesprek, dat zijn nog geen dertig vierkante meter, en met lange meterpassen meet hij de raamkant af en daarna de korte kant bij de deur.

Mijn moeder staat bij de ingang van de veranda, ze strijkt met de hand over haar voorhoofd omhoog en over haar haar, ze tilt op haar achterhoofd met beide handen haar kapsel een beetje op en schudt haar lokken. Ze zal de hele dag met deze drie mannen doorbrengen, twee zijn er ouder dan zij, de jongste van de twee heren van de belastingdienst zal toen een schooljongen zijn geweest. Snel gaat ze de mannen voor naar het bureau. Mijn moeder heeft gisteravond wattenbolletjes in aceton gedrenkt en de donkerrode nagellak van haar vingernagels geveegd. Dat gaat te ver voor Duitse belastingambtenaren, zei ze toen ze daarmee bezig was. Haar lippen zijn geverfd.

's Middags belt juffrouw Kahl op, ze wil mijn moeder spreken, mijn moeder kan nu niet, zeg ik, het doet me plezier mijn lerares af te wijzen. Het gaat niet goed met mijn zusje, zegt ze. Ik roep mijn vader aan de telefoon. We halen Vera naar huis, zegt hij en hangt op. Vera is ziek van heimwee.

Waar is Mami. Dat is Vera's eerste zin. Ze staat met haar koffertje voor de poort.

Was het echt zo erg, vraagt mijn vader.

Ik weet het niet meer, zegt Vera, het is nu over.

Vera vraagt niet wat er bij mij gebeurd is. Alsof ik zonder haar niet heb bestaan. Ze vertelt over haar laatste nacht in Kakenstorf. Ze heeft op de kamer van juffrouw Kahl geslapen. Op de slaapzaal met de andere meisjes stikte ik bijna, Fania. En weet je hoe juffrouw Kahl haar nylonkousen uittrekt, ze rolt eerst de rechter- en daarna de linkerkous met naar buiten gestrekte vingers langs haar been naar beneden, en op het laatst ziet de kous eruit als een ronde worst op de grote teen van juffrouw Kahl, allebei de kousworsten legt juffrouw Kahl naast haar schoenen, de linkerworst bij de linkerschoen, de rechter bij de rechter, en 's ochtends stapt ze weer in de worsten en rolt de kousen met gestrekte vingers omhoog. En weet je waarom ze dat zo doet, juffrouw Kahl doet dat zo vanwege de naad, zodat de naad achterop haar been volstrekt recht zit. Niets is zo vreselijk, zei ze, als een scheef zittende naad, dat ziet er slordig uit. En weet je wat, de naad zat desondanks scheef.

Mijn zusje blijft de komende dagen thuis, mijn vader blijft ook de komende dagen thuis, en mijn moeder vertelt Vera alles, en Vera slokt alles in zich op.

Ik wil weg, naar buiten. Ik ga naar Sirena, zeg ik en blijf zitten en wacht wat er gebeurt. Niets gebeurt er. Of ik voor het avondeten terug wil zijn.

Mag ik een sleutel hebben, ik wil een huissleutel meenemen. Mijn grootmoeder wil haar sleutel geven, ze heeft hem in haar handtas, en haar handtas heeft ze altijd bij zich, daar zit haar identiteitsbewijs in en haar portemonnee en een zakdoek en een flacon 4711 en haar huissleutel. Als mijn grootmoeder van haar kamer naar onze woonkamer loopt, heeft ze haar handtas met alles erin bij zich.

We moeten eindelijk eens een eigen sleutel voor Fania laten maken, zegt mijn vader, en waarom heeft ze er niet allang een, zegt mijn moeder, ze laat haar blik over me gaan, ze is tevreden over me, ze is trots op haar grote dochter, terwijl ik haar grote dochter helemaal niet ben, haar grote dochter is mijn zus, die in elkaar gedoken op haar stoel zit. Mijn grootmoeder maakt haar handtas open en haalt haar sleutelbos eruit. Ik pak hem aan en zij geeft hem mij graag. Ze had de sleutel helemaal niet nodig, zei ze, ze kon die van Alma nemen als ze een huissleutel nodig had.

Mijn sleutel, mijn moeder is geschrokken, die heb ik zelf nodig.

Ik ben toch altijd thuis, zegt mijn grootmoeder, ik ben toch altijd hier, ik ga toch nauwelijks weg, ik hoef toch geen sleutel meer.

Heb jij eigenlijk al een eigen sleutel, mijn moeder kijkt naar Vera. Nee, Vera schudt van nee, waarom zou ik een eigen sleutel moeten hebben, ik verlies hem alleen maar, jij doet toch voor me open. Mijn vader heeft een eigen sleutel, die heeft hij nodig, hij rijdt weg en komt weer terug, zijn sleutel hangt aan een dunne zilveren ketting, waaraan zijn autosleutel naast een kleinere sleutel voor de kofferbak en een leren zakje hangt, daarin zit Vera's eerste tand, en omdat mijn eerste tand is kwijtgeraakt ligt Vera's eerste tand ingebed in een roodblonde babylok van mij, mijn vader is een gelovige bijgelovige.

Ik sta op van de tafel, ik pak de sleutel van mijn grootmoeder. Voordat ik de woonkamerdeur achter me dichttrek kijk ik naar mijn grote zus. Mijn vader geeft haar een sigaret. Of ik intussen met roken ben begonnen, wil Vera weten en ze keurt me. Nee, zeg ik, en mijn moeder is verontwaardigd, hoezo moet Fania al roken. Vera stopt haar sigaret tussen haar lippen, ze zuigt eraan. Ik draai me om. Ik sluit de deur. Ik laat mijn familie achter.

Ik was altijd degene die als eerste had kunnen vertrekken.

Maar waar nu heen, naar Sirena kan ik niet, op de oprit kan ik niet blijven staan, vandaag is er geen bijles, waar kan ik nog heen, ik ben bang om weg te gaan, ik ben bang alleen in een tram te stappen, alleen de stad in te rijden, nog nooit heb ik dat gedaan, ze zullen aan me zien dat ik daar niet hoor, en ik kan de weg terug niet vinden, ze zullen me moeten ophalen, ik ken niemand, ik was nog nooit alleen bij iemand, behalve bij Ester Fingerhut en Sirena Bechler, en de ene woont daar waar de andere woonde en niet meer woont. Ik ga de weg die ik ken naar dat huis aan het einde van de oprit, dat gaat, ik ga al heel goed, met mij gaan vreugde en vrees, ze halen me in. Ik hoop dat ze er is. Ik wil naar haar toe. Ik bel aan. Ze doet open, ze doet de deur voor me open. Ze is er. Sirena is er niet.

Kom binnen, zegt Thea Bechler, ik ben alleen en verveel me.

Haar man had hier kunnen zijn, aan die man wil ik helemaal niet denken, ik houd haar hand vast en zij houdt mijn hand vast, we moeten onze handen van elkaar scheiden, zodat ik bij haar binnen kan komen, onze handen strelen elkaar al scheidende en ze laat me voorgaan naar de kamer met de vleugel. Haar passen komen achter me aan, hoe zie ik er eigenlijk van achteren uit, wanneer moet je weg, vraagt ze, ik moet lachen, ze weet al goed hoe het zit, ik laat haar mijn huissleutel zien.

Gefeliciteerd, zegt ze.

Tot vanavond acht uur kan ik blijven.

Waarmee zullen we beginnen, muziek of voorlezen, haar hand ligt al op de vleugel.

Voorlezen, zeg ik. Niet muziek. Ze moet nu niet piano spelen. Ik wil er niet bij zitten en kijken naar wat zij met de piano doet en wat de piano met haar doet, en ik zit erbij en kijk en verdrink in de muziek van mijn verlangen.

Kom dan maar.

We lopen door een gang, aan beide muren hangen schilderijen, kleuren kan ik herkennen, meer niet, misschien moet ik bij elk schilderij blijven staan en het me laten uitleggen, misschien zou ik daarmee een goede indruk maken, zouden ze waardevol zijn, dat vraag ik maar niet, dan denkt ze misschien dat ik aan geld denk, ik denk niet aan geld, ik denk aan de man, ik moet weten waar haar man is, ik moet weten of hij op weg hierheen is. Ze doet de deur naar een kamer open, hier slaap ik, zegt ze, hier is het boek waaruit ze me wil voorlezen. Fania, ga zitten, ga maar zitten.

Ik moet gaan zitten, waar moet ik gaan zitten, daar liggen kussens op de grond, ik heb een blauwe wollen rok aan, ik kies een rond donkerrood fluwelen kussen, de blauwe wollen rok past goed bij het rode fluweel, bovendien ziet het kussen er stevig uit, niet zo zacht als de andere, ik wil niet wegzinken, ik had een lange rok moeten aantrekken, en het fluwelen kussen is zachter dan ik dacht, de blauwe wollen rok staat me goed, zegt mijn moeder, met de blauwe trui erop lijkt het alsof ik een wollen jurk draag, heel mooi, Fania, echt vrouwelijk, ik trek een gezicht en mijn moeder corrigeert zichzelf, ik bedoel niet vrouwelijk, ik bedoel sportief, echt sportief, ik trek weer een gezicht, echt sportief wil ik er ook niet uitzien, ik wil er helemaal niet zo uitzien zoals mijn moeder het goedvindt, ik had dit niet moeten aantrekken, hoe moet ik mijn benen houden, voor me uitgestrekt maken ze me plomp, als ik mijn knieëen optrek kan Thea Bechler bij me naar binnen kijken, misschien ga ik nog even snel naar huis en kleed me om, ik zou iets vergeten kunnen zijn, maar wat, ik moet iemand opbellen, dat kan ik ook hier doen, ik heb het nummer niet bij me, ze heeft een telefoonboek.

Ik heb het lang niet meer gelezen, je kent het vast niet, neem ik aan.

Ze staat op een laddertje voor een tot het plafond reikende boekenkast, ze heeft een stukgelezen boek in de hand.

Misschien wel, zeg ik.

Je kent het, vraagt ze ongelovig naar mij omlaag.

Ze moet niet denken dat ik een klein meisje ben, ik zou het boek kunnen kennen, tenslotte heeft mijn zusje me heel veel voorgelezen, romans en toneelstukken, misschien zelfs dit boek, ze houdt het in haar hand, ze bladert erin, terwijl mijn blikken langs haar benen omhoog glijden.

Hoe heet het, vraag ik.

Verklap ik niet, ze drukt het boek tegen haar borst, zo kan ik de titel niet lezen, ik kan helemaal niets lezen, ik zie haar en ik zie het boek, ze drukt het tegen haar borst, wat heeft ze eigenlijk aan, niet de rode nachtjurk, die eigenlijk een huisjapon is, ze heeft een donkergroene lange broek aan en een donkergroene trui met een col, ze is dichtgebonden tot boven en heeft een broek aan en ik niet.

Zit jij daar beneden gemakkelijk, Fania, anders ga je daar zitten, ze wijst op een meubelstuk dat ik nog nooit heb gezien, een kruising tussen een bed en een sofa, een bank waarvan de halve achterkant en een armleuning zijn afgehaald, het ziet eruit als een langgerekte fauteuil.

Dat is mijn chaise longue.

Ze volgt me met haar blikken, ze observeert mijn blikken. Of ik dorst heb, kan zijn, heb ik dorst, misschien, ik moet het mezelf gemakkelijk maken, hoe doe ik dat, ze is zo meteen terug, zegt ze, ze gaat weg, ze sluit de deur achter zich en mij buiten. Ik blijf op het kussen zitten en volg haar passen, die moeten haar eerst heel ver weg hebben gedragen voordat ik uit dit kussen omhoog durf te komen. Waar ga ik zitten, ik wil een plek voor mezelf hebben gevonden voordat zij terugkomt, het moet eruitzien alsof ik daar waar ik zou kunnen zitten op de een of andere manier altijd al heb gezeten, maar waar, ik wil niet blijven staan. Misschien toch op de sofa, die bijna een bed is, daar zal ze gaan zitten, haar passen komen eraan, ik spring naar de boekenkast, ik sta met mijn rug naar de deur en spel met een schuin hoofd de boektitels en de namen van schrijvers, allemaal mannen, achternamen zonder voornaam zijn altijd allemaal mannen. Ik doe alsof ik haar niet hoor binnenkomen.

Help eens even.

Ze heeft mijn hulp nodig. Ze houdt een zilveren dienblad

vast, haar handen komen uit twee donkergroene zijden mouwen, dat is toch een donkergroene zijden jas, heb ik me vergist,
had ze helemaal geen broek aan, is ze niet steeds aangekleed alsof ze alleen maar tussen bed en piano heen en weer loopt. Ze
is een in de steek gelaten vrouw. Maar nu ben ik er.

Ik had het daarstraks zo koud, zegt ze, nu niet meer, sinds jij
er bent. Pak eens aan. Gerookte forel met mierikswortel en room
en toast en een paar petitfours, en dat is parmezaanse kaas, Wilhelm had gisteren hier een kleine receptie.

Ik pak het dienblad aan.

Wilhelm is mijn man, Sirena's vader, dat weet je, in elk geval is dit van gisteren, en ik heb vandaag nog niets gegeten.

Daar is hij, zo dichtbij, de man en zijn kleine receptie en de
vele gasten, mooie vrouwen met hun mannen met hoge posi-
ties, Sirena heeft me verteld dat hij niet haar vader is, niet haar
echte vader. Sirena's moeder gaat zitten, ze klopt met haar hand
op de bekleding, of ik bij haar wil komen zitten. Ik houd het
dienblad vast, ik ga met het dienblad in mijn hand naast haar
zitten, ze pakt een klein taartje met suikerparels en bijt erin, en
wat doe ik met het dienblad.

Geef maar. Ze zet alles op een klein rond tafeltje. Als je geen
wijn wilt drinken, Fania, zegt ze en neemt een slok wijn, dan
heb ik hier tonic.

Ik neem tonic, ik neem niets te eten, ik kan niet naast haar
mijn mond opendoen en iets afbijten en kauwen en slikken en
verteren.

Ze heeft honger. Mij smaakt het, zegt ze, omdat jij er bent,
misschien eet je straks iets samen met mij, we hebben de tijd,
Wilhelm is drie dagen in Bonn.

Zo lang blijft haar man weg, zo lang kan ik niet blijven, maar
het zou mooi zijn, denk ik en kijk haar aan.

Ze sprak verder. Over Sirena.

Die slaapt vannacht bij een vriendin, ik weet het, Fania, ze is
bij haar vriend, ik vraag niet, ze wil niet bevraagd worden, en
ik vind dat ze oud genoeg is.

Sirena is net zo oud als ik, dan ben ik ook oud genoeg. Sirena is bij Rüdiger, Thea's man is bij de oude nazi's in Bonn. Ze

zitten er weer overal bij, zegt mijn moeder, en mijn vader zegt, nog steeds. Ik kijk naar Thea's mond. Ik wil deze vrouw aanraken. Ze kauwt en praat, haar lippen zijn nat en vreemd. Haar tanden trekken aan de forelfilet. Dat vindt ze niet erg in mijn aanwezigheid. Ik proef van haar wijn. De vrouwen in Vera's verhalen vertellen dat de mannen erg wilde dingen met hen doen. Wat eigenlijk, vroeg ik Vera, en zij zei, ze tillen de vrouwen op, ze gooien zich op hen, ze sleuren de vrouwen mee, in elk geval staat dat daar zo. En weg zijn de vrouwen. Vera heeft me een paar passages laten zien. In de boeken.

Lees voor. Met mijn verlangen loop ik achter haar aan, tot onder haar groene zijde. Daaronder bewegen haar borsten. Lees voor. Ik zeg haar naam niet, ik kan haar naam niet zeggen, ik zou haar naam graag willen zeggen. Ik durf haar niet in mijn mond te nemen, en zij trekt de forel door haar tanden. Ik zeg niet eens jij. Ik heb geen idee van mezelf. Hoe zal ik zijn, hoe kan ik bestaan. En ze dept haar mond met haar servet en stuurt daarbij haar ogen tot in mijn buik. Wat een mooie schrik.

Ze pakt het boek, ze glijdt terug op de sofa die een bed is en slaat het in het midden open. Ze kijkt naar mij.

Zit je gemakkelijk.

Ik lees de titel van het boek. *Wahlverwandtschaften.* Dat ken ik. Ik zou wel eens willen weten hoe ik er nu bij zit. Ongetwijfeld vreselijk. Alsof ik op bezoek ben. Ik zit niet gemakkelijk, nee. Ik wil naar haar toe. Naar haar. Haar borsten. Naar haar.

Kom hier bij mij liggen.

Ze maakt plaats voor me, ze gaat tegen de rugleuning aan zitten.

Als ik lig, moet ik mijn bril afdoen.

Doe hem maar af.

Als ik hem afdoe, kan ik niet zo goed zien.

Dan moet je dichterbij komen.

Ik ga, met mijn gezicht naar haar toe, op mijn zij liggen, zo dichtbij dat ik niet achterover van het sofabed val, zo dichtbij dat een smalle plek opwindende vreemdheid nog ruimte heeft tussen ons. Mijn hoofd leg ik naast haar schouder, onder haar uitgestrekte arm, haar vreemde arm, wit en zacht in groene zijde, haar rode haar kietelt op mijn voorhoofd, zo dicht ben ik bij haar, zo lag ik nog nooit bij een vreemde vrouw. Ze haalt adem, haar borst gaat omhoog, ze likt met de punt van haar tong over haar lippen en ik bekijk haar oorlel.

De eerste naam die ze voorleest is de naam van een man die weg moet, hij blijft, hij staat bij de slaapkamerdeur van zijn vrouw, ik lig erachter, ik heb kippenvel en zij streelt me. Hij luistert. Mijn diertje, zegt ze en leest verder. Binnen huilt een vrouw, zijn vrouw, ze praat met haar kamenier. De man bij de dichte deur hoort zijn vrouw naar een jong meisje vragen, hij hoort de naam, Ottilie heet ze, en hij krijgt een schok, naar haar wil hij toe, niet naar zijn vrouw, en hij kan niet naar haar toe omdat hij niet mag, hij luistert naar zijn vrouw, ze stuurt haar kamenier weg, ik wil alleen naar bed, hoor ik Thea's stem boven me, alleen, alleen met mezelf. Hij klopt. Zij hoort niets, ze loopt heen en weer door haar gedachten, ze doet zoveel passen tussen de muur en haar bed heen en weer, het aantal passen zou voldoende zijn om de man naar haar toe te brengen naar wie zij verlangt. Niet haar man. Die klopt weer, en zij hoort het. Ze hoopt dat het de ander is, de vreemde vriend, niet haar eigen man. Is er iemand? Ze doet open. Zoals hij binnenglijdt in de kamer van zijn vrouw, zo glijdt uit de groene zijde Thea's rechterborst. Ik ben het. En ik bekijk haar. Zo vreemd nog doet ze me vertrouwd aan, zij ligt thuis op haar sofabed en hangt mij tegemoet, ze ademt haar zware huidgeur rond mijn neus. Ik neem haar tussen mijn lippen. Haar eigenares neuriet zachtjes en leest verder, ze leest over een vrouw die in haar fauteuil achteruitdeinst om zich te onttrekken aan de blik die ze veroorzaakt, ze is naakt onder haar lichte nachtkleding, en de blik volgt haar, pakt haar voet vast, kust haar schoen, de voet in de schoen, de voet zonder schoen. Jij. Dat is voor mij. Dat stuurt ze in mijn richting. Haar jij. Haar lippen op mijn haar, haar hand, haar zachte druk. Ze wil steviger. Ik wil, ze moet nog een keer willen. Dat zij mij wil. Haar hand duwt mij in haar richting. Ik ben er. Ze houdt het boek een beetje hoger, ongemakkelijker voor haar, zodat ik het gemakkelijk heb om haar gemakkelijk te vin den. En ze leest verder. De vrouw en de man, ze bedriegen elkaar en genieten ongeremd van hun lust, hoor ik. Des te vrijer, omdat het hart er geen deel aan heeft. Zij neemt hem voor de ander, hij denkt aan het meisje, dat ben ik bij haar, ik ben het meisje, het meisje is bij haar. Hij heeft het meisje voor zichzelf laten komen, en nu is ze bij haar. Ik ben haar meisje. Een meisje met zijn verlangens. Zij leest en ik neem, ik zuig aan haar borst, ze leest nog steeds, de knop is rozig, net het kleine Franse taartje dat ze voor me heeft overgelaten. Ze kreunt en ze leest verder. We kussen elkaar niet. Ze weet niets van mij. Ik weet van haar. Ze is niet joods, de jodin ben ik, dat weet ze niet. Ik wil haar verleiden, ik ben de jodin die verleidt, ik wil haar kussen. En zij wil mij kussen. Ik ben bang. Ik ontwijk haar grijsgroene ogen. Ze ziet mij. Waar is mijn lichaam. Ze gaat goed liggen voor mij en voor zichzelf, alsof ze slaapt, helemaal alleen en zonder mij. Ik ben een diertje in haar nacht, ik snuffel mezelf door nissen en hoeken. Het ruikt goed bij haar, naar gerookte forel, zeg ik. Ze heeft het boek laten zakken en heeft me gevolgd met gesloten ogen. Ze leidt mijn hand. Ik ga binnen. Mijn oor op haar buik stoomt en gloeit, alles valt van me af wat wollen rok is en wollen trui. Mijn haar is nat, ik stroom over, ik druppel weg. Ze pakt me bij mijn kladden. De pijn. Ik pers me tegen haar aan, alles zwelt op. Ze overvalt me, vol angst en vol lust, haar borsten perst ze in me, ik lig op mijn rug, mijn benen zijn gespreid, ik schaam me niet, ik wil wat zij geeft. Zij doet en ik ben begerig, zij voedt me en ik wil hebben. Ik wilde hier in dit huis met Esther spelen om dicht bij haar moeder te zijn, ik wilde van haar alles horen wat ze verzweeg, waarin mijn moeder in haar vele woorden begraven is, ik ging op haar schoot zitten en perste me tegen haar zware borsten, ze ademde door mij de klanken in die Esther voor ons speelde, voor mij, om haar moeder te voeden. Geef me. Ik wil van jou. Jij komt ergens anders vandaan. Zij geeft aan mij. Ze geeft zichzelf. Ik stroom over, en zij is daar, haar gezicht, de ogen van een vrouw, hoe het met me gaat, ach, goed, wil ik zeggen, ze wil me kussen, kan ik nog kussen, kan ik nog gekust worden, ze kust mij, en ik kan nog ademen.

Mijn kussende mond was nooit van mij, denk ik.

Denk niet, zegt ze. Langs mijn nek lopen haar tranen.

Mijn blauwe wollen trui en mijn blauwe wollen rok zweven door de schemering naar huis. Het jonge meisje erin ben ik, Fania Schiefer, gevuld met innerlijk gejuich. Ik heb een vrouw gevonden.

's Avonds in bed vertelt Vera van de toneelschool, waar ze wil gaan praten. Onze ouders zijn uit. We hebben weliswaar geen geld, maar er is iets te vieren. De bedrijfscontrole is achter de rug, de hoogte van de nabetaling weten we nog niet, meneer Hasenpusch denkt dat het niet veel zal zijn, en dat vieren mijn vader en mijn moeder met de homokunstenaars in Bar Celona bij Chérie Grell. Het is donker in de kamer. Naast mij ligt Vera. Ze heeft uit *Faust* de monoloog en het gebed van Gretchen vanbuiten geleerd en geoefend, of ik het eens horen wil. Ja. Ze gaat rechtop zitten. Ik rek me uit en leg mijn hoofd op mijn gevouwen handen. Thea heb ik bij me. Vera fluistert, ze huilt en ze gilt, ik krijg koude rillingen, het licht gaat aan, mijn grootmoeder staat in de keukendeur, ze is in haar nachthemd en wil weten wat er gebeurd is.

Helemaal niets.

Ze was zich doodgeschrokken, en dat midden in de nacht.

Dan was ik dus behoorlijk goed, zegt Vera, en ze doet het allemaal nog eens over voor ons. Mijn grootmoeder en ik, we zitten op de rand van het bed en zijn ontroerd. Vera moet bij het toneel, en wij zullen op de eerste rij zitten en trots op haar zijn.

In de duisternis van onze kamer moet ik Vera beloven haar te steunen, ze wil morgen onze ouders vragen of ze naar de toneelschool mag. Over het plafond en langs de muren strijken de lichten van de koplampen van de auto. De banden knerpen door de achtertuin. Onze bewakers komen thuis, hun is niets overkomen, ze zijn gezond teruggekomen, we zijn gerustgesteld. We zijn bijna zoals zij.

's Nachts word ik wakker met een heldere geest. Ik heb iets gelezen dat ik had opgeschreven. In mijn slaap. Ik herinner me elk woord. Ik kon zonder angst schrijven. Vera slaapt. Bij het licht van mijn zaklamp vind ik een potlood, ik vind geen papier, op de band van een boek noteer ik wat ik diep in de nacht had geschreven: er zijn ogenblikken waarin ik voor mezelf, de mij meest vertrouwde, een volstrekt vreemde ben. Dat zijn ogenblikken van levenloosheid en zonder eigen gedachten. Ik was zojuist nog bij mezelf, en opeens ben ik weg en ben ik ergens waar ik mezelf niet herken, alles om me heen is gek, en alleen ik, die er niet meer ben, weet het.

I I

ZE ZOUDEN DE INGANG WEL EEN BEETJE MEER VRIJ KUNNEN maken, foetert mijn moeder, je kunt er nauwelijks nog door. Gebukt en met gespreide benen krabt ze met een harkje natte bladeren van het graf, haar pumps hebben roodbruine bladeren opgespiest, ze schept orde met handen en voeten. We staan erbij en kijken naar haar. We zijn omgeven door dicht struikgewas en oeroude hoge bomen, 5729 jaar telt sinds een paar dagen de joodse kalender, het is vlak voor Jom Kieppoer, Verzoendag.

Laat maar, Alma, zegt mijn grootmoeder. Haar ouders liggen hier. Laat maar, Hedwig, zegt mijn vader, hij is verontrust over zijn vrouw. Mijn grootmoeder is ontevreden over de onrust die mijn moeder veroorzaakt, een beetje de afgebroken takken verwijderen, een beetje de bladeren weghalen, meer niet, meer is overdreven. Ze heeft haar handen voor haar buik gevouwen en beweegt haar gesloten lippen naar voren en naar achteren. Een teken van haar ontevredenheid. Mijn vader sluipt een paar passen opzij, niet te ver weg, en vindt een veilige standplaats. Vandaar hoor ik hem met veel geluid de lucht inademen. Het ruikt hier zo lekker naar aarde, zegt hij, de lucht is hier zo helder, de mooie oude bomen, hij wil de joodse begraafplaats een paar complimenten maken. Het krabben houdt niet op. Was jouw vader eigenlijk de jongste, vraagt hij. Mijn grootmoeder knikt, ze kan niets zeggen, ze kan de blik niet van het graf van haar ouders afwenden waarop haar dochter driftig in de weer is, daar liggen Marianne en Max Wasserstrahl zaliger gedachtenis naast elkaar gebed tot hun opstanding, tot de grote afrekening, Marianne eerst, hij kwam na. Allebei nog op tijd, voordat het begon in Duitsland. Mijn moeder schrobt verbeten de steen, het mos moet weg. Maar in het huis van de eeuwige rust wordt niet geschuurd en gepoetst.

Ik weet dat ik jullie op de zenuwen werk, zegt ze met een geknakte stem vanonderen ondersteboven door haar gespreide benen, haar mond is boven haar ogen, hij klapt open en dicht, in haar haren zijn bladeren blijven hangen. Ginds is alles schoon, hapt haar onderstebovenmond. Wij komen van ginds.

Ginds zijn er verkeersborden en enorme afvalkorven, er zijn begraafplaatstuinmannen met dienstpetten, ginds is het druk, mensen, auto's, kransen, bloemen. Dat allemaal zegt ze eigenlijk. En het crematorium. Dat laat ze ons telkens zien als we ginds zijn. De donkerrode, smalle schoorsteen steekt de hemel in als een kerktoren. De verbrandingsoven binnen is hopelijk niet meer dezelfde, zegt ze. Ginds liggen de ouders en de grootouders van mijn vader, ginds zal mijn vader eens liggen, in het graf van zijn familie, en mijn joodse moeder zal bij hem willen liggen, ze zal ook na het leven niet van hem scheiden. Hier, bij haar grootouders, mag hij niet liggen, hij is geen jood. Zij mag naar ginds, wat dat betreft zijn ze ginds aardiger, daar willen ze geld voor hebben, anders maken ze de grafsteen kapot en leggen vreemde mensen tussen de eigen botten. Dit kleine stuk grond hier, in het huis van de eeuwige rust, blijft van ons in de eeuwigheid en eeuwigheid der eeuwigheden.

Het is genoeg, Alma, mijn vader aait over het achterste van zijn vrouw, we willen naar huis. Ze komt overeind en tuit haar lippen, ze wil gekust worden, hij doet het en heeft op zijn lippen haar lippenstift, ze legt haar hoofd tegen zijn schouder en bekijkt haar werk. Het graf van haar grootouders is vrij van bladeren. Of we al stenen hebben gevonden. Onze goj heeft een steentje bij zich en nog een voor zijn vrouw, wij moeten gaan zoeken. Mijn grootmoeder, de kleine, oude dochter met de kromme benen, legt twee steentjes op de grafsteen, een voor de mamme en een voor de tatte.

Ik heb honger, zegt mijn moeder. Gebukt lopen we achter elkaar onder dichte struiken over een smal pad naar de brede weg. Grote oude stenen wankelen, ze worden in hun val tegengehouden en houden zich peinzend vast. Vera en ik blijven achter. Mijn ouders zijn weg uit het vergroeide kreupelhout, mijn grootmoeder, een paar passen van ons verwijderd, is met haar kantzakdoekje bezig, het ruikt naar parfum en rottende bladeren. Ik ga met gespreide benen ruggelings naar het graf van mijn overgrootouders staan en grijp met beide handen in de hoop bladeren, Vera hoest, natte bladeren dwarrelen op en over het graf van Marianne en Max Wasserstrahl, donkere druppels vallen neer op onze voorouders, voor een deel kwamen ze aangesjouwd uit het oosten met kromme benen en diepliggende ogen, de anderen kwamen uit het zuidwesten van Europa voorgereden, uit Portugal, in prachtige koetsen, waardig en vroom, gehuld in golvende zijde en zware geuren. Gouden dukaten, specerijen, muziek, edelstenen, onderweg raakten ze alles kwijt, steen voor steen. Elke steen is een gedachte, zegt mijn grootmoeder.

Op de brede weg komt een jonge vrouw ons tegemoet met een oude man aan haar arm. We groeten. Zij groeten. We zijn maar met zo weinig en kennen elkaar niet, dan groet je. Voorin, in de buurt van de ingang, staat een urn op een sokkel, daarachter een grote, lichte plaquette van zandsteen met Hebreeuwse letters, de enige urn op deze begraafplaats, dode joden worden niet verbrand, in de urn zit as uit Auschwitz, bij de grote afrekening zal er geteld worden, debet en credit en elk botje. Mijn moeder wil er snel langslopen, mijn vader houdt haar tegen, hij heeft nog een steentje bij zich en legt het daar, op de rand van de pot met het deksel met de as erin. Ik bekijk hem. Ik hoor bij hem, en hij hoort niet bij ons. Soms ben ik woedend op de dode joden, dat ze allemaal weg zijn.

En hier liggen de Adolfs en de Siegfrieds, zegt mijn moeder. Na de Auschwitzurn, richting uitgang, wijst ze ons op de dode joodse Adolfs en Siegfrieds die voor de Duitse keizer en het

Duitse vaderland de Eerste Wereldoorlog in getrokken waren. Dat neemt ze hun persoonlijk kwalijk. Op de gedenkzuil voor de joodse soldaten lees ik in het voorbijgaan twee keer Adolf, drie keer Siegfried, één keer Wilhelm, meerdere keren Jakob, Josef, Moritz.

Ze wilden gewoon goede Duitsers zijn, zegt Vera.

Mesjogge waren ze, mijn moeder geeft haar moeder een arm. Mijn vader haalt zijn zakdoek van zijn hoofd. We glippen naar buiten door de kleine ijzeren poort, ertegenover staan eengezinswoningen met tuintjes. En hier, mijn moeder wijst langs het hek van de begraafplaats, hier stonden vroeger de bedelaars, ze dempt haar stem vanwege de eengezinswoningen, opa gaf iedereen iets, oj wei, ik ga er binnenkort bij staan, zei hij, weet je nog, Mutti. Natuurlijk weet Hedwig Glitzer het nog, het was haar vader, tsss, meer zegt ze niet, ze heeft het verhaal aan haar vaderloze dochter overgedaan. Vera en ik weten ook nog van de bedelaars, zo vaak hebben we hier op deze plek over hen gehoord, alsof we erbij zijn geweest.

En opeens is het Kerstmis en bevindt mijn moeder zich in competitie met de Duitse christenheid, met alle Duitse christelijke moeders. Kerstmis is de grootste onzin, maar wie heeft er nou iets tegen onzin als onzin zo mooi is als Kerstmis kan zijn. Dit feest, dat moet je de christenen nageven, is een goed idee, het zou een joods idee kunnen zijn, maar het is het niet, we vieren desondanks Kerstmis, en Alma Schiefer maakt de mooiste Kerstmis, en elk jaar nog mooier. Dat kost geld.

Mijn vader legt de bankbiljetten aan haar voeten.

Hij geeft alles uit, waarschuwt mijn grootmoeder haar dochter, maar als hij het aan mij geeft, zegt ze, en hij lacht en trekt zijn wenkbrauwen op en heft zijn handen en zegt, nebbisj. Soms kan hij heel aardig joods doen.

Van het allergrootste belang is het eten, vanzelfsprekend gebraden gans, vanzelfsprekend twee ganzen, de tweede voor ganzenragout, drie zou eigenlijk ook kunnen, twee in elk geval, en de derde, nou, we zullen zien, en gevulde ganzenhals op barches op kerstavond, of willen we liever gekookte karper, en de boom, heel groot moet hij zijn, Paul, jij zorgt voor de boom, ik vertrouw erop, ons plafond is drievijftig hoog, van onderen bijsnijden kunnen we altijd nog, grijns niet zo, waarom grijnst Papi, vanwege van onderen bijsnijden, was Jezus eigenlijk besneden, hoe zou ik dat moeten weten, vraag het aan zijn moeder Maria, ze hangen er altijd een doek voor.

Wat moeten we Mami eigenlijk geven, kreunt Vera.

Ik heb al iets.

Je bent gemeen. Wat ik Papi geef, verklap ik je niet.

Vóór Kerstmis is Vera in grote financiële nood, de bedoeling is dat op één dag iedereen een cadeau krijgt en zij is weer eens platzak, hoewel ze in het Thalia-theater als figurant optreedt en daar geld voor krijgt, gage heet dat, dat is Frans, want het is het loon van kunstenaars, maar het is wel geld, en waar heeft ze het gelaten, tien voorstellingen in december. In het tweede bedrijf zit ze op het toneel aan een tafeltje, dan komt er een kelner, hij is de zoon van de theaterintendant, dat weten de toeschouwers in het theater, en de intendant is een oude jood, ook dat zouden de toeschouwers nog moeten weten als ze het niet liever vergeten zijn. We weten niet hoe hij het overleefd heeft, ondergedoken waarschijnlijk, het is onbekend, en zijn zoon is een halfjood, dat is een nazi-woord, hoe moet je dat zeggen, zijn moeder is een christen, mijn grootmoeder weet het van tante Ruchla, de moeder van de zoon van de intendant is nu overgegaan, in de Gemeente hebben ze het erover gehad, joods is ze voor de oude joden desondanks niet, wat heeft die nou overleefd, zei Ruchla.

Op het podium van het Thalia-theater tovert de halfjoodse zoon van de intendant in de rol van kelner drie balletjes uit het decolleté van mijn zus. Of ze ze daar al heeft zitten als ze opkomt, vraag ik, en Vera piept, net zo piept ze op het toneel, hij tovert de ballen uit haar dcolleté te voorschijn en zij piept, en wel op het goede moment, dat is de kunst, en dat betekent meestal gelach bij het publiek. Vera hangt in de vitrine, ze hebben een foto van de scène gemaakt, mijn moeder vertelt het aan iedereen zodat iedereen Vera in de vitrine kan gaan bekijken als ze de stad ingaat om kerstinkopen te doen, Vera en naast haar de halfjoodse zoon van de intendant. Dat zou toch wat zijn, fluisterde mijn grootmoeder tegen mijn moeder, in het Theresienstadtkransje praten ze er ook al over, Lotti, Betty en Olga waren al twee keer gaan kijken.

Waarom versier je niet vier vrijkaartjes voor een voorstelling met jou, stel ik Vera voor. Ze overlaadt me met kussen. Je bent een genie, Fania, ik maak voor iedereen een tegoedbon, voor jou een hele mooie.

Vera is onder de pannen, die ben ik kwijt, goed zo, ik heb mijn hoofd voor mezelf nodig. Ik wil Thea iets geven, voor haar is Kerstmis ongetwijfeld belangrijk, ze is katholiek, maar wat geef ik haar, en als ik weet wat, hoe moet ik het te pakken krijgen, het zal iets zijn dat je alleen in de stad kunt krijgen, en ik mag niet alleen naar de stad. Ik zou Vera graag vragen, zij mag naar de stad, ze moet naar het theater voor de repetities. Ik kan Vera niet om hulp vragen. Niemand mag ervan weten, niemand mag er ooit iets over te weten komen, het zou onvoorstelbaar zijn, een catastrofe, het zou haar einde zijn en het mijne, hoe meer ik erover nadenk, des te meer verdwijnt mijn angst, oj, dat zou ons einde zijn, oj, als dat ontdekt zou worden, dat van ons. In dit soort gedachten weet ik de weg.

Ik wil Thea kammen geven, misschien groene of blauwe bij haar rode haar, ik vind het leuk als ze haar haar opsteekt, de korte haartjes achter in haar nek, die niet in te tomen zijn, die krullend aan het licht komen. Ik bel tante Ruchla op, Carola moet me helpen, ze hebben vast zulke kammen in Israël, ze zal een gunstige prijs voor me rekenen, ik ga bij tante Ruchla op bezoek, wat wil je eigenlijk bij tante Ruchla, dat is het goede van Kerstmis, Kerstmis is voor alles een reden. Ik trek een geheimzinnig gezicht.

Maar wees voorzichtig, zegt mijn moeder, dat moet er nog bij komen, vlak vóór de kerst, dat jou iets overkomt, weet je de weg wel.

Nu weet ik hem niet meer.

Je gaat met de tram, je neemt lijn een, die daar vertrekt waar je met je rug naar de Deutsche Bank staat, weet je waar ik bedoel.

Ja. Als ik met mijn gezicht naar Herta Tolle sta.

Niet helemaal, visvrouw Tolle is een beetje verder, wie is daar tegenover, wacht eens, je loopt door de Böttcherstraße, ertegenover is eerst die bakkerij, of is daar al die bloemenwinkel, dus ongeveer tussen de sigarenman, of laten we zeggen, tussen de kantoorartikelenwinkel en onze visvrouw, daartegenover is de halte. Je bent er toch al zo vaak met je grootmoeder heen gereden, Fania, ik begrijp niet waarom je de weg niet weet, terwijl ik toch zo'n goed oriëntatievermogen heb, waarom hebben mijn dochters dat niet van mij geërfd, ik kan nu niet met je meegaan, ik heb het druk, ik weet niet meer waar ik het zoeken moet.

We hoeven Kerstmis toch niet te vieren.

Wat zijn dat nou voor ideeën, de ganzen zijn al besteld.

Als ik bij tante Ruchla aankom baad ik in het zweet, ze staat beneden bij de ingang, ze trekt me langs mevrouw Tannenbaum, die is komen aanhinken en me wantrouwend bekijkt.

Is er iets, mevrouw Tannenbaum, zegt tante Ruchla geërgerd, de dochter van Schiefer, onze Fania, u kent haar toch. Ze neemt me mee naar haar kamer, mijn schatje, ik heb de allermooiste kammen, je moeder zal blij zijn, is het een kerstgeschenk, maar natuurlijk is het een kerstgeschenk.

Eerst die kammen zien en kopen, de prijs voor mijn moeder is vast en zeker beter dan de prijs voor een gojse minnares.

Als ik naar huis kom met drie groen glimmende kammen in mijn schooltas baad ik nog steeds in het zweet. Alles is gelukt, ik heb alles goed gedaan, ik heb de weg erheen gevonden en de weg terug.

Waarom zweet je zo, buiten is het winter, had je wel geld bij je, vraagt mijn moeder, en meteen ben ik gealarmeerd, Ruchla zal toch niet hebben opgebeld en iets hebben verraden, dan zou ik mijn moeder de kammen moeten geven.

Waarom vraag je dat.

Vanwege het tramkaartje, zegt mijn moeder, ik had je helemaal niet verteld dat je bij de conducteur moet betalen als je achterin instapt.

Klopt. Dat ben ik vergeten. Ze hadden me kunnen arresteren.

Op vierentwintig december bleven Vera en ik altijd tot 's avonds in bed. Dit jaar niet. Nu ben ik te oud. Vera mokte, als we niet in bed blijven moeten we helpen, en het was toch altijd zo leuk in bed. Dat is waar, we gingen nooit naar school op de vierentwintigste, zelfs als er school was, dat stomme blokfluitgejengel, zei mijn moeder, en dat eeuwige gejeremieer over Jezus en Maria, wat moeten jullie daar. Daarom bleven we in bed. We luisterden naar de radio, urenlang, van 's ochtends tot de cadeaus, en zij rende van de ene kant van het huis naar de andere, knisperend, ritselend, fluisterend, giechelend, haar opwinding smeulde langs ons bed omhoog, het ene hoorspel na het andere werd uitgezonden, op de korte golf en op de lange golf en op de culturele zender. Wanneer er kerstliederen kwamen draaiden wij de knop door naar de volgende zender, wij vonden die extatische kinderstemmen maar niks. Uit de keuken kwamen geuren en geluiden en stemmen. In de keuken stond mijn grootmoeder, ze roerde en snipperde en kneedde en ruimde onder de handen van haar dochter op en reikte aan en waste af. Mijn moeder, het loshangende haar vol bloem, bracht stukjes om te proeven, een hapje van de ganzenhals, in ganzenvet gebraden, gevuld met ganzenlever, gehakt en marjolein, een vleugeltje in het zuur, een kommetje citroencrème, een zandkoekje met stukjes amandel, een schijfje barches met maanzaad, of het zo goed was, of er nog iets aan ontbrak. Vera en ik zaten in de kussens en proefden, zij observeerde onze monden, wij testten en zuchtten enthousiast, zij straalde, wij straalden, ze rolde met haar ogen, ze trok een geheimzinnig gezicht, en ondertussen verstreek de tijd, veel te langzaam voor ons, veel te snel voor haar, buiten schemerde het.

De avond tevoren had ze tot diep in de nacht op de schilderstrap gestaan om de boom te versieren. Vera en ik mochten daar niet bij zijn. Maar wat achter de deur gebeurde beschreef ze ons daarna heel precies, en daarom weet ik het alsof ik er zelf toch bij ben geweest. Mijn vader zat in de fauteuil en corrigeerde vanbeneden, daar ontbreekt nog een bal, die kaars is te dicht onder die dennentak, Alma, als je ze daar laat wordt ze in geen geval aangestoken, dat sta ik niet toe. Hij dronk cognac met zijn zuster. Tante Mimi dronk om haar liefdesverdriet kwijt te raken. Mijn vader dronk om zijn duizeligheid kwijt te raken, hij kreeg er last van als hij zijn vrouw hoog boven zich zag, daarboven stond ze onder het plafond op smalle traptreden en met pantoffels met roze kwasten aan, mijn grootmoeder naaide poppenkleertjes, tante Mimi haakte poppenschoentjes. Met Kerstmis kregen onze poppen nieuwe kleren, zelfs mijn oude teddybeer. Vanzelfsprekend vierden ze Kerstmis met ons samen, altijd, allemaal. Ze zaten onder de kerstboom, mijn moeder had ze nodig bij het versieren, ondenkbaar dat de poppen met hun pijnlijk zoete glimlach in de donkere kinderkamer achterbleven terwijl in de grote kamer die geheimzinnige majesteit, de kerstboom, schitterde. Dat konden we hun niet aandoen. Ze zaten tussen de takken op de grond op kerstdekens van papier, ze speelden met de rode ballen en strekten hun poppenvuisten uit naar chocolade dennenappels gewikkeld in goudpapier en gevuld met melbacrème, de kerstkamer was hun machtsgebied, ze waren waarschijnlijk niet joods. De kleine blote poppetjes, de kapotgetrapte, bleven in hun wattenbed in de kartonnen doos onder mijn bed verborgen.

Vinden jullie niet dat jullie het een beetje overdrijven, vroeg, opkijkend van haar haakwerk, tante Mimi met haar al iets te zware cognactong.

Hoezo, vroeg mijn moeder vanboven naast de piek, als je de steken niet meer goed kunt zien moet je Mutti verder laten haken, de kinderen merken het als een pop niets nieuws heeft gekregen, en ik kan er geen overslaan, dat gaat niet, geef me eens de doos met de kransjes aan en vertel me liever of daar aan de achterkant nog meer lametten moeten.

Met Kerstmis moet tante Mimi's minnaar, Hubert Arnold Zinselmayer, de ingenieur uit het vrolijke Rijnland, bij zijn christelijke familie zijn. Dat begrijpt zelfs mijn moeder, hoewel ze niet kan begrijpen dat een vrouw toestaat dat haar man een andere vrouw heeft.

Maar zijn vrouw weet er toch helemaal niets van, zei Vera, en mijn moeder vroeg verbaasd, zijn vrouw, ik bedoel Mimi, dat zij daaraan meedoet, dat zou ik toch beneden mijn waardigheid vinden. Ook tante Mimi vindt het beneden haar waardigheid, daarom drinkt ze cognac en zoekt ze met Kerstmis haar toevlucht bij haar joodse schoonzus.

Wanneer mijn vader in zijn donkerblauwe pak en zijn winterjas de deur uit ging om op vierentwintig december zijn zuster op te halen, riep mijn moeder hem achterna, tegen zessen moeten jullie hier zijn, Paul, laat je door hem niet tot een cognacje verleiden, dan was het laatste uur vóór de festiviteiten aangebroken, en Vera en ik stonden op en gingen naar de kamer van mijn grootmoeder om ons daar eindelijk aan te kleden. De spanning steeg verder, hoe lang zou mijn moeder het nog uithouden, Vera en ik konden niet meer stralen en zij ook niet meer. De laatste minuten waren de minuten waarvan je niet precies kon weten of het inderdaad de laatste minuten waren. En dan was dat gevoel er, liever niet, laat het liever niet zover komen, dat het moment er is dat ik gelukkig moet zijn.

Op de avond van Eerste Kerstdag gebeurde wat niet anders dan te verwachten was, ze stortte uiteindelijk in. De hele tijd was ze misselijk geweest, ze had niets kunnen eten, nauwelijks iets van de gans, een beetje maar van de karper. Ze zonk op de sofa met de woorden, nee, ik wil niet gaan liggen. Mijn vader trok de pumps van haar voeten en haar rok uit, hij maakte haar jarretels los en dekte haar toe met de nieuwe kameelharen deken. Wat kunnen we voor je doen, vroeg hij. Helemaal niets, liever helemaal niets, en ze viel in slaap, jullie kunnen rustig platen draaien, dat stoort me niet, hoorden we haar mompelen. Josef Schmidt zong, mijn vader is gek op die kleine jood met de grote tenorstem, nog kleiner dan mijn moeder, hij was gestorven voordat hij kon inschepen op de boot die hem naar Amerika zou brengen. Het was beter hem te laten doorzingen, door de stilte zou ze wakker worden en bang zijn, uitgeput als ze was. Ruim een uur voor middernacht werd ze wakker, gesterkt en hongerig naar gebraden gans. De ene gebraden gans was al op, de tweede lag in het zuur, nu had de derde gans haar grote moment, ze was al gebraden, mijn vader serveerde haar getrancheerd op een dienblad met een fles champagne aan zijn liggende vrouw. We zaten rond haar bed, Vera en ik en mijn grootmoeder en mijn vader, we observeerden haar. Zorgvuldig knaagde ze aan de rugstukken, ze belegde stukken ganzenborst met braadgelei, at ze zwijgend op en dacht na.

Eigenlijk is het toch een joods feest, zei ze, met bolle wangen kauwend, de moeder is joods, de zoon is joods, wie de vader was is niet zo belangrijk. Ze nam een bout in de hand en at het knapperige vel. En dat hebben de Duitsers ook van de joden gejat, ze vieren de vooravond van het feest, want Kerstmis is pas de volgende morgen. Het botvlees rukte ze met haar tanden van de ganzenbout en ze spoelde met champagne na. Ten slotte boerde ze luidruchtig, verontschuldigde zich en zonk gelukkig glimlachend in het sofakussen.

Al op zevenentwintig december, onze derde kerstdag, we hadden hem ingevoerd om de bereide lekkernijen allemaal te kunnen verorberen, sloop mijn moeder rond de boom. Hij verliest naalden, beweerde ze, het klopte niet en daarom schudde ze hem om een beetje te helpen. Ik had er alle zoete dingen af gegeten, de tweede garnituur kransjes al. Laat die boom met rust, gromde Vera. Het was vergeefs, mijn moeder had de buik vol van Kerstmis, daarmee kan Fania de rozen in de tuin toedekken, zei ze, die hebben een paar dennentakken nodig op hun wortels.

Ook dit jaar ging het zo. Gisteren, op achtentwintig december, gleed 's ochtends tegen elf uur onze drie meter hoge kerstboom de verandatrap af en de voortuin in, hoewel de rozen geen winterbescherming nodig hebben, dit jaar is onnatuurlijk mild, geen vorst, geen sneeuw.

En vandaag is alles anders,

Mijn grootmoeder. Hedwig Glitzer.

We waren er niet op voorbereid, niemand van ons, zijzelf niet. Samen met haar dochter en haar schoonzoon had ze de dood overleefd, sterven stond daarna niet op het programma, en ook Vera en ik zijn het gewend de dood elke dag een paar keer te overwinnen. Wees voorzichtig. Blijf gezond. Dat betekent niets anders dan doe me een plezier en ga niet dood, anders moet ik er zelf een eind aan maken. Mijn vader ging die ochtend op klantenbezoek, niet ver weg, naar Kiel en Lübeck maar, een beetje geld verdienen, dat was dringend nodig, laat in de middag wilde hij terug zijn.

Toen ze door de tuinpoort binnenkwam, ze was melk gaan kopen, droeg ze hem in zich. Achter haar lag de oprit in de witte winterzon. Haar jas hing open. De lucht was te warm voor december, ze was gevuld met beloften van een voortijdige lente. Mijn grootmoeder droeg de melkkan in haar rechterhand en ook rechts haar handschoenen, die ze had uitgetrokken. Zo warm had ze het. Je moet wisselen bij het dragen, had ze me vermaand. Ze droeg haar tas vaak links, nu rechts, waar de melkkan al was en de handschoenen. Ik stond in de wijd geopende terrasdeur en zag haar vanaf de oprit binnenkomen. Ze schoof de tuinpoort open met haar rechterschouder, ze drukte hem tegen de poort, haar linkerarm hing omlaag. Achter me in de kamer was mijn moeder met het een of ander bezig. Het lijkt wel lente, zei ze, en toen ging ze weg, ik ga in de keuken aardappels schillen. En ik zei niets. Ik zag mijn grootmoeder komen en hoorde achter mij haar dochter weggaan.

Haar gezicht was rood. Ze was opgewonden. Ze droeg de dood in zich en wist het niet. Ze riep me toonloos. Ik herkende mijn naam op haar lippen. De wind perste zich in haar schoot. In de keuken zette mijn moeder de kleine radio aan. Mijn grootmoeder kwam de metalen trap op, ze was kortademig. Ik ben opeens zo bang, Fania. Daarbij glimlachte ze. De glazen van haar bril waren vies van het zweet.

's Ochtends had ik in de voortuin de kerstboom klein gehakt, met de bijl, eerst de takken, daarna de lange dunne stam. Ik dacht aan haar, van haar heb ik het geleerd, jaren geleden, in de kolenkelder onder de trap heeft ze het me laten zien. Hout hakken voor de oven, brandhout maken van sinaasappelkistjes. In het geelmatte licht van de gloeilamp rees de donkerte van het onderaardse huis op. Ze stond over het hakblok gebogen, in een lichtgrijze rok waarvoor ze haar blauwe schort had gebonden. Met haar linkerhand hield ze een sinaasappelkistje vast, met haar rechter pakte ze de bijl en haalde er ver mee uit, tot achter haar hoofd. Jij hoeft toch geen hout te hakken, Mutti. Mijn moeder dwong zichzelf rust te nemen, ze stond tegen de muur geleund en trok de krulspelden uit haar zwarte haren. Mijn grootmoeder was woedend, ze hakte hout, beter hout hakken dan huilen en in woede verstenen. Ze mocht niet mee, voor het eerst, mijn moeder wilde met haar man en haar dochters alleen op zomervakantie. Net als andere mensen, hemeltjeliefnogaantoe, dat moet toch zelfs voor mij tot de mogelijkheden behoren, ik kan niet tot het eind van mijn leven altijd en overal mijn moeder bij me hebben. Mijn vader stond op de onderste traptrede, tegen de leuning geleund, hij was nagekomen om af te wenden, om te kalmeren, en hij was zonder hoop gekomen. Met zijn geelgerookte vingers peuterde hij een verkreukeld pakje sigaretten uit zijn broekzak, haalde er de laatste sigaret uit, klopte de kruimelende tabak vast, hij stopte de geknakte Golddollar tussen zijn strakke gespannen lippen, in de andere broekzak zocht hij naar lucifers. Hij vond ze niet. Krakend belandde het scherpe ijzer tussen de knerpende latten, mijn grootmoeder kneep haar ogen samen, splinters vlogen door de lucht.

Het witte haar plakte aan haar slapen. Tussen haar borsten had zich zweet verzameld. Ik depte het af en legde haar op de sofa.

Ga niet weg, zei ze.

Ik maak je corset los, zodat je lucht krijgt.

Ik draaide haar op haar rechterzij en begon de haakjes van haar corset los te maken.

We hoorden mijn moeder in de keuken zingen, de radio zong met haar mee, zij raakte alleen de melodie kwijt. Ik duwde de deur naar de veranda open en daar het raam naar de voortuin. De lucht deed mijn grootmoeder goed.

Wat is er met je arm, vroeg ik.

Mijn hart wordt afgekneld, zei ze.

Ze sloeg haar dochter met de pollepel of met een kleerhanger. Ik weet ervan af. Daarna zonk ze met hangende armen uitgeput en zwijgend op de keukenstoel en zei geen woord. Alma stond voor haar, tot bloedens toe kapotgebeten was haar onderlip, het kind ging naar buiten, zachtjes ging de deur dicht. Ze wist dat Alma beneden op straat stond en naar boven keek en met haar voeten trappelde. Op het roodbruine papier van een fruitzak had ze een briefje geschreven, het begon met Mijn zoete Mutti en eindigde met de belofte Voor altijd je Peter. Ronde letters, met potlood geschreven, onder de gesloten keukendeur doorgeschoven. Alma wachtte voor het huis beneden op straat totdat haar moeder boven op het keukenbalkon zou verschijnen. Hedwig zat verstard op haar stoel, ze moest met slaag de vader voor haar dochter vervangen, deed ze het niet, dan zou Alma net zo trouweloos worden als hij. Beneden, op de stoep, stond Alma, haar hand had ze boven haar ogen gelegd tegen de zon om haar moeder meteen te kunnen zien wanneer ze opdook uit haar starheid en op het balkon verscheen. Eindelijk verscheen ze. Kom naar boven, wenkte ze.

Mijn moeder was de keldertrap op gelopen, ze moest per se roken, en mijn vader vond geen lucifers in zijn broekzak, hij ging met haar terug het huis in, ze liet zich er deze keer niet van afbrengen, zei ze, door haar niet en door hem niet, we gaan op vakantie zonder Hedwig en daarmee basta, ze kan met Ruchla en Olga naar Travemünde gaan.

In de kolenkelder liet mijn grootmoeder de bijl hard neerkomen, de vader had ze uit haar dochter willen slaan, de man die haar en haar dochter had verlaten, voor hem was de klap bedoeld, ze zag de bijl langs de plank van de kist glijden en met het snijvlak in het gewricht van haar pink terechtkomen. Ze vloog vanuit de kelder naar boven, de keuken in, ze stond voor me, de ontzetting maakte haar lichaam stom, secondenlang bleef ze pijnloos, ze was alleen verontwaardigd over dit ongeluk, dat er nog bij kwam. De gewonde linkerhand in haar rechterhand geborgen, haar mond open, zwijgend. Ik keek in de kom van haar hand, ze had bloed geschept, ik trok de boord van mijn trui over mijn mond en schommelde, alsof ik bad, vooruit en achteruit boven haar hevig bloedende hand. Uit haar gezicht hoorde ik mijn stem gillen.

Naast de sofa knielde ik voor haar. Ze lag naakt, naakt de angst in haar ogen. Ik hield haar in mijn arm, mijn borst hing boven haar. Ze kreeg lucht. Ik heb dorst. Ik liet haar drinken, zoals ze mij had laten drinken. En zij dronk, zoals ik gedronken had. Vereenzaamd in een geplooide huid. Zo was ik geboren en werd minder van nacht tot dag en nacht tot dag, zodat mijn moeder gek dreigde te worden, met mij aan haar borst. Men bracht haar weg.

Mijn moeder kwam. Ze was op de gang over de melkkan gestruikeld, de melk, die goede melk, die wegstroomde. Ze zag ons en rukte me weg van haar. Mijn vader was nog in Kiel of al in Lübeck, Vera was in het theater aan het repeteren, ik belde de brandweer op, een man beloofde een ziekenauto met een arts te sturen, wie bent u, vroeg een stem in mijn oor. Nog nooit had iemand u tegen me gezegd. Ik wist het niet. Haar dochter, mijn moeder, ze knielde voor de sofa en hield haar moeder in haar arm, die mij liet drinken, die ik liet drinken. We wachtten op de ziekenauto. En op mijn vader. De moeder van de dochter met het kind van de dochter. Hedwig wachtte op Paul. Als hij van zijn klantenreis 's avonds naar huis kwam, begroette hij een vrouw met een kind. Moeder en kind.

Ik, dochter van een dochter, en jij, moeder van mijn moeder, wij droomden in de plooien van de nacht en raakten voldaan in het schijnsel van de dag. Achter je lag de nacht in de weerkaatsing van miljoenen ogen, voor me lag de dag in de schaduw van zijn licht. Ze kwam weer, ze kwam terug. Je dochter, mijn moeder. Mager van verlangen. Ze struikelde over gemorste melk. Ze kroop naar het kind. Ik zag hoe de dochter zich over de moeder boog en in haar armen zonk. We pakten elkaars hand beet. Nu was ze uit haar gezicht verdwenen.

We hebben een opstel geschreven. Over een boek dat jullie met plezier gelezen hebben, had Wilhelm Bobbenberg gezegd. Ik schreef over Goethes *Wahlverwandtschaften*. Onder mijn deken had ik het boek van begin tot eind in bed gelezen, regel voor regel, woord voor woord, met de zaklamp. Altijd als Vera 's avonds in het theater was.

Ik wil het je cadeau doen, had Thea gezegd.

Ik wilde het niet cadeau, ik wilde het geleend hebben. Het moest onder mijn deken van haar zijn.

O Fania, o Fania, maakte Bobbi voor de hele klas een grap, *Wahlverwandtschaften* van Goethe, dat is een van mijn lievelingsboeken, wees dus voorzichtig.

Dagen later krijgen we onze schriften terug. Bovenop ligt mijn schrift. Zoals altijd. Ik herken het aan de gele kaft die ik erom gedaan heb om niet overvallen te worden door iets wat ik toch al weet. Maar hij zal me niet meer voor schut zetten, niet meer. Hij zal me mijn schrift hoofdschuddend teruggeven, meer zal hij niet doen.

Ja, beste dames, hij kauwt op zijn speeksel, legt met een weids gebaar de schriften op zijn lessenaar en wrijft in zijn handen. De wonderen zijn de wereld niet uit, zou de profeet zeggen, ik ben geen profeet, ik ben een oude pedagoog en geloof niet in wonderen, ik geloof in de wil, aan het willen, en zo is het ook gebeurd, het beste werkstuk ligt bovenop.

Hij neemt mijn gele schrift van de stapel, hij geeft het me, het is mijn schrift, en pas daaronder begint bovenop en ligt het beste werkstuk, dat krijgt de leerlinge achter mij. Mijn schrift laat ik voor me liggen. Dicht. Ik wil de teleurstelling niet, niet nu, niet vandaag, maar de hoop doet niet minder pijn dan de teleurstelling. Zoals altijd is hij er ook nu, de hoop op mezelf. En dit gebeurt er in die hoop. In die hoop zie ik mezelf komen, mezelf tegemoet, ik weet de weg in de straat van mijn hoop, niemand was me voor, en zij die er eerder waren, hun lust en hun verlies blijven geschreven in de straat van mijn hoop, waarin ik heen en weer loop, en ik kom tot mezelf.

Zijn er vragen, Bobbi's stem onderbreekt het geroezemoes van de meisjes. Omdat er geen vragen zijn wil ik graag dat jullie naar het beste werkstuk luisteren, kom naar voren, Fania, lees ons je opstel voor.

Hij is opgewonden, hij smakt en glimlacht, hij zit achter zijn lessenaar en houdt zich met zijn handen aan het tafelblad vast.

Ik blader door mijn schrift. Ik kan mijn opstel niet vinden. Daar staat een tekst, geschreven met blauwe inkt in mijn handschrift, ronde letters, een paar hellen er een beetje naar links over. Rood aangestreept is niets. Woord voor woord onaangetast. Onder de laatste zin staat in een schuin handschrift, Tien, W. Bobbenberg, daarna komen een paar lege bladzijden, en dan is mijn schrift afgelopen. En waar is mijn opstel, als dit niet mijn opstel is, en eindelijk begrijp ik het. Het beste opstel heb ik geschreven.

Hoe heb je dat gedaan, Fania, geen fouten, je zat hier in de klas en schreef het opstel voor mijn ogen op.

Ik heb het gedaan zoals altijd, zeg ik, ik had altijd al het gevoel dat alles klopte.

Na de les wil hij dat ik even blijf. Het is de laatste les voor vandaag, muziek valt uit, juffrouw Hahn is ziek, de anderen verlaten de klas. Ik sta met mijn rug naar het bord, er staat *Wahlverwandtschaften* op in mijn handschrift.

Blijf een ogenblik, zegt hij. We staan naast elkaar bij zijn lessenaar, hij slaat mijn schrift open en wrijft respectvol over de door mij geschreven tekst.

Een wonder is het niet, zegt hij, het heeft iets met je wil te maken, Fania, toch zal het voor mij een raadsel blijven waarom opeens nu deze doorbraak plaatsvindt.

Ik bekijk zijn hand. Daar ontbreekt een komma.

Waar, zegt hij.

Daar. En dit *Das* moet eigenlijk met een ß worden geschreven.

Zie je wel dat je het allemaal weet.

Ojßlegen, het Jiddische woord. Ik heb het van mijn grootmoeder geleerd. Ik wil het zeggen. Ik wil het via mijn lippen vrijlaten, het zou toch mooi zijn hem nu het Jiddische woord te vertellen. *Ojßlegen* wil in het Jiddisch zeggen, de manier waarop je de woorden schrijft. Wie schrijft legt zichzelf vast, maar nooit helemaal vast, je laat de klinkers ergens in de lucht hangen en schrijdt voort langs de geaarde medeklinkers. Er zit beweging in, er zitten debatten in verborgen, ik kan ze horen, wat bedoeld is staat geschreven, zo geschreven of zo geschreven, de wetten *ojßlegen*, de woorden duiden, elk afzonderlijk woord. Dat wil ik hem vertellen, en ik zie hoe hij zijn glimlach over mijn tekst legt. Ik zwijg. Ik wil hem nu niet te veel van me vervreemden. Zijn arm voel ik rond mijn schouders. Hij is toch van Vera. De ruwe stof van zijn pak schuurt over mijn betraande gezicht.

Ik ga naar huis. Ik ren. Ik zie mezelf rennen, ik draag mijn opstel voor me uit, ik wil het naar mijn moeder brengen, op mijn handen, haar kind mijn kind. Ik ren en ren weg van mezelf. Ze zal blij zijn, oj, zal ze blij zijn, ik wil dat ze blij is. Al dagenlang zit ze achter haar gezicht en zoekt haar moeder. 's Nachts vind ik haar. Ik kom de kamer in, mijn grootmoeder zit aan de ronde tafel, de lamp boven zich, ze stopt een sok, ze heeft de wol over de maasbal getrokken en houdt de sok dicht bij haar neus. Ik weet dat ze gestorven is, ik spreek met haar zodat ze blijft, ze leeft niet meer, ze kan niet dood zijn, ik wil mijn moeder halen, hier zit ze, wil ik zeggen, kijk dan, ze is niet vernietigd, ze is heel normaal gestorven. Ik ga mijn moeder halen, ik trek haar met me mee, kijk, daar zit ze, zeg ik, de lamp gooit haar lichtkring op de tafel, en weg is ze.

Bij onze oprit haal ik mezelf in. Mijn knieën zijn zacht, dat komt door het rennen, dat komt door de vreugde, door de schrik over het wonder, mijn wonder wil ik niet afstaan, mijn willen wil ik houden, voor mezelf.

Binnen is de deur naar de kelder gesloten. Ik voel aan de klink. Niet afgesloten. De Kupschen zijn er niet. Anders zou de deur openstaan. Ik heb de tijd. Mijn moeder verwacht me nog niet. Ik heb alles correct opgeschreven, ik kan alles, ik ga naar de badkamer, ik zal de deur openbreken, ik wil de nazi-schat vinden, we zullen het huis van Fingerhut kopen en Hainichen en mevrouw Schmalstück gaan naar de gevangenis. Ik loop zachtjes de houten treden af. Bij de eerste schuilkelderdeur zet ik mijn schooltas neer om de twee hendels open te schuiven, de ene boven mijn hoofd, de andere onder mijn voet. Licht zwaait de deur open. Ik stap over de metalen drempel de gang in, aan het eind waarvan de tweede schuilkelderdeur is. Daarachter is de gang naar de badkamer. Het drieminutenlicht tikt, het klopt hysterisch tegen mijn oren, te hard om iets anders te kunnen horen, voetstappen misschien die achter me aan komen, ik ben van plan verboden ruimten te betreden, nu is het te laat, ik wil niet omkeren, ik kijk achterom, achter mij staat de metalen deur open, wat ligt er voor me, smekende brieven van de familie Fingerhut, eisende brieven van Hainichens oom, dreigementen, dossiers, ze hebben mijn vader een proces aangedaan, geprotocolleerde verhoren, het vonnis, levenslang gescheiden zijn. De duisternis gaat op me liggen en verstopt mijn oren.

Het tikken van de lichtklok is verdwenen. Mijn vingers tasten naar de schakelaar. Ik weet waar de schakelaar is. Ik doe het licht aan en ruk de duisternis weg. Op de stenen op de grond liggen afgebrande lucifers. Wolfram heeft me laten zien hoe je het moet doen, je moet een houtje in de schakelaar stoppen zodat het licht niet na drie minuten uitgaat. We stonden naast elkaar, ik bekeek zijn vingers, hij beet met zijn brede voortanden een stukje van de lucifer af om hem spits te maken, stevig erin stoppen, anders duwt de schakelaar het houtje eruit.

De lucht in de keldergang is nat en koud, ik sta voor de tweede metalen deur, daarachter zou de badkamer moeten zijn, volgestopt met dossiers en met oude spullen, rommel, zegt mijn vader, rommel en oud papier, misschien kostbare schilderijen, waardevolle juwelen, dingen die ze van de Fingerhuts hebben geroofd, hier hebben ze ze verstopt. De hendels zijn vastgeroest, ik hang met mijn hele lichaamsgewicht aan de bovenste hendel, hij beweegt, metaal knarst op metaal en de deur zwaait open naar een vreemde duisternis.

Ik ben bang. Hier is niemand. Het is toch eigenlijk dezelfde kelder, van onze kelder alleen maar gescheiden door die zware metalen deur. Ik vind onze kelder opeens ontzettend huiselijk. Ik zou kunnen teruggaan en daar gaan zitten en mijn trillende benen een beetje rust gunnen in plaats van deze muffe, verschaalde lucht in te ademen. Jarenlang is deze deur niet open geweest. Ik kijk de duisternis in, achter mij hijgt ademloos het drieminutenlicht, het verbrokkelt de stilte, het gooit een lichte strook de gang in aan het einde waarvan de badkamer moet zijn, misschien een deur met een ruit van melkglas, ik kan niets onderscheiden. Alles is stil. Ratten zullen er zijn. De gang maakt een lichte bocht. Ik heb er eens een gezien, de rat was vanbinnen de regenpijp in geklommen en had zich met haar beide voortanden in een gat vastgebeten, ik stond in de tuin, ik was gaan kijken waar het krabbende geluid vandaan kwam, en de lange tanden verschenen in het gat in de dakgoot, naast het raam van de badkamer.

De Hainichens zullen de deur hebben dichtgespijkerd. Zij waren hier beneden. Toen. Ze hebben de deur dichtgespijkerd en de bewijzen erachter voor altijd opgesloten. Ik heb gereedschap nodig, een zaklamp, hier zou ergens een lichtschakelaar moeten zijn. Het licht tikt. Misschien reikt het tot daar in de duisternis, die een muur kan zijn of al de deur waar ik naar zoek. Ik strek mijn handen uit en schuifel tastend met mijn voeten vooruit over de koude keldervloer. Ze is oneffen. Onder mij grof bepleisterde stenen. Ik val. Niet vallen. Ik val en de afgrond is eindeloos. De lichtklok, ze tikt achter me aan zonder licht, ze zou daar moeten zijn of ginds, daar is ginds of was ginds daar. Dat is mijn hart, dat ben jij, mijn hart, dat ben ik, we mogen niet bewegen. Mijn uitgestrekte handen vinden niets. Geen einde. Er is niets. Dat is mijn einde. De afgrond is boven me. Schreeuw. Ik kan niet.

Ik ben bang dat ik doodga en ik vind het pijnlijk om om hulp te schreeuwen. Komt er niemand, niemand hoeft te komen, ik vind alles best, help, Mami, God, Mami, op mijn moeder kun je rekenen, ze zal me missen nog voordat ik kan verhongeren, verdorsten gaat sneller, ik zou de muren kunnen aflikken, de kelder is vochtig, waar is er een muur, dat is mijn hoofd, mijn ribben, mijn buik. Mijn handen pakken mezelf beet, ik voel langs mezelf naar beneden, mijn knieën, wat doen jullie me pijn, jullie drukken tegen de stenen, dat koelt mijn huid, in eeuwigheid en eeuwigheid der eeuwigheden. Ik heb dorst. Mijn grootmoeder had dorst voordat ze stierf. Dan is mijn einde nabij. In het begin, bereshit, schiep Elohim, de eeuwige, de hemel en de aarde, et hasjamayim w'et haaretz. En de aarde was tohu wabohu.

Wit was de goede melk, ze werd zuur op de tweede dag en in diepe borden gegoten, met een natte doek eroverheen gelegd werd ze dikke melk op de derde dag. Ik zat op de kruk aan de keukentafel. Onder de zitting ervan tohu wabohu. Daar ligt poetsgoed, oude onderbroeken, vies van schoensmeer. Daar bungelen mijn benen, en op de rand van de tafel ligt mijn gezicht. Mijn grootmoeder verkruimelt hard roggebrood, zwarte sterren vallen in de witte hemel van de dikke melk. Zit rechtop. Mijn dijen pers ik tegen de kruk. Persen en loslaten. Je moet. Nee. Blijf dan stil zitten. Suiker met kaneel mengt ze voor mij in een kommetje, geuren van de oriënt, snuiven en ruiken, persen en loslaten. Pak maar wat. Ik pak wat. Niet te veel, denk aan je tanden. Mijn tanden knarsen tussen kaneel en suiker. Mijn dijen persen en laten los. Ze ziet me eten. Ze is tevreden. Ik eet met smaak en glijd tussen kruk en tafel naar de grond.

Mijn vinger houd ik in zwart glanzende eeuwigheid en eeuwigheid der eeuwigheden. Ik heb mezelf gevonden. Laat jezelf niet verdwijnen uit mijn leven, sluit mezelf niet in je op. In mij is de wereld van de herinnering. Die maakt me sprakeloos. Ik kom helemaal niet aan het woord. Ik zit met mijn hoofd voorover, daar loopt water, het stroomt weg, ik drijf en wieg zachtjes door de ruimte, waar geen boven is en geen beneden. Dat is regen. Dat is buiten. Buiten regent het op de aarde, en ik zit eronder en ben nat. Mijn vingers plakken. Ze smaken naar zout, en ze smaken naar ijzer. Licht verspreidt zich. Ik ben in de kelder onder ons huis. Vanbuiten hoor ik stemmen. Er komt iemand. Mijn vingers zijn rood. Over mijn benen loopt bloed.

Buiten in de tuin kwettert opgewonden een lijster.